BASTEI LÜBBE

Über die Autorin:

Linda Lael Miller wurde in Spokane, Washington geboren und begann im Alter von zehn Jahren zu schreiben, nachdem ein Lehrer einen besonders fantasievollen Aufsatz von ihr gelobt hatte. Ihren ersten Roman veröffentlichte sie 1983, seitdem hat sie über 25 Bücher geschrieben, die sich in den USA insgesamt über sechs Millionen Mal verkauft haben. Linda Lael Miller lebt während des Sommers in Port Orchard, Washington und im Winter in Scottsdale, Arizona. Mehrere ihrer historischen Liebesromane wurden ins Deutsche übersetzt (u. a. *Der Preis des Verlangens*, Band 18 192; *Leidenschaft, die dich verführt*, Band 18 237; *Wenn das Glück dich erwählt*, Band 18 239; *Träume, die verführen*, Band 18 247; *Küsse, die voll Sehnsucht sind*, Band 18 274). Mehr Informationen finden Sie im Internet unter www.lindalaelmiller.com.

LINDA LAEL MILLER

Wunsch des Herzens

Roman

Ins Deutsche übertragen
von Rolf Armin

BASTEI LÜBBE

BASTEI LÜBBE TASCHENBUCH
Band 18 283

1. Auflage: September 2001

Vollständige Taschenbuchausgabe

Bastei Lübbe Taschenbücher ist ein Imprint der Verlagsgruppe Lübbe
Titel der amerikanischen Originalausgabe: One wish

Titelillustration: Oliviero Berni / Agentur Schlück
Umschlaggestaltung: Beate Stefer
Satz: KCS GmbH, Buchholz/Hamburg
Druck und Verarbeitung: 56310
Sociéte Nouvelle Firmin-Didot
Mesnil-sur-l'Estrée, France
Printed in France

ISBN 3-404-18283-9

Sie finden uns im Internet unter
http://www.luebbe.de

Der Preis dieses Bandes versteht sich einschließlich
der gesetzlichen Mehrwertsteuer.

Für Mary Ann, Cousine,
Schwester und Freundin, in Liebe

Jubilee, Washington Territory
April 1874

Er lag regungslos und mucksmäuschenstill auf dem staubigen, roh gezimmerten Boden des wackligen Baumhauses, hoch oben in den blattbewachsenen Ästen einer alten Eiche, wo sich seine geheime Zufluchtsstätte befand. Die Prellungen und Schrammen, mit denen sein hagerer Körper bedeckt war, schmerzten bei jedem Atemzug. Unter ihm rauschte der Jubilee Creek, ein Fluss, der nach der Schneeschmelze reißend angeschwollen war, schlammbraun und gefährlich – wahrlich kein Platz für ein Mädchen.

Aber trotzdem war es dort, voller Rüschen und Schleifchen, und ging mit zierlichen Schritten am steilen, steinigen Ufer entlang, wobei es leise auf eine Puppe einredete, deren Kleidchen kunstvoll verziert war. Seine Ma würde nicht einmal davon zu träumen wagen, so etwas jemals zu tragen. Er selbst war elf – das Mädchen schätzte er auf acht oder so – und er interessierte sich prinzipiell nicht für das andere Geschlecht. Aber dieses Mädchen war in sein Territorium eingedrungen, und es war gut möglich, dass es sein Versteck entdeckte. Er hielt den Atem an und wartete darauf, dass die Kleine endlich weiterging.

Aber als wollte sie ihn ärgern, setzte sie sich – nur ein paar Schritte entfernt – auf einen umgestürzten Baumstamm und drapierte die Puppe neben sich. Eine verzweifelte Wut stieg in ihm auf; er versuchte, ihr seinen Willen aufzuzwingen, damit sie endlich verschwand. Stattdessen starrte sie nachdenklich aufs Wasser, streifte dann ihre kleinen, glitzernden Schuhe ab, packte ihre Puppe und watete geradewegs ins Wasser, das am Rande des Creek noch flach war, in dessen schäumenden Fluten aber gefährliches Treibholz tanzte. Sie bewegte sich so zuversichtlich, wie Moses es getan haben musste, als er die Kinder Israels durchs Rote Meer geführt hatte.

Er war irritiert, und ein Warnschrei formte sich in seiner Kehle. Selbst ein Mädchen sollte in der Lage sein zu erkennen, dass das Wasser zu tief, zu reißend und zu tosend für so eine Dummheit war. *Komm zurück*, befahl er stumm, aber natürlich watete das Mädchen nur noch weiter, wobei es die Puppe in der einen Hand hielt und mit der anderen die Röcke hob.

Er murmelte einen Fluch und sprang auf seine nackten Füße. »Mach, dass du da rauskommst!«, schrie er, wobei er die einzelnen Worte förmlich ausspuckte wie die Kerne einer bitteren Frucht. »Bist du verrückt, oder was?«

Beim Klang seiner Stimme blickte die Kleine nach oben, und er sah ihrem Gesichtsausdruck an, dass sie zwar ein wenig irritiert war, nicht aber verängstigt, wie es jeder Mensch gewesen wäre, der noch einen Funken Verstand besaß. Doch schon die kleine Bewegung ihres blonden Lockenkopfes genügte, um sie aus dem Gleichgewicht zu bringen; sie rutschte weg und ging unter.

Wieder fluchte er, kletterte den Baumstamm so schnell nach unten, dass er seine Knie aufschürfte, und sprang in das kalte Wasser des Creek. Das Mädchen trieb flussabwärts, wobei ihre Unterröcke ihren hochgereckten Popo umfluteten wie die Blumenblätter eine Wasserlilie.

Er schwamm hinter ihr her – eine Aktion, die in krassem Widerspruch zu seinen Gedanken stand, die alles andere als liebenswürdig waren. Dieses Mädchen war fürs Leben zu dumm, entschied er zitternd, während er mit den eisigen Fluten kämpfte, um zu ihm zu kommen.

Irgendwie schaffte er es schließlich, es gelang ihm, einen Arm um die Taille der Kleinen zu schlingen und ihren Körper aufzurichten. Ihr Kopf tauchte aus den Wellen auf. Sie hustete und spuckte Wasser. In ihren langen Wimpern glitzerten Wassertröpfchen, und ihre großen Augen waren so grau wie ein sturmverhangener Himmel. Sie hielt ihre Puppe so fest umklammert, als erhoffte sie sich von ihr Rettung.

Verflucht und dreimal verflucht.

Er wusste, dass er schnell handeln musste, und begann, sich zum Ufer zurückzukämpfen. Durch die Kälte gefühllos bis in die Knochen, betete er zu einem Gott, an den er nie geglaubt hatte, dass sie nicht beide ertranken, sondern dass er durchhielt, bis sie festen Grund erreicht hatten. Die Anstrengung überstieg fast seine Kräfte, aber er schaffte es, denn er kämpfte mit aller Macht um sein junges Leben. Atemlos und vollkommen erschöpft, lag er im Uferschlamm und hielt das Mädchen immer noch im Arm.

Die Kleine setzte sich auf und betrachtete ihn ernst – blau vor Kälte, nass bis auf die Knochen und offensichtlich unberührt von der Tatsache, dass ihr Verhalten sie beide fast das Leben gekostet hätte. »Ich habe mein Kleid beschmutzt«, klagte sie. »Mein Lieblingskleid.« Dann streckte sie ihm die Puppe entgegen. »Und sieh dir doch nur mal die arme Delilah an!«

Er starrte das Mädchen mit wütendem Erstaunen an. »Ich habe mir gleich gedacht, dass du nicht ganz richtig im Kopf sein kannst«, brummte er, wobei er sich mühsam vom kalten Boden erhob. »Und damit hatte ich ja wohl Recht. Wenn mein Pa entdeckt, dass meine Kleidung völlig durchnässt ist, kriege ich mit Sicherheit eine ordentliche Tracht Prügel. Aber vielleicht habe ich ja Glück und sterbe an einer Lungenentzündung, bevor er mich verhauen kann!«

Sie hatte tatsächlich den Nerv, ihn anzulächeln, und erst in diesem Augenblick wurde ihm bewusst, wer sie war. Die Tatsache, dass sie das einzige Kind des reichsten und mächtigsten Ranchers in diesem Teil des Territory war, machte ihn nur noch wütender. Von so einem Kind konnte man doch mehr Verstand erwarten – oder zumindest, dass es jemanden gab, der auf es aufpasste.

»Da du mir das Leben gerettet hast«, verkündete Charity Barnham und schnaubte dabei königlich blasiert durch die Nase, »gestatte ich dir hiermit, mich zu küssen.«

Er verzog das Gesicht.

Obwohl sie vollkommen durchnässt und ziemlich schmutzig war, wirkte sie ungehalten. »Na schön«, sagte sie steif, »wenn du keinen Kuss willst, gewähre ich dir drei Wünsche. Wie heißt du eigentlich?«

»Luke«, antwortete er, obwohl er im Grunde gar nicht mit ihr reden wollte. »Luke Shardlow. Und von dir will ich gar nichts.«

Sie seufzte leidend, was sie wohl für vornehm hielt. »Dann nenn mir wenigstens einen Wunsch. Aber wenn du Märchen lesen würdest, wüsstest du, dass dir *drei* Wünsche zustehen.«

»Na schön.« Er nickte zustimmend. »Ich wünsche mir, dass du zu deinem großen Ranchhaus zurückgehst und mir nie wieder in die Quere kommst.«

Sie stand ohne seine Hilfe vom Boden auf. »Gehst

du in Jubilee zur Schule?«, fragte sie ungerührt, obwohl er doch gerade seine Gefühle so deutlich zum Ausdruck gebracht hatte, dass sogar ein Stein in der Wüste ihn verstanden hätte.

»Du vielleicht?«, konterte er, obwohl er natürlich genau wusste, dass sie auf der Barnham Ranch von verschiedenen Lehrerinnen unterrichtet wurde, die allesamt aus dem Osten stammten und sich nie in Jubilee sehen ließen. Irgendjemand war immer da, der Old-Jonah überredete, seine Tochter *nicht* in die Schule zu schicken. Die meisten Leute nahmen deshalb an, er glaubte, seine Tochter sei etwas Besseres, zu gut, um sich mit den Kindern von Farmern, Minenarbeitern und Kaufleuten abzugeben, obwohl diese Theorie für Luke keinen Sinn machte, denn er hatte allen Grund zu der Annahme, dass Jonah Barnham ein großzügiger Mann war.

»Nein«, erwiderte sie traurig. »Ich bin ganz allein mit Delilah.«

Er empfand eine Spur von Sympathie für Charity, aber das Gefühl verschwand auch sofort wieder. Sie wohnte in einem großen Haus, hatte einen Vater, der sie liebte, sie hatte schöne Kleider und immer genug zu essen. Nicht dass er ihr etwas davon missgönnt hätte, aber er glaubte auch nicht, dass sie auf Mitleid von Leuten wie ihm erpicht war. »Viel verpasst du nicht«, meinte er tröstend. Er selbst verbrachte auch nicht allzu viel Zeit im Schulhaus, was zum einen daran lag, dass sein Pa ihn im betrunkenen Zustand regelmäßig grün und blau schlug, sodass er sich tagelang kaum bewegen konnte, und zum anderen daran, dass er nicht längere Zeit still sitzen konnte. Er konnte ein bisschen lesen und schreiben, das Wenige, was ihm seine Ma beigebracht hatte. Leicht fiel ihm dagegen der Umgang mit Zahlen; es war, als hätte er schon immer gewusst, wie sie zueinander gehörten, es war, als spielten Zahlen eine geheimnisvolle Musik in seinem Kopf. »Warum bist du überhaupt ins Wasser gegangen?«

Sie blickte ihn mit einem irritierenden Ausdruck von Ungeduld an. »Ich dachte, ich hätte einen verzauberten Frosch gesehen«, erklärte sie. »Wenn ich ihn gerettet hätte, hätte er mir vielleicht ein paar Wünsche gewährt.«

Jetzt fing sie ja schon wieder mit diesen blöden Wünschen an! »Du hast für einen Frosch dein Leben aufs Spiel gesetzt – und meins gleich mit?«, sagte er kopfschüttelnd und betrachtete trübselig seine Wollhose, die nach dem Wasserbad im Creek bereits einzulaufen begann. Ja, sein Pa würde ihn bestimmt kräftig verhauen. »Wenn es etwas gibt, was du haben willst, warum bittest du dann nicht einfach deinen reichen Daddy, es dir zu kaufen?«

Charity mahlte einen Moment lang mit ihren Kiefern. Es langweilte sie offensichtlich, dass er ihr so eine Frage stellte. Er dachte, dass sie unter den gegebenen Umständen nun wirklich kein Recht hatte, gelangweilt zu sein, und starrte sie an, bis sie verlegen wurde.

»Geld ist eben alles, was du kennst, Luke Shardlow«, erwiderte sie, ging an ihm vorbei und kletterte den rutschigen Hügel hinauf, der immer wieder abbröckelte. »Doch es gibt so viele Dinge in dieser Welt, die ein Mensch sich wünschen kann, die man aber nicht mit Geld kaufen kann.«

Er hatte oft Hunger, die Kleidung, die er trug, war die einzige, die er besaß, und er wünschte sich noch viel mehr: schöne Kleider für seine Ma, für sich selbst ein geschecktes Pony, ein Jagdgewehr und glänzende Stiefel, die Ma extra für ihn gekauft hatte – nicht diese abgetragenen, die sie in der Missionsschule aus der Sammlung für die Armen geklaubt hatte. All das konnte man kaufen – entgegen Miss Charity Barnhams Vorstellungen –, wenn man den richtigen Preis dafür bezahlen konnte.

»Was denn zum Beispiel?«, rief er hinter ihr her.

»Eine Mutter zum Beispiel«, antwortete sie vom Gipfel des Hügels.

»Eine Mutter wünscht du dir?«, fragte er und dachte daran, welche Bedeutung die Kirche und Gott für seine eigene Mutter hatte, wie viel Kraft sie aus ihrem Glauben zu schöpfen schien. »Warum betest du dann nicht und bittest Gott um eine?«

»Denkst du vielleicht, das hätte ich nicht schon versucht?«, erwiderte Charity. Tropfnass und zitternd, wie sie oben auf dem Hügel stand, wirkte sie stolz und mitleiderregend zugleich. Er fragte sich, ob man sie bestrafen würde, weil sie ihr Kleid ruiniert hatte, kam aber zu dem Schluss, dass man sie wohl eher noch mehr verwöhnen würde, dass man sie küssen und liebkosen würde, sie in eine Decke wickeln und ihr etwas Süßes, Warmes zu trinken geben würde. Die Vorstellung verursachte tief in seinem Innern ein schmerzhaftes Bohren, ein Gefühl, das er augenblicklich unterdrückte. Diese Art der Verhätschelung war etwas für Mädchen und Muttersöhnchen. Er musste schon dankbar sein, wenn er davonkam, ohne Prügel zu beziehen.

»Möchtest du, dass ich dich nach Hause begleite, oder kann ich sonst noch was tun?«, fügte er nachträglich hinzu.

»Nicht nötig«, antwortete Charity, wobei sie ihn mit ihren großen sturmgrauen Augen abschätzend betrachtete. »Mein Ponywagen steht bei der Baumgruppe nur ein Stück weiter die Straße entlang. Willst du den als deinen Wunsch haben? Meinen Ponywagen?«

Der verdammte Wagen konnte ihm gestohlen bleiben, aber das Pony war schon eine andere Sache. Er musste an sich halten, um ihr nicht zu folgen, den Hügel hochzuklettern, das Tier auszuspannen und damit nach Hause zu reiten. Wo sein Vater ihm das Pony natürlich sofort wegnehmen würde, um es noch vor Sonnenuntergang gegen ein paar Krüge Weizenschnaps einzutauschen.

»Ich schätze, es wird Zeit für mich«, sagte er und wusste genau, dass ein Teil der Traurigkeit, die er trotz des Grinsens, das er aufgesetzt hatte, empfand, so deutlich in seinem Gesicht zu sehen war wie ein Plakat auf einer Mauer. »Meinen Wunsch hebe ich mir für ein anderes Mal auf. Vergiss das nicht.«

»Nein«, meinte Charity. »Ich werde es nicht vergessen.«

Aber natürlich würde sie es vergessen – wie auch er die Sache vergessen würde.

Bis die Zeit reif war, um sich wieder zu erinnern.

1

August 1889 …

Charity Barnham lag mit gespreizten Beinen und dem Gesicht nach unten auf dem Boden des Baumhauses und spähte durch eine Ritze zwischen den Bohlen in die Tiefe. Bis vor ungefähr einer Minute war sie mit sich allein gewesen, versunken in ihr Elend, aber das Wiehern eines Pferdes und störende Geräusche aus dem dichten Unterholz am Abhang hatten sie in ihren Grübeleien unterbrochen. Ein Reiter zügelte sein Pferd direkt unter ihr, schwang sich aus dem Sattel und sprach beruhigend auf seinen schwarz-weiß gescheckten Hengst ein.

Als der Eindringling seinen Hut absetzte und ihn lässig über eine Astnarbe des Baumes stülpte – eine der Fußstützen, die Charity benutzt hatte, als sie hoch zu ihrem dicht belaubten Refugium geklettert war – sah sie, dass das Haar des Mannes blond war und die Farbe von Spätsommerhonig hatte und dass es lang genug war, um über den Kragen seines schwarzen Segeltuchmantels zu streifen.

Ihr Herz begann eine Spur schneller zu schlagen. Sie kannte jeden Mann, der auf Double B, der Ranch ihres Vaters, arbeitete, und ebenso kannte sie die meisten Leute aus Jubilee. Dieser Mann gehörte zu keiner der beiden Kategorien, was bedeutete, dass er bestenfalls ein Drifter war, jemand, der ziellos umherzog, und schlimmstenfalls ein Outlaw, ein Verbrecher, der gegen das Gesetz verstoßen hatte. In beiden Fällen war die Aussicht auf ein Zusammentreffen höchst unerfreulich.

Sie hoffte, dass der Mann nicht Taffeta bemerkt hatte, ihre schwarze Stute, die auf der kleinen Lichtung auf dem Gipfel des Hügels graste.

Der Fremde pfiff leise durch die Zähne, während er seinem Pferd den Sattel abnahm. Seine Bewegungen waren mühelos, aber wohlüberlegt; es schien fast so, als wüsste er, dass sie da war, ja, als wollte er sich über sie lustig machen, indem er sich alle Zeit der Welt ließ.

Er legte den Sattel zur Seite, streifte das Zaumzeug über den Kopf des Hengstes und beobachtete dann das Tier eine Weile, während es zum Flussufer lief und durstig aus dem Creek trank. Danach begann der Mann zu ihrer tiefsten Bestürzung, ein Lager aufzuschlagen. Er schichtete kreisförmig Steine auf, wobei er einen genügend großen Sicherheitsabstand zum Baum einhielt, und sammelte anschließend trockene Zweige und Äste als Feuerholz. Aus seiner Satteltasche nahm er etwas, das wie eine Angelschnur aussah.

Sie spannte alle Muskeln an, um in der Minute zur Flucht bereit zu sein, in der er hinter der Biegung des Creeks verschwinden würde. Er sah nicht wie ein Anfänger aus; sicher wusste er, dass der Hengst jede vorbeischwimmende Forelle vertreiben würde. Wenn er also etwas fangen wollte, würde er flussabwärts gehen müssen, wo das Gewässer breiter und ruhiger war.

Der Schecke, der seinen Durst gelöscht hatte, trabte ein Stück davon und begann am saftigen Gras zu zupfen.

Der Mann legte seinen langen Mantel ab, wobei er einen Colt enthüllte, der tief an seiner linken Hüfte hing, schritt zum Creekufer, ging in die Hocke, grub in der feuchten Erde mit einem Jagdmesser eine Hand voll Erdwürmer aus und steckte das zuckende Gewürm in seine Westentasche.

Sie ließ langsam die Luft aus den Lungen entweichen. Jetzt würde er verschwinden, sie konnte schnell vom Baum klettern, würde Taffeta finden und wäre auf und davon, bevor der Fremde sie überhaupt bemerken würde.

Aber stattdessen – als wollte er ihren Plan durchkreuzen – balancierte er über einen Baumstamm, der beim letzten Sturm quer über den Creek gestürzt war, zog einen Köder auf und warf seine Leine aus.

Sie murmelte etwas, was nicht gerade ladylike war, und überlegte, wie groß ihre Chancen waren, den Stamm herunterzuklettern und auf dem Hügel zu verschwinden, ohne seine Aufmerksamkeit zu erregen. Unmöglich, entschied sie. Er war nur sieben oder acht Meter weit entfernt, sah durchtrainiert aus und würde die Distanz zwischen ihnen mit der gleichen Leichtigkeit überwinden wie ein Grizzly auf allen vier Tatzen. Andererseits, dachte sie, war es ja möglich, dass er ein freundlicher Zeitgenosse war, ein harmloser Reisender, der in aller Unschuld seinen Geschäften nachging.

Der Colt – ein Fünfundvierziger – und die Selbstverständlichkeit, mit der er ihn trug, strafte diesen Gedanken allerdings Lügen. Der Revolver, schwer wie er war, schien Teil seines Körpers zu sein. Charity schwirrte der Kopf. Er könnte ein Gesetzeshüter sein, dachte sie, aber ebenso gut könnte er ein Revolverheld, ein Schuldeneintreiber oder ein Kopfgeldjäger sein. Mit solchen Männern war natürlich nicht zu spaßen.

In diesem Moment zog er seinen ersten Fisch aus dem Creek.

Sie stöhnte gequält. Unter diesen Umständen war sie so lange auf diesem verfluchten Baum gefangen, bis der Mann sein Lager abbrach und weiterzog. Taffeta würde reiterlos nach Hause traben und innerhalb weniger Minuten wäre die ganze Ranch in Aufruhr. Ihr Vater würde darauf bestehen, dass die ganze Umgebung nach ihr abgesucht und dabei das Unterste nach oben gekehrt würde. Er würde glauben, dass ihr Pferd sie abgeworfen hätte – oder dass man sie gekidnapped hätte. Was sie betraf, war er stets besorgt.

Der Revolverheld – inzwischen war sie ganz sicher, dass dieser Mann nur Ärger bedeutete – tötete die Forelle mit einer schnellen Bewegung seines Messers, spießte einen Köder auf den Haken und warf erneut die Leine aus. Dieser Prozess wiederholte sich viermal, bevor der Mann seinen Fang zum Flussufer brachte, seine Beute ins flache kalte Wasser legte und mit einem Zweig sicherte. Der Schecke hatte sich inzwischen ein ganzes Stück entfernt, aber Charity gab sich keine Sekunde der Hoffnung hin, der Mann würde seinem Pferd folgen; er pfiff einfach, der Hengst hob den Kopf aus dem Gras, spitzte die Ohren und trottete zum Lager zurück.

Sie war ungehalten, ungeduldig, hatte das unbestimmte Gefühl, vorsichtig sein zu müssen, und nun spürte sie auch noch einen wachsenden Groll. In den Bewegungen des Mannes lag eine Eleganz, die auch in seiner Denkweise lag, die Charity verriet, dass er über spezielle Kräfte verfügte. Instinktiv wusste sie, dass alles auf ihn zukam – nicht nur Pferde und Forellen, sondern auch Menschen und Ereignisse –, weil er sie zu sich befahl. Diese Erkenntnis faszinierte und beunruhigte sie zugleich, denn sie selbst war ein unabhängiger Mensch und auf ihre Art stark, doch hier war jemand, der ihr sicher gewachsen war. Ein würdiger Widersacher.

Während die Sonne hinter den Wipfeln der Bäume

am westlichen Horizont verschwand, machte der Mann ein Feuer, nahm eine kleine verrußte Pfanne aus seinem Gepäck und begann seine Forellen zu braten. Der Duft zog durch die Äste des Baumes und quälte ihren knurrenden Magen.

Zu Hause würde Peony, die Köchin der Familie, jetzt auch das Abendessen servieren. Gebratenes Huhn, Erbsen frisch aus dem Küchengarten und gestampfte Kartoffeln mit einer dicken Soße. Charity stöhnte leise und legte die Stirn auf ihre Arme, die sie inzwischen verschränkt hatte. Wie lange hielt sie sich jetzt schon auf dem Baum versteckt? Eine Stunde? Zwei?

Als sie ihren Kopf hob, blickte der Fremde genau in ihre Richtung, aber natürlich konnte er sie nicht sehen, denn es war Hochsommer und der Baum war dicht mit Blättern bewachsen. Seine Augen waren blaugrün, sein Lächeln war verwegen, und während sie ihm so direkt ins Gesicht schaute, spürte sie tief in sich eine süße Beklemmung.

»Ich schätze, Sie sollten jetzt runterkommen«, sagte er. »Ich habe nämlich die Absicht, in dem Fluss dort drüben ein Bad zu nehmen, sobald ich mit dem Essen fertig bin.«

Ihre Augen wurden riesengroß, und sie schluckte. Es dauerte eine Weile, bis sie ihre Fassung wiedergefunden hatte. Sie stand auf und kletterte den Baum hinunter, wobei sie fast auf seinen Hut getreten wäre, der immer noch über der Astnarbe hing. Sie klopfte ihren zweigeteilten Rock aus und wischte geschäftig über ihre Bluse, denn sie war über und über mit Staub und Spinnweben bedeckt. Ihr hellblondes Haar, das nur mit vielen Nadeln und Kämmchen zu bändigen war, befand sich in Auflösung, und sie vermutete, dass auch ihr Gesicht schmutzig war. Sie war dreiundzwanzig Jahre alt, weit über der Zeit für so eine Narretei; sie war gereizt und in ihrem Stolz verletzt, weil man sie gerade dabei erwischt hatte, wie sie sich in einem Baumhaus versteckt hatte.

Sie sah keinen Sinn darin zu fragen, wieso der Mann gewusst hatte, dass sie dort oben war, aber sie wunderte sich schon mächtig darüber. Bis jetzt hatte sie sich auf einer Stufe mit indianischen Medizinfrauen oder Jägern gesehen, die die große Fähigkeit zu haben schienen, sich nahezu unsichtbar zu machen. Nun würde sie diesen Punkt neu beurteilen müssen, und das war irritierend.

Der Fremde nahm sein Essen vom Feuer, stellte es mit einer Hand routiniert zur Seite, erhob sich aus der Hocke und schlenderte auf sie zu. Er bewegte sich, wie sie zuvor schon beobachtet hatte, mit der Grazie eines wilden Tieres. Das war schon beunruhigend. Sie fühlte sich auf Anhieb zu diesem Mann hingezogen, war aber verängstigt genug, um auf dem Absatz kehrtzumachen und wie ein aufgescheuchtes Reh davonzulaufen. Nur ihre außerordentliche Willenskraft hinderte sie daran, wie gehetzt den Hügel hinaufzustürzen.

Ein paar Schritte vor ihr blieb er stehen, den Kopf leicht zur Seite geneigt, die Hände auf die Hüften gestützt, und betrachtete sie mit anmaßender Belustigung. »Nun«, bemerkte er mit einem Unterton, als drückte dieses eine Wort allein schon seinen Gedanken aus. »Hatten Sie die Absicht, die ganze Nacht auf dem Baum zu verbringen?«

Sie hielt seinem Blick stand, obwohl ihr Herz wild pochte. »Wenn es nötig gewesen wäre«, räumte sie ein.

Er lachte, und dieser Klang fand seinen Weg direkt zu ihrer Seele, wo er widerhallte. »Sie brauchen keine Angst vor mir zu haben, Miss Barnham. Oder sind Sie inzwischen längst eine verheiratete Frau?« Er verschränkte die Arme und betrachtete sie nachdenklich.

Sie war am Ende ihrer Geduld, und ihre Nerven lagen blank. »Woher kennen Sie meinen Namen, Sir?«, fragte sie mit Nachdruck in der Stimme.

Wieder lächelte er sie verwegen an. Der Mann hatte eine Arroganz, die eigentlich unerträglich hätte sein müssen, aber stattdessen machte ihn gerade das nur noch attraktiver. »Wie könnte ich Sie vergessen haben?«, fragte er und deutete dabei mit einer Kopfbewegung in Richtung des unschuldig dahinplätschernden Creekes. »Schließlich bin ich fast ertrunken, als ich Sie aus dem reißenden Wasser gezogen habe.«

»Luke Shardlow«, murmelte sie erstaunt, wobei sie gleichzeitig einen Rückwärtsschritt machte, um sich gegen die seltsame Macht zu schützen, die er über sie zu haben schien.

Die wasserfarbenen Augen verengten sich leicht, und sein Verhalten war nicht mehr ganz so locker. »Verstehe, der Name Shardlow ist hier in der Gegend so verhasst, wie er es immer war.«

Bei diesen Worten verspürte sie einen Stich im Herzen, obwohl sie sich die Gefühle, die dahinter steckten, nicht erklären konnte. Nun ja, der Name *war* verflucht, denn schließlich war Lukes Vater im Gefängnis gewesen und später wegen Mordes an seiner Ehefrau gehenkt worden. Und Vance, Lukes älterer Bruder, wurde wegen einer ganzen Serie von hinterhältigen Raubüberfällen gesucht. Luke selbst hatte Jubilee nach der Gerichtsverhandlung und Verurteilung des alten Trigg Shardlow verlassen, und niemand schien zu wissen, wohin er gegangen war. Er musste damals ungefähr fünfzehn gewesen sein.

»Ich … ich gehe jetzt besser nach Hause«, meinte sie.

»Ich habe nicht die Absicht, dir etwas Böses zu tun«, sagte er mit einer Stimme, in der Trauer und Abscheu mitschwangen. Ohne ein weiteres Wort kehrte er ihr den Rücken zu und ging zu seinem Lagerfeuer. Der

Hengst schnupperte neugierig an den abgekühlten Fischen in der Pfanne, aber Luke knurrte nur leise einen Befehl, und das Tier sprang schnaubend davon.

Sie bewegte sich nicht. »Ich habe dir eigentlich nie richtig dafür gedankt, dass du mir das Leben gerettet hast«, erklärte sie laut.

Luke drehte sich ein wenig und schaute sie über die Schulter hinweg an. Er lächelte wieder, wenn auch etwas schwach. Dann neigte er leicht den Kopf, zum Zeichen dafür, dass er ihre Worte verstanden hatte.

»Hast du Prügel bezogen?«, fragte sie und wunderte sich, dass sie noch immer hier stand. Sie hatte das Gefühl, als bewegte sie einen Finger durch die Flamme einer Kerze immer wieder hin und her – und wartete nur darauf, dass sie sich verbrannte. Wie kam sie dazu, mit einem Shardlow zu reden? Angenommen, er war wie sein Bruder ein gesuchter Verbrecher?

»Wie bitte?« Er hob die Pfanne hoch, prüfte, ob das Pferd Schaden angerichtet hatte, schien aber alles in Ordnung zu finden.

»An dem Tag, an dem ich in den Fluss gefallen bin. Du meintest, dein Pa würde dich grün und blau schlagen, weil du deine Kleidung ruiniert hast.«

»Du bist nicht ins Wasser *gefallen*«, stellte Luke freundlich klar. »Du bist in den Creek *gewatet* – wegen eines verzauberten Frosches oder so.« Er schwieg und schüttelte bei der Erinnerung daran den Kopf, bevor er ihre Frage beantwortete. »Nein, die Sache habe ich mit heiler Haut überstanden. Der alte Saufkopf war unterwegs und vermutlich anderweitig beschäftigt.« Er warf einen Blick auf die rote untergehende Sonne. »Sie sollten jetzt besser nach Hause gehen, Miss Barnham. Man wird bestimmt nach Ihnen suchen.«

Sie nickte, drehte sich um und stieg den Hügel hinauf.

Im Schneidersitz saß Luke ein paar Schritte vom Feuer entfernt auf dem Boden, aß seine Fische und beobachtete dabei, wie sich die untergehende Sonne auf der Wasseroberfläche des Creek widerspiegelte. Zwar hatte er – wie jeder andere auch – seine Dämonen, aber er war das Alleinsein gewohnt und im Reinen mit seiner Vergangenheit, so turbulent sie auch gewesen war. Seine nachdenkliche Stimmung hatte denn auch in der Tat nichts mit Frustration oder Scham zu tun, weil er Old-Triggs jüngerer Sohn war; nein, er dachte über Charity nach. Wie sehr sie sich in den fünfzehn Jahren verändert hatte – und auch wieder nicht. Der Funke in ihren schiefergrauen Augen verriet, dass sie im Einklang mit sich selbst und der Welt um sich herum war. Und dann diese stolze, anmutige Art, sich zu bewegen. Sie war groß und schlank und auf eine Art fraulich, dass es besser für ihn wäre, nicht zu gründlich oder zu lange darüber nachzudenken. Sie war ausgesprochen weiblich, aber sie wirkte keineswegs zerbrechlich.

Er lachte leise in sich hinein, als er daran dachte, wie kratzbürstig sie in ihrer Verlegenheit gewesen war, weil sie in den Ästen der altehrwürdigen Eiche festgesessen hatte. Er hatte sie natürlich sofort entdeckt, denn schließlich hatte er sich als Junge oft genug dorthin zurückgezogen. Und in der Zwischenzeit hatte er aus bitterer Erfahrung gelernt, niemals ein Lager unter einem Baum aufzuschlagen, solange er nicht haargenau wusste, was dort oben los war. Einmal war er von einem Puma angesprungen worden, und in dem anschließenden Gerangel hatte er nicht nur ein gutes Pferd verloren, sondern auch einen Teil seiner Rückenhaut. Bei anderer Gelegenheit hatte sich ein Mann, den er verfolgte, von oben auf ihn fallen lassen, und auch diesen Kampf hätte er beinahe verloren. Er hatte seine Lektion gelernt, wofür seine Narben Zeugnis ablegten.

Nach dem Essen nahm er aus seiner Satteltasche ein Stück Seife, das in ein Mulltuch eingeschlagen war, und ging zum Creek. Am Ufer legte er seinen Gürtel mit dem Revolver ab und deponierte ihn auf einem flachen Stein, den er schon zuvor für diesen Zweck ausgewählt hatte. Dann streifte er beide Stiefel ab und testete die Temperatur des schnell fließenden Wassers mit dem Zeh.

Er sog scharf die Luft ein, denn es war eisig, aber Luke war seit gut einer Woche unterwegs, und da er vermutlich schon wie sein Pferd roch, blieb ihm kaum eine andere Wahl. Das Haus, in dem er aufgewachsen war – er hatte es sich inzwischen schon angesehen –, war nur noch ein Haufen aus verrottetem Holz, das mit Spinnweben überzogen war. Natürlich hätte er in das einzige Gästehaus von Jubilee gehen können, wo er ein anständiges Bett und ein heißes Bad bekommen hätte, doch Luke Shardlows Rückkehr nach all den Jahren würde natürlich für Aufregung sorgen. Er brauchte aber Zeit, da er erst einmal die Lage peilen wollte, bevor bekannt wurde, dass er wieder in der Stadt war.

Also zog er seine Kleidung aus und sprang fluchend ins kalte Wasser, wo sich seine Lippen blau verfärbten. In Anbetracht der Fantasien, denen er sich hingegeben hatte und in denen Charity Barnham eine Hauptrolle gespielt hatte, war es eine gute, wenn auch schmerzhafte Entscheidung. Nach einigem Plantschen und Wasserspritzen und noch mehr Flüchen tauchte er sauber wieder auf. Jedenfalls einigermaßen sauber.

Luke hatte frische Wäsche bei sich, die er in seine Decke gerollt hatte. Er beeilte sich, die Sachen anzuziehen und tanzte dabei im duftenden Sommergras wie ein Einbeiniger auf glühenden Kohlen. Erst eine gute Viertelstunde später klapperten seine Zähne nicht mehr, aber nach dem Bad fühlte er sich erfrischt und in heiterer Stimmung. Wenn er anderswo gewesen wäre, wäre dies die perfekte Nacht gewesen, um zu trinken, Karten zu spielen, eine Frau zu verführen, aber er war in Jubilee. Hier musste er – mehr als an jedem anderen Ort auf dieser Welt – einen klaren Kopf behalten, um zu beobachten und zuzuhören und zur gleichen Zeit den Eindruck zu erwecken, dass er nur in die Stadt gekommen war, um Ärger zu machen.

Letzteres dürfte ihm in Anbetracht des schlechten Rufs seiner Familie nicht allzu schwer fallen.

Er schnallte seinen Revolvergürtel wieder um, lockte mit einem Pfiff seinen Schecken zu sich, der auf den Namen Shilo hörte, und leinte das Tier so an, dass es noch das Flussufer erreichen konnte. Im Zwielicht begann er, sein Nachtlager im Gras zu machen, änderte dann aber seine Meinung und kletterte den Baum hinauf.

Die Plattform aus alten wettergegerbten Bohlen war noch so, wie er sie in Erinnerung hatte – abgesehen davon, dass Charitys Duft in der Luft hing, der sich mit dem der grünen Blätter mischte und dem muffigen Geruch eines staubigen Lagers. Offensichtlich hatte sie den Boden mit einem Zweig oder Ähnlichem gefegt, denn das Baumhaus machte einen erstaunlich sauberen Eindruck. Bei ihrem überstürzten Aufbruch hatte sie einen Kerzenstummel und ein zerfleddertes Buch zurückgelassen. *Grimms Märchen.*

Er lächelte, während er mit dem Daumen die Seiten durchblätterte. Miss Barnham, so schien es, war immer noch auf der Suche nach ihrem verzauberten Frosch. Seltsam, nach all den Jahren.

Er breitete sorgfältig seine Decke aus, legte sich seufzend hin und schlief sofort ein.

Charity hatte mit ihrer Vermutung Recht gehabt, dass sie zum Abendessen zu spät kommen würde. Das Geschirr war bereits abgeräumt, und ihr Vater und Mrs Quincy – Blaise –, die attraktive Witwe, die er im kommenden Herbst heiraten wollte, tranken schon ihren Kaffee. Aaron, Blaises zehnjähriger Sohn, war bereits ins Bett geschickt worden.

Glücklicherweise machten weder Jonah noch seine zukünftige Frau eine Bemerkung über Charitys Zuspätkommen oder darüber, dass sie sich nur oberflächlich gewaschen hatte; sie waren zu sehr mit sich selbst beschäftigt, um darauf zu achten. Jonah erhob sich und schob seiner Tochter den Stuhl zurecht, und Mrs Quincy bedachte sie mit einem warmen Lächeln. Peony, die schon bei Charitys Ankunft in der Küche ihre Meinung über Leute geäußert hatte, denen es egal war, ob sie rechtzeitig zu den Mahlzeiten erschienen, brachte einen Teller mit lauwarmem Essen, den sie immer noch leise schimpfend Charity vorsetzte.

Charity hatte schon immer einen gesegneten Appetit gehabt, und sie begann fast schon zu essen, bevor die alternde Köchin ihre Hand zurückgezogen hatte. »Wem gehört eigentlich das alte Shardlow-Haus?«, fragte sie.

Jonahs Gesichtsausdruck wurde ernst. Er war ein kräftig gebauter Mann in den Fünfzigern, mit braunen Augen und einer Menge Grau in seinem dunklen, immer noch dichten Haar, und Blaise wurde weit und breit wegen seiner hingebungsvollen Liebe zu ihr beneidet. »Vermutlich immer noch der Familie«, antwortete er. »Wenn von der Familie überhaupt noch jemand übrig ist.«

»Einer auf jeden Fall«, erwiderte sie zwischen zwei Bissen. »Luke ist zurückgekommen – ich habe ihn heute Abend gesehen.«

Jonah führte gerade eine Kaffeetasse aus feinstem Porzellan zum Mund, aber bei den Worten seiner Tochter stellte er sie wieder ab – langsamer und vorsichtiger, als es nötig gewesen wäre. »Wo?«, wollte er nur wissen.

»Unten am Creek.« Sie griff nach einem Biskuit, seufzte, weil er kalt war, und butterte ihn kräftig. »Er lagert dort.«

Blaise, die wohltuend zuverlässig und ziemlich intelligent war – wenn auch bisweilen etwas flatterhaft –, hatte glänzende walnussfarbene Haare, die stets perfekt frisiert und im Nacken modisch elegant zu einem Knoten zusammengesteckt waren. Nun wurde sie eine Spur blasser. »Charity, du hast doch nicht etwa …«

»… mit ihm geredet?«, beendete sie vergnügt die Frage. »Nun, ich hatte zwar nicht die Absicht, aber mir blieb gar nichts anderes übrig. Ich saß oben auf der alten Eiche, als er heranritt und anfing, genau unter mir sein Lager aufzuschlagen. Ich konnte ja kaum die ganze Nacht auf dem Baum sitzen bleiben.«

Obwohl sie wahrscheinlich genau das getan hätte, wenn Luke nicht geahnt hätte, dass sie dort war. Aber sie sah keinen Grund, in die Details zu gehen.

Jonah beugte sich in seinem Stuhl leicht vor. Wenn er wollte, konnte er so finster dreinschauen wie ein Prediger, der Hölle und Verdammnis beschwört, obwohl er in Wirklichkeit der liebenswerteste Mensch war. Seine tiefe Stimme grollte leise, energiegeladen wie ein Sturm, der sich nicht allzu weit entfernt am Horizont zusammenbraut. »Nach allem, was ich über den Jungen gehört habe, hättest du besser abgewartet.«

»Was hast du denn auf dem Baum gemacht?«, erkundigte sich Mrs Quincy. Die gute Blaise war ja warmherzig und freundlich, aber so in Jonah vernarrt, dass sie manchmal etwas verpasste und sich erst wieder zu Wort meldete, wenn das Gespräch längst ohne sie weitergegangen war.

Jonah tätschelte ihre gepflegte Hand, aber seit Charity angefangen hatte zu reden, war sein Blick unverwandt auf das Gesicht seiner Tochter gerichtet. »Was ist passiert?«, wollte er wissen. »Was hat er gesagt? Hat er dich etwa belästigt?«

Charity schob ihren Teller zur Seite. »Nichts ist passiert«, erwiderte sie ruhig. Sie war nicht gerade überrascht über die Reaktion ihres Vaters – schließlich war der Name Shardlow im Umkreis von Meilen berüchtigt –, aber gleichzeitig irritierte sie diese Reaktion. Wenn schon Jonah, ein gerechter Mann, solche Fragen stellte, hatte Luke mit seiner Einschätzung, dass sein Name verhasst war, vielleicht doch Recht. Ihr erschien es jedoch unrecht, einen Mann nach den Taten seiner Familie zu beurteilen.

Sie fragte sich, was ihr Vater wohl sagen würde, wenn er wüsste, dass Luke ihr einmal das Leben gerettet hatte.

Jonahs Wangenmuskeln traten sichtbar hervor, doch dann entspannte er sich wieder. »Ich reite wohl besser mal rüber und finde heraus, was er will«, erklärte er mit grimmiger Entschlossenheit.

Blaise stieß einen leisen aufgeregten Schrei aus und begann, sich Luft zuzufächeln, obwohl es im Esszimmer so kühl war, dass man ein Feuer im Kamin hätte anzünden können. »Gütiger Himmel, Jonah, das darfst du nicht! Er könnte doch ein Outlaw sein. Angenommen, er würde dich erschießen?« Malcolm, ihr erster Ehemann, war bei einem Jagdunfall ums Leben gekommen, und so war sie verständlicherweise sehr sensibel, was Schusswaffen anging.

»Wenn er es darauf abgesehen hätte, jemanden zu

erschießen«, argumentierte Jonah ganz logisch, »dann hätten wir das in Jubilee längst erfahren.« Wieder tätschelte er Blaises Hand, während er Charity fest anschaute und sie damit auf ihrem Sitz festhielt. »Ich werde morgen früh mit ihm reden.«

»Ich glaube, ich werde mal nach Aaron schauen«, entschied Blaise und erhob sich besorgt.

Jonah stand ebenfalls auf und setzte sich erst wieder, nachdem Blaise den Raum verlassen hatte. Dann wiederholte er Mrs Quincys Frage: »Was hast du auf dem Baum gemacht?«

Charity seufzte. Es wäre sinnlos gewesen, Jonah anzulügen, denn er hatte schon vor langer Zeit gelernt, ihren Gesichtsausdruck genau einzuschätzen. »Ich musste einfach mal raus«, antwortete sie leise. »Mich verstecken, wenn du so willst. Ich wurde einfach nicht mehr fertig mit … gewissen Sachen.«

»Was für Sachen?« Jonah hob fragend seine buschigen Augenbrauen.

»Ich wollte nachdenken«, erwiderte sie zögernd. *Und aus Verzweiflung weinen*, aber das würde sie um keinen Preis zugeben. Verrückte Pläne schmieden, die undurchführbar waren, Pläne, wie sie fliehen konnte, bevor Raoul mit ein paar hundert Longhorn-Rindern aus Texas zurückkehrte, die er zur Ranch seines Großvaters trieb, wo es bereits eine riesige Herde gab. Aber die neuen Rinder würden dort nicht lange bleiben, denn sie waren als eine Art umgekehrte Mitgift gedacht.

Charity hob das Kinn ein wenig. Sie würde bleiben, denn die Double B-Ranch lag ihr im Blut, sie war wie eine Erweiterung ihrer Seele, aber sie wollte nicht den Mann heiraten, den ihr Vater für sie ausgesucht hatte, und daraus hatte sie auch nie ein Geheimnis gemacht. Jonah, der fürchtete, dass Charity eines Tages allein dastehen würde, ohne Ehemann, Bruder, Onkel oder Vater, die sich um sie kümmern würden, hatte geschworen, sein Vermögen in die Obhut mehrerer Anwälte aus der Stadt zu übergeben, falls sie Raouls Antrag ablehnte. Das Geld, von dem es eine ganze Menge geben musste, war ihr gleichgültig, aber sie war nicht sicher, ob sie ohne die Ranch überhaupt noch würde atmen können. Und sie traute den Anwälten nicht – glaubte nicht, dass sie das Land zusammenhalten würden.

»Ich liebe Raoul nicht«, sagte sie vorsichtig.

Jonah schloss für einen Moment die Augen. »Deine Mutter und ich haben geheiratet, weil unsere Väter drüben im Osten Geschäftspartner waren.« Seine Stimme klang sanft und eigensinnig zugleich. »Zusammen haben wir diese Ranch aufgebaut. Wir hatten dich. Nie haben sich zwei Menschen mehr geliebt als Rianna und ich.« Er schwieg und kämpfte gegen seine Gefühle an. »Raoul ist ein guter Mann, Charity. Du machst ihm doch nicht etwa … die Umstände seiner Geburt … zum Vorwurf?«

Raoul Montego war dreißig Jahre alt, hatte eine dunkle Mähne und fast schwarze Augen. Sein Vater – Jubilees Ausgabe des verlorenen Sohnes – hatte Maria, Raouls wunderschöne mexikanische Mutter, nie geheiratet und sie schließlich beide sitzen lassen. Raouls Großvater, Besitzer der zweitgrößten Ranch in diesem Teil des Territory, hatte durch Zufall von ihrer Existenz erfahren und nach ihnen geschickt, als Raoul ungefähr zwölf Jahre alt gewesen war. Die junge Frau erkrankte bald darauf schwer an Fieber. Sie sehnte sich nach ihrem Heimatland und rief immer wieder den Namen des Mannes, der sie betrogen hatte. Nach ihrem Tod war Raoul auf der Ranch geblieben, aber verbittert und stolz wie er war, hatte er den Familiennamen seiner Mutter angenommen und nicht den seines Großvaters.

»Du weißt doch«, fuhr Jonah eindringlich fort, »wie sehr Raoul dich liebt.«

Die Worte hatten die Macht zu verletzen. Diesmal war es an Charity, die Augen zu schließen. »Er verdient eine Frau, die seine Liebe erwidert. Bitte, Papa. Zum letzten Mal – zwing mich nicht dazu. Lass mich auf den richtigen Mann warten.«

Jonah blinzelte einen Tränenschleier weg, der plötzlich seine Augen verschleierte. »Raoul«, sagte er schließlich mit rauer Stimme, »ist der richtige Mann. Im nächsten Jahr um diese Zeit – oder vielleicht sogar schon viel früher – wirst du das erkennen.« Wieder machte er eine kurze Pause und fuhr dann fort: »Raoul kann jeden Tag zurück sein. In einem Monat ist er dein Ehemann, und ich werde dir die Hälfte der Double B-Ranch überschreiben. Als dein Vater bitte ich dich noch einmal, meinem Urteil zu vertrauen und aufzuhören, dich auf diese Art zu quälen.«

Sie biss sich auf die Unterlippe. Dann ergriff sie noch einmal das Wort. »Wenn ich ein Mann wäre und keine Frau«, entgegnete sie, »brauchte ich für mein Erstgeborenenrecht nicht mit meinem Körper zu bezahlen. Es würde mir einfach zustehen.«

Sie spürte genau, dass Jonah Barnham – wenn er eine andere Sorte Mann gewesen wäre – sie dafür geohrfeigt hätte. Aber so sank er nur mit einem tiefen Seufzer in seinem Stuhl zurück, während sie von ihrem Stuhl aufsprang und zu der großen Bogentür lief, die zur Eingangshalle führte. Als sie ihr Schlafzimmer im Obergeschoss erreichte, von dem man eine herrliche Aussicht über das Land und die Berge dahinter hatte, war ihr fast übel vor Enttäuschung.

Eine Weile lief sie auf und ab, denn sie war zu erregt, um still zu sitzen. Nachdem sie sich etwas beruhigt hatte, nahm sie auf der Bettkante Platz und schleuderte ihre Hausschuhe weit von sich. Ihre schmutzigen Reitstiefel hatte sie – auf Peonys Verlangen – auf der kleinen Küchenveranda abgestellt.

Sie ging zu ihrem Schreibtisch, einem herrlichen Möbelstück, das trotz seiner vermeintlichen Zerbrechlichkeit eine weite Reise überstanden hatte. Von England über die tosenden Wellen des Ozeans, über Bahngleise und Maultierpfade nach Jubilee und schließlich zur Ranch, wo Jonah den Schreibtisch entgegengenommen hatte, um ihn ihr zu ihrem sechzehnten Geburtstag zu schenken. Sie liebte dieses Stück nicht nur wegen seiner Schönheit und seines ideellen Wertes, sondern weil es für sie die Urkraft der Weiblichkeit symbolisierte. Der Schreibtisch war zwar zierlich und sicher wunderschön, aber zugleich war er auch nützlich und würde noch lange weiterbestehen.

Aus einer der Schubladen nahm sie eine Feder und ihr ledergebundenes Journal. Als die Tinte bereitstand, schlug sie eine neue Seite auf und begann zu schreiben – nicht über Raoul oder ihre scheinbar unüberwindbaren Differenzen mit Jonah, diesem Schutzpatron aller sturen Maulesel und sturmerprobten Baumstämme, sondern über Luke Shardlow.

Der Traum riss ihn schmerzhaft aus dem Schlaf, und er hatte bereits den Colt gezogen und gespannt, bevor er die Sterne über sich sah, silberne Lichttüpfchen zwischen den dunklen Blättern der Eiche. Schweiß, kälter als das Wasser des Creek, bedeckte ihn wie eine flüssige Haut, und sein Herz pochte so laut, dass er für ein paar atemlose Augenblicke gar nicht begriff, dass er sechsundzwanzig war und nicht mehr vierzehn, und dass der Schrei, den er im Schlaf gehört hatte, nicht der seiner Mutter gewesen war, sondern wohl der einer Eule.

Er fluchte leise, setzte sich auf und schob den Revolver in den Holster zurück. Da hatte er sich überwunden und sich im Creek beinahe zu Tode gefroren, und dann schwitzte er die einzig saubere Wäsche, die er noch besaß, durch! Zum hundertsten Mal, ach, vielleicht zum tausendsten Mal, sagte er sich, dass er mit dieser Art Leben aufhören musste. Er sollte sich eine Frau suchen und die Ranch kaufen, für die er gespart hatte, seit er seinen ersten Nickel verdient hatte, als er die Boxen in einem Mietstall ausgemistet hatte.

Er blickte zur Feuerstelle hinunter und sah, dass nur noch ein paar Holzstücke glühten. Da ihm so kalt war, als wäre es Januar und nicht Mitte August, kletterte er runter und fachte das Feuer wieder an. Dann nahm er einen kleinen Topf, der zu seiner Ausrüstung gehörte, und etwas von dem kostbaren Kaffeevorrat, der rapide zusammenschmolz, und kochte sich einen Mitternachtströster.

Mit dem Kopf nickend, trottete Shilo heran und stieß seine Nase so fest zwischen Lukes Schulterblätter, dass er fast vornüber in die knisternden Flammen gefallen wäre. Er lachte. »Lass mich in Ruhe, Pferd«, sagte er, aber er war dankbar für die Anwesenheit des Schecken, denn die Schatten des Albtraums umgaben ihn immer noch.

Er starrte ins Feuer und unternahm gar nicht erst den Versuch, die Erinnerungen zu verdrängen; das hatte noch nie funktioniert. Am besten war es, sich ihnen zu stellen, sie auszuhalten. Nach jener schrecklichen Nacht damals war er nur deshalb nicht verrückt geworden, weil er vor dem Schmerz nicht geflohen war, sondern ihn ertragen hatte, ihn bereitwillig angenommen hatte, ihn ausgehalten und überdauert hatte.

Als er seinen zweiten Becher Kaffee trank, war er wieder hellwach, und seine Kleidung trocknete auch allmählich, obwohl sich die Sachen immer noch klamm anfühlten. Vor seinem geistigen Auge spulten sich die Bilder und Geräusche so lebendig ab, als erlebte er alles noch einmal.

In dieser Nacht war Trigg betrunken nach Hause gekommen, was keineswegs ungewöhnlich war. Er war zum Heuboden hochgestiegen – wie viel einfacher wäre es für alle gewesen, wenn er dabei von der Leiter gefallen wäre und sich das Genick gebrochen hätte –, hatte den schlafenden Luke bei den Haaren gepackt und ihn in den Wohnraum der Hütte gestoßen, der gut zwei Meter tiefer lag.

Brüllend war der Alte, der nach billigem Fusel, kaltem Schweiß und purem Hass stank, ihm gefolgt. »Bastard!«, hatte er gebrüllt und auf Luke eingetreten. »Du bist nicht mein Sohn, du Mistkerl. Deine Mutter hat herumgehurt und dich in einer dunklen Seitenstraße gemacht.«

Luke hatte versucht, auf die Beine zu kommen – er hatte keine Angst gehabt, er war nur fuchsteufelswild gewesen –, aber Trigg hatte ihn mit einem gewaltigen Faustschlag zu Boden gestreckt.

Er hatte seine Mutter schluchzen gehört, dann betteln und flehen, als sie versuchte, sich zwischen ihren Ehemann und ihren Sohn zu drängen. Vance, Lukes Halbbruder, der etwa fünf Jahre älter war, war in dieser Nacht unterwegs und bekam von dem ganzen hässlichen Geschehen gar nichts mit.

Irgendwie kam Luke dann doch auf die Beine, aber Trigg war sofort wieder hinter ihm her, wobei er seine Frau mit einem brutalen Stoß zur Seite schleuderte, weil sie ihm im Weg war. Sie stürzte, prallte mit dem Kopf gegen den Kaminsims und blieb regungslos auf dem staubigen Boden liegen. Trigg, der plötzlich stocknüchtern wirkte, kauerte sich neben sie, stieß sie mit dem Finger an und flehte sie an. Sie bewegte sich nicht mehr.

Trigg schüttelte sie, fester und immer fester. Luke versuchte nicht mehr einzugreifen. Er wusste – er hatte es von dem Augenblick an gewusst, als sein Vater Hand an sie gelegt hatte und sie brutal von sich geschleudert hatte, dass nun die Zeit gekommen war, die Nacht, vor der er sich gefürchtet hatte, solange er denken konnte. Sie war tot.

Er hatte nicht geweint – in gewisser Weise war er sogar froh für sie gewesen. Das Leben war für Marietta Shardlow immer zu hart und erbarmungslos gewesen. Zu schmerzhaft.

Trigg dagegen hatte geheult, sie in seine Arme genommen und ihren kleinen zierlichen Körper durch die offen stehende Tür der Hütte ins Freie getragen, wo sich eben das erste Licht des neuen Tages zeigte. Luke versuchte aufzustehen, aber er wurde ohnmächtig, bevor er auf die Füße kommen konnte.

Als er aufwachte, saß Vance, der inzwischen von seinem nächtlichen Ausflug zurück war, am Tisch und beobachtete ihn.

Luke lag zusammengerollt da, sein ganzer Körper schmerzte, aber innerlich kochte er, stumm und hilflos, vor mörderischer Wut. »Er hat sie umgebracht«, sagte er nach langer, langer Zeit. »Er hat sie umgebracht.«

Vance stand auf, ging mit ein paar Schritten zu ihm, beugte sich über ihn und erwiderte ganz langsam und deutlich: »Das bildest du dir ein, Junge. Deine Ma war eine zartbesaitete Frau. Sie konnte dieses raue Leben, das wir hier führen, nicht mehr ertragen. Sie ist auf den Heuboden gestiegen und hat sich selbst runtergestürzt. Das hat sie getan. Hast du mich verstanden, Junge? Sie hat sich selbst umgebracht.«

Luke nickte. »Ich habe dich verstanden«, antwortete er. Aber als Marshal Asa McCallum ein paar Stunden später vorbeikam, um die Fragen zu stellen, die gesetzlich vorgeschrieben waren, machte Luke seine Aussage. »Sie ist von nirgendwo runtergesprungen«, erklärte er. »Mein Pa hat sie umgebracht.« Und dann erzählte er die ganze schreckliche Geschichte in allen Einzelheiten.

McCallum glaubte ihm, verhaftete einen greinenden, immer noch halb betrunkenen Trigg, und brachte ihn in die Stadt, wo er ihn in den Keller der Gemischtwarenhandlung sperrte, der einer Zelle noch am nächsten kam, denn in dieser Zeit gab es in Jubilee noch kein Gefängnis.

Ein paar Tage später kam Trigg zu Mariettas Begräbnis, in Handschellen und unter Bewachung. Er weinte und führte sich so auf, als trauerte er ernsthaft um sie. Er wisse nicht, wie er ohne seine liebe Frau, seinen Schatz, auskommen sollte, jammerte er.

Wie Luke sich erinnerte, regnete es an diesem Tag lange und ausgiebig. Der Regen verwandelte den Boden des Friedhofs in Schlamm und verwischte die Tränen, die manch anderer der Trauergäste vergossen haben mochte.

Jetzt sah Luke Triggs Gesicht ganz deutlich vor sich. *Du elender Hurensohn, sagte er stumm zu dem imaginären Bild. Du kannst nur hoffen, dass ich nicht eines Tages in die Hölle fahre, denn wenn ich komme, sind die Teufel dein geringstes Problem.*

2

Auf dem Friedhof war es ganz still, abgesehen von vereinzeltem ersten Vogelgezwitscher. Es wehte eine frische Brise, und das Gras war feucht vom Tau. Charity, die einen Strauß gelber Rosen in einer Rockfalte hielt, ließ die Stute Taffeta, ohne sie anzubinden, auf der Straße zurück und kletterte zwischen den weißen Balken des Zauns hindurch. Als sie zu der gepflegten letzten Ruhestätte ihrer Mutter ging – der Grabstein aus rosafarbenem Marmor war wirklich beeindruckend –, war Charity weniger überrascht, als sie es vielleicht hätte sein sollen, als sie einen flüchtigen Blick auf Luke Shardlow erhaschte. Er stand, den Hut in der Hand, etwas weiter entfernt vor einem Grab, das nur mit einem Holzkreuz gekennzeichnet war.

Im Garten der Ranch hatte sie ein Dutzend knospender Rosen geschnitten, die Lieblingsblumen ihrer Mutter. Sechs davon legte sie auf den Sockel des Grabsteines, sprach ein kurzes Gebet und ging dann entschlossen auf Luke zu. Je näher sie kam, desto höher wurde das Gras, die Gräber wurden ärmlicher und lagen dichter beieinander.

»Morgen«, grüßte er und nickte leicht mit dem Kopf.

Sie bückte sich, legte die sechs verbliebenen Rosen vor das schmucklose Kreuz und richtete sich wieder auf, bevor sie den Gruß erwiderte. »Guten Morgen.«

Luke trug seinen langen schwarzen Mantel und darunter den bedrohlichen Colt. Aus einer inneren Brusttasche zog er den dünnen Märchenband, den sie im Baumhaus zurückgelassen hatte. »Das hast du vergessen«, meinte er.

Als sie das Buch entgegennahm, berührten sich ihre Finger, und ihre Reaktion war so unerwartet, so intensiv, dass sich ihr Innerstes zusammenzog und ihr der Atem wegblieb. Eine ganze Weile brachte sie kein Wort heraus.

»Das gehört doch dir?«, fragte Luke. Er hatte faszinierende Augen; ihre Farbe war eine ungewöhnliche Mischung aus Grün und Blau.

»Ja«, antwortete Charity schließlich verlegen.

Er lächelte schwach und verhalten und betrachtete die Blumen auf dem ungepflegten Grab. »Danke. Meine Ma ist hier begraben. In ihrem Leben hat sie nicht viele hübsche Dinge besessen.«

Für einen kurzen Moment wurde Charity von Traurigkeit fast überwältigt. Es war, als wäre diese Frau, die hier, in dieser schattigen und offensichtlich vergessenen Ecke des Friedhofs ruhte, selbst jetzt, über den Tod hinaus, von den anderen getrennt und irgendwie ausgeschlossen. »Wie war ihr Name? Ihr Vorname, meine ich.«

Lukes freundlicher Gesichtsausdruck änderte sich nicht, als er wieder auf das Grab blickte. »Marietta«, erwiderte er.

»War sie schön?« Das war eine lächerliche Frage, und Charity wusste nicht, warum sie sie gestellt hatte. Sie wusste sehr wenig über Marietta Shardlow; nur dass ihr Leben sehr schwierig gewesen sein musste und dass sie durch die Hand ihres eigenen Ehemannes ums Leben gekommen war.

Sein Blick begegnete Charitys Blick. »Für mich war sie es. Aber sie war zierlich und zerbrechlich.«

Charity hatte die Vorstellung von einer zarten Wildblume, die eigentlich auf einer saftigen Wiese hätte erblühen sollen, die stattdessen aber auf hartem, steinigem Boden aufwuchs, wo es ihr nie richtig gelang, Wurzeln zu schlagen. »So war meine Mutter auch«, meinte sie nachdenklich und deutete mit der Hand auf das Grab, von dem sie gekommen war. »Als sie starb, war ich sechs.«

»Kannst du dich noch an sie erinnern?«

Sie nickte und lächelte wehmütig.

Luke seufzte, und auf seiner Stirn bildeten sich Falten, die aber ebenso schnell verschwanden, wie sie gekommen waren. »Ich kann mir das Gesicht meiner Ma nur noch selten ins Gedächtnis rufen, doch ich erinnere mich daran, dass sie gern gelacht hat. Obwohl die Umstände so waren, wie sie nun einmal waren, hat sie doch immer gelächelt und gesungen.«

Diese Enthüllung erstaunte Charity, wenn sie bedachte, wie Mrs Shardlows Leben geendet hatte. Es war allgemein bekannt, dass die Familie bettelarm und von den Kleider- und Lebensmittelspenden der Kirche abhängig gewesen war. Alljährlich, wenn auf Double B die Rinder und Schweine geschlachtet worden waren, um Fleischvorräte anzulegen, hatte Jonah dafür gesorgt, dass ein Teil bei den Shardlows landete, wobei er wirklich geglaubt hatte, dass niemand etwas davon wüsste. Jedenfalls war es gut zu hören, dass Marietta Shardlow nicht nur geweint, sondern auch gelacht und gesungen hatte.

»Ich habe dein Pferd gar nicht gesehen«, bemerkte Charity und kam sich im selben Moment ziemlich albern vor. Sie versuchte selten, Menschen zu beeindrucken, aber aus einem unerklärlichen Grund wünschte sie, dass Luke Shardlow sie in einem positiven Licht sah.

Er deutete auf eine Baumgruppe auf der Seite des Friedhofs. »Es ist dort drüben und mäht das Gras«, erwiderte er und grinste.

Erst jetzt fragte Charity sich, ob Luke eigentlich bewusst versuchte, aus seiner Anwesenheit in Jubilee ein Geheimnis zu machen. Er hatte offensichtlich sorgfältig darauf geachtet, dass sein Pferd nicht gesehen wurde. Die Farmer und Rancher hatten zwar um diese Zeit schon die Hälfte ihres Tagewerks vollbracht, aber die Städter begannen gerade erst, sich aus ihren Betten zu wälzen. »Wirst du lange in Jubilee bleiben?«, fragte sie.

Die Veränderung seines Gesichtsausdrucks war so geringfügig, dass sie es kaum bemerkte. »Lange genug«, antwortete er ausdruckslos. »Ich habe hier einiges zu erledigen.«

Charity nickte und war sich bewusst, dass sie rot geworden war. Sie hätte ihm gern noch so viele Fragen gestellt – wo er nach dem Mord an seiner Mutter gewesen war, womit er seinen Lebensunterhalt verdiente, ob es irgendwo eine Frau gab, die darauf wartete, dass er zu ihr zurückkam.

Wahrscheinlich, dachte sie wehmütig, gab es überall zwischen Kanada und Mexiko Frauen, die die Straße beobachteten und hofften.

»Ist das eine Gewohnheit von dir, in aller Herrgottsfrühe auf den Friedhof zu gehen?«, fragte er belustigt, und sie war ihm dankbar dafür, dass er das sonderbare, peinliche Schweigen brach, das ein paar Augenblicke zuvor entstanden war, als sie angefangen hatte nachzudenken.

Sie schüttelte lächelnd den Kopf. »Ich wache immer früh auf«, sagte sie, »und mag es, direkt in den Blumengarten zu gehen, um Bouquets fürs Haus zu schneiden. Heute Morgen rochen die Rosen besonders intensiv, und sie sahen so herrlich aus, dass ich spontan beschlossen habe, ein paar vorbeizubringen. Der Friedhof liegt sowieso auf meinem Weg zur Missionsschule.«

»Du bist eine Lehrerin?« Er klang überrascht, und so sah er auch aus. Charity war nicht sicher, ob sie sich nun geschmeichelt fühlen oder eher beleidigt sein sollte.

Sie lachte, gleichermaßen aus Nervosität und Belustigung. Was war nur los mit ihr? Sie fühlte sich zittrig, und ihr war so heiß, dass sie die Handoberfläche gegen die Stirn legte. »Nein, ich helfe manchmal nur bei den Kleinen aus. Beim Buchstabieren- und Lesenlernen.«

»Ich hätte nicht gedacht, dass in dieser Zeit des Jahres Unterricht abgehalten wird«, bemerkte Luke. Er schien es nicht besonders eilig zu haben, das Gespräch zu beenden, und darüber freute Charity sich unerklärlicherweise.

Sie erläuterte, dass die meisten Schüler in der Mission Indianerkinder waren, die kamen und gingen, wie sie gerade Lust hatten. Einige waren krank, einige waren Waise, aber alle begegneten Weißen mit Argwohn. Dass sie Charity ebenso akzeptierten wie Pater Elias, den Jesuitenpriester, erfüllte sie insgeheim mit Stolz.

Nachdem Charity aufgehört hatte zu erzählen, setzte Luke seinen Hut wieder auf. »Ich könnte dich zu deinem Pferd begleiten«, bot er an.

»Das ist wirklich nicht nötig«, erwiderte sie. »Danke, dass du mir mein Buch zurückgegeben hast.«

»Oh, das war doch selbstverständlich, Miss Barnham«, meinte er mit diesem leicht spöttischen Lächeln. Die Krempe seines Hutes warf einen Schatten auf die obere Hälfte seines Gesichts, aber die goldenen Bartstoppeln glitzerten in der Sonne.

Sie schwebte wie auf Wolken und schalt sich selbst

eine Närrin. Sie war bisher keine Frau gewesen, die zitterte und errötete, wenn ein Mann ihr seine Aufmerksamkeit schenkte – egal, wie charmant er auch sein mochte –, und deshalb wusste sie jetzt nicht, wie sie mit dieser neuen Facette ihres Ichs umgehen sollte.

Er tippte mit den Fingerspitzen an die Hutkrempe, lächelte und sagte: »Schönen Tag noch.« Dann drehte er sich um und ging mit langen Schritten davon, was bei jedem anderen großspurig gewirkt hätte.

Während sie ihn beobachtete, wie er davonging, fragte Charity sich, warum er wohl nach Jubilee zurückgekehrt war, in einen Ort, an den er doch nur schlimme Erinnerungen haben konnte. Sie war nicht sicher, ob sie die Antwort wirklich wissen wollte.

Als Luke zu seinem Lagerplatz am Creek zurückkehrte – seine Sachen hatte er im Baumhaus verstaut –, fühlte er sich aufgewühlt und ruhelos. Das waren unbekannte Gefühle für ihn, denn im Laufe der Jahre hatte er sich angewöhnt, immer cool zu bleiben, seine Gedanken abzuwägen und seine Handlungen in das dazu richtige Verhältnis zu setzen. Charity Barnham noch einmal zu sehen, hatte sein inneres Gleichgewicht auf eine Art gestört, die zwar verwirrend, aber nicht direkt unangenehm war.

Er pfiff leise durch die Zähne, während er seine Sachen holte, die er bereits zu einem Bündel gepackt und in seiner Schlafdecke eingerollt hatte, wieder auf seinen Schecken stieg und sich auf den Weg zu seinem Elternhaus machte. Luke hatte sich orientiert und sich einen Plan zurechtgelegt. Obwohl er darauf geachtet hatte, dass er nicht von zu vielen Leuten gesehen worden war, wusste er, dass ihn ein paar Frühaufsteher bemerkt hatten, als er zum Friedhof geritten war. Er hatte die Bühne vorbereitet, nun war es an der Zeit, mit der Vorstellung zu beginnen.

Als er die halb zerfallene Hütte erreicht hatte, die dank der Bemühungen seiner Mutter einst ein halbwegs anständiges Zuhause gewesen war, umkreiste er das Haus und schätzte den Schaden ab, wobei er die Erinnerungen verdrängte und die Gespenster der Vergangenheit verjagte, die ihm zu nahe kommen wollten.

Das Dach des kleinen Hauses war eingestürzt, und es hatten sich wahrscheinlich Mäuse und anderes Ungeziefer darin breit gemacht, aber insgesamt war es in einem besseren Zustand, als er zuerst geglaubt hatte. Die Scheune war allerdings nicht mehr zu gebrauchen, und die Obstbäume, die seine Mutter gehegt und gepflegt hatte, mussten dringend zurückgeschnitten werden.

In Gedanken stellte er eine Liste auf, welche Werkzeuge er brauchte und welches Material er benötigte, als er hörte, dass sich ein Gespann näherte. Er drehte sich um und beobachtete, wie ein Mann in den Fünfzigern – niemand anderes als Jonah Barnham – mit einem Zweispänner aus dem Birkenwäldchen kam. Also, dachte er verschmitzt lächelnd, wusste der Alte, dass er Charity beim Creek getroffen hatte. Und nun war er gekommen, um ihn zu warnen, um ihm klar zu machen, dass er verschwinden sollte.

Old-Jonah wäre nicht da, wo er heute war, wenn er schwer von Begriff gewesen wäre. Luke hatte seinen Mantel ausgezogen und seinen Hut abgelegt, aber der Colt hing an seinem Platz an der Hüfte. Er sah, wie Barnhams Blick zu der Waffe wanderte, während er die leichte Kutsche zum Halten brachte, indem er den Pferden, einem herrlichen Rotfuchspaar, einen leisen Befehl gab und dabei die Zügel anzog.

»Mr Barnham«, sagte Luke nur zur Begrüßung.

»Luke«, erwiderte Barnham und nickte dabei leicht. Er band die Zügel um den Bremshebel und kletterte mit einer Leichtigkeit vom Bock, als wäre er ein viel jüngerer Mann. Er streckte seine Hand aus, die Luke ergriff.

»Das sieht hier alles ziemlich heruntergekommen aus«, meinte Jonah, nachdem sie einander die Hand geschüttelt hatten. »Falls du die Absicht hast zu verkaufen, hoffe ich doch, dass du mir die Gelegenheit gibst, dir ein Angebot zu machen.

Das Land der Shardlows grenzte direkt an die Double B-Ranch, und obwohl Jonah sich nie in anderer Leute Geschäfte einmischte, hatte er doch niemals einen Hehl daraus gemacht, dass er dieses Stück Land gern besitzen würde. Die Hälfte war mit Bäumen bestanden, es gab eine gute Quelle und reichlich Grasland. In Wirklichkeit hatte Luke zwar die Absicht weiterzuziehen, nachdem er hier erledigt hatte, was er erledigen wollte, um sich in Montana oder Colorado oder vielleicht sogar in Mexiko niederzulassen, aber er wollte den Eindruck erwecken, dass er zurückgekommen sei, um sich direkt unter den scheinheiligen Nasen der aufrechten Bürger von Jubilee ein Heim zu schaffen.

Das war wahrscheinlich die einzige Möglichkeit, um Vance aus seinem Versteck zu locken, ohne Verdacht zu erregen.

»Ich denke, ich werde eine Weile hier bleiben«, erklärte er.

Jonah verzog bedauernd das Gesicht. »Dann willst du dich hier niederlassen?«

»Vielleicht.«

»Ich habe gehört, dass du gestern beim Creek meine Tochter getroffen hast.«

»Ja, Sir«, erwiderte Luke ohne die geringste Spur von Ehrerbietung. »Das habe ich. Sie ist so schön, dass es mir direkt den Atem verschlagen hat.«

Jonah zeigte nicht die instinktive Vorsicht, die andere Männer an den Tag legten, wenn sie mit Luke sprachen. »Sie ist verlobt und wird heiraten«, sagte er offen und direkt. »Die Hochzeit wird in einem Monat stattfinden. Deshalb erwarte ich – bei allem Respekt –, dass du dich von ihr fern hältst.«

Luke wusste, dass sein Gesicht nichts von der emotionalen Sturmflut zeigte, die die Nachricht von Charitys bevorstehender Heirat in ihm ausgelöst hatte. »Ich bin nicht sicher«, meinte er, »ob ich jetzt nicht beleidigt sein sollte.«

Jonah war weit davon entfernt zu lächeln. »Wir beide wissen doch, dass junge Mädchen manchmal zu Männern deiner Sorte eine törichte Zuneigung entwickeln können.«

»Junge Mädchen?«, wiederholte Luke. »Ich kann ja verstehen, dass Sie selbst es noch nicht bemerkt haben, aber Charity ist inzwischen eine Frau. Eine kluge Frau, wie ich glaube, trotz ihrer Neigung, sich auf Bäumen zu verstecken.«

Jonah errötete vom Nacken bis zum Backenbart. Seine braunen Augen glänzten feurig. »Lass sie einfach in Ruhe.«

»Ich denke, Sie überschätzen meinen Charme, Jonah. Charity und ich haben ein- oder zweimal miteinander gesprochen. Das ist alles. Ich werde bestimmt nicht anfangen, Lieder unter ihrem Schlafzimmerfenster zu singen.«

»Männer wie du brauchen keinen besonderen Charme. Viele Frauen, die normalerweise ganz vernünftig sind, fühlen sich von Männern deiner Sorte angezogen.«

»Jetzt haben Sie zum zweiten Mal den Ausdruck *Männer deiner Sorte* benutzt. Was genau verstehen Sie darunter, Jonah? Warum sprechen Sie nicht offen aus, was Sie denken? Ich bin ein Shardlow – ein Cousin zweiten Grades von Luzifer persönlich. Das ist es doch, was Sie wirklich meinen.«

Jonah machte ein gekränktes Gesicht. »Dein alter Herr war sicher der größte Tunichtgut, der mir je über den Weg gelaufen ist, aber du kannst ja nichts dafür, dass du sein Sohn bist, und ich halte dir sicher nicht den Namen vor, den du nun mal trägst. Aber Charity ist – nun, sie ist im Augenblick ein bisschen verwirrt, und ich möchte nicht, dass die Dinge durch dich noch komplizierter werden.«

»Sie haben mir immer noch nicht erklärt, weshalb sie glauben, dass ich das vorhaben könnte.«

»Ich habe versucht, taktvoll zu sein«, antwortete Jonah ruhig. »Du bist doch offensichtlich ein Drifter – und es würde mich nicht wundern, wenn ein Preis auf deinen Kopf ausgesetzt wäre. Du trägst diesen Colt mit einer Selbstverständlichkeit, mit der andere Männer ihre Arme auf die Knie stützen, und der lodernde Blick deiner Augen sagt, dass du tatsächlich ein Verwandter des Teufels sein könntest. Deshalb bitte ich dich noch einmal mit ganz einfachen Worten: Lass meine Tochter in Frieden.«

Luke erwiderte nichts. Er hatte nicht geplant, Charity zu verführen, aber sie war schließlich immer noch eine unverheiratete Frau, und deshalb hatte er, nach seiner Auffassung, das gleiche Recht, mit ihr zu reden, wie jeder andere auch.

»Was willst du eigentlich wirklich hier?«, brach es aus Jonah heraus, der die Frage offenbar nicht länger zurückhalten konnte, was er sicher versucht hatte. »Ich zahle dir gutes Geld für dieses Land, das weißt du. Und ob es nun fair ist oder nicht, die Leute in der Gegend von Jubilee werden sich daran erinnern, wer dein Pa war und was er getan hat – und das werden sie dich spüren lassen. Es ergibt einfach keinen Sinn, dass du zurückgekommen bist, um dich hier niederzulassen.«

»Selbst Kain sehnte sich nach einem Heim«, antwortete Luke. »Aber wenn Sie mich jetzt bitte entschuldigen wollen, ich muss in die Stadt, um Werkzeug und Holz zu kaufen.«

Jonah starrte Luke eine Weile eindringlich an. Seine Augen waren ein wenig zusammengekniffen, doch es lag auch Respekt in seinem Blick. »Wenn du wirklich die Absicht hast, diese Farm wiederaufzubauen, dann hast du mehr Mumm, als dein Pa in seinem ganzen miserablen Leben gezeigt hat.« Er seufzte bedauernd. »Aber die Leute sind nun mal, wie sie sind, und sie werden dich bestimmt nicht mit offenen Armen aufnehmen. Deshalb wäre es besser, wenn du weiterziehst.«

Luke verkniff sich die Bemerkung, dass er vielleicht vorher noch eine Frau heiraten würde, die er dann mit sich nehmen würde, denn er war Barnham für dessen früher gezeigte Freundlichkeit noch etwas schuldig. Außerdem mochte er den Mann. »Für meine Begriffe wäre das ein bisschen so, als liefe ich davon«, entgegnete er.

Wieder seufzte Barnham, diesmal heftiger als beim letzten Mal. Obwohl es keine körperliche Ähnlichkeit zwischen Vater und Tochter gab, konnte Luke erkennen, von wem Charity ihren Mut und ihren Verstand geerbt hatte. »Ach, verdammt«, murmelte er.

»Das gute Aussehen muss Ihre Tochter von der mütterlichen Seite haben«, meinte Luke, und Old-Jonah musste gegen seinen Willen lachen.

»Wenn du dir die Sache hast durch den Kopf gehen lassen und du dich entschlossen hast, den Grund und Boden zu verkaufen, schick eine Nachricht auf die Double B-Ranch. Ein Mann könnte eine Menge mit der hübschen Summe anfangen, die ich zu zahlen bereit bin.«

»Das könnte er allerdings – wenn nicht ausgerechnet ich dieser Mann wäre.«

»Zum Teufel«, knurrte Jonah. »Ich fahre nach Hause, bevor mir der Geduldsfaden reißt.«

Luke lächelte. »Das scheint mir eine gute Idee zu sein.« Aber er bedauerte es fast ein bisschen, als Jonah in seinen Wagen stieg und davonfuhr, denn er hatte den Wortwechsel genossen.

Es war ein heißer Tag, und so verzichtete er auf seinen Mantel, als er auf sein Pferd stieg und nach Jubilee ritt. Es war nur eine kurze Strecke, und er nutzte die Zeit, um über die Neuigkeit nachzudenken, dass Miss Charity Barnham in einem Monat heiraten würde. Er hatte sie nicht mehr gesehen, seit sie ein kleines Mädchen gewesen war, und bei ihrer ersten Begegnung hatte nicht viel gefehlt, dass er ertrunken wäre. Schwer zu sagen, was sie nun tun könnte, da sie eine erwachsene Frau war.

Die Gründe dafür, ihr aus dem Weg zu gehen, flogen ihm nur so zu. Sie stammte aus der angesehensten Familie der Stadt, er aus der am meisten verachteten. Sie mochte ja vielleicht ein bisschen verwirrt sein, was ihre bevorstehende Heirat betraf, aber ihr Zukünftiger war es sicher nicht. Und wenn der auch nur einen Pfifferling wert war, würde er es sich nicht gefallen lassen, wenn Luke – oder irgendein anderer Mann – Interesse an seiner Braut zeigen würde. Und Eifersucht konnte einen Mann dazu bringen, die unvernünftigsten Sachen zu tun, besonders wenn noch ein bisschen Whiskey ins Spiel kam. Seine Vergangenheit und der Name Shardlow würden ihn, Luke, immer begleiten, und er hatte nicht das Recht dazu, eine Frau mit diesem Fluch zu beladen.

Jeder einzelne dieser Gründe sollte ausreichend sein, um seine Gedanken von Charity abzulenken – er war schließlich kein sentimentaler Mann, und er roch es förmlich, wenn an einer Sache etwas faul war –, aber als er die Ausläufer von Jubilee erreichte, sah er immer noch Charitys Bild vor Augen.

Seine Ankunft sorgte dafür, dass sich die Vorhänge an den Fenstern bewegten, und ein paar Leute waren sogar so dreist, ihre Arbeit zu unterbrechen und ihn neugierig anzustarren. Er tippte mit den Fingerspitzen an die Hutkrempe, lächelte freundlich wie ein Dompteur, der seine Zirkustruppe in die Stadt führte, und ritt geradewegs zum Mietstall, wo er einen gebrauchten Wagen und zwei alte Klepper kaufte. In der Stadt gab es eine kleine Sägemühle, vor der er stoppte, um Holz zu bestellen und zu bezahlen. Er brauchte es, um die Hütte wieder bewohnbar zu machen.

Als er über die Schwelle der Gemischtwarenhandlung trat, schien der Laden – abgesehen von dem Besitzer – leer zu sein, aber Luke spürte sehr wohl die Anwesenheit von versteckten Beobachtern. Er wunderte sich, dass die Leute ihn überhaupt erkannt hatten – schließlich war er nur ein verängstigter fünfzehnjähriger Bauernbursche gewesen, als er Jubilee verlassen hatte –, aber so war es nun mal in Kleinstädten: Die Leute, die schon am frühen Morgen, als er das Grab seiner Mutter besucht hatte, einen Blick auf den Fremden erhascht hatten, hatten inzwischen genug Zeit gehabt, sich mit ihren Nachbarn zu beratschlagen und darüber zu spekulieren, was er wohl in ihrer schönen Stadt zu suchen hatte, und dabei war auch seine Identität ans Licht gekommen.

Luke würde nichts tun, um den Eindruck zu korrigieren, dass er nichts Gutes im Schilde führte. Es kam ihm und seinen Plänen sogar sehr entgegen, wenn sie ihn auf eine Stufe mit seinem miesen, nichtsnutzigen Vater stellten. Er hatte die Absicht, sich so schlecht wie möglich zu benehmen, wie es die Leute wohl ohnehin von ihm, einem Shardlow, erwarteten. Luke bedauerte allerdings, dass Charity ihn dann zwangsläufig in dem gleichen schlechten Licht wie die anderen sehen würde.

In der Gemischtwarenhandlung kaufte er eine Wagenladung an Lebensmitteln, Werkzeugen und Haushaltsgeräten, ohne etwas von sich preiszugeben. Der Ladenbesitzer, ein quirliger kleiner Mann mit einem Schnauzbart, der so schwer zu sein schien, dass er den Mann vornüberzog, machte auch nicht den Versuch, ihn auszuhorchen.

Nachdem er die Einkäufe in seinem Wagen verstaut hatte, ließ er alles unbewacht stehen und schlenderte über die Straße zum *Chief Joseph Saloon*. In Lukes Augen war der Name eine Beleidigung eines bemerkenswerten Mannes. Es war immer noch die einzige Bar in der Stadt, die in den Tagen seines Pas unter dem Namen *Dixie's Garter* bekannt gewesen war.

Verständlicherweise hatte er eine Abneigung gegen die Wirkung von Alkohol, und er verabscheute auch den Geschmack, aber er trank an der Bar einen doppelten Whiskey, beobachtete ein Pokerspiel, das an einem Tisch im Hinterzimmer im Gange war, und kaufte, bevor er ging, zwei Flaschen Whiskey zum Mitnehmen. Er wollte, dass die Leute sagten, sie hätten an diesem Tag einen der Shardlow-Jungen gesehen, und der sei nicht besser, als man vermutet hatte. Er trage ein mächtiges Schießeisen am Gürtel und gebe gutes Geld für billigen, schwarz gebrannten Schnaps aus. Genau so, wie sein Pa es früher getan hatte.

Er ging zu seinem Wagen zurück – es war keine Überraschung, dass niemand es gewagt hatte, die Sachen auch nur anzurühren, was ihm verriet, dass die Vorsicht der braven Bürger größer als ihre Neugier war –, steckte die Whiskeyflaschen sorgfältig zwischen die Säcke mit Mehl, Zucker und Pintobohnen und schwang sich auf den Bock. Den Schecken hatte er hinten am Wagen angebunden, und der Hengst trottete gehorsam mit, nachdem Luke den Bremshebel gelöst hatte, leise durch die Zähne pfiff und die alten Mähren den Wagen langsam ruckelnd anzogen.

Zu Hause auf der Farm führte er das alte Gespann ins hohe Gras auf die Weide und ließ den Schecken frei, damit er zur Quelle laufen konnte. Dann begann Luke mit der Arbeit, wobei er erst mal das eingestürzte Dach aus der Hütte räumte, eine Aufgabe, mit der er den Rest des Tages beschäftigt war.

Bei Anbruch der Dunkelheit schöpfte Luke Wasser aus der Quelle, wozu er zwei seiner neuen Holzeimer benutzte. Den einen würde er zum Kochen und Trinken benutzen, den anderen zum Waschen. Er hatte in Jubilee zwar auch eine ziemlich große Kupferbadewanne gekauft – er hätte wetten können, dass diese Tatsache heute Abend an vielen Esstischen für Gesprächsstoff sorgen würde –, aber er war zu erschöpft, um genügend Wasser herbeizuschleppen und zu erhitzen, um die Wanne zu füllen.

Nachdem er Feuer gemacht hatte, bereitete er sich aus Eiern und Dosenfleisch ein schmackhaftes Haschee zu und kochte sich eine Kanne Kaffee. Es gab Leute, die klagten darüber, dass sie nachts nicht schlafen konnten, wenn sie abends Kaffee tranken, aber nichts konnte Lukes Schlaf stören. Er hatte die Fähigkeit, in Schlaf zu fallen wie ein Stein ins Wasser und im Bruchteil einer Sekunde wieder an die Oberfläche zu kommen – und hellwach zu sein. Old-Trigg hatte ihm das beigebracht, und diese Fähigkeit hatte Luke mehr als einmal das Leben gerettet.

Während er die Sterne betrachtete und an dem starken Gebräu nippte, wanderten seine Gedanken wieder zu Charity Barnham zurück. Er dachte daran, wie sie die gelben Rosen auf das Grab seiner Mutter gelegt und ihm anschließend offen in die Augen gesehen hatte. Sie war eine wunderschöne Frau – das war gar keine Frage –, aber das war längst nicht alles. Ein Mann konnte sein ganzes Leben damit verbringen, ihre Geheimnisse, eins nach dem anderen, zu entschlüsseln, und doch würde er nur die Hälfte dessen erfahren, was es zu wissen gab. Obwohl Charity schon so alt war, dass sie in manchen Kreisen sicher bereits als alte Jungfer betrachtet wurde, dachte sie nicht daran, den erstbesten Mann, der vorbeikam, mit dem Lasso einzufangen – das war klar, nach allem was Jonah erzählt hatte. Wer auch immer ihr zukünftiger Bräutigam war – sie hatte ihre Zweifel, sich auf die Heirat einzulassen.

Luke seufzte. In seinen Plänen war kein Platz für Charity, obwohl er nicht verleugnen konnte, dass sie ihn faszinierte. Aber letztlich würde sein Interesse an ihr ohnehin keine Rolle spielen; sie würde ihn bald verachten, wie die anderen Leute der Stadt auch, denn wenn er hier fertig war, würde Trigg Shardlow im Vergleich zu ihm wie ein Heiliger wirken.

Eine Woche war vergangen, seit Charity Luke Shardlow zuletzt getroffen hatte, und sie dachte praktisch jede Sekunde an ihn. Einmal war sie sogar zum Creek geritten, an die Stelle, an der er gelagert hatte, hatte lange am Ufer gesessen und Steine in den Fluss geworfen. Sie hatte nicht ernsthaft erwartet, ihn hier anzutreffen – denn jeder im Umkreis von Meilen wusste, dass er vollauf damit beschäftigt war, das Haus der Familie wieder aufzubauen – aber sie fühlte sich ihm an diesem Ort näher. Es war ein Ort voller Sonne, duftendem Gras und plätscherndem Wasser. Sie erinnerte sich daran, wie sie an jenem längst vergangenen Tag nach dem verzauberten Frosch gesucht hatte, ein Unterfangen, das beinahe mit ihrem und Lukes Tod geendet hätte, und plötzlich begann sie von blonden Märchenprinzen zu träumen, die auf gescheckten Hengsten ritten.

Sie war in der Missionsschule etwas außerhalb von Jubilee, als sie am fernen Horizont die riesige Staubwolke entdeckte und spürte, wie der Boden unter ihren Füßen leicht zu beben begann. Niemand brauchte ihr zu erklären, dass Raoul mit der Rinderherde zurück war. Der lange Treck kam zu seinem Ende, und damit endete auch ihre Gnadenfrist.

Pater Elias überraschte sie, als er seine Hand auf ihre Schulter legte; sie hatte gar nicht gemerkt, dass er neben sie getreten war. »Du willst sicher zu ihm, um ihn zu begrüßen«, sagte er freundlich. »Wir kommen hier schon ohne dich zurecht.«

Sie hatte dem Priester nichts von ihrer Abneigung gegen die Heirat erzählt, und das konnte sie jetzt nicht nachholen. Ihr Vater wusste natürlich davon und – aufgrund ihrer engen Gedankenverbindung – vielleicht auch Blaise, aber es wäre weder fair noch ehrenhaft, irgendjemandem davon zu erzählen, bevor sie nicht offen mit Raoul darüber gesprochen hatte.

Mit einem Nicken zog sie ihre Schürze aus, verabschiedete sich kurz von den Kindern und machte sich auf die Suche nach Taffeta. Das Tier stand im hohen Gras hinter der Kapelle. Schnell streifte Charity das Zaumzeug über den Kopf der Stute und saß so elegant auf, wie es ihr nur möglich war. Sie benutzte selten einen Sattel, und heute war es nicht anders.

Als sie beim Ranchhaus der Double B ankam, war sie in einem äußerst erregten Zustand, und sie atmete erleichtert auf, als sie merkte, dass ihr Vater nicht da war. Blaise, die – ganz korrekt – im Obergeschoss ein großes Wohnzimmer und ein Schlafzimmer mit ihrem jungen Sohn bezogen hatte, war in der Küche und half Peony beim Schälen der Kartoffeln, die es zum Abendessen geben sollte.

»Sieh dich doch nur mal an«, jammerte Peony, die schon das Kindermädchen ihrer Mutter gewesen war, lange bevor Rianna Jonah Barnham geheiratet hatte und in den Westen gekommen war. »Atemlos und hochrot, als ob die Höllenhunde hinter dir her wären.«

Blaise brachte Peony mit einer Handbewegung zum Schweigen und führte Charity schnell in die Abgeschiedenheit des kühlen Arbeitszimmers des Hausherrn.

»Was ist los mit dir?«, fragte die ältere Frau, deren schönes Gesicht mit Sorge erfüllt war.

Charity hatte Mühe, ihre Fassung wiederzugewinnen. Sie benahm sich wirklich albern. Sicher, die Sache war nicht einfach, denn sie musste zu Raoul gehen – er war schließlich ihr Freund, seit er vor Jahren als Junge auf die Nachbarranch gekommen war – und ihm erklären, dass sie ihn nicht heiraten konnte. Er war intelligent, vernünftig und gutherzig. Er würde einsehen, dass es ein Fehler wäre, wenn sie heiraten würden.

Sie strich sich mit beiden Handflächen leicht über die Haare und atmete tief durch. »Mit mir ist alles in Ordnung«, antwortete sie. »Es tut mir leid, falls ich dich erschreckt habe. Es ist nur, dass … dass Raoul zurück ist.«

Blaises freundliche Augen verschleierten sich. »Ich verstehe. Und was willst du jetzt machen, Charity?«

Charity biss sich auf die Unterlippe und kämpfte gegen die Tränen, die Frustration und die Angst. Sie konnte Raoul nicht heiraten – es wäre ein Verbrechen, wenn sie ihn so betrügen würde, aber sie wusste natürlich, dass ihre Zurückweisung ihn tief kränken würde. Er hatte sich so viel Mühe gegeben zu beweisen, dass er ein guter Ernährer und perfekter Ehemann sein würde.

»Ich muss ihm die Wahrheit sagen«, flüsterte sie.

Blaise umarmte sie. »Ja«, stimmte sie zu. »Dein Vater wird nicht erfreut sein, aber du hast Recht. Du darfst Raoul nicht heiraten, wenn du es nicht willst. Du verdienst eine Chance, wirklich glücklich zu werden – und das gilt auch für den jungen Mann.«

»Papa wird wütend sein«, wandte Charity besorgt ein.

Ihre künftige Stiefmutter nickte. »Das wird er allerdings sein, aber ich werde alles tun, was in meiner Macht steht, um ihn zu besänftigen, und du musst wissen, dass er dir um nichts in der Welt Gewalt antun würde. Man kann zwar über diese Sache nicht mit ihm reden, aber Jonah liebt dich aus ganzem Herzen, meine Liebe.«

»Ich weiß«, meinte Charity zustimmend. Ihre Hände waren mit Blaises Händen verschlungen, und sie drückte sie dankbar. »Ich mache mich besser zurecht«, sagte sie düster. »Würdest du bitte im Stall Bescheid geben, dass ich innerhalb der nächsten Stunde einen Buggy und ein Pferd brauche?«

Blaise stimmte zu und verließ eilig das Zimmer, um den Auftrag auszuführen. Charity wusste, dass Blaise notfalls persönlich zum Stall gehen würde, und das rechnete sie ihr hoch an.

Innerhalb einer Dreiviertelstunde stand der Einspänner bereit. Charity hatte sich gewaschen, ihr Haar gebürstet, in einem lockeren Nackenknoten zusammengesteckt und ein frisches hellblaues Kleid angezogen. Als sie vor dem Haupthaus der Nachbarranch ankam – eine Entfernung von einigen Meilen –, ging es dort tumultartig zu. Überall waren Cowboys und Rinder, und die Luft war staubgeschwängert.

Hustend und keuchend sicherte Charity den Buggy, stand vom Kutschbock auf und blickte über das Chaos aus Menschen und Rindern, um nach Raoul Ausschau zu halten.

Sie brauchte nicht lange, bis sie ihn auf seinem staubigen schwarzen Pferd entdeckt hatte. Er war breitschultrig, und seine dunklen Haare berührten seinen Hemdkragen. Seine weißen Zähne blitzten, als er mit einem breiten Lächeln durch das heillose Durcheinander auf sie zuritt.

»Gott steh mir bei«, murmelte Charity.

Schließlich hatte Raoul den Einspänner erreicht, und bevor sie auch nur ein Wort sagen konnte, hatte er sie vom Fuhrwerk hochgehoben und vor sich in den Sattel gesetzt. Im nächsten Moment bedeckten seine Lippen ihren Mund, und die Cowboys, die erschöpft von dem anstrengenden Treck waren und die riesige Herde noch auf die eingezäunten Weiden treiben mussten, johlten und klatschten Beifall.

Der Kuss ließ Charity nicht kalt – sie war schließlich eine Frau, und sie wünschte sich die Erfüllung, die sich jede Frau im Leben wünscht – aber die Leidenschaft und die ehrliche Zuneigung, mit der er sie küsste, brachen ihr fast das Herz.

»Raoul …«, begann sie, aber dann küsste er sie erneut, und sie schwieg. Sie konnte ihm ja kaum vor all den Rancharbeitern sagen, was sie zu sagen hatte, aber als sie vorschlug, dass sie privat miteinander reden sollten, lachte er und meinte, dass er sich selbst nicht traue und besser nicht allein mit ihr sei. Er war außerdem in der Stimmung, mit seinen Leuten das Ende des Viehtriebs zu feiern, denn sie alle hatten eine wilde Nacht verdient. Schließlich fuhr Charity einfach nach Hause zurück und nahm sich vor, am nächsten Morgen als Erstes die Verlobung zu lösen.

3

Als Charity am nächsten Morgen – nach einer sprichwörtlich schlaflosen Nacht – herunterkam, fand sie eine Nachricht vor. Mit seiner schwungvollen, eleganten Handschrift hatte Raoul ihr einen Brief geschrieben, in dem er sich entschuldigte. Er konnte sie an diesem Tag nicht sehen, hatte er geschrieben, weil er – wie er zu seiner Schande gestehen musste – in der Nacht zuvor übermäßig dem Alkohol zugesprochen hatte und deshalb nicht die passende Gesellschaft für eine Lady war. Er bat um Verzeihung und versprach, sie am Abend zu besuchen, wenn er, wie er hoffte, wieder präsentabel war.

Charity zerknüllte das Papier und warf es in den Kamin des Esszimmers. Da kein Feuer brannte, riss sie ein Zündholz an und beobachtete, wie die kleine Flamme das Papier verzehrte. Sie würde auf der Stelle den Buggy wieder anspannen lassen und noch einmal zur Ranch von Raouls Großvater fahren. Raoul würde sich anhören, was sie ihm zu sagen hatte, ob er nun verkatert war oder nicht. Seit Wochen hatte sie mit der Entscheidung gerungen, ob und wie sie dieses Gespräch führen würde, und nun konnte sie keine Verzögerung mehr ertragen, und dauerte sie auch nur einen Tag.

Jonah, der sich von seinem Stuhl erhoben hatte, als

Charity den Raum betreten hatte, hob beide Augenbrauen. »Ist alles in Ordnung, meine Liebe?«, fragte er.

»Du weißt doch genau, dass es nicht so ist«, antwortete Charity höflich, aber doch mit einer gewissen Schärfe in der Stimme. Sie setzte sich auf ihren Platz am Tisch, obwohl sie wusste, dass sie keinen Bissen herunterbringen würde. »Raoul ist zurück.«

Ihr Vater sank auf seinem eigenen Stuhl zurück und seufzte dabei so schwer, als machte er ein Martyrium durch. Blaise, die Kopfschmerzen hatte, war gar nicht zum Frühstück heruntergekommen, und Aaron war längst schon aufgebrochen, um zur Nachbarranch zu reiten, um den Cowboys zu folgen, obwohl er denen bei der Arbeit eigentlich nur im Weg war. »Raoul und seine Männer haben die Herde mehr als tausend Meilen weit getrieben«, meinte Jonah. »Da ist es doch nur verständlich, dass sie sich mit ein bisschen Whiskey den Staub aus der Kehle spülen wollten.«

Sie richtete sich auf und starrte Jonah anklagend an.

Er errötete und räusperte sich. »Ich habe deinen Brief nicht gelesen, falls du das denkst. Aber ich habe heute Morgen schon mit Ben gesprochen; der hat mir erzählt, dass man den Jungen hat nach Hause tragen müssen.«

Charity versuchte gar nicht erst, ihr Dilemma zu erklären; sie und ihr Vater hatten dieses Gespräch schon oft genug geführt, ohne zu einer Übereinstimmung zu gelangen. »Raoul ist ein erwachsener Mann«, erwiderte sie kühl. »Wenn er sich so betrinken will, dass er nicht mehr gerade stehen kann, ist das seine Sache – und zwar nur seine.«

Jonah reichte ihr einen Teller mit Biskuits. Als sie seinen argwöhnischen Blick sah, wusste sie, dass er ihr wegen dieser Bemerkung jetzt am liebsten einen Vortrag gehalten hätte, sich aber beherrschte. »Das ist eine sehr vernünftige Einstellung, Charity«, sagte er.

Angewidert betrachtete sie die lockeren, dampfenden Küchlein auf ihrem Teller, aber es kam unerwartet Rettung, sodass sie nichts essen musste, denn die Eingangstür fiel mit einem lauten Knall ins Schloss, und Aaron stürzte ins Esszimmer.

Er war ein drahtiger Junge mit roten Haaren und Sommersprossen. Seine riesigen braunen Augen suchten und fanden Charity. »Pater Elias braucht dich sofort – in der Missionsschule sind Masern ausgebrochen. Er hat einen Hausierer mit der Nachricht losgeschickt. Kann ich mit dir gehen?«

Jonah war sofort auf den Beinen, aber Charity war noch schneller.

»Nein, das kannst du nicht«, erklärte Charity ihrem künftigen Stiefbruder bestimmt. »Aber lauf bitte zum Stall und hol mir Taffeta – und halte dich nicht damit auf, sie erst noch zu satteln.«

Aaron zögerte einen Moment, als wollte er doch noch diskutieren, aber dann stürzte er wieder nach draußen.

»Hör mir zu, Charity«, sagte Jonah, der sie leicht am Ellbogen gefasst hatte. »Geh nicht dahin. Das ist eine gefährliche Sache.«

»Ich hatte schon die Masern, Papa«, erwiderte sie und war dabei bereits auf dem Weg zur Esszimmertür. »Ich werde wahrscheinlich ein paar Tage dort bleiben müssen«, fügte sie hinzu, drehte sich noch einmal kurz um und meinte: »Würdest du das bitte Raoul erklären? Er hat die Absicht, uns heute Abend zu besuchen. Und sag ihm, dass er nicht zur Schule kommen soll, denn wenn er kommt, bringt er es fertig, sich an den Masern anzustecken.«

»Charity ...«

Sie wartete nicht ab, was ihr Vater ihr sonst noch sagen wollte. Pater Elias war ein wunderbarer Mensch und ein guter, geduldiger Lehrer, aber er war schon über siebzig und selbst gesundheitlich nicht auf der Höhe. Man konnte nicht von ihm erwarten, dass er allein mit der Krankheit fertig werden würde, und es war unrealistisch, auf Hilfe aus der Bevölkerung von Jubilee zu hoffen. Unter anderen Umständen hätten ihm sicher viele Leute geholfen, aber jetzt würden sie wohl Angst haben, die Krankheit nach Hause zu schleppen und auf ihre eigenen Kinder zu übertragen.

Aaron, der Taffeta ritt und sich wirklich beeilt hatte, sprang vom Pferd und übergab Charity die Zügel. Trotz des voluminösen Rüschenrocks saß sie ohne Schwierigkeiten auf, wobei sie wie üblich keinen Gedanken daran verschwendete, dass ihre entblößten Knöchel und ihre Unterröcke zu sehen waren.

»Du bleibst hier, Aaron«, warnte sie den Jungen, für den Fall, dass er die Absicht hatte, ihr auf Trooper, seinem eigenen Pony, zu folgen. »Wenn ich dich auch nur in der Nähe der Missionsschule sehe, werde ich deiner Mutter einiges erzählen, was sie wahrscheinlich deiner Ansicht nach besser nicht wissen sollte.«

Er schluckte und nickte.

Charity hob den Blick und schaute Jonah an, der auf die Veranda getreten war und sie beobachtete, wobei sein Gesicht im Schatten lag. »Schick jemanden zum Doktor nach White Horse Junction, Papa. Außerdem werden wir so viel Chinin brauchen, wie du nur auftreiben kannst. Leg es unter die alte Birke am Eingangstor zur Mission.«

Jonah nickte, Charity drehte Taffeta auf der Hinterhand und galoppierte, so schnell sie konnte, in Richtung Missionsschule davon. Aus alter Gewohnheit nahm sie die Abkürzung über das brachliegende

Shardlow-Land, wobei sie beinahe Luke über den Haufen geritten hätte, als sie mit der Stute über einen umgestürzten Baum sprang. Sie hatte ihn gar nicht dort stehen sehen, schwitzend, den nackten Oberkörper vorgebeugt, sodass die Hosenträger Schlingen machten, und mit einer Axt in den Händen.

Laut fluchend sprang er zur Seite, und Charity drehte Taffeta im Halbkreis.

»Tut mir leid«, keuchte sie atemlos und hatte Angst, zu viel Zeit zu verlieren. »Ist alles in Ordnung mit dir?«

Luke machte ein grimmiges Gesicht. »Ich schätze, ich lebe noch«, knurrte er. »Wohin willst du denn, und warum hast du es so eilig?«

An die andere Seite der Shardlow-Farm grenzte der Obstgarten der Mission, woran sich das Gelände mit der Kapelle, den Schlafräumen und dem Schulhaus anschloss. Sie warf einen kurzen hektischen Blick in diese Richtung. »Ich muss weiter – einige der Kinder sind krank …«

»Beeil dich«, erwiderte Luke. »Und sei vorsichtig.«

Irgendwie hatte diese kurze Begegnung sie tief berührt. Er hatte nicht versucht, sie aufzuhalten, wie es ihr Vater getan hatte – und Raoul es mit Sicherheit auch getan hätte, wenn er die Gelegenheit dazu gehabt hätte. Nein, Luke hatte ihre Eile auch ohne große Erklärung verstanden und sie sogar noch gedrängt, ihren Weg fortzusetzen.

Bevor sie die Grenze seines Grundstücks erreicht hatte, war er neben ihr. Luke hatte sich ein Hemd übergestreift und ritt den ungesattelten Schecken. Er beugte sich vom Rücken des Pferdes herunter, um das Gatter zum Obstgarten zu öffnen, und wartete zuvorkommend, bis sie vor ihm durchgeritten war.

»Du solltest nicht hier bleiben«, sagte sie, während sie von Taffetas Rücken glitt und zur offenen Tür der

Kapelle eilte, wo Pater Elias wartend stand. Seine weißen Haare, die an einen Heiligenschein erinnerten, waren zerzaust, und sein freundliches Gesicht war blass und verschmutzt. »Es kann hier zu einer Epidemie kommen.«

Luke hielt mit ihr Schritt, knöpfte sein Hemd zu und ließ sich nicht abwimmeln. »Vielleicht kann ich mich ja nützlich machen«, versuchte er sie zu überzeugen.

Auf dem sonnigen Vorplatz der Kapelle wirbelte sie zu ihm herum. »Ich habe keine Zeit, um mit dir zu streiten, Mr Shardlow«, fauchte sie. »Hier gibt es kranke Kinder, und das bedeutet, dass eine Menge Arbeit auf uns wartet. Offen gestanden brauchen weder Pater Elias noch ich jemanden, der uns im Weg herumsteht.«

»Komm schnell, Charity«, unterbrach der Priester sie. »Sechs Kinder liegen in den Betten, und die anderen haben schreckliche Angst.«

Charity folgte Pater Elias zu den Schlafräumen und bemerkte dabei, wie gebeugt sein Rücken war und wie langsam er sich bewegte. Sie spürte einen Stich – er war ihr Freund gewesen, solange sie zurückdenken konnte. Wann hatte er begonnen, so schwach zu werden?

Luke folgte ihr auf den Fersen, aber sie hatte den Gedanken schon aufgegeben, ihn zum Gehen überreden zu können. Es war klar, dass er gar nicht überredet werden wollte, und deshalb würde sie darauf auch keine Zeit mehr verschwenden.

Die Kinder schliefen auf Feldbetten in zwei geräumigen Zimmern, die Jungen in dem einen, die Mädchen in dem anderen. Eine Gemeinschaftsküche schloss sich daran an.

»Ich hole kaltes Wasser«, entschied Luke, nahm zwei Eimer und ging zur Quelle im Garten. Leise sprach der Priester mit Charity.

»Wer ist das?«

»Ich glaube, ein Frosch, der sich als Prinz verkleidet hat«, antwortete sie geheimnisvoll. »Ich habe versucht, ihn wegzuschicken, aber er wollte nicht gehen.«

Seltsamerweise lächelte der Priester daraufhin. »Dann sollten wir uns seine Sturheit zunutze machen. Ich werde nach den Jungen sehen, und du, Charity, gehst zu den Mädchen.«

Sie tat wie geheißen und stellte fest, dass die Lage schlimmer war, als sie erwartet hatte. Vier kleine Mädchen lagen in ihren Betten, ihre Haut war heiß und trocken, ihre Lippen waren geschwollen, und sie wurden vom Fieber geschüttelt. Von Kopf bis Fuß waren sie übersät mit kleinen roten Pusteln. Die übrigen Kinder standen mit weit aufgerissenen Augen da, voller Angst, ihren Freundinnen zu nah zu kommen, aber nicht bereit, sie im Stich zu lassen.

Einen Moment lang war Charitys Herz von Verzweiflung erfüllt, aber dann schüttelte sie ihre Angst ab und ließ die Mädchen, die noch nicht krank waren, Lappen in Streifen reißen. Als Luke mit zwei Eimern kaltem Quellwasser kam, schaute sie ihn dankbar an.

Er legte eine Hand auf ihre Schulter. »Ist schon ein Arzt verständigt worden?«, fragte er leise.

Charity begann ein Kind, das besonders krank war, mit einem feuchten Lappen abzuwaschen. »Ja«, erwiderte sie bedrückt, »aber es kann Tage dauern, bis er hierher kommt. Von White Horse Junction ist es ein weiter Weg, und wir gehören nicht zu denen, die vorrangig behandelt werden.«

Seine Kinnlade zuckte. »Ich könnte ihn möglicherweise vom Gegenteil überzeugen.«

Charity schüttelte den Kopf. »Du kannst die Mission jetzt nicht mehr verlassen«, erwiderte sie, einerseits berührt von seiner Entschlossenheit zu helfen, andererseits aber auch wütend. »Du warst ungeschützt – und das bedeutet, dass du die Krankheit weiter verbreiten könntest, auch wenn du selbst immun dagegen bist. Deshalb hatte ich dir ja gesagt, dass du wegbleiben sollst.«

»Dann werde ich mich besser mal nützlich machen. Was kann ich tun?«

»Geh und hilf Pater Elias mit den Jungen. Er wird dir zeigen, was getan werden muss.« Es gelang ihr sogar zu lächeln. »Und setz doch mal deine ganze Überzeugungskraft ein, damit Pater Elias sich hinlegt und eine Weile ausruht. Wahrscheinlich war er die halbe Nacht auf den Beinen.«

Luke neigte zustimmend den Kopf und verließ das Zimmer.

Danach verging die Zeit so schnell, dass Stunden wie kurze Momente erschienen; Charity ging von einem Kind zum anderen, versuchte vergebens, sie zu trösten und ihr Fieber zu senken. Bei Sonnenuntergang hatten zwei weitere Mädchen Ausschlag, und Luke berichtete, dass inzwischen auch noch mehr Jungen erkrankt waren.

Charity liefen bei der Arbeit Tränen übers Gesicht – und sie hätte wahrscheinlich gar nicht bemerkt, dass sie weinte, wenn Luke ihr nicht ein großes blaues Tuch gereicht hätte, das er aus seiner Hosentasche gezogen hatte.

»Es ist sauber«, meinte er grinsend, als sie zögerte. »Komm, Charity, lass uns nach draußen gehen und ein bisschen frische Luft schnappen.« Als sie sich immer noch nicht rührte, zog er sie vorsichtig hoch und führte sie zur Tür.

Charity war vollkommen verblüfft, als sie feststellte, dass der Tag vorüber war und Sterne von einem dunkel gefleckten Himmel strahlten. Sie wischte sich mit dem Taschentuch über das Gesicht und setzte sich auf die alte Holzbank, die an der Außenmauer der Kapelle stand. »Du warst verrückt, hierher zu kommen«, versetzte sie grob.

Er grinste belustigt. »Gern geschehen«, meinte er. »Es war mir ein Vergnügen, behilflich zu sein.«

»Pater Elias und ich wären mit der Situation auch sehr gut allein fertig geworden.«

Sein Blick wurde weich, und einen Moment lang schien er sie mit seinen Augen zu liebkosen. »Pater Elias steht kurz vor dem Zusammenbruch, und das wird dir nicht anders ergehen, wenn du weiter darauf bestehst, dass du niemanden brauchst, der dir hilft.«

»Ich brauche *deine* Hilfe nicht«, stellte Charity klar, nachdem sie ihre Nase geschnäuzt hatte.

»Du hast aber nur mich – ob dir das nun passt oder nicht. Der Priester meinte, dass es bis zu zwei Wochen dauern kann, bevor wir die Mission wieder verlassen können.«

Charity starrte ihn alarmiert an. »Zwei Wochen? Was passiert auf deiner Farm? Hast du keine Tiere, die versorgt werden müssen?«

Luke lehnte seinen Hinterkopf gegen die Mauer der Kapelle, schloss die Augen und gestattete sich einen Seufzer. »Nur das Gespann, das ich gekauft habe, um meinen Wagen zu ziehen. Aber es gibt genügend Gras zum Fressen, und die Tiere kennen den Weg zur Quelle.«

»Diese Sache scheint dich erstaunlich kalt zu lassen, Mr Shardlow.«

»Luke«, verbesserte er sie, ohne die Augen zu öffnen. Es dauerte eine ganze Weile, bevor er sie wieder anschaute, und in diesem Moment verspürte sie in ihrem Innern einen Stich, ein heftiges Gefühl, eine bittersüße Mischung aus Lust und Schmerz. »Du scheinst mir auch nicht gerade versessen zu sein, von hier wegzukommen«, bemerkte er. »Zwei Wochen sind eine lange Zeit für eine Frau, die die Absicht hat, in einem Monat zu heiraten.«

Ihre Augen zogen sich zusammen. »Wer hat dir das erzählt?«

»Dein Vater. Aber ich hätte es in Jubilee ohnehin erfahren. Deine Hochzeit war gestern Abend im Saloon Gesprächsstoff Nummer eins.«

Charity zuckte zusammen, aber da es nur ein leichtes Zucken war, hoffte sie, dass Luke es nicht bemerkt hatte. »Ich habe gehört, dass ausgiebig gefeiert wurde.«

Luke lächelte, aber seine Augen blickten jetzt wieder vorsichtig und wachsam. »Hmm«, meinte er zustimmend. »Das kann man wohl sagen.«

»Warst du auch dort?«

Er überlegte sich seine Antwort kurz und nickte dann. »Ja«, meinte er. »Dein Auserwählter ist ein Kerl von einem Mann, aber ich fürchte, er hat öfter, als es gut für ihn war, einen Toast auf deine Schönheit und Tugend ausgebracht. Seine Freunde mussten ihn schließlich raustragen.«

Charity errötete und schob ein paar Löckchen zurück, die sich gelöst hatten und ihr ins Gesicht gefallen waren. »Raoul ist kein Trunkenbold, falls du das glauben solltest«, entgegnete sie steif.

»Ich bin der Sohn von Trigg Shardlow«, lachte er. »Ich werde wohl kaum mit Steinen werfen – und wenn es ums Trinken geht schon gar nicht.«

Sie biss sich auf die Lippe. »Es tut mir leid, wenn ich unhöflich war. Ich möchte nur, dass du verstehst ... Raoul ist ein anständiger Mann.« *Ein Mann, der es nicht verdient, dass man sein Herz bricht.*

»Das glaube ich auch«, erwiderte Luke. »Liebst du ihn?«

Eine Weile antwortete sie nicht. »Raoul und ich kennen uns, seit wir Kinder waren. Ich hatte ja keine Geschwister, aber da ich unbedingt einen älteren Bruder haben wollte, bin ich ihm auf Schritt und Tritt gefolgt. Er hat mich nie weggejagt, obwohl es ihn manchmal bestimmt verrückt gemacht hat, dass ich wie eine Klette an ihm gehangen habe.«

»Das beantwortet zwar meine Frage nicht, aber das ist schon in Ordnung. Egal, von welcher Seite man es betrachtet, es geht mich ja nun wirklich nichts an, und es war ungehörig, dass ich überhaupt so eine Frage gestellt habe.«

Charity schüttelte den Kopf. »Nein, Luke, ich bin sogar froh darüber. Ich muss endlich mit jemandem über meine Gefühle reden. Mein Vater will mir nicht zuhören, und Pater Elias hat schon so viel am Hals, dass ich ihn nicht auch noch mit meinem frivolen Geständnis belasten kann. Ich kann Raoul nicht heiraten. Das kann ich weder ihm noch mir selbst antun.«

Lukes Lippen zogen sich ganz leicht nach oben. »Wäre es denn so schlimm, mit dir verheiratet zu sein?«

Er machte sich lustig über sie; das erkannte sie an dem Glitzern seiner Augen, und deshalb stieß sie ihm den Ellbogen in die Rippen. »Für Raoul bestimmt. Ich liebe ihn nicht so, wie eine Frau ihren Ehemann lieben sollte.«

»Dann solltest du ihn auch nicht heiraten.«

»Das habe ich auch nicht vor. Ich wollte es ihm gestern Abend sagen, aber er wollte mit seinen Männern in den Saloon gehen. Daraufhin beschloss ich, heute Morgen zu ihm zu reiten, aber dann erfuhr ich, was hier passiert ist, und konnte mir nicht die Zeit dazu nehmen.«

Zögernd nahm Luke ihre Hand in seine und drückte sie. Es war eine aufmunternde Geste, die aber nicht zu vertraulich wirkte. »Er wird ein verdammt unglücklicher Mann sein.«

»Nicht so unglücklich, wie er es nach Jahren in einer Ehe ohne Liebe sein würde.«

»Es gibt bestimmt viele Männer, Miss Barnham, die sich glücklich schätzen würden, dich zur Ehefrau zu haben, auch wenn du nur vorgeben würdest, sie zu lieben.«

»Aber das könnte ich nie vorgeben«, erwiderte Charity. »Verstehst du denn nicht? Das ist ja das Problem!«

»Ich weiß nicht, warum ich das jetzt sage – ich sollte mir deshalb vielleicht mal den Kopf untersuchen lassen, aber mir scheint es, dass deine Liebe zu einem anständigen Mann wachsen könnte, wenn du dir nur genug Zeit dafür lassen würdest. Raoul Montego hat Land und Geld – und er mag dich. Ich schätze, die meisten Frauen würden ihn als gut aussehend bezeichnen. Er kennt dich, und du kennst ihn. Alles Dinge, die eine große Rolle spielen, Charity«, er unterbrach sich kurz und tat so, als wäre er überrascht, weil sie ihr Gesicht trotzig verzog, »ob dir das nun passt oder nicht.«

»Angenommen, meine Liebe wächst aber *nicht*? Und angenommen, das, was Raoul für mich empfindet, ist gar nicht echt, sondern nur eine romantische Fantasterei, die vergeht, sobald der Reiz des Neuen vorüber ist?«

Er hatte ihre Hand losgelassen, aber er streichelte sie jetzt mit den gekrümmten Fingerrücken unterm Kinn, was ihr einen Schock versetzte, denn es war etwas Unerhörtes, etwas Elementares, das wie ein heißer Windstoß durch ihren Körper fuhr. Einen Moment lang glaubte sie wirklich, dass er sie küssen würde – und als er es nicht tat, war sie gleichzeitig erleichtert und bitter enttäuscht.

Bevor er etwas sagen konnte, tauchte Pater Elias mit einer Laterne auf. Trotz seiner gewohnten Priesterkleidung wirkte er so klein und zerbrechlich wie ein Vogel, und wieder wurde Charity von Furcht erfüllt, dass ihr lieber Freund krank sein könnte.

»Du musst dich hinlegen und dich ausruhen, Charity«, mahnte der Priester. »Vielleicht wird der Doktor ja morgen hier sein und Medizin mitbringen.«

Medizin. Charity erinnerte sich daran, dass sie ihren Vater gebeten hatte, so viel Chinin zu besorgen, wie er auftreiben konnte, und es unter der Birke beim Haupteingang der Mission zu deponieren. Sie sprang auf, fühlte sich plötzlich leicht benommen, schwankte.

Luke, der sofort aufgestanden war, packte mit festem Griff ihren Arm und hielt sie aufrecht.

»Ich bin nicht krank«, versicherte sie ihm schnell, aber sie freute sich doch und fühlte sich ein bisschen geschmeichelt, dass er so um sie besorgt war. Sie war eine starke Frau und war es nicht gewohnt, dass man sich um sie kümmerte. »Ich bin etwas müde und zu schnell aufgestanden. Das ist alles. Ich wollte nur nachsehen, ob die Leute meines Vaters die Sachen gebracht haben, um die ich gebeten habe. Ich sagte, sie sollen sie unter die Birke beim Tor legen.«

»Ich gehe«, schlug Luke vor, nachdem er sie auf die Bank zurückgesetzt hatte. Und bevor sie dagegen protestieren konnte, war er auch schon verschwunden.

Pater Elias seufzte, während er sich neben Charity setzte. »Ich erinnere mich noch gut an Lukes Vater«, meinte er und blickte nachdenklich hinter Luke her, dessen Gestalt in der Dunkelheit verschwand. »Und an seine Mutter. Sie war eine feine Frau.«

»Ich frage mich, weshalb er nach Jubilee zurückgekommen ist«, gab Charity offen zu. »Sicher, da gibt es das Land, das seiner Familie gehört, aber ich glaube nicht, dass das der Grund ist. Er scheint mir nicht die Art Mann zu sein, der sich fest irgendwo niederlässt.«

»Wirklich nicht?«, fragte Pater Elias.

Das war eine seltsame Frage, und da Charity vermutete, dass der Priester darauf keine Antwort von ihr erwartete, gab sie ihm auch keine.

Wenig später kam Luke zurück, der eine große Holzkiste schleppte. »Wo soll ich das hinbringen, Pater?«, fragte er. »Es sind noch drei Kisten draußen.«

Pater Elias bat Luke, die Kisten in der Küche auf einen der aufgebockten Tische zu stellen, und Charity ging zu ihren kleinen Patienten zurück. Nachdem sie die Kinder, bei denen die Masern nicht ausgebrochen waren, ins Brett gebracht und sie ein wenig beruhigt hatte, kam Luke mit einer Flasche Chinin und mehreren kleinen Holzlöffeln – mit denen die Kinder in der Mission gewöhnlich ihren Porridge und ihren Eintopf aßen – ins Zimmer.

Gemeinsam verabreichten sie den fiebernden Kindern die Medizin. Dann holte Luke saubere Decken und machte Charity ein freies Feldbett zurecht.

»Du musst etwas essen«, riet er.

Sie schüttelte den Kopf. »Das könnte ich jetzt nicht.«

»Dann werde ich dir helfen«, erwiderte er, nahm sie bei der Hand und führte sie aus dem Schlafraum mit den schwach flackernden Kerosinlampen über den Hof in die kleine Küche, wo Pater Elias Brot schnitt. Es gab auch Butter und Milch in Steinguttöpfen. Außerdem eine stattliche Menge von Peonys besten Vorräten, ein Rad Käse, hart gekochte Eier, kaltes Huhn und getrocknetes Fleisch.

»Morgen früh wird es für die Kinder ein Festessen geben«, strahlte der Priester. »Gott sei Dank!«

»Gott«, fragte Luke, »oder Jonah Barnham?«

»Um seinen Willen auszuführen, bedient sich unser Vater im Himmel der Hilfe von Männern verschiedenster Art«, antwortete der Priester gut gelaunt. Vielleicht hatte er ja gebetet, dass der Mission Nahrung und Medizin gespendet wurde, und hier hatte er die Antwort bekommen. »Und der Hilfe von Frauen natürlich auch«, fügte er hinzu. »Er hat einen Hang zur Ironie und benutzt oft Menschen, die vom rechten Weg abgekommen sind, um den Rest von uns dahin zu führen, wohin *Er* uns haben will.«

Lukes Gesichtsmuskeln verspannten sich einen Moment. Er machte einen Teller für Charity zurecht, drückte sie auf einen Stuhl und stellte das Essen vor sie. »Iss das«, sagte er und setzte sich rittlings auf die Bank neben ihr, offensichtlich in der Absicht, die Bissen zu zählen, die sie in den Mund steckte. Wieder spürte sie ein Gefühl von Zärtlichkeit, das sie ganz tief in ihrem Herzen berührte.

»Lasset uns danken dem Herrn«, bat der Priester und neigte den Kopf zum Gebet.

Früh am nächsten Morgen wurde Charity von der Stimme eines Mannes geweckt, der laut ihren Namen rief. Mühsam erhob sie sich von ihrem Feldbett – sie hatte mehrmals während der Nacht die kranken Kinder versorgt – und wankte aus der Tür des Schlafraums der Mädchen.

Raoul stand vorm Eingangstor und machte den Eindruck, als wollte er jeden Moment vom Pferd springen und das Gatter niederreißen. Wenn er weiter so brüllte, würde er bald die ganze Mission aufgeweckt haben.

»Hör auf, so zu schreien«, befahl Charity ihm. »Die Kinder brauchen dringend ihren Schlaf, und Pater Elias ist praktisch am Ende seiner Kräfte.«

Raouls schwarze Augen funkelten wütend, aber er schien auch besorgt zu sein. Er ließ sich aus dem Sattel gleiten und griff nach dem Riegel, um das Tor zu öffnen.

»Mach das nicht«, bat Charity, und er erstarrte. »Wir haben hier eine Krankheit, die sehr ansteckend ist. Das Risiko solltest du nicht eingehen.«

Im Gegensatz zu Luke hörte Raoul auf ihre Warnung. Er konnte zwar spontan und leidenschaftlich reagieren, aber auch sehr nüchtern – wenn es zu seinem Vorteil war. Raoul legte die Stirn in Falten und dachte offensichtlich über die Probleme nach, die sich für ihn ergeben würden, wenn er durch das Tor ging.

»Und was machst du dann hier?«, fragte er, wobei seine schönen weißen Zähne blitzten.

»Du weißt ganz genau, was ich hier mache«, erwiderte Charity ruhig und verschränkte die Arme. Sie hatte in ihren Kleidern geschlafen, ihre Haare mussten gekämmt werden, und sie wusste, dass Raoul wahrscheinlich über ihr Aussehen entsetzt war, aber das konnte sie nun auch nicht ändern – es war tatsächlich auch ihre geringste Sorge. »Ich helfe Pater Elias schon seit fünf Jahren. Jetzt sind die Masern ausgebrochen, und die Kinder brauchen mich.«

»*Ich* brauche dich auch«, erklärte Raoul und schlug mit der Faust gegen seine Brust. Im gleichen Moment glitt sein Blick über Charitys Schulter, und sie wusste, ohne sich umzuschauen, dass Luke irgendwo hinter ihr stand. »Wer ist das?«, zischte Raoul.

Erst jetzt drehte Charity sich wie Lots Weib zögernd um. Luke stand in der Tür des kleinen Gebäudes, in dem sich die Schlafräume der Kinder befanden. Er hatte die Arme vor der Brust verschränkt und lehnte lässig mit einer Schulter am Türrahmen. »Sein Name ist …«

»Ich *weiß*, wer er ist«, knurrte Raoul.

»Warum zum Teufel fragst du mich dann?«, herrschte sie ihn an, denn sie war am Ende ihrer Geduld. »Zufällig kam er vorbei und hängt nun hier fest, und er war bisher – falls es dich interessiert – eine große Hilfe.« Wieder schaute sie sich um und sah, wie Luke, der unrasiert war und ziemlich zerzaust aussah, sich vom Türrahmen abstieß und lässig auf sie zuschlenderte. Sein Lächeln war weder unverschämt noch boshaft – oder doch beides.

»Ich würde Ihnen ja gern die Hand schütteln«, wandte er sich an Raoul, während er neben Charity stehen blieb, »aber vermutlich wäre das keine gute Idee. Es sei denn, Sie hätten selbst schon die Masern gehabt.«

Raoul machte einen Schritt zurück und runzelte die Stirn. Er starrte Luke einen Moment an, bevor er seinen Blick wieder auf Charity richtete. »Was wird aus unserer Hochzeit?«, fragte er. »Es ist nicht mehr viel Zeit …«

»Ich möchte jetzt nicht darüber reden«, unterbrach Charity ihn. Sie konnte ihre Verlobung ja unmöglich in Gegenwart von Luke oder sonst jemandem lösen. Raouls Stolz wäre für immer verletzt gewesen, aber sie kam sich doch wie ein Feigling vor, weil sie die Gelegenheit verstreichen ließ, auch wenn sie gute Gründe dafür hatte.

»Aber ich«, rief Raoul aufbrausend. »Ich habe dich drei Monate lang nicht gesehen. Wir müssen Entscheidungen treffen und noch vieles besprechen.«

»Sicher müssen wir das«, erwiderte Charity leise seufzend. Sie wünschte von ganzem Herzen, dass es einen Weg gäbe, ihren Freund aus Kindertagen nicht verletzen zu müssen, aber ihr fiel keine Lösung ein. »Es tut mir leid, Raoul, aber ich kann dich nicht … Ich will dich nicht … Herrgott, ich kann diese Kinder doch nicht im Stich lassen.«

Raoul machte eine Drohgebärde wie ein Gockelhahn, der seine Federn spreizte. »Damit wirst du aufhören, wenn wir erst mal verheiratet sind«, brummte er missmutig. »Wir werden bald eigene Babys haben, wie du weißt.«

Charity antwortete nichts darauf, denn sie konnte nicht sprechen. Sie wünschte sich nichts mehr auf der Welt als eigene Kinder – aber nicht von Raoul.

»Wenn Sie helfen wollen«, mischte sich Luke betont freundlich ein, »könnten Sie ein paar Sachen für Miss Barnham von der Ranch holen. Sie wissen schon, Kleider, Wäsche, Kämme, Bücher und solche Dinge.«

»Mach mir eine Liste, Charity«, erwiderte Raoul nach einem bedrohlich langen Schweigen. Kurze Zeit später ritt er davon, und Charity bemerkte erstaunt, dass er sich nicht einmal zu ihr umdrehte.

Drei Tage und Nächte arbeiteten Charity, Luke und Pater Elias ununterbrochen. Sie fütterten die Kinder, versuchten, das Fieber mit kalten Tüchern zu senken, und trösteten die Kleinen, wenn es ihnen am schlechtesten ging. Einmal hielt Luke einen kleinen Jungen fast acht Stunden im Arm, und immer, wenn das Kind unruhig wurde, führte er es geduldig umher.

Am Morgen des vierten Tages kam der Doktor.

Es war eine Überraschung für alle.

Sie ritt ein braunes Maultier, trug einen schäbigen langen Mantel, der beim Gehen über die Erde schleifte, und stellte sich als Dr. Molly vor. Sie war noch ziemlich jung, hatte dunkles Haar und ernste, fast violettfarbene Augen.

»Gute Arbeit«, meinte sie, nachdem sie die Kinder sorgfältig untersucht hatte. Die Erwachsenen saßen in der Küche. Dr. Molly und Charity tranken starken gesüßten Tee, während Pater Elias und Luke eine Tasse Kaffee genossen. »Es sieht aus, als würden alle überleben, aber vielleicht werden ein oder zwei Kinder später Probleme mit den Augen oder Ohren haben. Masern muss man ernst nehmen, und leider verläuft die Krankheit bei Indianern schlimmer als bei Weißen.« Sie blickte Luke und Charity abwechselnd an. »In ein paar Tagen dürfte es problemlos für euch sein, die Mission zu verlassen.«

»Ich muss sagen, dass ich ein kleines Pokerspiel und ein Gläschen Whiskey nicht verachten würde«, meinte Luke.

Charity starrte ihn fassungslos an. Er hatte die ganze schreckliche Zeit klaglos geschuftet und kein Wort darüber verloren, dass er so etwas vermisst hatte. Während der langen Nächte hatten sie sich leise unterhalten und sich gegenseitig Geheimnisse anvertraut. Sie hatte ihm Dinge erzählt, die sie unter anderen Umständen keinem Fremden jemals gesagt hätte, und er hatte ihr gestanden, dass Rose, die ältere Schwester seiner Mutter, die erste Frau von Trigg Shardlow gewesen war, dass Vance also nicht nur sein Halbbruder, sondern auch sein Cousin war.

Jetzt plötzlich tat sich eine breite Kluft zwischen ihnen auf, und er wurde wieder zu einem Fremden, der sich ganz in sich zurückgezogen hatte.

Diese Erkenntnis machte sie so traurig, wie nur wenige andere Ereignisse, die ihr in ihrem angenehmen Leben widerfahren waren, sie traurig gemacht hatten. Aber was hatte sie erwartet? Dass er, Mitglied der berüchtigten Familie Shardlow, sich ändern würde, nur weil sie es sich wünschte?

Sie war dreiundzwanzig Jahre alt, und es war an der Zeit, dass sie aufhörte, an Märchen zu glauben.

Dr. Molly blieb über Nacht, sodass Charity zum ersten Mal, seit sie vor fast einer Woche in die Mission gekommen war, volle acht Stunden durchschlafen konnte. Am Morgen brach Luke auf. Er verabschiedete sich von jedem Kind mit einigen persönlichen Worten und von Pater Elias, aber Charity schien er wenig zu sagen zu haben, sodass sie sich fragte, ob sie etwas getan hatte, was ihn vielleicht beleidigt hatte.

Am Tag darauf erschienen drei Frauen in der Mission – Mitglieder der Erlöserkirche zu Ehren des Heiligen Geistes in Jubilee. Sie kamen, um zu helfen, und Pater Elias schickte Charity nach Hause, wobei er ihr die strikte Anweisung gab, nicht so bald wieder zur Mission zu kommen. Dr. Molly begleitete sie und ritt mit ihr bis zur Wegkreuzung, wo sich die Straße gabelte, die in der einen Richtung durch Jubilee nach White Horse Junction führte und in der anderen Richtung zur Double B-Ranch. Da Charity es nicht besonders eilig hatte, gab es keinen Grund, die Abkürzung über das Shardow-Land zu nehmen, sodass sie es in weitem Bogen umritt.

Sie hatte erwartet, dass sie müde und erschöpft sein würde, wenn sie nach Hause kam, aber stattdessen vibrierte sie vor Energie. Sie brachte Peony dazu, ihr Frühstück mit allem Drum und Dran zu machen, das einem schwer arbeitenden Cowboy schon Mühe bereitet hätte, und genoss anschließend in der Abgeschiedenheit ihres Zimmers den Luxus einen langen heißen Bads. Dann zog sie sich an, machte sich sorgfältig zurecht, setzte sich vor ihre Ankleidekommode, starrte gedankenverloren ihr Spiegelbild an und überlegte noch einmal, was sie Raoul sagen würde, wenn sie ihn später besuchen würde.

4

Ben Draper, Raouls Großvater, kam vor die Tür, um Charity zu begrüßen, nachdem sie den Buggy vor dem lang gestreckten Wohnhaus zum Stehen gebracht hatte. Mr Draper, der unter Arthritis litt, aber dennoch voll Energie war, hinkte schnell die Vordertreppe herunter und streckte die Hand aus, um ihr aus der Kutsche zu helfen. Seine blauen Augen strahlten wohlwollend, während er ihr hübsches Tageskleid aus hellgrünem Leinen betrachtete, und ihr wurde mit einem Mal schmerzhaft bewusst, dass auch er verletzt sein würde, wenn sie mit ihrer Neuigkeit herausrückte. Vielleicht würden sie danach keine Freunde mehr sein.

»Was für ein wunderschöner Anblick du bist«, rief der alte Mann erfreut und betrachtete einen Moment ihre behandschuhte Hand, bevor er sie wie einen Pumpenschwengel schüttelte. »Ich schätze, du bist gekommen, um Raoul zu sehen, aber da muss ich dich leider enttäuschen. Er ist nach White Horse Junction rüber, um einen Teil seiner Herde zu verkaufen. Es würde mich gar nicht wundern, wenn er mit einem besonders schönen Ehering in der Tasche nach Hause zurückkommen würde!« Damit ließ Mr Draper endlich ihre Hand los.

Charity hätte vor Wut und Enttäuschung heulen

mögen. Alles schien sich gegen sie verschworen zu haben, um sie an dieser entscheidenden Aussprache mit Raoul zu hindern. »Wann wird er wieder zurück sein?«

»In ein paar Tagen«, erwiderte Mr Draper. Sein freundliches altes Gesicht war voller Mitgefühl; er hatte ihre Bestürzung missverstanden und als Kummer einer verliebten Braut interpretiert, die schon zu lange von ihrem Bräutigam getrennt war. »Magst du nicht ein bisschen reinkommen? Ich schätze, ich könnte uns einen Tee organisieren.«

Sie war nicht gerade in geselliger Stimmung, aber Mr Draper war, solange sie denken konnte, ein Freund der Familie, und wie viele Witwer hungerte er nach weiblicher Gesellschaft. Sie nickte und nahm den Arm, den er ihr anbot.

Sie war natürlich schon oft in dem Haus gewesen. Es war sehr geräumig und strahlte eine gewisse ländliche Eleganz aus, worüber Charity jedes Mal aufs Neue überrascht war. Seit mindestens zwanzig Jahren hatte unter dem Dach dieses Hauses keine Frau mehr gelebt – ein zänkisches altes Faktotum und ein Chinese namens Kwan besorgten das Kochen und Putzen, wobei sie unentwegt wie zwei alte Jungfern miteinander stritten – und doch standen gewöhnlich überall frische Blumen. Die Vorhänge waren aus irischer Spitze, die trotz des allgegenwärtigen Sommerstaubs immer blitzsauber aussahen, und auf den blank gewienerten Holzböden lagen bunte Teppiche.

Nachdem Mr Draper Charity in den Salon geführt hatte, ging er in die Küche, von wo er kurze Zeit später zurückkam und verkündete, dass Kwan den Tee aufbrühte.

Sie saßen da und unterhielten sich freundschaftlich, bis Kwan schließlich mit einem Tablett ins Zimmer kam, auf dem ein überladener Teller mit kleinen Zitronenplätzchen stand, eine Kanne mit dampfendem Orange Pekoe, zierliche Teetässchen aus Porzellan, frische Milch und eine Silberschale mit großen Zuckerstücken.

Charity wusste, dass Raoul nicht der Einzige in dieser Männerwirtschaft war, der sich darauf freute, dass sie bald auf der Ranch leben würde. Es war zwar schön, hier einen Besuch zu machen, aber das sichere Wissen, dass es keine Hochzeit geben würde, bedrückte sie doch sehr. Tatsächlich wünschte sie sich so verzweifelt, die Sache mit Raoul endlich zu klären, dass sie bereit war, ihm nach White Horse Junction zu folgen.

Als sie später von der Draper-Ranch, die bald Raoul gehören würde, nach Hause fuhr und sich vorstellte, wie ihr Vater auf diese Idee reagieren würde, verdrehte sie die Augen. Nein, entschied sie, sie würde zu Hause bleiben und abwarten, bis Raoul seine Rinder verkauft hatte und zurückkommen würde. Die ganze Sache war schon schwierig genug. Wenn sie jetzt auch noch Wind säte, würde sie nur Sturm ernten – und das wäre ausgesprochen töricht.

Das war eine Zeit, in der sie Geduld aufbringen musste – was nicht gerade Charitys stärkste Charaktereigenschaft war.

Am Nachmittag des folgenden Tages war sie im kleinen Salon und spielte mit Aaron eine Partie Domino, wobei sie versuchte, ihre aufgewühlten Gedanken ganz aufs Spiel zu konzentrieren, als sie die Nachricht erhielt, die ihr ein Cowboy von der Draper-Ranch überbrachte.

Banditen hatten Raoul hinter einem Saloon in White Horse Junction aufgelauert, und im Verlauf des Kampfes war er angeschossen worden. Seine Verletzung war ernst, aber nicht lebensgefährlich, und er würde zur Ranch seines Großvaters gebracht werden, sobald er transportfähig war.

Charitys Knie wurden weich; sie war aufgestanden, als sie den donnernden Hufschlag des Pferdes im Hof gehört hatte, aber nachdem der Mann ihr die Nachricht überbracht hatte, sank sie kraftlos auf ihren Stuhl zurück.

»Der Boss hat ausdrücklich betont, dass Sie ihn nicht besuchen sollen, Ma'am«, fuhr der Cowboy übereifrig fort, der sich im Wohnzimmer eines reichen Mannes sichtlich unwohl fühlte. Er räusperte sich und schluckte. »Raoul sagte, Sie sollen mit den Vorbereitungen für die Hochzeit wie geplant weitermachen. Sein ganzes Herz hängt daran, rechtzeitig wieder so weit fit zu sein, dass er vor dem Priester stehen kann.«

Charity bedeckte einen Moment lang ihr Gesicht mit beiden Händen, hob dann den Kopf und straffte die Schultern. »Bist du sicher, dass mit Raoul so weit alles in Ordnung ist?«

»Nun ja, Ma'am, so weit schon … jedenfalls für jemanden, der eine Kugel in den Oberschenkel …« Der Mann wurde puterrot, als ihm klar wurde, dass er einen Teil der menschlichen Anatomie erwähnt hatte, den man in Gegenwart einer Lady nicht erwähnte, und er sah aus, als wollte er entweder vor Scham im Erdboden versinken oder auf dem Absatz kehrtmachen und fluchtartig den Raum verlassen.

»Danke«, antwortete Charity hastig, um den Mann aus dieser misslichen Lage zu befreien. »Wie geht es Mr Draper? Das muss ja ein schrecklicher Schock für ihn gewesen sein.«

»Ach, Old-Ben ist ein zäher alter Knochen. Er wurde zwar ein bisschen schwach, als ich ihm die Sache erzählt habe, aber dann hat ihm der Chinamann etwas

Whiskey eingeflößt, und das hat ihn wieder auf die Beine gebracht.«

Charity war aufgestanden – obwohl sie es gar nicht bemerkt hatten – und hatte ihre Hand auf Aarons schmale knochige Schulter gelegt. »Hat irgendjemand schon meinem Vater Bescheid gesagt?«, fragte sie. »Er wird sicher Mr Draper einen Besuch abstatten wollen, um ihn zu fragen, ob er etwas tun kann.«

Der Cowboy nickte. »Jake, mein Partner, hat Mr Barnham gesucht«, erwiderte er. »Ich schätze, dass der inzwischen weiß, was passiert ist.«

Charity dankte dem Mann, und Blaise, die unbemerkt ins Zimmer gekommen war, begleitete ihn zur Ausgangstür.

»Was wirst du denn jetzt machen?«, fragte Aaron Charity und schaute sie dabei mit seinen großen Augen an. Wie praktisch alle Menschen um sie herum hielt er große Stücke auf Raoul, und sie konnte sich nur fragen, ob sie überhaupt noch einen Freund auf der Welt haben würde, wenn sie die Hochzeit erst einmal abgeblasen hatte.

»Warten«, antwortete sie. »Viel mehr kann ich ja nicht tun.« Das war ihr verhasst, denn sie gehörte nicht zu den Menschen, die Zeit vertrödelten, nachdem sie erst einmal eine Entscheidung getroffen hatten. Jedenfalls normalerweise nicht.

Blaise kam zurück, blass im Gesicht. »Aaron«, meinte sie, »Peony braucht ein paar Sachen aus dem Garten. Sei so lieb und hilf ihr bitte.«

Der Junge stürmte aus dem Zimmer, und die beiden Frauen waren allein.

»Du siehst vollkommen verzweifelt aus«, stellte Blaise leise fest, umfasste liebevoll Charitys Oberarme, um sie an sich zu ziehen, und gab ihr einen zarten Kuss auf die Wange. »Mach dir nicht zu viele Gedanken,

Liebling. Der Mann sagte doch, dass Raoul bald wieder auf den Beinen sein wird, und ich bin sicher, dass er damit Recht hat.«

Charity merkte, wie ihr die Tränen kamen, und sie blinzelte sie schnell fort. »Was soll ich denn nur machen?«, wisperte sie kläglich. »Ich kann doch jetzt nicht zu ihm gehen und ihm erklären, dass ich ihn nicht liebe – doch nicht unter diesen Umständen. Aber mit jedem Tag, der vergeht, wird die Lüge nur noch größer.«

»Hast du Raoul denn jemals gesagt, dass du ihn liebst?«

Charity schüttelte den Kopf. Raoul hatte seine eigenen Erklärungen abgegeben und war ganz einfach davon ausgegangen, dass sie ebenso empfand. Auch die Hochzeit war seine Idee gewesen – er hatte ihr nie einen formellen Antrag gemacht –, und sie hatte nie darüber geredet, weil sie das für eine seiner spleenigen Ideen gehalten hatte. Dann, vor ein paar Monaten, hatte er willkürlich das Heiratsdatum festgesetzt, ohne es für nötig zu halten, Charity überhaupt darüber zu informieren. Sie hatte von ihrem Schicksal eines Abends beim Essen von ihrem Vater erfahren.

Charity wusste, damals hätte sie auf der Stelle zu Raoul gehen müssen, um die Sache unmissverständlich zu klären, aber es war wie verhext gewesen – nie schien der richtige Moment für eine Aussprache zu sein.

Sie seufzte. Vielleicht war diese Heirat ihr einfach vom Schicksal vorbestimmt.

Nein, sie wusste, dass dies nicht der Fall war, denn Luke Shardlows Gesicht tauchte vor ihrem geistigen Auge auf. Wenn sie Raoul so lieben würde, wie eine Frau ihren Ehemann lieben sollte, und Jonahs Theorie – was arrangierte Hochzeiten betraf – richtig wäre, würde sie sicher nicht so oft und so intensiv an Luke denken.

Sie ging nach oben, zog eine Bluse, Rock und Reitstiefel an, ging zu den Ställen, wo sie Taffeta aus der Box führte und der Stute das Zaumzeug über den Kopf streifte. Wenn man ihren Vater oder Luke angeschossen hätte, hätte nichts sie davon abhalten können, zu ihnen zu gehen. Das wusste sie. Die Tatsache, dass sie sich so einfach mit Raouls Anordnung abfand und zu Hause blieb, reichte, um jeden letzten Zweifel auszuräumen, den sie vielleicht noch gehabt hätte.

Sie hatte vor, zum Ufer des Creek zu reiten, ihrem bevorzugten Platz, wenn sie sich zurückziehen wollte, aber stattdessen landete sie unerklärlicherweise bei Luke Shardlows Hütte. Er war auf dem Dach, saß mit nacktem Oberkörper auf dem tragenden Stützbalken und trieb mit wuchtigen Hammerschlägen Nägel ins Holz.

Sie wusste, dass er sie sofort bemerkt hatte, aber er ließ sich Zeit damit, sich umzudrehen, um sie zu begrüßen. Als er es tat, nahm er seinen schweißnassen Lederhut ab, nickte und setzte den Hut wieder auf den Kopf. »Stimmt was nicht?«, fragte er ohne dieses beunruhigende Grinsen, mit dem er sie meistens betrachtete.

Nichts stimmt, dachte sie. »Muss denn gleich etwas nicht in Ordnung sein, wenn man seinen Nachbarn besucht?«, erwiderte sie und schirmte die Augen mit einer Hand ab, während sie zu ihm hochschaute. Wenn Raoul bei ihr die Gefühle auslösen würde, die sie bei diesem Mann empfand – Wut, Atemlosigkeit, süßes Verlangen –, gäbe es kein Problem.

Er schwang ein Bein über den Balken, stand auf und stieg auf der einen Seite des Daches mit einer Gewandtheit herunter, die an einen Indianer erinnerte, der in den Bergen aufgewachsen war und einen steilen Abhang hinabstieg. Er erreichte die Leiter, die am Dachsims lehnte, und kletterte schnell nach unten. Er blieb vor einer großen Regentonne stehen, schöpfte mit einer Kelle Wasser und goss es sich über den Nacken. Dabei schüttelte er sich, gab ein jubilierendes ›Bbrrr‹ von sich und kam dann mit nassem Oberkörper auf sie zu.

Charity starrte ihn mit offenem Mund an – Luke war herrlich gebaut, wie eine lebende Statue –, und bevor sie sich dazu bringen konnte wegzuschauen, hatte er schon sein Hemd übergestreift, das er am Sägebock aufgehängt hatte. Sie errötete wegen ihrer Schamlosigkeit.

»Ich würde dich ja in mein Wohnzimmer einladen«, meinte er mit einer spöttischen Handbewegung in Richtung des kleinen Hauses, »aber ich vermute, das wäre nicht ganz schicklich.« Er drehte einen kleinen Eimer um und forderte sie zum Sitzen auf. »Weshalb bist du gekommen?«, fragte er dann mit ernster Miene und verschränkte dabei die Arme.

»Ich habe sonst niemanden, mit dem ich reden könnte«, klagte Charity. Das war nur allzu wahr – ihre beste Freundin, Rose-Ellen Crawford, hatte zu Beginn des Sommers geheiratet und war in den Nachbarbezirk verzogen. Ihr Vater würde ihr nicht zuhören, und Blaise war hin- und hergerissen zwischen ihrem Mitgefühl für Charitys Situation und ihrer Loyalität zu Jonah, dem Mann, den sie liebte. Pater Elias schließlich hatte genug andere Dinge im Kopf, da er allein die Mission leitete.

Luke rieb sich mit einer Hand den Nacken. Er hatte die Haare mit einem Lederband zusammengebunden, aber einzelne Strähnen hatten sich gelöst. »Ich vermute, das Thema hat sich seit unserem letzten Gespräch nicht geändert«, bemerkte er, nahm seinen Hut ab und schlug ihn gegen den Oberschenkel. »Es handelt sich um Montego, nicht wahr?«

Charity registrierte, dass er wie üblich die ominöse Feuerwaffe umgeschnallt hatte. Selbst in der Missionsschule hatte sie ihn nie ohne Waffe gesehen. »Schläfst du eigentlich auch mit diesem Ding?«, fragte sie und deutete darauf.

Er lachte leise. »Das nicht«, erwiderte er, »aber es ist immer griffbereit. Und nun hör auf, vom Thema abzulenken.«

»Na schön«, murmelte sie grimmig. »Ja, es geht um Raoul.« Sie blickte zu ihm hoch und spürte, wie ihr plötzlich Tränen in die Augen stiegen. »Er ist angeschossen worden.«

Luke ging neben ihr in die Hocke und runzelte die Brauen. »Tut mir leid«, meinte er. »Was ist passiert?«

Etwas an seinem Gesichtsausdruck, in der Art, wie er ihre Hand nahm und seine Finger locker zwischen ihre Finger schob, ließ Charitys Herz höher schlagen. »Er wurde überfallen und dabei angeschossen. Er … er wird es überleben, aber …«

»Langsam, langsam«, unterbrach Luke sie. »Wo fand dieser Raubüberfall statt? Und wann?«

»Letzte Nacht«, erklärte Charity, die ein wenig erstaunt war, dass er so ein starkes Interesse zeigte. »Drüben in White Horse Junction.«

»Wer waren die Täter? Hat Montego sie gesehen?« Die Fragen waren seltsam drängend, und der Griff seiner Hand wurde fester.

Sie runzelte die Stirn. »Ich habe keine Ahnung, ob jemand festgenommen wurde oder ob Raoul etwas gesehen hat. Ich weiß nur, dass er angeschossen wurde, und das ist doch das Einzige, was zählt.«

»Ja, natürlich«, meinte Luke nur. Er wirkte plötzlich

geistesabwesend, ließ ihre Hand los und richtete sich auf. Mit der gleichen Lässigkeit, mit der manche Männer ihre Taschenuhr zückten oder eine Münze zwischen zwei Fingern drehten, zog Luke den Revolver und schnappte die Trommel auf, die er mit einer kurzen Bewegung seines Daumens rotieren ließ. »White Horse Junction«, murmelte er, während er den Colt wieder in den gepolsterten Holster schob. Dann – als hätte er vergessen, dass Charity auch noch da war – pfiff er durch die Zähne nach seinem Pferd, packte einige persönliche Dinge zusammen und holte aus einer kleinen Vorratskammer, die er an einer Seite an die Hütte angebaut hatte, ein paar Lebensmittel.

Der Hengst kam angetrottet, eine Tatsache, die Charity kaum irritierte. Wenn der Mond auf seinen Befehl hin plötzlich aufgegangen wäre und der Himmel voller Sterne gewesen wäre, hätte sie sich wohl auch nicht darüber gewundert.

»Du … gehst doch jetzt nicht einfach weg …?«

Er küsste sie so heftig auf die Stirn, dass sie beinahe umfiel und sie sich noch unglücklicher als zuvor fühlte. »Genau das habe ich vor«, sagte er. »Würde es dir etwas ausmachen, mein Werkzeug zusammenzuräumen? Ich bin nämlich ein bisschen in Eile.«

»Ich denke, ich habe das Recht zu fragen, wo du hinwillst.«

Er grinste. »Hast du das?«, erwiderte er. Er hatte dem Hengst das Zaumzeug bereits angelegt und überprüfte nun den Sattelgurt, um sicherzugehen, dass er für sein Gewicht straff genug gespannt war.

»Nun, vielleicht habe ich nicht gerade ein *Recht* dazu …« Als er sich in den Sattel schwang, lief Charity zu ihm und stellte sich neben das Pferd.

Der Schecke tänzelte nervös, und Luke schien nicht weniger ungeduldig zu sein, endlich losreiten zu können. Er tippte mit den Fingern an die Hutkrempe und lächelte, aber Charity erkannte am Ausdruck seiner Augen, dass er in Gedanken schon weit weg war.

Sie lief ein paar Schritte hinter ihm her, bevor sie stehen blieb, als ihr angeborenes Gespür für Würde zum Vorschein kam und ihr bewusst wurde, was sie da eigentlich machte. Genau das war einer der vielen Gründe, weshalb sie sich niemals in Luke Shardlow verlieben durfte. Denn eines Tages würde sie hier auf dem Grund und Boden seiner Familie stehen – oder irgendwo anders –, würde beobachten, wie er davonritt und würde wissen, dass er nie wieder zu ihr zurückkommen würde. Sie würde es überleben – sie konnte alles überleben, wenn sie sich die Zeit dazu lassen würde –, aber der Schmerz würde das erträgliche Maß fast übersteigen.

Gleichermaßen geschockt von den heftigen Gefühlen, die diese Gedanken in ihr auslösten, und der Tatsache, dass er sie so einfach stehen gelassen hatte, beobachtete sie ihn, bis er und das Pferd aus ihrem Blickfeld verschwunden waren, bevor sie sein Werkzeug zusammenräumte – einen Hammer, eine Axt und einen Hobel – und die Sachen ins Innere der Hütte trug.

Sie wusste, dass sie sich dort nicht länger als nötig hätte aufhalten sollen, dass sie Besseres zu tun hatte, aber sie stand in dem dunklen, stillen Haus, das nur aus einem großen Raum bestand, und blinzelte ein paarmal, um sich an das schwache Licht zu gewöhnen. Es gab keine richtigen Möbel, nur einen alten Ofen – sicher derselbe, gegen den die arme Marietta Shardlow in jener schrecklichen Nacht vor so vielen Jahren mit dem Kopf geschlagen war –, eine große Holzkiste mit einer Kerze in der Mitte, die Luke offensichtlich als Tisch diente, und eine kleinere Lattenkiste, die er als

Stuhl benutzte. Auf einem Regal hinter dem Ofen standen ein paar Bücher, deren Umschläge schon ziemlich ramponiert waren, von denen Charity sich jedoch wie magisch angezogen fühlte. Sie hatte noch nie der Versuchung widerstehen können, sich die Bücher der Menschen anzusehen, in deren Häuser sie eingeladen war, und in den meisten Fällen verriet ihr diese Angewohnheit mehr über die Denkweise und die Geistesverfassung der Leute, als das ein noch so persönliches Tagebuch jemals vermocht hätte.

Sie lächelte, während sie mit den Fingerspitzen über die abgewetzten Buchrücken strich. *Das verlorene Paradies*. Ein *Führer für Landwirtschaft und Viehzucht. Theorien der Höheren Mathematik*. Zwei Romane von Sir Walter Scott, eine Bibel und ein kleines Wörterbuch, in dem viele Worte mit einem schwarzen Stift umrahmt waren.

Aufgeheitert – obwohl sie nicht hätte sagen können, wodurch – verließ Charity Lukes Hütte und schloss leise die Tür hinter sich.

Bei Sonnenuntergang erreichte er White Horse Junction, bezahlte im Mietstall eine Box für seinen Schecken und einen Schlafplatz auf dem Heuboden für sich selbst und ging dann geradewegs zum Saloon. Gewöhnlich konnte er sich auf sein Gefühl verlassen, welches ihm sagte, dass Vance sich irgendwo in der Nähe aufhielt und in die Schießerei der vergangenen Nacht verwickelt war, aber seine Nerven lagen merkwürdig blank, und sein inneres Gleichgewicht war nicht im Lot. Vielleicht war es ja nur Wunschdenken, dass er hoffte, seinen Halbbruder hier in dieser kleinen Stadt oder in der näheren Umgebung zu finden.

Im Saloon war nicht viel los, nur ein Betrunkener,

der an einem Tisch dumpf vor sich hin brütete, und ein paar Cowboys und Hausierer hatten sich eingefunden. Als er durch die Tür trat, blickten ihn alle an, aber sie schauten schnell wieder zur Seite. Die Männer hatten genug gesehen, denn der Colt – ein Fünfundvierziger – erzählte ihnen die ganze Geschichte – abgesehen vom Ende, das glücklich sein mochte oder auch nicht.

Er bestellte ein Glas Whiskey und kippte es in einem Zug herunter.

»Ich habe gehört, dass es hier in der Gegend gestern eine Schießerei gegeben hat«, wandte er sich an den Barkeeper, der – wahrscheinlich eher aus Neugier als aus Freundlichkeit – in seiner Nähe herumlungerte und ein Glas polierte, das nie sauber werden würde.

»Ja«, meinte der Barmann. »Und?«

Luke nahm eine Fünfdollar-Goldmünze aus seiner Westentasche und legte sie ohne großes Aufsehen auf den Tresen.

»War ein Rancher aus der Nähe von Jubilee. Irgendein Mexikaner.«

»Und wo ist er jetzt?«

Der Barkeeper legte eine fleischige Fingerspitze auf die Münze, zog sie über den Bartresen und bedeckte sie mit seiner Hand. Seine kleinen Augen glitzerten, und da sie irgendwie auch gefährlich aussahen, machte Luke sich eine Gedankennotiz, diesem Mann besser nicht den Rücken zuzuwenden. »Wie ich gehört habe, drüben in Miss Dellas Pension. Er scheint nicht in der Verfassung zu sein, nach Hause zu reiten.«

»Gibt es hier in der Gegend jemanden, der das Gesetz vertritt?« Luke machte eine leichte Kopfbewegung, und der Barmann füllte sein Glas. Er war ein Kopfgeldjäger, dessen Ziel es war, seinen gesetzlosen Halbbruder aus welchem Loch auch immer herauszulocken, in dem er sich versteckt haben mochte, und deshalb musste er seine Absichten verschleiern. Er konnte es sich auch nicht leisten, dass die Leute im näheren Umkreis von Jubilee sich die Mäuler darüber zerrissen, wie sehr sich Luke Shardlow doch gegenüber früher geändert hatte, denn das könnte Vance nachdenklich machen.

»Nicht der Rede wert. Nur einmal im Monat reitet Marshal Dan Higgins von Jubilee rüber, um sich davon zu überzeugen, dass sich die Leute hier halbwegs anständig benehmen. Warum? Wirst du gesucht, oder was?«

Luke setzte sein Glas an die Lippen und schaute dabei unauffällig in den schmutzigen Spiegel über der Bar, um sicher zu gehen, dass sich in seinem Rücken kein Ärger anbahnte. »Wie man es nimmt«, grinste er. »Unten in Laramie gibt es eine kleine Tänzerin, die mich auf Teufelkommraus sucht.«

Der Barmann kicherte. »Ja, wenn das so ist … Aber Miss Della ist eine fromme Christin, und sie würde sich zu Tode erschrecken, wenn plötzlich ein bewaffneter Mann vor ihrer Tür stehen würde. Wenn du also mit dem Mexikaner reden willst, wartest du besser, bis er wieder auf den Beinen ist und rauskommt, denn mit diesem Eisen an der Hüfte wird Miss Della dich nie über ihre Schwelle treten lassen.«

Luke tippte an die Hutkrempe. »Danke für den Rat«, erwiderte er. Dann nahm er die Whiskeyflasche, verkorkte sie und schob sie in seine Manteltasche. »War mir ein Vergnügen.«

Auf der Straße zahlte er einem Jungen einen Penny dafür, dass er ihm den Weg zu Miss Dellas Pension zeigte, und er musste innerlich grinsen, als er merkte, dass das gar nicht nötig gewesen wäre, denn über der Vorderveranda hing ein großes Schild.

Luke verdeckte seinen Pistolengürtel mit dem Mantel, stieg die Treppe hoch, klopfte an die Tür und setzte seinen Hut ab. Der Vorhang an einem Fenster bewegte sich, und im Schein einer Lampe war das ernste, strenge Gesicht einer Frau zu erkennen.

Luke straffte die Schultern, setzte ein jungenhaftes Lächeln auf und bereitete sich in Gedanken darauf vor zu sagen, ja, er sei ein wilder Bursche, aber er sei bereit, sich zu bessern, um mithilfe der starken führenden Hand einer herzensguten christlichen Frau wieder auf den rechten Pfad der Tugend zurückzukehren.

Die Tür öffnete sich einen Spalt. »Ja?«, fragte Miss Della.

»Es tut mir leid, falls ich Sie störe, Ma'am«, erwiderte er und presste den Hut auf sein Herz, »aber ich war lange Zeit auf dem Trail, und jetzt habe ich drüben im Gemischtwarenladen gehört …«, er konnte nur hoffen, dass es hier überhaupt so einen Laden gab, »… dass ein Mann in Ihrem Haus ein heißes Bad und eine warme Mahlzeit kaufen kann. Ich gebe auch ehrlich zu, dass ich in letzter Zeit die Hausmannskost meiner Ma mehr als vermisst habe.«

Die alte Jungfer beäugte ihn misstrauisch, aber immerhin hatte sie ihm nicht gleich die Tür vor der Nase zugeschlagen. »Tja, ich weiß nicht …«

Luke holte gerade tief Luft, um zu erklären, dass er sein Essen auch auf der Hintertreppe zu sich nehmen würde, falls ihr das lieber wäre, als plötzlich eine bekannte Person auftauchte und Miss Della zur Seite schob.

Dr. Molly betrachtete ihn, ohne zu lächeln, aber er wusste, dass sie ihn natürlich erkannt hatte.

»Mr Shardlow?« Sie öffnete die Tür und trat zu ihm auf die Veranda. »Habe ich da gerade gehört, dass Sie lange auf dem Trail waren?«

Teufel noch mal, dachte er, aber er lächelte weiter.

Diese Frau hatte ihn erst vor ein paar Tagen in der Missionsstation gesehen; er konnte nur hoffen, dass sie ihn nicht in Gegenwart der Pensionswirtin rundheraus als Lügner bezeichnen würde. »Tja, ich bin gerade von Jubilee rübergeritten«, meinte er mit einem gewinnenden Lächeln. »Ich bin hungriger als ein Bär und brauche auf jeden Fall ein Bad.«

Die junge Frau musterte ihn kurz und wandte sich an Miss Della, die hinter ihr stand und Luke im fahlen Mondlicht aufmerksam betrachtete. »Ich bin dem Mann schon einmal begegnet«, erklärte Dr. Molly. Sie hatte ja nicht ausdrücklich für ihn gebürgt, aber etwas in ihrer Stimme vermittelte doch den Eindruck, als hätte sie es getan. »Er war in der Mission eine große Hilfe für Pater Elias.«

Lukes Lächeln wurde breiter. »Danke, Doc«, meinte er, als die beiden Frauen zur Seite traten, um ihn vorbeizulassen.

Das Haus war sauber und hell erleuchtet, es roch nach frisch gebackenem Brot, Scheuersand, Talkumpulver und kalter Asche. Das schmerzhafte Gefühl von Einsamkeit, das Luke immer folgte, holte ihn ein und übermannte ihn für einen Augenblick. Er dachte an Charity Barnham, aber er verdrängte den Gedanken an sie schnell wieder.

In der Küche ließ er sich Zeit, Huhn mit Knödeln zu essen, folgte dann Miss Della zu einem Zimmer mit schrägen Wänden, in dem ein schmales Messingbett stand. Auch als er bezahlte, behielt er seinen Mantel an, um darunter seinen Colt zu verbergen, und fragte Miss Della dann, ab noch andere Gäste im Haus seien.

»Ach Gott, ja«, erwiderte sie und blickte dabei zum anderen Ende des Ganges, wo unter einer Tür ein schmaler Lichtstreifen sichtbar war. Dann senkte sie ihre Stimme zu einem vertraulichen Flüstern. »Ein junger Mann ist hier, der sich von einer Schusswunde erholt. Eine schreckliche Sache. Ich werde es Papa nie verzeihen, dass er Mama und mich hierher in diese Wildnis gebracht hat. Das war wirklich nicht gerade rücksichtsvoll von ihm.«

»Sicher nicht«, meinte Luke mitfühlend. Wie das Haus aussah, dachte er allerdings, hatte ›Papa‹ offensichtlich bestens für seine Familie gesorgt, aber es wäre doch unhöflich gewesen, einer Lady zu widersprechen. Es sei denn, die Lady wäre Charity Barnham gewesen.

»Ich werde jetzt Ihr Badewasser aufheizen«, schlug Miss Della vor. »Die Wanne steht in einem kleinen Raum hinter der Küche. Ich gebe Ihnen ein Handtuch und selbst gemachte Seife, die Sie aber besser nicht benutzen, wenn Sie eine empfindliche Haut haben. Sie besteht nämlich nicht gerade aus Lauge. Das Wasser dürfte in einer halben Stunde bereit sein.«

Er dankte ihr, und sie eilte davon, um ihrer Arbeit nachzugehen.

Luke wartete eine Weile und ging dann zu der Tür, unter der der Lichtschein hervorkam, und klopfte leise. Er hörte, wie auf der anderen Seite der Hammer einer Pistole zurückgezogen wurde – ein Geräusch, das er immer und überall erkannt hätte – und beschloss, Raoul Montego zu mögen. Der arme Kerl tat ihm natürlich auch leid – und nicht nur wegen der Kugel, die er abbekommen hatte; denn wenn er nach Jubilee zurückkam und gesundheitlich wieder fit war, würde er eine schmerzhafte Enttäuschung erleben, da Miss Charity Barnham ihm den Laufpass geben würde.

Luke öffnete vorsichtig die Tür und trat ins Zimmer, wobei er die Hände leicht in die Höhe hielt und die Finger gespreizt hatte. Montego, der zwar im Krankenbett lag, hielt den langen Lauf eines sechsschüssigen Revolvers, dessen Hahn gespannt war, auf ihn gerichtet.

»Sie!«, murmelte Montego.

»Ich hatte gehofft, dass Sie sich an mich erinnern würden«, erwiderte Luke und zog sich so beiläufig einen Stuhl heran, als wären er und Montego gute alte Freunde. Raouls rechtes Bein lag auf der Decke und war am Oberschenkel dick bandagiert. Charitys Verlobter sah blass aus und hatte dunkle Ringe unter den Augen, die dennoch feurig funkelten. Er würde sicher bald wieder vollkommen gesund sein – bald genug jedenfalls, um mit Charitys Neuigkeit fertig werden zu müssen.

Luke drehte den Stuhl und setzte sich rittlings darauf, wobei er seine Arme auf die Lehne stützte. »Sieht aus, als hätten sie Pech gehabt.«

»Pech?« Montego löste den gespannten Hahn und legte den Revolver auf den Nachttisch. Er nahm eine Karaffe aus Porzellan in die Hand – die mit Bienen und Blümchen verziert war und irgendwie lächerlich wirkte – und goss Wasser in eine Tasse, die ebenso grotesk aussah. Er trank einen Schluck und schüttelte sich, als hätte er ein Glas billigen Whiskey getrunken. »Zum Teufel, das ist ja wohl kaum der richtige Ausdruck. Ich wurde angeschossen, bin eine gute Uhr los und außerdem noch zehn Dollar.«

»Haben Sie gesehen, wer Sie überfallen hat?«

Montego runzelte die Stirn und dachte offensichtlich noch einmal über die Ereignisse der vergangenen Nacht nach. »Ich glaube, es waren vier Männer, und sie trugen Masken.«

»Können Sie sich noch an etwas anderes erinnern?«

»Wer sind Sie? Vertreten Sie etwa das Gesetz?«

»Könnte man sagen«, sagte Luke ruhig und wartete.

Er konnte fast jedem Menschen offen ins Gesicht lügen. Das war eine Fähigkeit der Shardlows. Jeden konnte er anlügen – nur Charity nicht.

»Einer der Burschen hatte strohblonde Haare wie Sie. Mehr habe ich nicht gesehen. Ich hatte genug damit zu tun, am Leben zu bleiben.«

Im Rhythmus seines Herzschlags pulsierte der Name seines Halbbruders durch Lukes Kopf: Vance, mit seinen goldblonden Haaren. Die Finger seiner linken Hand zuckten unkontrolliert, und er musste sich mühsam beherrschen, die Hand nicht auf den Knauf des Revolvers zu legen.

»Haben Sie einen der Männer erkannt oder vielleicht einen Namen gehört?«

Montego schüttelte den Kopf und sank in die Kissen zurück. »Jetzt bin ich an der Reihe, Fragen zu stellen, Shardlow. Was wollen Sie von Charity? Und wieso waren Sie in der Mission, als die Kinder krank waren?«

Fair war fair. Montego hatte ihm erzählt, was er, Luke wissen wollte, und nun war es an ihm, diese Gefälligkeit zu erwidern. »Charity und ich haben uns als Kinder gekannt, und ich war in der Missionsstation, weil sie zuvor die Abkürzung über mein Land genommen hat und ich ihr gefolgt bin, da ich wissen wollte, weshalb sie es so eilig hatte. Wie sich dann herausgestellt hat, gab es für uns keine Möglichkeit mehr, die Station zu verlassen.«

»Sie sind sich doch hoffentlich darüber im Klaren, dass Charity und ich heiraten werden«, meinte Montego vorsichtig.

Luke achtete darauf, dass sich auf seinem Gesicht keine Regung zeigte. Kein Gefühl, keine Meinung, keine besondere Reaktion. »Ich habe davon gehört.« Er machte eine kurze Pause. »Nach allgemeiner Ansicht sind Sie ein Mann, der sich glücklich schätzen kann.«

Montego lachte, wobei sich seine ganze Haltung vollkommen veränderte – wenn auch nur für einen Augenblick. »Ich habe auch die Absicht, zu ihr zurückzukehren, sobald ich wieder im Sattel sitzen kann.«

»Und wann wird das sein?« Luke stand auf und stellte den Stuhl an die Wand zurück.

»Morgen – oder übermorgen, wenn es nach mir geht. Ich kann mich zu Hause ebenso gut erholen wie hier.«

Luke hatte seine Hand auf den Türknauf gelegt. »Ich selbst reite auch in ein oder zwei Tagen in diese Richtung – nur für den Fall, dass Sie gern Gesellschaft hätten. Oder ist noch jemand von Ihren Männern hier?«

Montego musterte ihn mit ernstem Blick. »Nein, meine Leute sind alle zur Ranch zurückgekehrt. Warum sind Sie eigentlich hergekommen? Hat Charity Sie geschickt, um Krankenschwester bei mir zu spielen?«

Er überlegte kurz, ob er antworten sollte, genau das habe sie getan, kam aber zu dem Schluss, dass sie ihn dafür umbringen würde, und deshalb sagte er nichts in dieser Richtung. »Ich habe mit jemandem noch eine Rechnung offen, und das könnte einer der Männer sein, die mit Ihrer Uhr auf und davon sind. Sind Sie eigentlich sicher, dass Sie nicht doch noch ein Weilchen hier bleiben wollen, um sich von der hübschen kleinen Ärztin versorgen zu lassen?«

Wie aufs Stichwort klopfte es kurz an der Tür, und dann trat Dr. Molly ins Zimmer, die eine Arzttasche in der Hand hielt. »Genau das habe ich mir gedacht«, meinte sie, wobei sie Luke mit unbewegtem Gesicht anschaute. So ruhig und ungerührt war sie auch in der Mission gewesen, selbst als der Zustand einiger Kinder äußerst kritisch gewesen war, und Luke fragte sich, ob es überhaupt etwas gab, was das Feuer in ihr zum Lodern brachte. »Sie wollten nicht nur eine Mahlzeit und ein heißes Bad.«

Luke lächelte. »Das würde ich nicht sagen, Ma'am«, erwiderte er mit einer leichten Verneigung. »Das waren die besten Knödel, die ich je gegessen habe, und ein Bad und ein sauberes Bett sind ein seltener Luxus für mich. Die Aussicht gefällt mir jedenfalls wesentlich besser, als auf dem Heuschober des Mietstalls zu schlafen.«

Einer ihrer Mundwinkel zuckte zwar kurz, aber ihre großen leuchtenden Augen blieben ernst.

»Gute Nacht, Mr Shardlow«, sagte sie.

Er öffnete die Tür und trat auf den Flur. Von unten hörte er, wie Miss Della voll christlicher Inbrunst *Shall we Gather at the River* sang. Er wartete, bis sie noch ein paar mehr erhebende Zeilen dieses Kirchenliedes von sich gegeben hatte, und stieg dann leise die Hintertreppe hinunter.

Das Badewasser war heiß und dampfte, und die Seife war scharf genug, um die stacheligen Borstenhaare eines Wildschweins aufzuweichen, aber Luke schrubbte sich gründlich ab, zog sich wieder an und ging nach oben in sein Zimmer.

Er hatte einen leichten Schlaf und wurde zwischendurch immer wieder wach, den Colt ständig in Reichweite auf dem Fußboden, denn ein Mann wusste schließlich nie, wann er unerwünschte Gesellschaft bekommen würde.

5

Luke erwachte am nächsten Morgen vor Sonnenaufgang, und als er hinunter in die Küche kam, fand er dort Montego vor, der vollständig angezogen war, einen Kaffee trank und den Eindruck machte, als fiele er jeden Moment vom Stuhl. Es war kaum zu fassen, dass dieser Mann glaubte, er könne in seinem Zustand auf einem Pferd sitzen, wenn man ihn nicht zuvor im Sattel festgezurrt hatte.

»Morgen, Shardlow«, begrüßte Montego ihn.

Luke nickte und nahm sich einen Becher aus dem Regal, den er mit Kaffee füllte, der auf dem Herd köchelte. Es war ein starkes Gebräu, wie Luke es sich selbst zubereitete, wenn ihm das Kartenglück hold gewesen war und er genug Kleingeld in der Tasche hatte. Er setzte sich zu Charitys Verlobten an den Tisch. »Du siehst beschissen aus«, meinte er kumpelhaft. »Und da wir ja nun wohl zusammen nach Jubilee reiten werden, solltest du mich vielleicht Luke nennen.«

»Mein Name ist Raoul«, erwiderte der andere Mann. »Und mein Aussehen steht hier nicht zur Debatte. Ich werde nach Hause reiten, sobald ich gefrühstückt und meine Rechnung bei Miss Della bezahlt habe.«

Luke hielt es für ein gutes Zeichen, dass sein Reisegefährte überhaupt ans Essen denken konnte, hatte aber trotzdem Zweifel. Er rechnete damit, dass Vance ihm unterwegs auflauern würde, aber Raouls Anwesenheit verkomplizierte die Sache natürlich. Es wäre unrealistisch zu glauben, er könnte mit seinem Halbbruder abrechnen und gleichzeitig Charitys Zukünftigen beschützen. »Hättest du die Sache nicht besser mit dem Doc besprochen?«

Raouls Lächeln hatte etwas Spitzbübisches an sich – aber auch etwas Inniges. Luke ging plötzlich ein Licht auf, und er fragte sich, ob dem Mann überhaupt bewusst war, dass er zumindest einige zärtliche Gefühle für Dr. Molly hatte. »Die hätte mich einen ganzen Monat hier behalten, wenn ich dazu bereit gewesen wäre.«

»Hhhmmm«, meinte Luke nachdenklich.

Montegos dunkle Augen blitzten in seinem blassen Gesicht auf, das so fahl wie der Wintermond war. »Pass auf, was du sagst«, warnte er Luke. »Ich habe nur gemeint, dass Molly glaubt, ich brauchte mehr Zeit, um mich zu erholen, bevor ich mich auf den Rückweg nach Jubilee aufmache.«

»Ich wollte dich nicht beleidigen«, erwiderte Luke milde. Dann stellte er die Falle. »Ich spiele mit dem Gedanken, mich häuslich niederzulassen. Könntest du dir vorstellen, dass die Frau Doktor ein Interesse an einem Mann mit einer bewegten Vergangenheit haben könnte?«

Raoul schluckte den Köder sofort. »Ein Drifter ist nun wirklich das Letzte, was sie braucht«, sagte er und schaute Luke eindringlich an. »Lass sie in Ruhe, und wir beide werden gut miteinander auskommen.«

Bevor Luke darauf antworten konnte, betrat Molly die Küche. Sie trug ein Männerhemd, Schaftstiefel und einen Rock aus Wildleder. Ihre dunklen Haare hatte sie zu einem einzelnen Zopf geflochten. »Wenn es Ihnen nichts ausmacht, meine Herren«, begann sie trocken und winkte ab, als die beiden höflich aufstehen wollten, »suche ich mir meine Verehrer schon selbst aus.«

Luke verbarg sein Grinsen hinter dem Rand des Kaffeebechers, während Raoul wie eine alte Jungfer errötete.

Molly setzte sich nicht an den Tisch, sondern trank den Kaffee im Stehen, wobei sie sich gegen die Spüle aus Gusseisen lehnte, die unter dem Fenster stand. Sie war eine wunderschöne Frau, der Typ Frau, den Luke normalerweise zu verführen versucht hätte – wenn er nicht so sehr von Charity Barnham eingenommen gewesen wäre. Sein mangelndes Interesse an Molly beunruhigte ihn sogar.

»Sind Sie drüben im Osten zur Schule gegangen?«, fragte er, um die angespannte Atmosphäre etwas aufzulockern.

Sie schlug die Augen einen Moment nieder und zögerte offensichtlich zu antworten. »Ich bin hier in White Horse Junction aufgewachsen«, erklärte sie nach einer Weile. »Mein Vater war Arzt in General Grants Armee, bevor er in den Westen kam. Seit ich über den Tischrand sehen konnte, ohne auf einen Stuhl klettern zu müssen, habe ich ihm so viel geholfen, wie er mir erlaubt hat. Er hat mir Geburtshilfe beigebracht und mich gelehrt, die gängigen Krankheiten und die üblichen Verletzungen zu behandeln. Nach dem Tod meines Vaters haben die Leute mich ›Doc‹ genannt, obwohl ich keine offizielle Ausbildung zum Arzt habe.«

Miss Della unterbrach die Unterhaltung, als sie in die Küche kam und anfing, mit Töpfen und Pfannen zu hantieren. Offenbar war die Zubereitung des Frühstücks ein größerer Akt.

Molly aß nur eine Kleinigkeit und verabschiedete sich dann, um die Runde ihrer Krankenbesuche zu machen, Luke ließ sich eine ordentliche Portion Speck, Eier und Bratkartoffeln schmecken, während Raoul sein Essen mit einem Stück Toastbrot auf dem Teller hin und her schob.

Eine halbe Stunde später, als Luke Miss Dellas Gästehaus verließ, hinkte Raoul neben ihm her.

Es war hart zu beobachten, wie mühsam der Mann auf sein Pferd stieg, aber es war klar, dass Montego nicht bereit sein würde, die Hilfe eines anderen Menschen anzunehmen. Er zog sich in den Sattel hoch und hielt sich mit letzter Kraft am Sattelhorn fest, um nicht auf der anderen Seite wieder kopfüber auf den Boden zu stürzen.

»Shit«, murmelte Luke lautlos. Wenn sie auf dem Weg nach Jubilee auf Vance und seine Bande treffen würden, waren sie erledigt. Zum Teufel, aber Miss Della wäre bei einem Kampf eine größere Hilfe als dieser halb tote Invalide.

Luke würde alle Hände voll zu tun haben, Montego heil zu Hause abzuliefern. Dabei hatte er ein Bündel Steckbriefe in der Tasche – gar nicht zu reden von den Erinnerungen, die er mit sich herumschleppte, um zu beweisen, dass Vance Shardlow so unberechenbar und gefährlich wie ein Keiler war, dessen Hauer schief gewachsen waren. In der Tat hatte Vance erst vor zwei Monaten im Süden Nevadas eine Frau getötet, woraufhin Luke beschlossen hatte, Vance persönlich zur Strecke zu bringen. Dass die Spur seines Halbbruders nach Jubilee geführt hatte, war einfach Pech.

Langsam ritten sie aus der Stadt und legten schweigend ein Stück des Weges zurück. Sie waren vielleicht eine Stunde unterwegs, als Luke bei einem Blick zur Seite sah, wie Montego die Augen verdrehte und zusammensackte. Er konnte Raoul gerade noch am Arm packen und festhalten, bevor er vom Pferd stürzte.

»Verdammt noch mal«, fluchte er, »wir reiten auf der Stelle zurück.«

Raoul wurde von einem Hustenanfall geschüttelt. »Nein«, gelang es ihm zu keuchen, als Luke schon glaubte, er würde ersticken. »Du kannst ja machen, was du willst, aber ich reite nach Hause.«

»Liebst du sie so sehr?«

Montegos Blick traf Lukes Blick, und er konnte in den Augen des anderen zu viel lesen. »Ja.«

»Spielt es denn keine Rolle für dich, dass Charity bestimmt nicht will, dass du so ein Risiko eingehst?«

Wieder bekam Montego einen Hustenanfall, und es dauerte eine Weile, bis er weitersprechen konnte. »Woher weißt du, was sie will?«, fragte er mit blitzenden Augen.

Luke seufzte aus der Tiefe seines Herzens. »Wenn du etwas zu sagen hast«, faucht cr, »dann raus damit.«

»Charity gehört mir.«

»Sie ist eine Frau und kein Pferd«, hörte Luke sich antworten. »Sie gehört nur sich selbst.« Er schwieg, hob seine Augen, um den dunkler werdenden Himmel zu betrachten, und stieß einen Fluch aus. »Ich will verdammt sein, wenn es nicht gleich zu regnen beginnt.«

Raoul begann erst zu glucksen und dann laut zu lachen. »Ob wir nun weiterreiten oder zurückkehren«, rief er, um das Heulen des Windes zu übertönen, »nass werden wir so oder so. Dann können wir doch gleich in die richtige Richtung reiten.« Damit beugte er sich übers Sattelhorn, gab seinem Pferd die Sporen und galoppierte die Straße entlang davon.

Luke ließ sich Zeit und blieb zurück. Er setzte seinen Hut ab und schlug ihn sich mehrmals wütend auf die Schenkel, bevor er Montego folgte.

Das Gewitter ließ sich noch eine Stunde Zeit, aber als der Himmel seine Schleusen öffnete, war es wie eine Sintflut, und beide Männer waren innerhalb kürzester Zeit nass bis auf die Knochen. Sie suchten Schutz unter einem Baum, wobei sie das Risiko eines Blitzschlags eingingen, und als nach einer Weile die Sturzflut versiegte und nur noch ein Nieselregen niederging, ritten sie eisern weiter. Luke wusste, dass Montego große Schmerzen hatte – und dass er eigentlich nur noch teilweise bei Bewusstsein war, aber als sie die Grundstücksgrenze der Draper-Ranch erreicht hatten, bestand Raoul darauf, zum Haus seines Großvaters weiterzureiten. Luke blieb natürlich keine andere Wahl, als ihn dorthin zu begleiten.

Vor dem Haus fiel Raoul dann endgültig aus dem Sattel, wurde aber auf der Stelle von mehreren Rancharbeitern ins Haus gebracht. Mr Draper bedankte sich argwöhnisch bei Luke dafür, dass er Montego sicher nach Hause gebracht hatte, aber die Einladung, über Nacht auf der Ranch zu bleiben, lehnte Luke höflich ab. Er war übererregt und verspürte den dringenden Wunsch, auf sein eigenes Land zurückzukehren und die Nacht unter dem Dach zu verbringen, das er mit seiner eigenen Hände Arbeit wieder aufgebaut hatte.

Er nahm eine Abkürzung über das Weideland der Draper-Ranch und über ein Stück der Double B-Ranch und gelangte zum Creek, der durch den heftigen Regen reißend angeschwollen war. Der Schecke tänzelte nervös am Steilufer, sprang dann aber ins Wasser, wobei er sich mit seinen muskulösen Flanken und seinem kräftigen Widerrist gegen die Flut stemmte. Luke spürte, wie ihm das kalte Wasser in die Stiefel lief, und fasste mit der Hand unter den durchnässten Mantel, um sich zu überzeugen, dass sein Colt noch an der richtigen Stelle saß.

Pferd und Reiter kämpften sich am gegenüberliegenden Ufer wieder hoch, wobei die Hufe immer wieder wegrutschten, bis der Hengst schließlich festen Grund erreicht hatte. Obwohl es noch relativ früh war, gab es kaum noch Tageslicht; im diffusen Grau des Himmels wirkte alles verschwommen. Luke versuchte, sich zu orientieren, und stellte fest, dass er ganz in der Nähe des Platzes war, an dem er Charity vor nunmehr fünfzehn Jahren zum ersten Mal begegnet war.

Dieser Gedanke lenkte ihn gerade lange genug ab, um den Reitern die Chance zu geben, ihn zu umzingeln. Sie kamen aus dem Unterholz, hatten die Pistolen gezogen, und der Regen tropfte von ihren Hutkrempen. Bevor Luke seinen Fünfundvierziger ziehen konnte, traf ihn ein Gewehrkolben so hart im Gesicht, dass er nach hinten über den Rücken des Schecken stürzte. Halb blind von einem Schwall aus Regenwasser und Blut, rollte er zur Seite, und als er auf die Füße kam, hielt er den Revolver in der Hand.

Er feuerte, sah, wie einer der Reiter im Sattel zusammensank, doch es war bereits zu spät. Vance erwischte ihn seitlich am Kopf, als er ihm mit dem Stiefelabsatz einen gezielten Fußtritt verpasste, Lukes Knie nachgaben und ein Feuerball hinter seinen Augen zu explodieren schien. Für den Bruchteil einer Sekunde dachte er, er sei von einem Blitz getroffen worden.

Von da an ging es dann geradewegs bergab; Luke versuchte aufzustehen, aber Vance war bereits vom Pferd gesprungen, und diesmal griff er Luke ernsthaft an. Zum zweiten Mal trat er ihn – und traf ihn in den Solar Plexus.

Luke spuckte Blut und Gallenflüssigkeit, fiel nach vorn in das nasse Gras und versuchte vergeblich, wieder auf die Beine zu kommen. Vance und seine Partner machten ihn fertig, sie schlugen und traten auf ihn ein, bis er sich nicht mehr rührte und wie tot dalag. Als er zum letzten Mal zusammenzuckte, hatte er das Gefühl, als wollte ihn ein riesiges wildes Tier soeben als Ganzes verschlingen.

Zu seiner eigenen Überraschung kam er wieder zu Bewusstsein – was jedoch keine ganz ungetrübte Freude war; es war spät, er fror, und es regnete noch immer. Er lauschte, hörte aber nur das rauschende Sprudeln des Creek. Luke rollte sich auf den Rücken und ließ sich von dem kühlen Nachtschauer beregnen. Jeder einzelne Knochen tat ihm höllisch weh, und in seinen Adern pochte schmerzhaft das Blut. Mit einer tastenden Bewegung suchte er nach seinem Colt, und seine Hand fand die Waffe wundersamerweise im Holster. Das war zweifellos Vances Art von Humor. Er dankte Gott, dass die Vorstellungskraft seines Halbbruders so beschränkt war, und nach mehreren vergeblichen Versuchen gelang es ihm, sich auf die Knie aufzurichten.

Luke wusste, dass sie zurückkommen würden, um sich davon zu überzeugen, dass er wirklich tot war.

Er bewegte sich in Richtung der Eiche, wobei er halb kroch und sich halb vorwärtszog und immer wieder eine Pause machen musste, um sich zu übergeben. Ihm war nicht bewusst, dass er durch die Äste zu dem Baumhaus hochkletterte, in dem er als Kind so oft Zuflucht gesucht hatte, aber seine Muskeln, zerschunden wie sie waren, mussten sich daran erinnert haben.

Als Vance und seine Männer wieder auftauchten, vernahm Luke deren Stimmen, die leise und wütend zischten, und er hörte das Klirren des Zaumzeugs ihrer Pferde. Er lag reglos da, hielt den Atem an, kontrollierte seinen Herzschlag und umklammerte mit der linken Hand den Colt.

Erneut wurde er ohnmächtig, und als er das Bewusstsein wiedererlangte, wusste er, dass die Männer weg waren. »Shit«, murmelte er.

Charity sattelte Taffeta und ritt an diesem regnerischen Morgen zum Creek, weil sie in der Nacht so lebhaft von diesem Ort geträumt hatte, und einmal, keuchend vor Angst, in der Dunkelheit aufgewacht war, wobei ihr Herz wild gepocht und sie am ganzen Körper gezittert hatte.

Von den Blättern der Eiche tropfte der Regen, als sie nach oben kletterte. Sobald sie das Baumhaus erreichte, fühlte sie ihre schlimmste Vorahnung bestätigt und war entsetzt. Vor ihr lag Luke, reglos und zerschunden, das Gesicht so geschwollen, dass er wie eine groteske Karikatur seiner selbst aussah.

»Was ist passiert?«, rief sie und kniete neben ihm nieder. Er lag auf dem Rücken, und hatte das eine Knie angewinkelt. Die Arme waren ausgestreckt, und mit der linken Hand hielt er diese schreckliche Pistole umklammert. Seine Haare und seine Kleidung waren blutverschmiert.

Er legte den Zeigefinger an seine Lippen, was ihm offensichtlich Schmerzen bereitete. »Du musst leise sprechen«, wisperte er rau. »Sie könnten … zurückkommen.«

»Wer?«

Er lachte. Es war ein Lachen, das völlig absurd klang. »Die Barmherzigen Schwestern«, sagte er spöttisch. »Gütiger Gott, Charity, ich habe überall Schmerzen.«

»Was kann ich tun? Soll ich zurückreiten und meinen Vater alarmieren?« Sie gab ihm keine Gelegenheit zu antworten. »Nein, ich lasse dich besser nicht allein hier. Kannst du gehen? Und wo ist dein Pferd?«

Luke legte seine Arme um sie und zog sie zu sich

herunter. Er war vollkommen durchnässt, aber er lebte – und als sie ihre Hand auf seine Brust legte, fühlte sie seinen gleichmäßigen Herzschlag. Dieser Rhythmus hallte in ihrem Körper wider wie ein Echo, das ein Versprechen wiedergab, das man laut in eine Schlucht hineingerufen hatte; ganz instinktiv schmiegte sie sich eng an ihn.

»Wir können hier nicht bleiben«, bemerkte sie nach einer langen Zeit.

»Ich weiß«, erwiderte er, wobei ihm das Sprechen große Mühe zu machen schien. »Das Problem ist allerdings, dass wir auch nicht von hier weg können. Mit mir ist zwar alles in Ordnung, Charity, aber ich brauche noch etwas Zeit, bis ich wieder auf meinen Beinen stehen kann.«

Sie stützte sich auf einen Ellbogen und berührte mit ihren Lippen ganz leicht seine zerschundene Wange. »Was ist passiert, Luke?«, fragte sie. »Bitte, sag es mir – denn sonst werde ich noch wahnsinnig.«

»Ich habe nicht aufgepasst – war in Gedanken ganz woanders. Und dann hat er mich … Ein paar Männer haben mich überfallen und zusammengeschlagen.«

»Wer?«

»Keine Ahnung.«

Er log, das wusste sie sofort, aber sie drang nicht weiter in ihn. Er war ebenso dickköpfig wie sie selbst, und im Grunde spielte es ja auch keine Rolle. Nur die Tatsache, dass er am Leben war, zählte. »Sind irgendwelche Knochen gebrochen?«, wollte sie wissen.

Er wimmerte gepresst, als er sich auf die Seite rollte. »Nein«, erwiderte er. Unbeholfen drückte er ihr den schweren Fünfundvierziger in die Hand. »Hör zu, Charity«, fuhr er fort. »Nimm den Colt und reite zur Double B-Ranch zurück. Hier draußen ist es zu gefährlich für dich.«

Sie legte die Pistole zur Seite. »Ich werde nicht gehen, solange du nicht mit mir kommen kannst«, erklärte sie.

Seine Augen fielen zu, und Charity war nicht sicher, ob er wieder das Bewusstsein verloren hatte oder ob er eingeschlafen war. Sie hielt ihn in einer lockeren, zärtlichen Umarmung fest, während die Tropfen, die von den Blättern fielen, sie so durchnässten, dass ihr Rock an ihren Schenkeln klebte und ihre weiße Bluse feucht wurde.

Sie war dreiundzwanzig Jahre alt und hatte ihr ganzes Leben auf einer Ranch verbracht, wobei Jonah vergebens versucht hatte, sie vor der rauen Lebenswirklichkeit zu beschützen. Sie begriff nur zu gut, was dieses ziehende Stechen zu bedeuten hatte, das sie in ihren geheimsten Körperstellen verspürte, obwohl sie etwas Ähnliches zuvor noch nie empfunden hatte. Es breitete sich wie eine glühende Hitze aus, war wie ein süßes Verlangen – beängstigend und erregend zugleich.

Sie fühlte sich plötzlich so mutig, als hätte sie einen geheimnisvollen Liebestrank getrunken, lege Lukes Hand auf ihre Brust und genoss das wundersame Gefühl, als sich seine Finger zärtlich darum schlossen. Ein Feuer raste durch ihren Körper, Tausende kleiner Flammen schienen sich gleichzeitig zu entzünden, die in Sekundenschnelle von der harten Brustspitze bis in ihren Unterleib jagten.

Als Luke seine Hand wegziehen wollte, hielt sie sie fest.

»Charity«, stöhnte er und protestierte schwach. »Hör auf damit. Du weißt ja gar nicht, was du da anstellst. Außerdem – nur für den Fall, dass du es noch nicht bemerkt hast – bin ich kaum in der Verfassung eine Frau zu entjungfern.«

Ihr Gesicht lief dunkelrot an, sie lachte und weinte

gleichzeitig. Wie hatte dieser Mann ihre Gefühle durcheinander gewirbelt! Wenn er nicht so zerschlagen und zerschunden gewesen wäre, hätte sie ihn vielleicht wirklich verführt, direkt hier im Baumhaus, während die Tropfen von den Blättern sie weiter durchnässt hätten. War sie denn dabei, ihren gesunden Menschenverstand zu verlieren?

Luke stöhnte leise, als sie sein geschwollenes Gesicht mit der Leichtigkeit eines Schmetterlingsflügels küsste, sich wieder an ihn schmiegte und ihre Arme um ihn schlang. Die Intensität dieser unschuldigen Geste war irritierend, verzehrte sie von innen, füllte ihr Herz, das zu zerspringen drohte.

Sie küsste Lukes Kopf, küsste sein nasses, blutverkrustetes Haar.

»Geh nach Hause«, murmelte er. »Jetzt sofort.«

Sie hielt ihn noch fester, achtete aber sorgfältig darauf, ihm nicht wehzutun. »Nein«, erwiderte sie.

Das Wiehern eines Pferdes erinnerte sie daran, dass sie Taffeta nicht angebunden hatte, aber als sie über den Rand des Bodens des Baumhauses spähte, sah sie unter sich Lukes Schecken, dessen Zügel durchs nasse Gras schleiften.

»Komm«, sagte Charity, die schlagartig wieder bei klarem Verstand war. »Du wirst an Lungenentzündung sterben, wenn wir dich nicht aus diesem Wetter schaffen.«

Mit äußerster Mühe stand er auf und kletterte hinter Charity den Baum hinunter, wobei seine Bewegungen vorsichtig und sehr langsam waren. Auf das Pferd zu steigen war eine weitere Herausforderung, aber mit Charitys Hilfe schaffte er es. Dann hielt sie sich mit einer Hand am Sattelknauf fest, setzte den Fuß in den Steigbügel und schwang sich hinter ihn auf den Rücken des Hengstes.

Langsam ritten sie durch einen weiteren Sommerregenschauer Lukes Hütte entgegen. Taffeta, die auf der Wiese oberhalb des Creek gegrast hatte, trottete hinter ihnen her.

Es gab kein richtiges Bett, sondern nur ein schmales Strohlager auf dem Fußboden. Charity half Luke aus den nassen Kleidern, wickelte ihn in eine schmuddelige Decke und brachte ihn dazu, sich hinzulegen, während sie ein Feuer im Ofen machte. Sie schöpfte Wasser aus einer Regentonne vor dem Haus und brühte Kaffee auf, bevor sie ihre nasse Oberbekleidung auszog und ein blaues Arbeitshemd über ihr Mieder und ihre Unterröcke zog.

Als der Kaffee fertig war, versetzte sie ihn mit einem kräftigen Schluck Whiskey aus seiner Flasche, die sie bei Lukes Vorräten entdeckt hatte, kniete sich neben ihn und hielt die Tasse, während er in kleinen Schlucken trank.

»Verriegele die Tür«, befahl er, als er sich zurücklegte und seine Augen nicht länger offen halten konnte. »Und achte darauf, die Pistole immer griffbereit …«

Sie küsste seine Stirn. »Psst. Wir sind jetzt in Sicherheit«, versprach sie. Aber sobald er eingeschlafen war, legte sie den Balken vor die Tür, setzte sich und schaute sich den Revolver sorgfältig an, bis sie sicher war, wie sie damit umgehen musste. Ziemlich sicher jedenfalls.

Bis Sonnenuntergang schlief Luke tief und fest, er atmete gleichmäßig, und seine Hautfarbe wurde mit jeder Stunde, die verging, normaler. Obwohl er noch mächtig verschwollen aussah, erhob er sich von seinem Lager, wobei er sich bemerkenswert sicher bewegte, und hungrig von dem Gemisch aus Dosenfleisch und gekochten Rüben aß, der Speise, die Charity für ihn zubereitet hatte. Sie spürte, dass seine rasche Genesung zum einen auf seine mentale Stärke und zum anderen auf seine physische Unverwüstlichkeit zurückzuführen war. Daraus entwickelte sie ihre persönliche Philosophie, dass solche Kräfte wohl in allen Menschen stecken mussten, Luke sie aber sorgfältig entwickelt hatte.

»Wirst du mir eigentlich erzählen, was mit dir passiert ist?«, fragte sie. Sie hatte inzwischen selbst mehrere Tassen Kaffee getrunken, eine gute Portion ihres ziemlich miserablen Essens verspeist, und sie war den Tränen nahe.

Er stand vor ihr, schaute sie an und legte seine abgeschürften Finger unter ihr Kinn. Sie war nur froh, dass sie ihr halb trockenes Kleid wieder angezogen hatte, während er geschlafen hatte. »Wir müssen doch jetzt über etwas viel Wichtigeres reden«, meinte er. »Oder habe ich das nur geträumt, was im Baumhaus geschehen ist?«

Charitys Wangen brannten; sie wollte den Blick abwenden, aber das ließ er nicht zu. »Was gibt es darüber zu reden?«, wollte sie wissen. Nichts war geschehen. Alles war geschehen. Sie war so verwirrt, sie wusste nicht mehr, was sie tun sollte.

Er hob eine Augenbraue. »Heute hat sich etwas zwischen uns geändert, Charity. Das weißt du so gut wie ich.« Er machte eine Pause, sog die Luft tief ein und ließ sie langsam wieder aus den Lungen weichen. »Vielleicht ist das ein schlechter Zeitpunkt, um es zu erwähnen, aber ich muss an deinen guten Ruf denken.« Er lächelte, doch seine Augen blickten ernst. »Du und ich haben zusammen in dem Baumhaus gelegen, zwischen uns herrschte eine Spannung … und wenn dein Vater das wüsste, würde er mir den Kopf abreißen. Genauso gut hätten wir richtig miteinander schl…«

»Nicht«, wisperte sie und drückte ihren Zeigefinger leicht gegen seine Lippen. Sie bezweifelte, dass irgendjemand – auch Luke nicht – sich vorstellen konnte, wie sehr sie in Versuchung gewesen war, und sie brauchte Zeit, um in diesem Punkt mit sich selbst ins Reine zu kommen. Sie wusste mit Sicherheit nur, dass sie sich unentschuldbar leichtfertig verhalten hatte.

Er küsste ihre Fingerspitze und fuhr fort. »Und um dem Ganzen die Krone aufzusetzen, bist du nun allein mit mir bei Sonnenuntergang in meiner Hütte.«

Sie blinzelte die Tränen fort, die ihr nun doch in die Augen stiegen. »Wir haben nichts Unrechtes getan«, protestierte sie.

»Charity, ich bin ein Shardlow, und Jubilee ist eine kleine Stadt. So etwas spricht sich letztlich immer herum.« Er küsste ihre Stirn mit so viel Zärtlichkeit, dass sie den Versuch, nicht zu weinen, endgültig aufgab. »Als Erstes«, fuhr er fort, »müssen wir dich nach Hause bringen, bevor dein Vater einen Suchtrupp aufstellt. Ich reite mit dir.« Mit einem leichten, kurzen Kuss auf den Mund brachte er sie zum Schweigen, als sie widersprechen wollte. »Und dann machen wir beide einen Schritt zurück und überdenken das Ganze ein paar Tage lang.«

Charity straffte sich und schluckte ein paarmal, bis sie wieder sprechen konnte, ohne dass ihre Stimme bebte. »Ich kann sehr gut allein nach Hause reiten. Ich brauche deine Hilfe nicht. Und falls mein Ruf gelitten hat – obwohl ich keinen Grund dafür erkennen kann –, werde ich allein die Konsequenzen tragen.«

Lukes Lächeln war zwar nicht unfreundlich, aber auch nicht ermutigend oder fröhlich. Er berührte ihr Haar und hielt ihren Blick fest, obwohl sie sich gern abgewandt hätte. »Ich bin sicher, dass du das kannst. Aber was wird aus *mir*? Wie soll ich mit den Konsequenzen leben, Charity? Ich weiß, was du empfindest – es hat dich wie ein Blitz getroffen –, und ich fühle ebenso.«

»Mein Vater braucht es ja nicht zu erfahren, wenn du davor Angst hast.«

»Ich habe keine Angst vor deinem Vater«, erwiderte er, und sie wusste, dass er die Wahrheit sagte. Was natürlich nicht heißen sollte, dass es nicht klüger gewesen wäre, sich vor Jonahs Temperamentsausbrüchen in Acht zu nehmen. Wenn er so richtig in Weißglut geriet, konnte er verdammt gefährlich werden. »Das hat nichts mit deinem Vater zu tun, sondern allein mit uns. Was ist zum Beispiel mit Raoul? Solange du nicht mit ihm gesprochen hast – und ich glaube, dass das im Augenblick unmöglich ist, wenn ich bedenke, in welcher Verfassung ich ihn gestern Nacht bei seinem Großvater abgeliefert habe –, bist du immer noch mit ihm verlobt. Das ist keine einfache Situation, Charity.«

Tausend Gedanken wirbelten durch ihren Kopf; eine seltsame Mischung aus Hoffnung auf eine Lösung und Furcht vor einem Skandal überwältigte sie fast. »Wir könnten heiraten«, platzte sie heraus und hätte sich im gleichen Moment die Zunge abbeißen können.

Luke machte ein gequältes Gesicht. »Hast du vergessen, wer ich bin?«, fragte er leise. »Wie könntest du meinen Namen tragen und immer noch deinen Kopf hoch tragen?«

Ihre Blicke trafen sich. Sie würde seinen Namen aus eben diesem Grund tragen können: weil es *sein* Name war. Aber das sprach sie nicht aus. Jetzt war nicht der richtige Zeitpunkt, um zu reden. Zu viel war passiert – in diesem Punkt hatte er ja Recht –, und sie brauchten beide Zeit, um die Sache für sich selbst zu klären.

Sie richtete ihre Frisur, so gut es möglich war, versuchte, ihre zerknitterte Kleidung zu glätten, und dann – Luke weigerte sich, sein Vorhaben aufzugeben – stieg er auf sein Pferd und begleitete sie den ganzen Weg bis zur Eingangstür vom Ranchhaus der Double B.

Jonah wartete mit finsterem Gesicht auf der Türschwelle. Als Luke ins Licht der Eingangshalle trat und Jonah sah, wie sein Besucher zugerichtet war, änderte sich sein Gesichtsausdruck allerdings.

Er führte Charity ins Haus und trat dann auf die Veranda hinaus, um mit Luke zu reden. Charity folgte ihm, aber selbst als Jonah ihr einen vernichtenden Blick über die Schulter zuwarf, blieb sie tapfer stehen.

Er drehte sich wieder zu Luke um, der mit einer Art resignierender Geduld abwartete.

»Ich müsste dich eigentlich auspeitschen«, sagte Jonah zu dem jüngeren Mann, »aber wie die Sache aussieht, hat man dir bereits mächtig zugesetzt. Nun, es ist spät, und in der Schlafbaracke ist noch Platz für dich. Ich hoffe, du wirst hier übernachten, denn die Straßen sind bei Nacht unsicher. Du und ich werden uns dann morgen früh unterhalten.«

Charity hatte gesehen, wie andere Männer vor Jonah gezittert hatten, aber Luke stand aufrecht und stolz da. »Ich danke Ihnen, dass Sie mir ein Bett angeboten haben, Sir«, erwiderte er ruhig, »aber wenn Sie eine Erklärung wollen, müssen Sie Ihre Tochter darum bitten.«

Aus dem Augenwinkel sah Charity, wie Jonahs Wangenknochen arbeiteten. Er drehte sich zu ihr um, aber seine Worte waren weiter an Luke gerichtet. »Du kannst beruhigt schlafen und sicher sein, dass ich mit Charity reden werde«, meinte er. »Ich dulde es jedenfalls nicht, dass meine Tochter den ganzen Tag durch die Gegend streift und dann auch noch in Begleitung eines …«

»... eines Shardlow?, fragte Luke leise, und plötzlich schien die Luft zu knistern.

Jonah knirschte mit den Zähnen. Seine dunklen Augen blitzten in kaum verhohlener Wut, aber er beherrschte sich.

Charity fühlte sich plötzlich durch und durch schwach. »Gute Nacht«, sagte sie zu Luke, und dann – nachdem sie Jonahs gereiztem Blick tapfer standgehalten hatte – verabschiedete sie sich, ging ins Haus und lief die Treppen zu ihrem Zimmer hinauf.

Sie hatte vermutet, dass sie die ganze Nacht wachliegen und ihr Herz befragen würde, denn sie hatte sich an diesem Tag aller Tage für immer und ewig verliebt, aber stattdessen schlief sie tief und traumlos. Als sie am nächsten Morgen ins Esszimmer kam, fand sie dort Blaise allein vor, die an ihrem Tee nippte und abwartete.

»Dein Vater und Mr Shardlow sind im Arbeitszimmer«, erklärte sie. »Der arme Jonah sieht schrecklich aus, und er hat mir gestanden, dass er die ganze Nacht kaum ein Auge zugemacht hat, aber mehr wollte er mir nicht erzählen.«

Charity ging zur Anrichte, goss sich eine Tasse Tee ein und setzte sich zu ihrer zukünftigen Stiefmutter an den Tisch. Sie war wütend auf Jonah; so wie er sich aufführte, würde ja jeder denken, dass sie vierzehn und nicht schon dreiundzwanzig war. Wie auch immer die gesellschaftlichen Zwänge sein mochten – und es gab eine Menge davon –, sie war eine erwachsene Frau und kein ungezogenes Mädchen, und deshalb würde sie niemandem, auch Jonah nicht, Rechenschaft über ihr Verhalten ablegen. Alles, was sie getan hatte, war, auf dem Boden eines Baumhauses zu liegen und Luke schützend in ihren Armen zu halten. Alles, was sie getan hatte, war, ihr Herz für immer und alle Zeiten zu verschenken.

»Charity?«, unterbrach Blaise ihre Gedanken.

Ihre Tasse klapperte, als sie sie auf der Untertasse absetzte. »Was ist?«, fragte sie unwirsch.

»Warum ist Jonah so erregt?«

Charity hatte nicht mehr die Gelegenheit zu einer Antwort, denn in diesem Moment ertönten aus dem Arbeitszimmer laute Stimmen, die wie Schwerter aufeinander prallten und selbst auf diese beträchtliche Entfernung unüberhörbar waren. Beide Frauen sprangen auf und eilten in die Halle, wo sie gerade noch sahen, wie Luke, dessen geschwollenes Gesicht vor Wut gerötet war, aus dem Arbeitszimmer kam. Ohne ein Wort, ohne einen Blick in Charitys Richtung, stürmte er hinaus in den heißen, strahlenden Sommermorgen, wobei er die Eingangstür laut hinter sich ins Schloss warf.

6

»Was hast du zu ihm gesagt?«, wollte Charity wissen, während sie ins Arbeitszimmer ihres Vater trat, ohne sich die Mühe zu machen, vorher anzuklopfen. Es wäre sinnlos gewesen, Luke darauf anzusprechen, wenn er so wütend war; bei ihm würde sie gar nichts erreichen.

Aber das Gespräch mit Jonah versprach kaum fruchtbarer zu verlaufen, zumindest nicht, wenn sie sein grimmiges, blasses Gesicht richtig deutete. Er starrte sie an, aber sie wich keinen Millimeter zurück, verschränkte die Arme und wartete auf eine Antwort.

»Ich verbiete dir, diesen Mann noch einmal zu sehen«, erklärte Jonah mit zusammengepressten Lippen.

Sie hatte das plötzliche – und höchstwahrscheinlich fatale – Verlangen, laut zu lachen, was seltsam war, wenn man die Tatsache bedachte, dass ihr vor Wut der Kopf rauchte und der Magen schäumte. »Unmöglich«, erwiderte sie. Sie konnte nicht sagen – nein, sie *würde* es nicht tun – dass es zu spät war, dass sie sich inzwischen in Luke Shardlow verliebt hatte und dass diese Tatsache ihr ganzes Leben für immer verändert hatte. Sein Blick war ihr tief ins Gedächtnis eingebrannt, und die Erinnerung an seine Berührung, seine kurzen, zärtlichen Küsse hatte sich in jeder Faser ihres Körpers, in jedem Nervenstrang so festgesetzt, dass sie sich immer an dieses Gefühl erinnern würde, dass sie sich ewig daran festhalten und diese Empfindung nie mehr vergessen würde.

Jonah presste die Kiefer so fest aufeinander, dass Charity die Muskeln sah, die an den Wangen hervortraten. »Du bist eine starrsinnige Frau«, sagte er. »Vielleicht war es ein Fehler von mir, dich auf der Double B aufwachsen zu lassen, anstatt dich im Osten in eine Jungmädchenschule zu schicken.«

»Die Vergangenheit kann man nicht ändern.« Sie sprach ruhig, hatte den Kopf ein bisschen schräg gelegt, sodass ihre Haltung entschlossen wirkte, und sie richtete ihre Worte ebenso an sich selbst wie an Jonah. »Von hier aus müssen wir neu beginnen.«

Jonah trat zum Fenster, wandte ihr den Rücken zu und starrte lange Zeit in die Ferne. Als er sich wieder zu ihr umdrehte, schien er ein bisschen gefasster zu sein als zuvor, aber seine Haltung war nicht weniger ernst. »Du bist mit einem anderen Mann verlobt«, begann er, »und doch kommst du mit völlig zerknitterten Kleidern und aufgelösten Haaren in dieses Haus. Was ist denn in dich gefahren? Du weißt doch, wie schnell es in einem Ort wie Jubilee zu einem Skandal kommt – besonders wenn dann auch noch der Name Shardlow im Spiel ist.«

Er verlangte nicht – zumindest nicht ausdrücklich –, dass sie erklärte, was sich am Tag zuvor ereignet hatte, aber er vermutete eindeutig, dass sie – wenn sie schon nicht mit Luke Shardlow geschlafen hatte – versucht gewesen war, es zu tun. Nur gut, dass er nicht ahnte, wie Recht er damit hatte.

Jonah Barnham hätte nicht die Double B aufgebaut, und er hätte in dieser harten, feindseligen Welt nicht lange überlebt, wenn er ein Dummkopf gewesen wäre. Charity wusste genau, was er jetzt in Wirklichkeit von ihr wollte: die Zusicherung, dass ihre Zuneigung zu Luke vorübergehend und absolut bedeutungslos war, dass sie seinen Plänen folgen und die ersehnte Hochzeit mit Raoul vollziehen würde – ein Wunsch, den sie ihm nie und nimmer erfüllen konnte.

Er kannte ihre Antwort schon, bevor Charity überhaupt sprach. Er brauchte nur ihre stolze, wenn auch verzweifelte Haltung zu sehen, um zu wissen, was ihr Herz sagte. In diesem Moment öffnete sich zwischen ihnen ein tiefer Abgrund, eine Quelle für lang anhaltenden Kummer und Leid.

»Du kennst meine Bedingungen, Charity«, mahnte Jonah ernst. »Wenn du dich weigerst, Raoul zu heiraten, wirst du kein Stück von dieser Ranch erben.«

Jonah war bestimmt kein grausamer Mann, und er war auch nicht unvernünftig; er tat einfach das, was er für richtig hielt, und davon würde er sich auch nicht abbringen lassen. Das hatte Charity schon immer gewusst, aber jetzt, da er diese Verfügung so unmissverständlich aussprach, hielten sie nur ihr Stolz und der Rest ihres angekratzten Selbstbewusstseins zurück, sich ihm vor die Füße zu werfen, ihn anzuflehen, ihn um Gnade zu bitten. Und auch davor, mit Dingen um sich zu werfen und ihrer Wut und Verzweiflung lautstark Ausdruck zu verleihen.

Abgesehen von Kindern von dem Mann, den sie eines Tages heiraten würde – Luke oder einen anderen, dem sie bisher noch nicht begegnet war –, gab es nichts auf der Welt, was Charity so am Herzen lag wie die Ranch. Wenn sie als Junge auf die Welt gekommen wäre, hätte sie die Double B aufgrund ihres Geburtsrechts eines Tages geerbt – ob sie nun dazu in der Lage gewesen wäre, die Ranch zu führen oder nicht. Aber da sie nun einmal eine Frau war, hielt man sie für zu schwach und unfähig, um dieser Aufgabe gewachsen zu sein.

»Dann scheint hier kein Platz mehr für mich zu sein«, erklärte sie mit aller Würde, die sie aufbringen konnte. Was war da passiert? Noch nie, wenn sie und Jonah uneinig gewesen waren – und das war oft der Fall gewesen, wenn man bedachte, wie ähnlich sie einander doch waren –, nicht einmal, hatte sie mit dem Gedanken gespielt, die Ranch zu verlassen. Die Double B war ihr Zuhause, das Land war für sie der sichtbar gewordene Ausdruck ihrer Seele. Aber plötzlich schien es, als könnte sie nicht länger bleiben.

Jonah schaute seine Tochter erstaunt an, aber er bewegte sich nicht vom Fenster weg. Die Haltung seiner kräftigen Statur drückte Trauer aus – aber auch Sturheit, die zu ihm gehörte wie das Blau zu einem Sommerhimmel. »Und wohin willst du gehen?«, fragte er nach einem Moment schmerzlichen Schweigens.

Ihre Antwort kam – wie die Ankündigung, dass sie die Ranch verlassen würde – spontan und aus einem Winkel ihres Herzens, den sie zwar erahnt hatte, aber den sie nie wirklich zu erkunden gewagt hatte. »In die Mission«, erwiderte sie. Eine Vision erfüllte sie und durchdrang ihre Gedanken; sie sah sich selbst als alte Frau, die immer noch, grauhaarig und verbraucht, in der Schule für Indianerkinder arbeitete, wie Pater Elias es jetzt tat. Ihr Leben würde nutzbringend und befriedigend sein, es wäre schön, Kinder zu ernähren, ihnen durch die unvermeidlichen Krankheiten zu helfen, aber es wäre nicht das Leben, das sie für sich selbst geplant hatte. Wie sehr sie diese Kinder auch lieben würde – es würden nie ihre *eigenen* sein –, und wenn sie diesen Weg einschlagen würde, würde sie immer ein Betrüger sein, ein Mensch, der sich hinter seinem Lächeln verbarg.

Jonah senkte den Kopf, aber er hielt seine Schultern gestrafft. »Würdest du das wirklich tun?«, fragte er nach einer kurzen Pause, in der die Kluft zwischen ihnen noch größer wurde. Sein Blick, stolz, unnachgiebig und voller Schmerz, suchte den ihren.

»Ja«, antwortete sie.

»Für Shardlow?«

»Für mich selbst. Luke hat damit nichts zu tun.«

Er betrachtete sie lange Zeit, so, als gingen sie getrennt auf Reisen, wobei ihre Ziele so weit entfernt sein würden wie Ost und West und sie einander nie wiedersehen würden. Und natürlich – in gewisser Weise taten sie ja genau das. »Ich wünschte nur, das könnte ich glauben«, bemerkte er schließlich.

Danach gab es nichts mehr zu sagen – oder zumindest nichts, was einer von beiden zu sagen bereit war. Charity drehte sich um und verließ den Raum. Stumm stieg sie die Treppen hinauf, aber in ihren Augen standen Tränen, und sie fühlte sich entwurzelt und unendlich leer.

Aus einem Fach ihres Kleiderschranks aus Eiche nahm sie eine alte Reisetasche, packte die drei schlichtesten Kleider ein, die ihrer neuen Aufgabe am besten gerecht wurden, zwei Nachthemden und verschiedene Unterwäsche. Dazu ihre Haarbürsten und Kämme und das Märchenbuch, das sie durch die oft einsame Kindheit begleitet hatte. Zuletzt steckte sie ein kleines Porträtfoto ein, das ihre Mutter und ihren Vater an deren Hochzeitstag zeigte. Dann zog sie sich um – Rock, Bluse und Reitstiefel –, ging die rückwärtige Treppe hinunter und verließ das Haus durch die Hintertür.

Peony arbeitete im Küchengarten, wobei eine altmodische Haube ihr Gesicht vor der grellen Sonne schützte. Als sie Charity mit der Reisetasche sah, wollte sie etwas sagen, besann sich dann aber eines Besseren und schwieg.

Im Stall bat Charity einen der Männer, ein Pferd vor

den Buggy zu spannen, wobei sie sich ganz würdevoll gab, als der Stallbursche sie mit neugierigem Interesse betrachtete. Auch er hatte natürlich die Reisetasche bemerkt, aber – wie Peony verbot er sich letztlich jede Bemerkung.

Da ihre Stute nicht daran gewöhnt war, eine Kutsche zu ziehen, spannte man eines der anderen Pferde ein, und Taffeta wurde hinten angebunden. Charity verstaute ihre Tasche unter dem Sitz, stieg auf den Bock und nahm die Zügel auf. Obwohl sie nach außen hin keine Tränen zeigte, weinte sie innerlich, als sie das einzige Zuhause, das sie je gehabt hatte, verließ.

Bevor sie zur Missionsstation fuhr, wollte sie allerdings erst noch bei der Draper-Ranch vorbei. Sie hatte das Gespräch mit Raoul lange genug aufgeschoben; sie musste ihm endlich die Wahrheit sagen – das war sie sich selbst und ihrer Ehre schuldig.

Entschlossen, aber sehr traurig, fuhr sie die steinige, staubige Straße entlang, die die beiden Ländereien wie eine Lebensader verband. Seit vielen Jahren herrschten zwischen den Ranches Freundschaft und Hilfsbereitschaft; sie waren Teile eines Ganzen, ihre Bewohner hatten in harten Winter Heu und Getreide geteilt, gemeinsam gegen Krankheiten und Viehdiebe gekämpft und sich in den frühen Jahren des Anfangs gegen marodierende Indianerhorden verbündet. Sowohl Jonah als auch Ben hatten auf diesem Land ihre Frauen verloren, und beide hatten hier Kinder beerdigt – Jonah Zwillingssöhne, die mit achtzehn Monaten gestorben waren, Ben zwei Töchter, die von Pocken dahingerafft worden waren –, und beide Männer hatten in diesen schweren Zeiten ein gewisses Maß an Trost in der Gegenwart des anderen gefunden, voller Verständnis für einander und ohne große Worte zu machen.

Die Wurzeln, die diese beiden Familien miteinander verbanden, reichten tief, aber was Charity jetzt tun wollte, würde dieses Band wohl für immer zerstören – es wäre wie eine Amputation. Vielleicht würde es Ben und Jonah mit der Zeit gelingen, den Bruch, der unvermeidlich war, zu überwinden, aber es fiel ihr schwer, daran zu denken, welch unsäglichen Schmerz und wie viel Kummer sie allen hätte ersparen können, wenn es ihr doch nur gelungen wäre, Raoul anders als einen Bruder zu lieben. Sie hatte es ja versucht, aber es war sinnlos gewesen; ihr Herz hatte sich einfach geweigert, dem Verstand zu gehorchen.

Die Auseinandersetzung mit Jonah Barnham hatte Lukes Inneres wie mit einem Brandzeichen versehen, und als er zu seinem Zuhause zurückkam, glühte in ihm immer noch eine Mischung aus Wut und Stolz. Er schwang sich vom Rücken des Schecken, zog den Sattel herunter und warf ihn mit einer heftigen Bewegung zur Seite. Es folgte das Zaumzeug, und als er dem Tier einen Klaps auf die Flanke versetzte, stürmte der Hengst auf die Weide.

Während er zusah, wie das Pferd davonrannte, warf Luke seinen Hut auf den Boden und schickte einen Fluch in den heißen Augusthimmel.

Das half tatsächlich ein wenig, seine Wut zu lindern, aber in Gedanken hörte er immer noch, wie Jonah Barnham ihm Geld anbot – eine geradezu beleidigende Summe –, damit er Jubilee verließ und nie wieder zurückkehrte.

Von einem ganz neutralen Standpunkt aus gesehen – einen solchen einzunehmen, war ihm allerdings nicht gelungen –, wäre es sicher am besten gewesen, die Erniedrigung zu erdulden, das Schmiergeld anzunehmen und zu verschwinden. Zusammen mit dem Geld, das er kontinuierlich und mit System in einer großen Bank im Osten angelegt hatte, hätte die Summe ausgereicht, die Ranch zu kaufen, von der er schon immer geträumt hatte, für die er gearbeitet hatte, seit er fünfzehn war. Mit Barnhams Scheck in der Tasche, hätte er seinen sorgfältig ausgeklügelten Plan, Vance tot oder lebendig dem nächsten Sheriff zu übergeben, für immer vergessen können. Dafür aber hätte er eine ordentliche Belohnung kassiert und zugleich eine alte Schuld beglichen.

Bei diesem Gedanken knirschte er mit den Zähnen und fluchte erneut. Selbst wenn es seine Selbstachtung zugelassen hätte, sich kaufen zu lassen – er musste Vance zur Strecke bringen. Das gemeinsame Blut, das sie jedoch nicht miteinander verband, brannte wie Feuer in Lukes Adern. Ganz abgesehen von der Belohnung – es handelte sich dabei um eine bedeutende Summe, die vom Staat in Gold bezahlt wurde –, würde keine Macht des Himmels oder der Erde ihn davon abbringen, diesen Bluthund weiter frei herumlaufen zu lassen. Denn wenn er ihm den Rücken kehrte und einfach davonritt, würde jeder weitere Raubüberfall und jeder Mord ebenso auf ihm lasten wie auf Vance. Natürlich wünschte Luke sich nichts mehr als eine Ranch, die einen schönen Gewinn abwarf, eine Frau, die ihn liebte, und viele Kinder. Er wollte einen Ausgleich für das schreckliche Leben, das seine Mutter unter den Shardlow-Männern geführt hatte, Gerechtigkeit für die junge Frau, die Vance in betrunkenem Zustand getötet hatte, Rache dafür, dass dieser Kerl überhaupt lebte.

Luke riss sich zusammen, hob seinen Hut auf und trat über die Schwelle der Hütte, in der er mit einem Kainsmal geboren worden war. Charitys lieblicher, unverkennbarer Duft empfing ihn; er konnte geradezu ihr Lachen hören, ihr Lächeln sehen, ihre Wärme fühlen, wenn sie ihn umarmte und ihren Körper an seinen Körper drückte. Er fühlte sie nicht nur auf seiner Haut, sondern tief in seinem Innern, wo noch kein Mensch ihn berührt hatte.

Dass er sie begehrte, war nicht vorgesehen gewesen – und zum ersten Mal ließ ihn seine Willenskraft im Stich. Charity verfolgte ihn mit ihren leuchtenden grauen Augen und ihrem wachen Verstand, der dem seinen in nichts nachstand. Er sehnte sich danach, die Nadeln aus ihren Haaren zu ziehen und die goldene Pracht mit seinen Händen zu durchwühlen, er wünschte, sie zu küssen, wie eine Frau geküsst werden wollte, und er wollte mit ihr schlafen … ja, genau das wollte er. Bei Gott, er wollte sie ganz besitzen.

Er brauchte seine ganze Willenskraft, um sich wieder auf seine wahre Beute, auf Vance, zu konzentrieren.

Er betrachtete sein geschwollenes Gesicht in dem kleinen Rasierspiegel, den er gewöhnlich in seiner Satteltasche mit sich führte, notierte in Gedanken jede einzelne Wunde an seinem Körper, jeden angeknacksten Knochen, jede pochende Schwellung. Natürlich hätte er sich gewünscht, dass die Eröffnung anders verlaufen wäre, aber das Entscheidende war, dass der Versuch, seinen Halbbruder auszuräuchern, den gewünschten Effekt gezeigt hatte. Trotz aller anderen Probleme war Luke sehr zufrieden; die Partie hatte begonnen, und er war entschlossen, das Spiel zu gewinnen.

Vance war zwar keine Geistesgröße, aber inzwischen musste sogar ihm klar sein, dass Luke nicht tot war. Niemand brauchte allerdings zu wissen, dass ihm jede Bewegung wehtat und jeder Muskel schmerzte. Der nächste Schritt würde nun sein, so etwas wie eine öffentliche Show zu veranstalten und sich dabei so verdächtig wie möglich zu machen. Vielleicht würde Vance dann leichtsinnig werden und sich in der Öffentlichkeit sehen lassen.

Der Schmerz trieb ihm den Schweiß aus allen Poren, als er, voll Vorfreude auf die bevorstehende Herausforderung, die Kupferwanne aus dem Anbau zog, in die er eimerweise Wasser goss, das er auf seinem kleinen Ofen erhitzt hatte, und die er dann zu einem Fünftel mit billigem Whiskey füllte. Damit wollte er zwei Fliegen mit einer Klappe schlagen: Einmal würde diese Mischung eine antiseptische Wirkung auf seine Prellungen und Schürfwunden haben, mit denen sein Körper übersät war, und zum anderen würde er anschließend wie ein echter Shardlow nach Fusel stinken.

Er stellte eine Holzkiste neben die Wanne, legte den Fünfundvierziger griffbereit und begann, sich auszuziehen.

Raoul war in einem Zimmer im Erdgeschoss untergebracht. Er war auf Kissen gebettet, unrasiert und schien sich als Rekonvaleszent ganz behaglich zu fühlen. Er ähnelte einer alten Jungfer, die einen Anfall von Schwermut zutiefst genoss, und der arme Kwan war offensichtlich schon seit Sonnenaufgang auf den Beinen, um ihn von vorne bis hinten zu bedienen.

Charity, die von einem strahlenden Ben Draper persönlich ins Krankenzimmer geführt wurde, stand steif am Fußende des Bettes und wartete, höflich schweigend, bis sie und Raoul allein waren.

Raoul war ein sturer Bursche, der ungeheuer arrogant sein konnte. Gleichzeitig war er scharfsinnig und – für einen Mann – ungewöhnlich empfindsam, wenn er sich die Mühe machte, auf seine Gefühle zu achten. Er kniff die Augen ein wenig zusammen. »Warum habe ich den Eindruck, dass du nicht gekommen bist, um meine fiebrige Stirn zu kühlen?«

Unter anderen Umständen hätte sie vielleicht gelacht, aber ihre Knie waren weich, und in ihrem Kopf schien sich alles zu drehen. Raoul und sie waren praktisch zusammen aufgewachsen, und sie fürchtete den Verlust ihrer alten Freundschaft mehr als alles andere.

»Ich kann dich nicht heiraten«, erklärte sie. Obwohl sie leise gesprochen hatte, schienen die Worte die Wände zum Einsturz zu bringen.

Einen Moment lang starrte Raoul sie an, als wäre sie eine verrückte Fremde, die sich irgendwie Zutritt zu ihm verschafft hatte und die nun ihr Haar raufte und ihr Kleid zerriss. Dann erbleichte er sichtlich unter seiner sonnengebräunten Haut und seinem dunklen Bart, und in seinen fast schwarzen Augen spiegelte sich eine Verwirrung, die Charity fast das Herz brach. Seine Stimme klang rau. »Was?«

Sie befeuchtete ihre Lippen und nahm einen zweiten Anlauf. »Du hast mich genau verstanden, Raoul. Ich sage die Hochzeit ab. Es wäre ein schrecklicher Fehler, wenn wir …«

Er unterbrach sie mit einem wütenden Aufschrei, dass sie zu zittern begann und ihr Herz schneller pochte. Er trug ein Nachthemd aus dunkler Seide, und als er die Bettdecke zur Seite schlug, um aus dem Bett zu steigen, sah sie, dass sein rechter Oberschenkel dick bandagiert war.

»Nein!«, polterte er und kam auf sie zu. »Das werde ich nicht zulassen!«

Obwohl Charity keine Sekunde fürchtete, dass er ihr körperliche Gewalt antun würde, trat sie doch einen

Schritt zurück. »Es tut mir leid, aber du hast in dieser Sache nichts zu sagen«, erwiderte sie bestimmt und verschanzte sich. Sie ballte die Hände zu Fäusten, hob ihr Kinn und wusste, dass ihre Augen blitzten. Charity war froh über seine unbeherrschte Reaktion, denn dadurch hatte er ihr die Sache etwas leichter gemacht; wäre er traurig gewesen, wäre es ihr viel schwerer gefallen, mit der Situation zurechtzukommen. »Ich mag dich so sehr, Raoul, dass ich dich nicht heiraten kann. Du und ich würden schrecklich unglücklich werden.«

Er war völlig geknickt, und das leidenschaftliche Gefühl, das er eben noch gezeigt hatte, war von einem Moment zum anderen verschwunden. Raoul stand vor ihr, strich ihr zärtlich mit den Fingerrücken über die Wange und runzelte dabei besorgt die Stirn, als fürchtete er, sie könnte sich bei seiner Berührung in Luft auflösen. »Aber wir hatten doch vereinbart ...«

Sie unterdrückte ein Seufzen. »*Wir* haben gar nichts vereinbart«, stellte sie klar. »*Du* hast es beschlossen, und darüber war mein Vater so erfreut, dass wir – bevor ich überhaupt wusste, was geschah – eine Hochzeit geplant haben. Ich weiß, dass ich schon viel früher darüber hätte reden müssen, Raoul. Es tut mir auch wirklich leid.«

Schmerz zuckte in Raouls glänzenden Augen auf, der jedoch sofort von Wut verdrängt wurde. »Das ist doch Unsinn«, fuhr er auf. »Ich will das nicht hören.«

»Du hast aber keine andere Wahl«, entgegnete sie bestimmt, wobei sie jedoch mit sanfter Stimme sprach, da sie die Hoffnung hatte, dass Raoul dann Vernunft annehmen würde. »Es wird keine Heirat geben. Und das ist endgültig.«

Wieder überraschte er sie, als er sie an den Oberarmen packte, sie auf die Zehenspitzen zog und sie wild auf den Mund küsste. Sie stand stocksteif da, bis er sie wieder losließ, wobei er offensichtlich beleidigt oder erstaunt war, weil sie überhaupt nicht reagiert hatte. Sie waren zwar noch nie intim gewesen, aber im Laufe ihrer langen Freundschaft hatte, sie häufiger Küsse getauscht, und Charity hatte diese harmlose Zärtlichkeit durchaus genossen.

Aber jetzt gab es Luke.

»Du meinst es tatsächlich ernst!«, bemerkte Raoul verwundert.

Sie seufzte, antwortete aber nicht.

Offenbar dachte Raoul darüber nach, was sie alles für diese Entscheidung aufgeben müsste. Charity sah es seinem ausgezehrten, aber hübschen Gesicht an. »Die Ranch … das Testament deines Vaters …«

Es tat ihr in der Seele weh. »Ich kann nicht gegen meine Gefühle handeln, auch wenn das bedeutet, dass ich die Ranch verlieren werde. Mein Vater ist schrecklich aufgeregt, aber ich hoffe, er wird einsehen, dass ich Recht habe. Falls nicht, bin ich darauf vorbereitet …«

»Aber du hast *nicht* Recht …«

»Bitte, Raoul«, unterbrach sie ihn schwach. »Ich liebe dich nicht so, wie ich meinen Ehemann lieben möchte. Das muss dir genügen.«

Jetzt umfasste er ihr Kinn zärtlich, und zum ersten Mal wagte sie zu hoffen, dass ihre Freundschaft überdauern würde. »Ich kann dich dazu bringen, mich zu lieben«, sagte er in einem Ton, in dem man einen heiligen Eid schwor. »Gib mir doch eine Chance, Charity, und ich werde dir beweisen, dass meine Worte der Wahrheit entsprechen.«

Tränen brannten in ihren Augen, aber sie ließ ihnen keinen freien Lauf. Nicht solange Raoul oder sonst jemand sie ansah. Sie schüttelte den Kopf, trat einige Schritte zurück, sodass er sie nicht mehr berühren konnte. Dann streifte sie den schlichten Ring vom Finger, den er ihr angesteckt hatte, bevor er nach Texas aufgebrochen war, um die Herde zu kaufen, legte den Ring auf die Kommode neben der Tür und eilte hinaus.

Als sie zur Missionsschule kam, war die heiße Augustluft von Kindergeschrei erfüllt. Unter anderen Umständen hätte Charity sich darüber gefreut – denn es war ja noch nicht lange her, dass an diesem Ort Totenstille geherrscht hatte – aber an diesem Tag stand das fröhliche Lachen in krassem Gegensatz zu ihren eigenen Gefühlen, sodass sie es kaum ertragen konnte. Sie stellte den Buggy hinter der Kapelle ab, wobei sie hoffte, dass niemand sie sehen würde, zog den Bremshebel fest und eilte in den Obstgarten.

Dort, allein und unendlich einsam, weinte sie.

Irgendwann spürte sie eine Hand, die leicht ihre Schulter berührte; sie drehte den Kopf und sah Pater Elias, der neben ihr stand. »Was ist geschehen, Kind?«, fragte er und schaute sie mit seinen blassen Augen voll Mitgefühl und Sorge an.

Die Worte überschlugen sich, als sie erklärte, dass sie das Haus ihres Vaters verlassen hatte und was der Grund dafür war.

»Natürlich ist hier immer ein Platz für dich«, erwiderte der Priester, nachdem sie geendet hatte. Er zog ein sauberes Taschentuch aus der Tasche seiner einfachen braunen Kutte und reichte es ihr.

Sie hatte gedacht, keine Tränen mehr zu haben, aber Pater Elias' Worte und seine freundliche Geste bewirkten, dass sie wieder zu weinen begann.

Der Priester nahm ihre Hand und führte sie zu der gezimmerten Bank unter einem Apfelbaum, und sie setzten sich beide. »Du darfst jetzt nicht verzweifeln«, mahnte er ruhig. »Die Dinge sind nie so schlimm, wie sie zuerst aussehen. Du musst Gott eine Chance geben, die Sache wieder in Ordnung zu bringen.«

Charity liebte die Arbeit in der Mission, obwohl sie weder katholisch noch besonders religiös war; sie hatte von Jonah gelernt, sich auf sich selbst zu verlassen, Probleme selbst zu lösen und nicht jammernd an die Himmelspforte zu klopfen, wenn es mal Schwierigkeiten gab. Andererseits bewunderte sie Pater Elias und Menschen wie ihn zutiefst, die in ihrem Glauben Trost fanden und die Dogmen streng befolgten, sodass sie ihre Zweifel nun nicht aussprach.

Pater Elias tätschelte ihre Hand. »Vertraue auf den Rat eines alten Mannes, meine junge Freundin; betrachte die ganze Sache als ein Geschenk und sei dankbar dafür. Solche Dinge führen oft zu einem Neubeginn und einer außerordentlichen Entwicklung.« Damit stand er auf und ging langsam zu dem kleinen Hof vor der Kapelle, wo die Kinder spielten. Zwei der älteren Mädchen, die gewöhnlich in der Stadt als Hausmädchen arbeiteten, beaufsichtigten die Jüngeren.

Charity blieb auf der Bank sitzen, bis sie sich wieder einigermaßen gefasst hatte, dann trocknete sie ihr Gesicht und ging zum Buggy. Sie hatte den Stallburschen beauftragt, Pferd und Kutsche im Laufe des Nachmittags in der Mission abzuholen, und deshalb spannte sie das Pferd nicht aus. Sie band Taffeta los, ließ die Stute im hohen Gras des Obstgarten grasen und ging zu den Schlafräumen, um sich um die Kinder zu kümmern, die noch an den Nachwehen der Masern litten und das Bett hüten mussten.

Zwei Jungen waren krank, aber die Ungeduld, die sie an den Tag legten, um endlich wieder an den Spielen im Freien teilnehmen zu dürfen, zeigte deutlich, dass sie auf dem Weg der Besserung waren. Anders sah es bei einem dreijährigen Mädchen aus, das teilnahmslos auf Charitys Schoß saß, während sie ihm eine spannende Geschichte erzählte. Das Märchen, wunderschön ausgeschmückt, handelte von einer Prinzessin, deren Lieblingsspielzeug, ein goldener Ball, in einen Brunnen fällt und gegen eine Belohnung von einem Frosch wieder herausgeholt wird.

Susan hörte mit großen braunen Augen zu und wickelte ein winziges Fingerchen um eine Haarsträhne, die sich aus Charitys Frisur gelöst hatte und gegen ihre Wange fiel. Als Charity die Geschichte jetzt erzählte, kam sie sich ziemlich albern vor – wie konnte sie denn erwarten, dass ein krankes Waisenkind, das von der Gesellschaft nicht viel zu erwarten hatte, Mitleid mit einer verzogenen, gierigen und unehrlichen Prinzessin haben würde? Ähnelte sie selbst dieser Märchenprinzessin nicht mehr, als sie sich vielleicht eingestehen wollte – sie, die privilegierte Tochter eines reichen Ranchers, die weder Hunger noch Vorurteile kannte? Raoul war ein anständiger und ehrenwerter Mann, ein leidenschaftlicher Mann, der gut aussah und Land besaß; sicher wären viele Frauen stolz gewesen, wenn er sie zu seiner Braut gemacht hätte. War ihre Weigerung, ihn zu heiraten, wirklich die richtige Entscheidung gewesen, oder war es einfach nur Ausdruck von Überdruss und Eitelkeit?

Sie strich mit den Lippen über die seidigen schwarzen Haare des Kindes. Aber wenn auch nur ein Funke von Liebe für Raoul in ihr geglüht hätte, der darauf gewartet hätte, zu einem Feuer entfacht zu werden, warum fühlte sie sich dann so vollkommen und bedingungslos zu Luke Shardlow hingezogen? Sie hielt sich selbst für einen Menschen von hoher Moral, der gewöhnlich vernünftig reagierte, aber sie spürte, dass sie sich am Rand eines Abgrunds bewegte und sich in eine andere Person verwandelte, sobald sie in Lukes Nähe war. Dann war sie leichtsinnig und erfüllt von einer wilden, nahezu unbezähmbaren Leidenschaft. Und am meisten irritierte sie die Erkenntnis, dass sie – wenn sich die Gelegenheit dazu ergeben würde – es wohl zulassen würde, dass sich die Dinge weiterentwickelten, über harmlose Küsse und kleine Zärtlichkeiten hinaus, die ihr Blut in Wallung brachten.

Irgendwann schlief das kleine Mädchen ein; Charity brachte es zu Bett und ging auf Zehenspitzen ins Freie hinaus in den stillen Nachmittag. Die Kinder waren in den Unterrichtsraum zurückgekehrt, wo sie stoisch dasaßen, während Pater Elias ihnen die Geheimnisse des Rechnens zu erklären versuchte.

Zwei Cowboys kamen, um das Pferd und den Buggy abzuholen, worum Charity ja gebeten hatte. Sie versuchte, nicht an das Haus auf der Double B-Ranch zu denken, nicht an die geliebten Menschen, die dort lebten, aber das war unmöglich. Schon jetzt vermisste sie ihren Vater und Blaise, Aaron und Peony so sehr, dass sich ihr Hals zuschnürte und ihr Magen verkrampfte, aber in der nächsten Zeit würde sie von ihnen allen getrennt bleiben müssen.

Beim Abendessen – sie und Pater Elias hatten die Kinder mit Pinto-Bohnen gefüttert, die in einem großen Topf gekocht worden waren – verspürte sie gar keinen Hunger, weil sie an das Essen zu Hause denken musste. Peony würde jetzt den Tisch decken, und Blaise würde im großen Salon auf dem Piano spielen, wie sie es jeden Abend tat, denn sie war der festen Meinung, dass Musik gut für die Verdauung sei. Aaron, hungrig wie immer, würde seine Hände und sein Gesicht im Becken auf der rückwärtigen Terrasse waschen, und Jonah – nun, Jonah hätte inzwischen sein Tagewerk beendet, hätte sich in sein Zimmer zurückgezogen, um sich zu waschen und einen Anzug anzuziehen, wie es sich für einen Gentleman gehörte. Obwohl er so hart arbeitete wie jeder andere Mann auf der Ranch, genoss er seine freie Zeit überaus. Sich zum Abendessen umzuziehen war Teil dieses Rituals.

Ob er an sie dachte?, fragte Charity sich, während sie am rohen Tisch in der Missionsküche saß und sich zwang, ein wenig zu essen. Sie zweifelte nicht daran, dass er die Situation genauso sehr bedauerte wie sie selbst, aber er war halsstarrig und altmodisch, mit sehr rigiden Vorstellungen von Richtig und Falsch. Er würde ebenso wenig einlenken wie sie, und so fiel Charity nichts Besseres ein, als zu versuchen, den Bruch zu kitten, dabei aber ihrer inneren Stimme zu folgen.

Sie stellte sich noch einmal vor, dass sie für den Rest ihres Lebens in der Mission leben und alt werden würde und hilflos zusehen müsste, wenn nach dem Tod ihres Vaters – der hoffentlich noch in weiter Zukunft lag – Banker und Rechtsanwälte die Double B-Ranch übernehmen würden. Stadtmenschen, die die Ranch aus der Ferne leiten würden und die nie eine Spur von Liebe für dieses Land empfinden, nie die reine Luft tief in sich einatmen und nie den weiten Himmel schätzen würden. Aber ohne diese Liebe, ohne die Leidenschaft, gegen die Elemente und die Viehdiebe zu kämpfen, gegen wilde Tiere und die finanziellen Probleme, die Krankheiten und Seuchen, deren Opfer die Rinder und Pferde werden konnten, würde die Ranch – das wusste sie genau – niemals überleben.

Bei Sonnenuntergang ritt Luke, nach Whiskey stinkend und mit kunstvoll gerötetem Gesicht, nach Jubilee und verschaffte sich einen Platz an der langen Bar im Saloon. Im hinteren Teil des Raumes war ein Pokerspiel im Gange, und mehrere Tische waren von Cowboys besetzt, die aussahen, als wären sie nicht mehr in der Lage, ohne die Hilfe ihrer Pferde den Weg zu ihren Schlafbaracken zu finden. Luke lächelte in sein Glas und setzte es wieder ab, ohne den Inhalt zu kosten.

Er war etwa eine Stunde in der Bar, wobei er ganz mit sich selbst beschäftigt zu sein schien, gleichzeitig aber alles registrierte, was um ihn herum vorging, als seine Geduld schließlich belohnt wurde. Ein kleiner Mann mit eng stehenden Augen kam herein, der aussah, als suchte er Ärger. Unter seinem Hemd war ein schmutziger Verband zu sehen, und sein linker Arm wurde von einer ebenso schmuddeligen Schlinge gehalten.

Luke kannte ihn zwar nicht, aber in seiner Magengrube begann es zu beben, und seine Nackenhaare stellten sich auf. Alle seine Instinkte – gut trainiert in Jahren der Praxis – alarmierten ihn und mahnten ihn zu höchster Aufmerksamkeit.

Der Ankömmling ließ seinen Blick durch den Raum schweifen, wobei er jeden kurz musterte, bis sein Blick auf Luke fiel, der am Ende der Bar stand, so weit wie möglich von den Schwingtüren des Eingangs entfernt. Falls Luke noch die geringsten Zweifel gehabt hätte, waren sie in diesem Moment verschwunden, in dem sich sein Blick mit dem des anderen Mannes kreuzten. Das war ein Kumpan von Vance. Die Wunde an seiner Schulter hatte Luke ihm mit seinem Revolver in der Nacht zuvor beigebracht.

Offensichtlich, so dachte Luke, der ein gleichgültiges Gesicht machte, um sein Interesse nicht zu zeigen, war er nicht der Einzige im Saloon, der schnell den Blick senkte. Er wandte sich wieder seinem Drink zu.

Wie es zu erwarten war, stellte sich der Outlaw direkt neben Luke an die Bar. Luke wartete auf die Botschaft, die zweifellos kommen würde; Vance war zwar kein Stratege, aber er musste einen Grund dafür haben, diesen kleinen Mistkerl in die Stadt zu schicken, an den Ort, an dem am meisten los war. Er hatte ihn als Herausforderung und als Warnung geschickt. *Verschwinde, Kleiner. Du steckst bis zum Hals drin. Wenn nicht noch tiefer.*

»Was trinkst du?«, wollte der Bandit wissen. Er gab sich alle Mühe, jovial zu erscheinen, dachte Luke, aber seine Zukunft – wenn er denn eine hatte – lag bestimmt nicht in der Schauspielkunst.

Luke schaute ihn mit halb geöffneten Augen müde an – ein Blick, für den er lange Zeit hatte üben müssen. Aber inzwischen war er verdammt gut darin; er hatte ja auch die denkbar besten Lehrmeister gehabt, Trigg und Vance Shardlow. »Stutenmilch«, erwiderte er. Der Bursche erwartete einen Oberschlaumeier, und Luke würde nichts tun – jedenfalls nicht sofort –, um ihm diesen Glauben zu nehmen. Sollte der Kerl doch ruhig denken, dass er Gott und all seine Engel hinters Licht führen konnte, ganz zu schweigen von dem Gesindel hier im Raum.

»Hast du auch einen Namen?«

Luke unterdrückte ein Grinsen. »Hör zu, Mister«, erwiderte er gedehnt, »ich bin nicht hergekommen, um Freundschaften zu schließen. Ich will nur in Ruhe meinen Drink genießen und dann wieder nach Hause reiten. Ist das okay für dich?« Aus den Augenwinkeln sah er, dass der kleine Mann rot wurde. Er schien zart besaitet zu sein.

Ein kurzes Schweigen entstand, während der Abgesandte zweifellos über die Folgen nachdachte, die es haben würde, wenn er zum Versteck der Bande, wo immer das sein mochte, zurückkehren würde und Vance berichtete, dass er zwar alles versucht habe, um den Befehl auszuführen, aber die Sache leider nicht funktioniert hatte. Dann kaufte er eine Flasche Whiskey, schenkte sich selbst ein Glas ein und schob die Flasche zu Luke rüber.

»Lebst du hier in der Gegend?«, drängte er, wobei sich sein Kinn rot verfärbte.

Luke drehte sich um und starrte den Mann eisig an. »Ja«, antwortete er. »Bist du ein bisschen schwer von Begriff, Freund? Ich dachte, ich hätte dir klar und deutlich gesagt, dass ich keine Lust auf einen Schwatz habe.« Er sah, wie der Mann die Lippen zusammenpresste.

»Hör zu«, grunzte der Outlaw, dessen Schweinsaugen blitzten. Der Gentleman schien ernsthaft beleidigt zu sein. »Was mich betrifft, so tut es mir leid, dass du nicht mit einer Kugel im Kopf beim Creek liegst. Ich rede nur mit dir, weil ich den Auftrag dazu habe.«

»Machst du immer, was man dir aufträgt, kleiner Mann?«

In diesem Moment, ausgerechnet in *diesem*, tippte jemand Luke von hinten auf die Schulter. Er verfluchte sich selbst dafür, dass er sich so in das Gespräch hatte verwickeln lassen, dass er nicht mehr darauf geachtet hatte, was in seinem Rücken im Saloon vor sich ging. Er drehte sich um und sah Raoul Montego vor sich stehen, der sich wie ein gereizter Bulle aufführte.

»Was zum Teufel …?« Bevor Luke den Satz noch zu Ende führen konnte, explodierte Montegos Faust mitten in seinem Gesicht, und zu seiner größten Überraschung stürzte er zu Boden wie ein Amboss, der vom Heuschober fiel.

Luke setzte sich auf, lehnte sich gegen den Tresen und prüfte, ob sein Kinn gebrochen war. Sein Gesicht fühlte sich an, als hätte jemand mit einem Ochsenziemer darauf eingedroschen. Er spuckte etwas Blut und ein Stück Zahn, das abgebrochen war, in den Staub, mit dem der Fußboden bedeckt war, und musste hilflos zusehen, wie Vances Lakei durch die Schwingtüren verschwand.

Montego, der sich über Luke gebeugt hatte, reichte ihm die Hand, um ihm aufzuhelfen, und Luke akzeptierte die Hilfe – gegen alle Vernunft – und ließ sich von seinem Widersacher hochziehen.

»Ich hoffe, du hast eine gute Erklärung dafür«, meinte er.

Raoul sah aus, als wollte er ihn gleich noch einmal niederschlagen. »Halte dich von Charity fern«, sagte er – dann machte er den Fehler, Luke den Rücken zuzudrehen.

7

Es war einfach Zufall, schieres Glück, dass Vances Bote irgendwo zwischen dem hölzernen Gehweg vor dem Saloon und seinem Pferd dem Vertreter des Gesetzes in die Arme gelaufen war. Das war, wie Luke zugeben musste, mehr, als er zu hoffen gewagt hatte.

Luke selbst war ins Kittchen gekommen, weil er Montego kräftig in den Hintern getreten und zu Boden geschickt hatte. In Anbetracht der Tatsache, dass Raoul noch angeschlagener war als er selbst, war es schändlich einfach gewesen und bestimmt kein rühmlicher Sieg. Der Marshal, ein großer, hagerer Mann mit Namen Dan Higgins, der weder redselig noch leutselig war, nahm Luke fest und brachte danach Raoul persönlich zur Draper-Ranch zurück.

Da es im Gefängnis von Jubilee nur eine Zelle gab, wurde Luke zu Vances Mann gesperrt, der behauptete, dass sein Name Andrew sei. Jedenfalls hatte er das beteuert, nachdem Luke seinen Kopf drei- oder viermal gegen die Gitterstäbe der Zelle geschlagen hatte – vorsichtig natürlich, denn der arme Kerl war schließlich verletzt, und man musste ihn nicht zu grob anfassen.

»Wo ist mein Bruder?«, war Lukes zweite Frage.

Andrew war hin- und hergerissen, denn wenn er es verriet, würde Vance ihn zweifellos langsam und genüsslich töten. Wenn er es nicht sagte, würde Luke ihn wahrscheinlich umbringen. Aber der Bursche bewies dann doch mehr Eigennutz, als Luke es ihm zugetraut hätte.

»Du kannst es uns doch nicht zum Vorwurf machen, dass wir dich zusammengeschlagen haben. Das war einzig Vances Idee.«

»Danke«, erwiderte Luke, »aber danach habe ich dich nicht gefragt.« Er packte mit beiden Händen Andrews Hemd an der Vorderseite und warf den Mann wieder gegen das Gitter, damit er gefügiger wurde. »Wo ist mein Bruder?«

Hass und Angst zeigten sich in den Augen des Mannes. Sein Atem stank, und wahrscheinlich hatte er seit Monaten nicht mehr die Kleidung gewechselt. »Es würde dir nichts bringen, wenn ich es dir verraten würde. Wir hatten uns in einer alten Mine hier in den Bergen verborgen, aber Vance meinte, dass wir weiterziehen müssen, um uns vor dir zu verstecken. Ich könnte dich direkt dorthin führen, aber du würdest niemanden finden.« Er mahlte eine Weile mit den Zähnen. »Zum Teufel, ich weiß ja nicht mal, wohin ich mich verziehen soll! Mir hat ja niemand was gesagt.«

Luke ließ ihn los. »Weil Vance nicht erwartet hat, dass du überhaupt zurückkommen würdest.«

Andrew schaute ihn verstört an. »Das ist nicht wahr. Vance ist mein Freund.«

»Vance«, erwiderte Luke, während er es sich auf einer der beiden Pritschen in der Zelle gemütlich machte, »ist nur der Freund des Teufels. Inzwischen weiß er, dass Marshal Higgins dich festgenommen hat, und er würde es nicht wagen, dir noch einmal zu begegnen, weil er fürchten müsste, dass man dir folgt. Natürlich könnte Vance das ganze Problem dadurch lösen, indem er dich erschießt.« Er streckte sich aus und legte die Hände in den Nacken. Der Schmerz in seinen angeknacksten Rippen nahm ihm fast den Atem, aber er zeigte es nicht. »Ja, das würde zu Vance passen. Ich meine, wenn er dich einfach umbringt.«

Andrew schwitzte, und seine Augen glitzerten vor Angst wie die eines Tieres, das in der Falle saß. »Vance hat mich vor dir gewarnt. Er sagte, du würdest sogar einen Fuchs dazu bringen, ins Eisen zu treten.«

»Und warum bist du dann überhaupt in den Saloon gekommen?«

Schweigen.

Luke seufzte tief und bewegte sich, als wollte er sich wieder von der Pritsche erheben, was dazu führte, dass Andrew ein so ängstliches Gesicht machte, als wünschte er, sich auf der Stelle in Luft aufzulösen.

»Vance dachte, dass wir dich neulich erledigt hätten. Er war stinksauer, als wir zum Creek zurückkamen und keine Spur von dir zu finden war. Wohin hattest du dich eigentlich verkrochen?« Da Luke die Frage ignorierte, biss Andrew sich verlegen auf die Lippe und plapperte weiter: »Vance war sicher, dass du mir aus dem Saloon folgen würdest. Dann wollten er, Tom und Royce dich überfallen und die Sache zu Ende bringen.«

»Warum so umständlich? Er muss mich doch beobachtet haben, wenn er wusste, dass ich heute Abend in der Bar war. Wäre es nicht viel einfacher gewesen, mir zwischen Jubilee und meiner Hütte aufzulauern?«

»Vermutlich wollte er dich nicht auf deinem Grund und Boden erledigen. Vance erklärt ja nicht viel. Er gibt einfach nur Befehle. Na ja … er ist eben ein bisschen daneben … aber das weißt du ja besser als jeder andere.«

Luke dachte schweigend über Andrews Worte nach, fand aber, dass der Mann nichts Wichtiges gesagt hatte. Das meiste hätte er sich ohnehin denken können. Er hatte den kleinen Mistkerl nur am Reden gehalten, weil er gehofft hatte, dass ihm zufällig etwas Wichtiges rausrutschen würde.

»Wie hast du es denn geschafft, festgenommen zu werden?«, erkundigte er sich.

Andrew errötete verlegen. »Ich habe überhaupt nichts gemacht. Dieser Marshal hat mich nach meinem Pferd gefragt – hat behauptet, das Brandzeichen sei gefälscht. Ich habe ihm geantwortet, dass ich den Gaul unten in San Antonio gekauft habe, und er hat gemeint, dass ich wohl doch nichts dagegen hätte, eine Nacht als Gast der Stadt Jubilee zu verbringen, damit er ein paar Telegramme abschicken könne.«

Luke gähnte und räkelte sich auf der Pritsche, die so hart war, dass man sie kaum als Bett bezeichnen konnte. Aber sie war immer noch besser als die Decke auf dem Fußboden, auf der er in seiner Hütte schlief. Seufzend betrachtete er eine Ratte, die durch die Gitterstäbe huschte. »Pferdediebstahl hat schon so manchen Mann an den Galgen gebracht«, bemerkte er gelassen.

Andrew drehte ihm den Rücken zu und schwieg. Hilflos und verloren starrte er durch das Gitter. Vielleicht hoffte er, dass Vance, wild schießend zu seiner Rettung kam. Aber dann wäre er natürlich noch dümmer gewesen, als Luke ihn eingeschätzt hatte.

Später tauchte der Marshal auf, der inzwischen die Telegramme aufgegeben hatte. Andrew lag mit dem Gesicht zur Wand auf seiner Pritsche und rührte sich nicht, als Higgins mit Luke redete.

»Brauchen Sie einen Doktor, Freund?«, fragte er.

Natürlich hatte Luke Schmerzen; am Tag zuvor hatte man ihm kräftig zugesetzt, und Montegos Schlag heute Abend war auch nicht zu verachten gewesen, aber Luke dachte, dass es dennoch nicht nötig sei, dafür Molly den weiten Weg von White Horse Junction kommen zu lassen. »Geht schon«, meinte er.

Der Marshal lehnte sich an die Wand gegenüber den Gitterstäben und zündete sich einen Zigarillo an. Er war ein großer, schlanker Mann, hatte eine Halbglatze, freundliche Augen und wäre sicher umgänglicher gewesen, wenn er nicht die Familiengeschichte gekannt – und vermutet hätte, dass Luke mit Vance unter einer Decke steckte.

Luke lächelte. Die Situation war schon komisch. Da er mit Andrew eigene Pläne hatte, verzichtete er darauf, den Marshal aufzuklären. Mein ist die Rache, dachte Luke – auch wenn der *Herr* sie für sich beansprucht –, und ich beanspruche das Preisgeld, das auf Vances Kopf ausgesetzt ist.

»Ich kannte Ihren Vater«, bemerkte Higgins.

»Kann ich mir denken«, erwiderte Luke, der allerdings wusste, dass dieser Mann nicht den Marshal-Stern getragen hatte, als Trigg verhaftet worden war. Schließlich war er es ja selbst gewesen, der dafür gesorgt hatte, dass man seinen alten Herrn festgenommen hatte – und damals hatte Asa McCallum den Stern an seiner Brust gehabt.

»Und Ihren Bruder kenne ich auch.«

»Meinen Halbbruder«, stellte Luke klar. »Wir hatten verschiedene Mütter.«

»An Ihre Mutter erinnere ich mich sehr gut«, antwortete Higgins freundlich, als hätte Luke nichts gesagt.

Aber damit erweckte er Lukes Aufmerksamkeit; er richtete sich auf und lehnte sich mit dem Rücken gegen die Wand. Soweit er sich erinnern konnte, hatte Marietta, seine Mutter, das Haus nie verlassen. Sie war weder – wie die anderen Frauen – in den Gemischtwarenladen gegangen noch in die Kirche, und deshalb war sie von vielen bedauert worden.

»Seltsam«, meinte Luke. »meine Mutter hat sich nicht gerade oft in der Gesellschaft gezeigt – wenn ich mich recht erinnere.«

Higgins warf einen Cheroot und ein Päckchen Zündhölzer durch die Gitterstäbe, die Luke an der Brust trafen. Der Marshal wartete, bis sein Gefangener den Zigarillo angezündet hatte, bevor er fortfuhr.

»Mein Pa und ich sind etwa ein Jahr vor Ihrer Geburt von Kanada hierher gekommen. Trigg arbeitete zu der Zeit für Jonah Barnham und hat in einer von dessen Minen den Pickel geschwungen. Das war natürlich, bevor die Silbervorräte erschöpft waren und Jonah sich auf die Rinderzucht verlegt hat. Na, jedenfalls hat mein Pa auch einen Job bei Barnham angenommen, weil wir Bargeld brauchten.«

Luke verspürte das altvertraute Gefühl im Magen, das einem Miniaturtornado nicht unähnlich war, aber äußerlich war er ruhig wie immer. Er zog an dem Cheroot und stieß den Rauch langsam aus. »Sie müssen damals noch ziemlich jung gewesen sein.«

»Ich war sieben oder acht«, antwortete Higgins. »Wir steckten ein Stück Land ab, ganz in der Nähe von der Stelle, an der sich jetzt die Mission befindet, und haben Eier und Gemüse von Ihrer Ma gekauft. Ich erinnere mich noch an ihre gütige Stimme und daran, dass sie eine mächtig schöne Frau mit wunderbarem Haar war.« Er machte eine Pause, musterte Luke eindringlich, stieß sich dann von der Wand ab und blieb aufrecht stehen. »Mein Pa mochte sie auch gut leiden.«

In diesem Moment war Luke dankbar dafür, dass sie durch die Gitterstäbe getrennt waren. Er schwieg und wartete ab. Trigg hatte seine junge Frau so viele Male der Hurerei beschuldigt, wie es Sterne am Himmel gab, und Luke hatte damals nichts tun können, um dem alten Mann das Maul zu stopfen, aber inzwischen hatten sich die Zeiten geändert, und er war nicht bereit, sich auch nur ein Wort anzuhören, das gegen Marietta gerichtet war.

»Sie war ein richtiger Engel«, fuhr Higgins mit einem wehmütigen Tonfall fort, der so gar nicht zu seinem schlanken, drahtigen Äußeren passte. »Ich wollte sie als meine Mutter haben. Ich habe es mir immer wieder vorgestellt.«

Luke schloss die Augen und dachte an seine eigene Kindheit, als er sich so inbrünstig gewünscht hatte, dass Marietta Trigg für immer verlassen und ihn, Luke, mit sich nehmen würde. Er konnte sich sehr wohl vorstellen, wie sie auf einen mutterlosen Jungen gewirkt hatte, der ausgehungert nach Fürsorge und Zärtlichkeit war.

Higgins seufzte. »Es gab da auch etwas zwischen ihr und meinem Pa, aber das habe ich erst viel später herausgefunden. Sie wollten miteinander durchbrennen und zusammen mit mir woanders ganz von vorn anfangen. Aber dann gab es eines Tages in der Mine einen Unfall, ein Stützbalken kam herunter und brach meinem Pa das Kreuz. Er starb, bevor sie ihn ans Tageslicht bringen konnten.«

»Jesus«, murmelte Luke, ließ in Gedanken noch einmal Higgins Worte Revue passieren und schüttelte den Kopf. »Was genau wollen Sie damit andeuten?«

Der Marshal zögerte, und das allein war eine Antwort auf Lukes Frage. »Sie haben gar keine Ähnlichkeit mit Trigg Shardlow«, meinte er stattdessen. Die Haare und die Farbe Ihrer Augen haben Sie jedenfalls von Ihrer Mutter.«

Ganz ruhig, ermahnte sich Luke selbst. Jetzt bloß keine voreiligen Schlüsse ziehen, nur weil diese dir so gut in den Kram passen würden. »Sie sagten doch, dass Sie Vance kennen. Er und ich haben verschiedene Mütter, aber er ist blond wie ich und hat die gleiche Augenfarbe.«

»Soweit ich weiß, waren Ihre Mutter und Vances Mutter Schwestern. Wäre das keine Erklärung für die Ähnlichkeit zwischen euch?«

Luke schwang die Beine von der Pritsche, stand auf, durchquerte die Zelle und starrte Higgins durch die Gitterstäbe an. »Was zum Teufel wollen Sie damit andeuten?« Als hätte er das nicht gewusst! Als hätte er sich dieser Art von Neuigkeit nicht schon gewünscht, als er noch ein kleiner Junge gewesen war!

»Ist das hier so eine Art Familientreffen?«, fragte er mit gespielter Fröhlichkeit, denn natürlich wollte Higgins sagen, dass er und Luke Halbbrüder waren, dass die anbetungswürdige, zurückhaltende Marietta Trost in den Armen eines anderen Mannes gesucht hatte. Vermutlich würde ihr das kaum jemand zum Vorwurf machen, denn Gott wusste, dass sie bei Trigg keine Spur von Zärtlichkeit gefunden hatte.

»Vielleicht«, erwiderte Higgins. »Aber ganz genau werden wir das wohl nie wissen.«

»Ich nehme nicht an, dass du dich jetzt verpflichtet fühlst, mich freizulassen, weil in unseren Adern dasselbe Blut fließt?«

Der Marshal lachte leise in sich hinein. »Du bleibst schön, wo du bist. Jedenfalls bis morgen früh. Ich kann das Risiko nicht eingehen, dass du dich noch mal mit Raoul Montego anlegst.« Mit diesen Worten ließ Dan Higgins Luke stehen und mit seinen Gedanken allein.

Luke hatte schon lange den Stummel des Zigarillos auf dem schmutzigen Zellenboden ausgetreten. Nun legte er sich auf die Pritsche zurück, bedeckte die Augen mit seinem Hut und dachte nach.

Am nächsten Morgen ließ Higgins ihn wie versprochen frei und gab ihm den Fünfundvierziger zurück, aber Luke zögerte noch zu gehen, während Andrew laut schnarchend in der Zelle lag.

»Ich hätte da noch ein paar Fragen«, meinte Luke.

Higgins hob auffordernd die Hände, schwieg aber.

»Wohin bist du gegangen, nachdem dein Pa tot war? Wenn du nämlich in Jubilee oder in der Nähe gelebt hättest, würde ich mich an dich erinnern.«

Der Mann des Gesetzes verschränkte die Arme vor der Brust. »Ich bin nach Kanada zurückgekehrt, wo ich bei meinen Großeltern gelebt habe. Als ich erwachsen war, habe ich mich auf Wanderschaft begeben und war auch eine Weile bei der Kavallerie. Dann – vor ein paar Jahren – hat es mich in diese Gegend verschlagen. Vermutlich wollte ich wissen, ob sich hier etwas verändert hat. Und da die Marshal-Stelle gerade frei war, habe ich sie angenommen, um Wurzeln zu schlagen.«

Nur zu gern hätte Luke geglaubt, dass er nicht Trigg Shardlows Sohn war, und nur zu gern hätte er auch geglaubt, dass seine Mutter wenigstens etwas Freude in ihrem traurigen Dasein gekannt hatte. Er erinnerte sich noch gut an Triggs ständige Anschuldigungen. Auch in der Nacht ihres Todes hatte er Marietta eine Hure genannt und geschrien, dass Luke nicht sein Sohn sei. Aber die ganze Sache war zu glatt, fand Luke. Da tauchte Higgins praktisch aus dem Nichts auf und tischt ihm diese unfassbare Geschichte auf. Solche persönlichen Dinge erzählte man keinem Fremden, auch wenn sie schon viele Jahre zurücklagen. Es kostete nämlich viel Überwindung, einem anderen so eine persönliche Geschichte zu erzählen.

Zugegeben, Higgins hatte natürlich keine Möglichkeit gehabt, ihm seine Theorie schon eher zu erläutern, da er sich ja seit dem Tag, an dem Trigg Shardlow wegen Mordes verurteilt worden war, nicht mehr in Jubilee aufgehalten hatte. Aber trotzdem.

Luke stellte die zweite Frage. »Warum hast du mir die Geschichte überhaupt erzählt? Für dich spielt es doch keine Rolle, ob ich sie kenne oder nicht? Was hast du also davon?«

Higgins Blick war fest, und er zuckte mit keiner Wimper, aber auch das überzeugte Luke noch nicht. Die Fähigkeit, einem Mann in die Augen zu sehen und ihn dabei offen anzulügen, besaß jeder gute Pokerspieler. Zum Teufel, er selbst hatte das ja auch schon oft genug getan. Jedenfalls war er weit davon entfernt, dem Marshal diese Geschichte abzukaufen, auch wenn er sich noch so sehr wünschte, dass sie der Wahrheit entsprach.

Der Marshal bewegte das Zündholz, auf dem er kaute, von einem Mundwinkel zum anderen. »Der Name Shardlow ist nicht gerade etwas, auf das ein Mann stolz sein kann«, erklärte er unumwunden. »Und außerdem dachte ich, es würde dich freuen, dass es jemanden gegeben hat, der deine Ma geliebt hat, jemanden der sie wie eine richtige Lady behandelt hat.«

»Den letzten Teil dieser Bemerkung würde Trigg wohl als persönliche Beleidigung auffassen«, erwiderte Luke und setzte seinen Hut auf. »Jedenfalls bin ich dir zu Dank verpflichtet«, fügte er hinzu und ging davon.

Charity saß im Garten unter einem der Apfelbäume und hatte die Füße züchtig unter ihren Röcken versteckt. Die kleineren Kinder hatten einen losen Kreis um sie gebildet, während sie laut aus dem Märchenbuch vorlas. Ausgewählt hatte sie *Cinderella* oder *Die gläsernen Schuhe*. Sie hatte die Geschichte bereits zur

Hälfte gelesen, als ein kleiner Junge namens Hawk sie heftig gestikulierend unterbrach.

»Ja?«, fragte Charity geduldig und interessiert. Inzwischen lebte sie schon eine Woche in der Mission, aber noch immer fühlte sie sich ganz leer und ausgebrannt, wie ein Schatten ihrer selbst, auch wenn sie jetzt abends nicht mehr weinte, wenn sie im Bett lag und die Lampen gelöscht waren.

»Warum sollte denn jemand gläserne Schuhe anziehen?«, wollte Hawk wissen.

Charity unterdrückte ein Lächeln, aber bevor sie antworten konnte, sprach jemand außerhalb des Kinderkreises.

»Das wüsste ich auch gern.«

Sie blickte auf und sah Luke in der Nähe stehen, den Hut in der Hand und mit seinem typischen schiefen Grinsen. Seit sie ihn zuletzt gesehen hatte, hatte sich sein Aussehen entschieden gebessert. Die Prellungen, die sein Gesicht entstellt hatten, waren fast vollständig abgeschwollen, nur seine Lippe war noch etwas dick. Eine heftige und unerwartete Hitzewelle durchflutete ihren Körper, und zu ihrem Entsetzen spürte sie, wie sich ihre Wangen sichtbar röteten.

»Cinderella«, erklärte eines der Mädchen im Brustton der Überzeugung, »hat gläserne Schuhe getragen, weil sie so zierliche Füßchen hatte und wollte, dass alle sehen, wie hübsch ihre Füße sind.«

Die Jungen buhten empört.

»Man hat ihre Füße aber gar nicht gesehen«, versicherte ein anderes Mädchen aus der Gruppe. »Sie waren ja von ihren langen Kleidern verdeckt.«

Luke lächelte amüsiert und setzte sich auf die Hacken, um dem Märchen zuzuhören.

Auch Charity ließ die Sache auf sich beruhen, fuhr mit der Geschichte fort und war erleichtert, als

Pater Elias die Kinder zum Religionsunterricht ins Haus rief. Luke beobachtete, wie die Kinder an ihm vorbeigingen, blieb aber, wo er war, und plötzlich schien er ihr näher zu sein als zuvor im Beisein der Kinder.

»Deine Verletzungen scheinen ja gut verheilt zu sein«, bemerkte sie und kam sich dabei ausgesprochen albern vor.

Sein Lächeln wurde breiter und wirkte fast verschwörerisch. »Hm«, meinte er. »Wie man hört, hast du die Double B-Ranch verlassen.«

Die Bemerkung traf sie ziemlich unvorbereitet, was in Anbetracht der Tatsache seltsam war, da ihr Leben in der vergangenen Woche von zwei Gedanken beherrscht worden war – zum einen, wie sehr sie ihre Familie und die Ranch vermisste, und zum anderen, wie herrlich es gewesen wäre, wenn sie im Baumhaus über dem murmelnden Creek mit Luke Shardlow geschlafen hätte. Sie blickte auf das Buch in ihren Händen und dachte an all die unschuldigen Träume, die sie früher geträumt hatte. Plötzlich war sie so geschockt, dass sie kein Wort mehr hervorbrachte.

»Charity«, drängte Luke mit rauer, aber freundlicher Stimme, »wieso bist du hier? Die Double B ist doch dein Zuhause.«

Sie schüttelte den Kopf und wischte sich verstohlen mit dem Handrücken über die Augen. »Nicht mehr«, erwiderte sie und schniefte. »Papa ist wütend, weil ich mich geweigert habe, Raoul zu heiraten. Die Situation war unhaltbar, sodass ich gehen musste.«

Luke wägte ihre Worte sorgfältig ab, bevor er antwortete. »Du scheinst nicht gerade glücklich zu sein«, stellte er nach einer Weile fest. »Du gehst wunderbar mit den Kindern um, Charity, das kann nun wirklich jeder sehen, aber dieses Leben erfüllt dich nicht. Warum gehst du nicht nach Hause zurück und sprichst die ganze Sache noch mal mit Jonah durch?«

»So einfach ist das nicht«, sagte sie schniefend. Ihr rechter Zeigefinger lag noch immer auf der letzten Seite des Märchens, das sie gerade vorgelesen hatte. Es war das Ende der Geschichte – Cinderella heiratet ihren Prinzen und sollte von nun an immer glücklich sein. »Ich habe immer auf der Ranch gelebt. Ich habe mich auch nie wirklich danach gesehnt, irgendwo anders zu leben. Ich bin aufgewachsen mit dem Gedanken, dass ich eines Tages heiraten würde und zusammen mit meinem Ehemann die Double B leiten würde, wenn Papa dazu nicht mehr in der Lage sein würde. Aber jetzt ist die Ranch nicht mehr mein Zuhause, und ich hätte es nicht ertragen, noch länger dort zu leben.«

Luke rückte ein Stück näher, ein Knie angewinkelt und der Hut neben ihm im Gras. »Jonah und ich haben unterschiedliche Ansichten«, sagte er, »aber er ist ein anständiger Mann, Charity. Geh nach Hause und rede mit ihm. Er liebt dich. Rede so lange, bis er dir zuhört.«

Sie zupfte Gräser ab und warf sie zur Seite. »Wenn Papa wollte, dass ich zurückkomme, hätte er mich längst gerufen.«

»Er ist starrköpfig wie du. Aber jemand muss doch einlenken und den ersten Schritt machen.«

Charity holte tief Luft und ließ sie pfeifend wieder entweichen. »Weißt du, was ich glaube?«, entgegnete sie. »Ich glaube, dass Papa nie eine Tochter haben wollte. All die Jahre hat er mir nur vorgemacht, dass er mich liebt, aber heimlich hat er sich immer gewünscht, ich wäre ein Junge.«

»Jetzt redest du aber Unsinn«, sagte Luke und betrachtete sie ernst. »Jonah ist dein Vater, und vielleicht spürt er allmählich ein bisschen sein Alter. Deshalb will er dich in guten Händen wissen und sicher gehen, dass jemand für dich sorgt, wenn er einmal nicht mehr da ist.«

Charity blickte zur Seite und wieder zurück, wobei ihre Wangen glühten. »Wenn er mir die Möglichkeit dazu geben würde, könnte ich lernen, wie man die Double B führt«, platzte sie heraus. »Ich könnte ihm wirklich helfen, jetzt und in der Zukunft. Ich kann gut rechnen und könnte die Bücher führen. Aber er lässt es mich ja gar nicht erst versuchen, weil ich eine Frau bin!« Es schien ihr sichtlich schwer zu fallen, ihre lose Zunge im Zaum zu halten, und sie benötigte eine Weile, bis sie sich wieder einigermaßen unter Kontrolle hatte. »Ich bin jetzt dreiundzwanzig Jahre alt, Luke. Wäre ich ein Mann und würde mich weigern, jemanden zu heiraten, den er für mich ausgewählt hat, würde mir Papa deshalb niemals mein Geburtsrecht nehmen und mich enterben.«

Er schwieg eine Weile, und als er sprach, klang seine Stimme mitfühlend. »Das mag sein«, räumte er ein, »und das ist weder gerecht noch fair. Eine Menge Dinge werden sich in dieser Welt noch ändern müssen. Ich bezweifle nicht, dass du so klug oder vielleicht sogar noch klüger bist als die meisten Männer hier in dieser Gegend. Du kannst wahrscheinlich ebenso gut reiten, schießen oder denken wie die Mehrzahl. Aber du hast trotzdem einen wunden Punkt, Charity. Du bist leichter verletzbar, und das ist eine Frage der Körperstärke. Deshalb kann ich Jonahs Denkweise sogar verstehen, obwohl ich sie nicht billige.«

»Sein Denken ist altmodisch.«

Luke nickte. »Verstandesgemäß muss ich dir Recht geben, aber gefühlsmäßig – nun, das ist eine ganz andere Sache. An Jonahs Stelle würde ich vielleicht ebenso handeln. Wenn ich eine Tochter hätte, wüsste ich gern, dass jemand sie beschützt. Bevor ich sie der Gnade der Leute hier im Westen überließe, würde ich es auch in Kauf nehmen, dass sie wütend auf mich wäre.« Er machte eine kleine Handbewegung, als wollte er die ganze Welt darin einschließen. »Vielleicht willst du das ja nicht hören, Charity, aber du warst immer behütet. Du hast wahrscheinlich keine Vorstellung davon, wie es in der rauen Welt wirklich zugehen kann …« Er hob abwehrend die Hand, als er empörten Protest in ihren Augen aufblitzen sah, aber sie ließ sich nicht aufhalten.

»Ach, dann soll ich deiner Meinung nach also Raoul heiraten?«, brach es aus ihr heraus. »Ich soll die gute Tochter spielen und artig machen, was der Papa verlangt?«

Luke blieb ganz ruhig, was Charitys Ärger auf ihn nur noch verstärkte. »Das Letzte, was ich will«, sagte er ruhig, während er nach seinem Hut griff und sich aufrichtete, »ist, dich als Frau eines anderen Mannes zu sehen. Wenn ich dir außer einer heruntergekommenen Farm und einem schlechten Ruf etwas zu bieten hätte, würde ich dir selbst einen Antrag machen. Der Punkt ist aber, dass eines Tages der Richtige kommen wird. Dann kriegst du, was du willst – und Jonah auch.« Er warf einen Blick auf das Buch in ihrem Schoß. »Lass dir Zeit, Cinderella. Eines Tages wird dein Prinz erscheinen, und dann wird der Schuh auch passen.«

Damit drehte er sich um und ließ sie mit offenem Mund sitzen. Sie dachte nicht an einen Märchenprinzen, sondern ihre Gedanken kreisten um das, was Luke gesagt hatte. *Wenn ich dir außer einer heruntergekommenen Farm und einem schlechten Ruf etwas zu bieten hätte, würde ich dir selbst einen Antrag machen.*

Bedeutete das, dass er sie liebte? Mit dieser Frage beschäftigte sie sich während des hektischen Nachmittags, des ruhigeren Abends und in ihren nächtlichen Träumen.

Am nächsten Morgen fuhr Blaise mit halsbrecherischer Geschwindigkeit mit dem Buggy vor der Missionsstation vor, während Pater Elias und Charity in der Küche das Frühstück der Kinder überwachten. Neben Blaise saß Peony, kreidebleich im Gesicht, die sich mit beiden Händen krampfhaft festhielt, da Blaise die Kurven so eng nahm, dass der Wagen nur noch auf einem Rad fuhr.

Charity hatte den Buggy durchs Fenster gesehen und eilte den Besuchern entgegen, deren Kutsche vor der Kapelle rutschend zum Stehen kam.

»Du musst sofort nach Hause kommen«, verkündete Blaise ohne Einleitung. »Dein Vater ist schwer krank. Ich habe Peony mitgebracht, die hier für dich einspringen wird.«

Charity fühlte sich plötzlich, als wäre ihr alles Blut aus dem Herzen gewichen. Sie schwankte, und Pater Elias hielt sie mit erstaunlich starkem Griff fest.

»Geh zu Jonah«, drängte er mitfühlend. »Ich werde für ihn beten.«

Charity nickte, stieg in den Buggy, wobei sie Blaise etwas zur Seite schob, um selbst die Zügel zu übernehmen. Peony stand mit ihrer Tasche in der Hand im Gras und beobachtete regungslos, wie die Kutsche angezogen wurde und davonfuhr.

Während der schnellen Fahrt zurück zur Ranch erklärte Blaise, der gar nicht bewusst zu sein schien, dass ihr Tränen über die Wangen liefen, dass sie in Jonahs Zimmer gegangen sei, nachdem dieser am Morgen nicht nach unten gekommen war. Er war bei Bewusstsein und starrte sie mit großen Augen verwirrt an, aber er konnte sich nicht bewegen und schon gar nicht ohne Hilfe aus dem Bett steigen.

Sie hatte sofort jemanden nach White Horse Junction geschickt, um den Doktor zu holen. Charity habe sie selbst informiert, da sie das Gefühl hatte, dass Jonah das so gewollt hatte, aber sie hatte ihn nur ungern und zögernd verlassen und Aaron an seinem Bett Wache halten lassen.

Charity stellte keine Fragen, denn Antwort würde sie erst erhalten, wenn sie Jonah selbst gesehen und sich ein Bild von seinem Zustand gemacht hatte.

Als sie das Wohnhaus der Ranch erreichten, sah sie die Pferde von Ben Draper und Raoul, die draußen angebunden waren. Charity übergab die Zügel einem wartenden Stallburschen, sprang vom Bock, rannte ins Haus und eilte die Treppe zu Jonahs Zimmer hoch.

Die Tür war offen, und am Fußende des breiten Mahagonibettes standen Ben und Raoul mit den Hüten in den Händen. Sie traten zur Seite, als Charity ins Zimmer kam und an die Seite ihres Vaters eilte.

Jonahs Gesicht war über Nacht faltig geworden. Sein Körper war eingefallen, sein Haar zerzaust, und seine Augen blickten wild. Er war hilflos, gefangen in einem Körper, der ihm nicht mehr gehorchte, aber diese neue Hilflosigkeit war für ihn eine Qual, und die graue Farbe seiner Haut war ein Alarmzeichen.

Charity sank neben dem Bett auf die Knie, nahm seine Hand zwischen ihre Hände und führte sie an ihre Lippen, um sie zu küssen. Die Tränen standen ihr im Hals, aber sie weinte nicht – nicht jetzt in Jonahs Gegenwart, denn dadurch würde sich sein Zustand nur verschlimmern. Dies war eine Zeit, in der sie Stärke zeigen musste, auch wenn sie diese Stärke nicht empfand.

»Papa«, sagte sie, als sie sicher sein konnte, dass ihre Stimme fest klingen würde. »Mach dir bitte keine Sorgen. Es wird alles gut werden. Hast du mich gehört? Alles!«

Er hatte sichtlich Mühe, seinen Blick auf Raoul zu fixieren, bevor er Charity wieder in die Augen schaute. Die Bedeutung dieses Blicks war so klar, als hätte Jonah die Worte laut ausgesprochen. *Heirate ihn. Heirate Raoul, damit ich ruhig sterben kann.*

Sie straffte den Rücken. »Vertrau mir, Papa«, wisperte sie halb bittend, halb fordernd. »Glaube an mich. Ich schaffe es allein. Ich bin stark, klug und tapfer genug. Das werde ich dir beweisen, aber du musst mir die Gelegenheit dazu geben.«

Vielleicht hatte Jonah leicht genickt, aber sicher war sich Charity dessen nicht. Er schloss die Augen und schlief ein. Sie bewegte sich nicht von der Stelle und betete stumm. Später spürte sie dann zwei starke Hände, die ihre Schultern umfassten. Raoul richtete sie auf, stellte sie auf die Füße und zog sie in seine Arme. Sie widersetzte sich ihm nicht. Er war ihr ältester Freund, und sie brauchte den brüderlichen Zuspruch, den er ihr anbot.

»Sag mir, was ich tun kann, um dir zu helfen«, meinte er.

Charity vergrub ihr Gesicht an seiner Schulter und schmiegte sich an ihn, um bei ihm Trost zu suchen. Als sie sich wieder etwas gefasst hatte, trat sie einen Schritt zurück. »Such mir den Vormann«, erwiderte sie. »Richte ihm aus, dass ich ihn auf der Stelle sprechen will.«

Raoul blickte sie erstaunt an. »Was meinst du?«

Ben, der seit Charitys Ankunft noch kein Wort gesprochen hatte, brachte einen Stuhl ans Bett, und sie setzte sich dankbar. Erst jetzt bemerkte sie Blaise, die auf der anderen Seite des Bettes stand und Jonah anstarrte, als wollte sie ihren eigenen Lebenswillen auf ihn übertragen. Falls Charity jemals noch den geringsten Zweifel an der Liebe dieser Frau für ihren Vater gehabt hätte, wäre er in diesem kurzen Moment verflogen.

Raoul ging neben Charitys Stuhl in die Hocke. »Hör zu, mein Schatz. Ich werde mich um die Ranch kümmern, denn das ist genau das, was Jonah jetzt von mir erwartet. Du hast doch genug zu tun und musst dich nicht auch noch um die Geschäfte deines Vater kümmern.«

Charity wusste, dass er es nur gut meinte, aber da sie all ihre Kräfte brauchen würde, wollte sie keine auf eine sinnlose Diskussion verschwenden. »Schaff mir einfach den Vormann herbei«, erklärte sie ruhig, aber bestimmt.

Raoul seufzte tief, aber auf einen Wink seines Großvaters hin stand er auf, küsste Charity auf die Stirn und verließ das Zimmer, um ihrem Wunsch nachzukommen. Ben folgte ihm, nachdem er beiden Frauen kurz zugenickt hatte.

Allein mit Jonah hielten Charity und Blaise lange Zeit schweigend Wache. Blaise hatte ihre Finger fest ineinander verschränkt, dass die Knöchel weiß hervortraten, aber auch als sie schließlich sprach, verließen ihre Augen nie Jonahs Gesicht.

»Er ist der beste Mann, der mir je begegnet ist«, sagte sie. »Stur, aber stark und gütig. Er behandelt Aaron wie sein eigenes Fleisch und Blut. Es ist schon ein Privileg, von Jonah Barnham geliebt zu werden.«

»Hat er vorher schon einmal irgendwelche Schwächen oder Anzeichen von Krankheit gezeigt?«, wollte Charity ganz leise wissen. Sie konnte nicht anders, als sich zu fragen, ob sie und ihre Weigerung, Raoul zu heiraten, schuld an dieser Tragödie waren.

Blaise umrundete das Fußende des Bettes und blieb neben Charitys Stuhl stehen, wobei sie eine Hand auf deren Schulter legte. Blaise konnte zwar manchmal etwas oberflächlich sein, aber sie war eine gefühlvolle Frau, die genau spürte, was Charity in diesem Moment durch den Kopf ging. »Er hat zu hart gearbeitet. Du kennst ihn ja. Auf jeden Fall darfst du dir keine Vorwürfe machen.«

Charity kämpfte gegen die aufsteigenden Tränen, wobei ihr starker Wille die Oberhand behielt. »Ich war so blind. Ich hätte doch ahnen können, dass es einen tieferen Grund dafür geben musste, dass er mich unbedingt verheiratet sehen wollte. Er muss gespürt haben, dass so etwas passieren würde.«

Blaise ging wieder zur anderen Bettseite, setzte sich auf die Kante und strich Jonah mit großer Zärtlichkeit über die Haare. »Falls er etwas gespürt hat, hat er es mir verheimlicht. Aber es stimmt schon, dass er Probleme hatte.«

Charity hatte plötzlich das Gefühl, als würde eine eisige Hand nach ihrem Herzen greifen. Wie hatte sie innerlich gejammert und sich bedauert, weil sie befürchtet hatte, dass sie die Ranch an Rechtsanwälte und Banker verlieren würde, aber sie hatte keinen Gedanken darauf verwandt, dass es auch noch andere Gefahren geben könnte.

Sie schloss kurz die Augen, um ihre Fassung wiederzuerlangen, und öffnete sie wieder. »Welche Art von Problemen?«

»Jonah wird es mir nicht danken, dass ich dir das jetzt erzähle«, meinte Blaise, wobei ein kurzes Lächeln über ihre Lippen huschte. »Er dachte, dass er schon allein damit fertig werden würde.« Sie schwieg und blickte über das breite Bett hinweg direkt in Charitys fragende Augen. »Er hat angedeutet, dass er einige Investitionen gemacht hat, die schief gelaufen sind.« Es folgte ein kurzes schmerzliches Schweigen. »Jonah hat es mir zwar nicht bestätigt, aber ich glaube, dass er erpresst wird.«

»Womit?«, wisperte Charity.

Blaise zuckte mit den Schultern. Während des ganzen Gesprächs hatte sie Jonah kaum aus den Augen gelassen. »Ich weiß es nicht«, erwiderte sie. »Es ist einfach nur so ein Gefühl.«

»Du musst doch einen Grund für diese Vermutung haben.«

Blaise seufzte. »Er verschließt die Augen vor Dingen, die auf der Ranch vorgehen«, antwortet sie. »Und das ist absolut nicht seine Art.«

Charity fuhr sich mit der Hand über die Augen. *Was ist passiert, Papa?*, fragte sie sich stumm. *War es das, dieses Geheimnis, was zu deinem Zusammenbruch geführt hat?*

8

Mit jeder Stunde, die sie an Jonahs Bett verbrachte, schien die Chance, dass sich sein Zustand besserte, geringer zu werden. Dennoch glaubten Charity und Blaise weiter fest daran, dass er den Schlaganfall mit seiner eisernen Willenskraft überleben würde.

Anfangs wagte es keiner der Frauen, sich schlafen zu legen, aber als die Zeit erbarmungslos verstrich und Jonah sich immer weiter zu entfernen schien, wurde es deutlich, dass diese Doppelwache auf Dauer undurchführbar war. Sie entschieden deshalb, abwechselnd je vier Stunden bei ihm zu wachen, wobei Blaise darauf bestand, dass sie den Anfang machte. Als Charity – mit zerwühlten Haaren und unausgeruht – ins Zimmer zurückkam, um ihre ›Schicht‹ zu übernehmen, lag die Frau, die ihr Vater heiraten wollte, neben ihm auf dem Bett, den Kopf an seine Schulter und einen Arm schützend über seine Brust gelegt.

Jonah seinerseits war hellwach, und er blickte Charity mit seinen ernsten Augen Hilfe suchend an. Sie hätte natürlich so tun können, als bemerkte sie nichts, als wüsste sie nicht, was er ihr zu verstehen geben wollte, aber wenn sie das getan hätte, hätte sie sich dafür verachtet.

Sie öffnete das Fenster, um die frische, sommerliche Morgenluft hereinzulassen, ließ Blaise aber, die ganz leise schnarchte, weiter schlafen. Dann rückte sie einen Stuhl an die Seite ihres Vaters und setzte sich. Sein Blick schien sie zu durchdringen, um brennend ihre Seele zu berühren.

»Ich sagte, dass ich mich um alles kümmern würde«, erinnerte sie ihn ruhig, »und das werde ich auch. Aber dazu musst du mir vertrauen, wie ich dir immer vertraut habe.«

Sie wusste, dass nur eins ihren Vater zufrieden stellen würde: wenn sie Raoul im Hochzeitsanzug in dieses Zimmer führen würde. Aber sie hatte während der langen schlaflosen Nacht einen anderen Plan entwickelt, von dem sie jedoch nicht sicher war, ob er überhaupt funktionieren würde. Dazu musste sie zuerst Jonahs Testament genaustens studieren und die Rechnungsbücher überprüfen, was sie bisher noch nicht gewagt hatte. Aber sie wusste, dass sie die Sache nicht lange hinausschieben durfte, da ihr die Zeit davonlief.

Sie beugte sich auf ihrem Stuhl vor. »Ich werde alles tun, was ich tun muss, um diese Ranch zu retten. Das verspreche ich dir. Schließ jetzt für einen Moment die Augen, wenn du mich verstanden hast.«

Jonah blinzelte nachdrücklich, und Charity war wegen diese kleinen Fortschritts, dieser eindeutigen Antwort überglücklich. Das war immerhin ein Anfang, der zur Hoffnung Anlass gab, auch wenn sich Jonahs gequälter Augenausdruck nicht geändert hatte. Er wollte ihre feste Zusage, wünschte sie sich geradezu verzweifelt. Er wollte, dass sie Raoul heiratete und er die Leitung der Double B-Ranch in die Hände ihres Ehemannes legen konnte.

Charity war sich darüber im Klaren, dass die Genesung ihres Vaters auch von ihren Schritten beeinflusst werden konnte, die sie in den nächsten Tagen und Wochen unternehmen würde. Sie beugte sich vor und gab ihm einen Kuss auf die Stirn. »Versuch, dich auszuruhen, Papa. Du wirst schon bald wieder auf den Beinen sein und selbst alle Entscheidungen treffen. Und in der Zwischenzeit kannst du dich ganz auf mich verlassen.«

In diesem Augenblick räkelte sich Blaise leicht und erwachte. Ihr volles kastanienbraunes Haar war ein bisschen in Unordnung, sah aber entzückend aus. Sie setzte sich auf, gähnte verstohlen und errötete leicht, als ihr bewusst wurde, dass sie auf Jonahs Bett gelegen hatte. Trotz der unvermeidlichen Gerüchte war Charity sicher, dass die Beziehung der beiden ganz unschuldig war.

Sie verzog das Gesicht. Sie selbst hatte mit Luke Shardlow ja auch nicht geschlafen, aber sie hatte es sich gewünscht, als sie sich da oben im Baumhaus an ihn geschmiegt hatte, ihn in ihren Armen gehalten und seine Hand auf ihre Brust gelegt hatte. Das Schlimmste daran war, dass sie es wieder tun würde, wenn sich eine Gelegenheit dazu ergäbe – dass sie sogar noch viel mehr tun würde.

»Ist der Doktor schon gekommen?«, fragte Blaise und erhob sich graziös vom Bett. Die Zärtlichkeit, mit der sie Jonah dabei ansah, berührte Charity tief.

Sie schüttelte den Kopf und war froh, dass ihr Vater offenbar wieder eingeschlafen war.

Blaise blieb am Fußende des Bettes stehen. »Jetzt wird er sich weigern, mich zu heiraten«, sagte sie zu sich selbst. Ihre Stimme klang so traurig, und ihr Gesichtsausdruck wirkte so freudlos, dass Charity einen Moment lang den Blick abwenden musste, aus Furcht, nicht länger Stärke zeigen zu können. Sie versuchte auch gar nicht erst, der Verlobten ihres Vaters zu widersprechen, denn sie wusste, dass Blaise die Wahrheit gesagt hatte. Jonah, der übertrieben stolz sein konnte, würde sich selbst nicht länger als geeigneter Ehemann und Beschützer ansehen, und deshalb war es so gut wie sicher, dass er Blaise und Aaron wegschicken würde.

Natürlich würden sie nicht mit leeren Händen gehen – das würde Jonahs ethischen Prinzipien widersprechen –, aber gehen würden sie, nach Seattle oder San Francisco, nach Boston oder Denver, und sie würden nie wieder zurückkommen.

Du dickköpfiger Narr, dachte Charity mit unendlicher Liebe und fast ebenso großer Verzweiflung. *Du lieber, guter, dickköpfiger Narr.* Wieder gab sie ihm einen Kuss auf die Stirn, lächelte unter Tränen und fand keine besondere Erleichterung in der Erkenntnis, dass sie mindestens genauso stur wie ihr Vater war.

Blaise straffte die Schultern, stand aufrecht da, sah Charity an und erklärte entschieden: »Ich werde Frühstück machen und es dir bringen.«

»Ich mag nichts essen«, protestierte Charity. Sie spürte ihren Magen überhaupt nicht mehr.

»Das ist mir gleichgültig«, erwiderte Blaise. »Dein Vater braucht dich. Und du musst etwas essen.«

Charity gab mit einem Kopfnicken nach, da sie wusste, dass sie bei dieser Auseinandersetzung auf verlorenem Posten stand. Blaise hatte ja Recht. Ein Körper benötigte ausreichend Nahrung, um den Anforderungen des Tages gewachsen zu sein.

In dem Augenblick, in dem sich die Tür hinter Blaise schloss, schlug Jonah, dieser Filou, wieder die Augen auf und schaute seine Tochter so intensiv an, dass sie geradezu die Kraft seines Willen spüren konnte. Selbst jetzt, wo er flach auf dem Rücken lag, unfähig, sich zu bewegen, und nicht in der Lage, ein Wort zu sprechen, schien er sie zum Altar zwingen zu wollen.

Zwar machte Charity sich große Sorgen um ihren Vater, aber es verbitterte sie doch sehr, dass er sie für so hilflos hielt, dass sie ohne Ehemann nicht überleben könnte und schon gar nicht erfolgreich sein würde. Etwa im Alter von zehn Jahren hatte Charity begonnen, beim Viehtrieb zu helfen, sie war den Cowboys beim Brandmarken der Rinder oder beim Kürzen der Hörner zur Hand gegangen, des Nachts war sie aufgeblieben, um bei der Geburt von Kälbern oder Fohlen zu helfen, und sie war an Jonahs Seite durch Schneestürme geritten, um entlaufene Rinder einzufangen. Abends hatte sie über den Büchern gesessen, hatte Kontobelege und Geldanlagen studiert und dazu Fragen gestellt, bis die Zahlen für sie einen Sinn ergaben. Das alles hatte sich überraschenderweise vollkommen geändert, als sie etwa achtzehn Jahre alt gewesen war. Plötzlich war sie für Jonah nur noch die charmante Gastgeberin, deren einzige Sorgen schöne Kleider und die Führung des Haushaltes sein sollten. Wenn Jonah sie vom Reiten und vom Fahren mit dem Buggy hätte abhalten können, hätte er auch das getan.

Was habe ich nur falsch gemacht?, fragte sie sich, während Vater und Tochter einander in die Augen schauten. Im Grunde kannte sie die Antwort: Sie war erwachsen geworden, zur Frau gereift. Und Jonah hatte es einfach vorausgesetzt, dass sie ihre wilde, ungezügelte Natur ablegte, dass sie sich wie eine Schlange häutete und sich in ein gehorsames Weibchen verwandelte, das sich mit Schleifen und Rüschen und Tanzkarten zufrieden gab.

Als Kind war sie Jonahs Augenweide gewesen, aber seit dieser Zeit war sie nicht mehr in der Lage gewesen, ihm im Leben so viel Freude zu bereiten, wie das früher der Fall gewesen war. Diese Erkenntnis – das wurde ihr erst jetzt so richtig bewusst – hatte ihr fast das Herz gebrochen, und sie hatte noch immer das Gefühl, betrogen worden zu sein.

Blaise kam nach einer halben Stunde mit einem Tablett zurück. Jonah war entweder wirklich wieder eingeschlafen, oder er zog es vor, sich schlafend zu stellen. Die beiden Frauen saßen an dem kleinen runden Tisch beim Fenster und unterhielten sich leise, während sie zu geröstetem Brot gebratene Eier mit Speck aßen und Kaffee tranken.

Sie hatten ihre Mahlzeit gerade beendet, als Molly eintraf, die in ihrer zu weiten, abgetragenen Kleidung schmächtig wirkte und die eine abgewetzte Arzttasche in der Hand trug. Raoul, der offensichtlich unten im Haus Wache hielt, hatte Molly zu Jonahs Zimmer geführt. Bis dahin hatte Charity gar nicht gewusst, dass ihr Freund aus Kindertagen sich immer noch auf der Ranch aufhielt.

Sie war darüber einerseits gerührt, aber andererseits war sie frustriert, dass sie ausgerechnet jetzt mit Raoul reinen Tisch machen sollte, zu einem Zeitpunkt, wo ihre persönlichen Kraftreserven auf einem Tiefpunkt angelangt waren, sie aber all ihre Energie benötigte, um die Herausforderung zu bewältigen, die vor ihr lag. Deshalb musste sie ihre Kräfte einteilen und schonen.

Der Blick, den sie Raoul zuwarf, als sie mit ihm und Blaise auf den Flur trat, damit Molly Jonah untersuchen konnte, zeigte ihre zwiespältige Verwirrung.

Es war typisch für Raoul, dass er ihren Gesichtsausdruck einfach ignorierte. »Wie geht es ihm?«

»Unverändert«, erwiderte Charity.

Blaise, die wie Charity Aaron unten in der Küche hörte, entschuldigte sich und ließ die beiden im Korridor stehen.

»Charity«, begann Raoul, »die Ranch ...«

»Warte«, unterbrach sie ihn und streckte ihm die flache Hand entgegen, um seinen Redefluss zu unterbrechen. »Ich bin dir dankbar, dass du dir Sorgen um die Double B-Ranch machst, aber du hast deine eigene Ranch, um die du dich kümmern musst.«

Er schwieg eine Weile, wobei seine rechte Schläfe pochte, was ein sichtbares Zeichen dafür war, dass Raoul sich alle Mühe gab, leise zu sprechen, was ihm hoch anzurechnen war. Zweifellos war dies auf seine echte Sorge um Jonahs Wohlergehen zurückzuführen.

»Sieh mal, ich habe Jonah vor langer Zeit schon versprochen, dass ich, wenn er jemals ...«

Charity war so ungeduldig, dass sie nicht einmal das Ende des Satzes abwarten konnte. »Warte«, unterbrach sie ihn erneut. »Was genau hast du Jonah versprochen? Und wann war das gewesen?«

Raouls Wangenmuskel zuckte. »Ich habe ihm gesagt, dass ich dich auf der Stelle heiraten würde, falls ihm jemals etwas zustoßen sollte. Und das, Charity, *ist* jetzt passiert – ob wir das nun wahrhaben wollen oder nicht. Lass mich jemanden in die Stadt schicken, um den Prediger zu rufen. Wir werden das Ehegelübde ablegen, und dann brauchen wir uns nicht mehr um zwei Ranches zu kümmern, sondern nur noch um eine große.«

Obwohl das all dem entgegenstand, was Charity fühlte, was sie sich wünschte und woran sie glaubte, war sie doch in arger Versuchung nachzugeben. Dieser Schritt würde Jonah mit Sicherheit glücklich machen, vielleicht sogar seiner Gesundheit förderlich sein, und Raoul war ja kein übler Kerl. Er sah gut aus, war klug, und er würde sich für sie aufopfern. Er würde ihr ein treuer Ehemann sein und ihren Kindern ein wunderbarer Vater.

Vielleicht sollte sie wirklich der Tatsache, dass sie

ihn nicht liebte, nicht so eine große Bedeutung beimessen. Tausende, ach was, Millionen von Frauen waren im Laufe der Menschheitsgeschichte solche Verbindungen eingegangen, die sich dann doch erfolgreich entwickelt hatten. Ihre eigene Mutter war ja ein Beispiel dafür.

Aber da gab es auch noch den anderen Aspekt der Ehe, die Intimität, das Bett miteinander zu teilen und – wie es in der Bibel hieß – ›eins zu werden im Fleisch‹. Seit sie Luke wieder begegnet war, dachte sie mehr über diesen Punkt nach, als es schicklich war – viel mehr. Sie wusste schließlich genau, was dieser Satz bedeutete, und sie konnte sich vorstellen, wie wunderbar es mit einem Mann sein könnte, den sie liebte. Wenn sie mit dem falschen Mann das Bett teilen würde, wäre das ihrer Meinung nach Hurerei – egal, ob es sich dabei um ihren Ehemann handelte oder nicht. Die Gesellschaft mochte so ein Arrangement zwar billigen, aber Charity wusste, dass sie so etwas mit ihren Prinzipien niemals würde vereinbaren können – so paradox es klang.

Sie lehnte sich mit dem Rücken gegen die Wand und senkte den Blick bei dem Versuch, ihre Gefühle wieder unter Kontrolle zu bekommen.

Raoul umfasste ihren Kopf zärtlich mit seinen Händen und hob ihr Gesicht, sodass sie ihn anschauen musste, wobei er mit den Daumenrücken an ihren Wangenknochen entlangstrich. »Bin ich denn so unausstehlich?«, fragte er, und seine Stimme klang irgendwie traurig.

»Nein«, erwiderte Charity hastig und verzweifelt. »Es ist nur …« Sie atmete tief durch und wagte den entscheidenden Schritt. »Ich will … Ich will einen anderen.«

Es war klar, dass Raoul sie ganz genau verstanden

hatte, denn er sah aus, als hätte sie ihn mit einem Messer durchbohrt. »*Was?*«, keuchte er, während sein Gesicht kreidebleich wurde.

»Verlange keine Erklärung von mir«, flehte Charity, aber sie blickte ihn dabei fest an.

Raoul ignorierte ihre Bitte. »Wer ist es?«, fragte er. Dann sah sie seinem Gesicht an, dass er die schreckliche Wahrheit zu ahnen begann. »Luke Shardlow? Ich will verdammt sein – aber diesen Hurensohn werde ich umbringen!«

Sie zwang sich, nicht ihre Hand gegen ihn zu erheben. Jonah lag nebenan im Zimmer, schwer krank, vielleicht sogar schon im Sterben. Aber davon abgesehen, hatte Raoul keinen Anspruch auf sie – egal, welche abwegigen Absprachen er mit ihrem Vater getroffen haben mochte.

»Ich werde diese Sache nicht mit dir diskutieren, Raoul. Weder jetzt noch später, denn sie geht dich absolut nichts an.«

Schlimmer als seine Wut war sein waidwunder Unschuldsblick. Einen schrecklichen Moment lang fürchtete sie, er würde zusammenbrechen und anfangen zu weinen. »Wie … konntest du mir das antun?«, wisperte er mit rauer Stimme. »Wie, Charity? Wir haben doch Zukunftspläne geschmiedet und …«

Sie holte wieder tief Luft und blinzelte, aus Angst, sie würde von Tränen übermannt werden – die Reaktion auf ihre Traurigkeit, ihre Verwirrung, ihr Verlangen. »Ich liebe ihn«, erwiderte sie einfach nur.

Raoul verstummte – sie hatte von Männern gehört, die in so einer Situation zum Mörder geworden waren –, aber als sie aufschaute und ihm in die dunklen Augen blickte, erkannte sie darin eine Mischung aus Grimm und Zärtlichkeit. »Wirst du ihn heiraten? Mag er dich auch so, wie du ihn magst? Wenn er dich nämlich nur benutzt und dich verletzt, dann werde ich ihm das Herz aus dem Leib schneiden! Das schwöre ich bei allen Sternen am Himmel!« Er machte eine kurze Pause und stieß ein raues, klägliches Lachen aus, das Charity kaum ertragen konnte, weil es sie eher an ein Schluchzen erinnerte. »Jedenfalls solltest du nicht überrascht sein, wenn er bei der Hochzeit auftaucht – ob es nun seine oder meine ist – und wieder eine geschwollene Lippe und ein paar neue blaue Flecken hat.«

»Ach, Raoul«, sagte sie liebevoll. »Was ich jetzt brauche, ist ein Freund, und ein solcher bist du doch immer gewesen.«

Er nickte, legte seinen Arm um sie, zog sie an sich und gab ihr einen Kuss auf die Nasenspitze. Sie schmiegte sich an ihn, und so standen sie noch da, als Molly aus dem Krankenzimmer kam.

Die violetten Augen der Doktorin blitzten auf. Eine Laune der Natur vielleicht, oder war Kummer oder gar Eifersucht der Grund? Aber diese Gemütsregung verschwand sofort wieder.

»Wie geht es ihm?«, fragten Raoul und Charity wie aus einem Mund.

Molly lächelte betrübt. »Können wir das nicht unten bereden? Ich schlage vor, in der Küche, denn ich brauche dringend eine Tasse Kaffee. Die Antwort ist nicht ganz einfach.«

Als sie die Hintertreppe herunterkamen, wartete Blaise, die inzwischen Kaffee gekocht hatte, schon auf sie. Ohne zu fragen, wusste Charity, dass Blaise Mollys Worte gehört hatte, und deshalb berührte sie leicht die Schulter der Frau, um ihr ihr Mitgefühl zu zeigen.

»Wird Jonah sterben?«, wollte Blaise wissen, sobald sich alle vier um den Küchentisch versammelt hatten.

Charitys Herzschlag beschleunigte sich schmerzhaft, als sie sich auf ihrem Stuhl vorbeugte und auf Mollys Antwort wartete.

»Wahrscheinlich nicht«, erklärte die Doktorin, aber der Ausdruck ihrer Augen verriet, dass dies noch kein Grund zum Feiern oder auch nur zur Erleichterung war. Blaise, Charity und Raoul hielten den Atem an und schwiegen, während sie warteten, dass Molly fortfuhr. »Wie Sie richtig vermutet haben, hat Mr Barnham einen Schlaganfall erlitten. Entweder wird er sich bis zu einem gewissen Grad wieder davon erholen, oder aber sein Zustand wird sich weiter verschlechtern, sodass er bis zum Ende seiner Tage ein Invalide bleiben wird.« Sie schwieg und blickte erst Blaise und dann Charity eindringlich an. »Ich möchte Ihnen keine falschen Hoffnungen machen. Mr Barnhams Symptome sind ernst, und höchstwahrscheinlich wird er nie wieder derselbe Mann sein, den Sie gekannt haben, bevor diese Sache passiert ist. Es tut mir leid.«

»Erzählen Sie uns, was wir zu erwarten haben«, bat Blaise tapfer, aber auch ein bisschen ungeduldig, während sie aus einer Kanne, die sie zum Tisch gebracht hatte, Kaffee in die Tassen füllte. »Ganz offen, bitte.«

Molly seufzte und legte ihre Hände um den Becher, als wollte sie die Finger wärmen. »Sein Gehirn hat unter einer Deformation gelitten, die sich wohl nie mehr ganz zurückbilden wird. Wenn er überhaupt jemals wieder sprechen kann, dann nur undeutlich. Das wird viel Geduld und Kraft von seiner Seite erfordern – aber auch von Ihrer. Falls er wieder gehen kann – wird auch das ein ständiger Kampf sein. Vielleicht wird er aber für immer an einen Stuhl für Invaliden gefesselt sein. Wenn er sein Leben lang ein aktiver Mann war – und das war er vermutlich –, wird Mr Barnham die Einschränkungen verfluchen, die seine Krankheit ihm auferlegt. Deshalb wird es vor allem auf seine Einstellung ankommen, die bei seiner Genesung die entscheidende Rolle spielen wird.«

Charity sackte auf ihrem Stuhl zusammen und versuchte zu verarbeiten, was sie gehört hatte. Auch Raoul und Blaise schwiegen, weil sie wahrscheinlich zu erschüttert waren, um zu sprechen.

Die kleine Gruppe saß lange Zeit nur da, wobei alle ihren eigenen Gedanken nachhingen und Kaffee tranken. Dann stand Blaise auf, die offensichtlich ganz vergessen hatte, dass sie wieder bei Jonah wachen musste, entschuldigte sich und ging nach oben.

Charity, der plötzlich bewusst wurde, dass Molly einen anstrengenden Weg hinter sich hatte, machte ihr etwas zu essen. Raoul, der sichtlich unruhig war, schob seinen Stuhl zurück und verließ das Haus. Charity kannte Raoul. Wenn er mit einer Sache ins Reine kommen wollte, dann suchte er die Nähe seiner Pferde. Wahrscheinlich machte er sich gerade auf den Weg zum Corral. Zweifellos würde er so lange Pferde zureiten, bis er und die Tiere vollkommen erschöpft waren. Das war eben Raouls Art, mit Problemen fertig zu werden – auf ein wildes Pferd zu springen, um es zu reiten, bis es handzahm war.

Erst später am Tag brachte Charity es über sich, Jonahs Arbeitszimmer zu betreten, die Schreibtischschublade zu öffnen und die Privatpapiere ihres Vater zu sichten.

Sie fand das Testament auf Anhieb; er hatte wohl gewollt, dass man es im Fall des Falles sofort fand. Sie setzte sich in den schweren Ledersessel ihre Vaters, der neben dem Kamin stand, in dem jetzt aber kein Feuer brannte, öffnete das Dokument und begann zu lesen.

Jonah Barnhams letzter Wille war umfangreich und

kompliziert. Es gab eine Reihe von Vermächtnissen und Legaten, die er für verschiedene Personen vorgesehen hatte, wie zum Beispiel dem Vormann Alec Hager, der zwei anstrengende Dekaden auf der Double B-Ranch gearbeitet hatte, bis ihn sein Rheumatismus vor drei Jahren gezwungen hatte, sich zur Ruhe zu setzen. Pater Elias und die Missionsschule sollten eine ansehnliche Summe erhalten, und – wie Charity vermutet hatte – auch für Blaise und Aaron war großzügig vorgesorgt.

Als sie schließlich zum zentralen Abschnitt kam, hielt Charity buchstäblich den Atem an, denn dieser Teil betraf ihre Erbschaft. Jonah hatte ihr alles Übrige hinterlassen – das Land, die Minen und die Wälder, die Rinder und Pferde sowie den größten Teil seines Bargeldes. Über all das sollte sie – wie sie gewusst hatte – die Kontrolle erhalten, nicht nur im Falle seines Todes, sondern auch, wenn er wegen Krankheit oder Verletzung nicht mehr handlungsfähig wäre. Die Bedingung, die er festgelegt hatte, überraschte sie nicht weiter. Sie musste verheiratet sein, oder die Kontrolle über das ganze Vermögen würde auf die Direktoren einer Bank in San Francisco und einer Gruppe von Anwälten übergehen, falls seine Forderung nicht erfüllt wäre.

Charity biss sich auf die Unterlippe. Es brauchte nicht betont zu werden, dass sie sich nichts sehnlicher wünschte, als ihren Vater kerngesund zu sehen; das wäre ihr mehr wert, als alle Ranches westlich des Mississippi zusammen. Aber sie musste jetzt vordringlich realistisch sein; sie musste an ihre Zukunft denken und an Blaises und Aarons Zukunft, eine Zukunft, die nicht sehr rosig aussah, da Jonah absolut nicht in der Verfassung war, selbst Entscheidungen zu treffen. Sie musste heiraten, wenn sie die Ranch nicht verlieren wollte.

Noch einmal las sie die entscheidenden Worte und die folgenden Absätze durch, wobei ihr Herz im Hals zu schlagen begann. Es war wie ein Schock, als ihr plötzlich klar wurde, dass Jonah eine Kleinigkeit übersehen hatte: Er hatte vergessen zu spezifizieren, *wen* sie heiraten sollte. Raouls Name tauchte in dem ganzen Dokument – so erstaunlich es war – nicht einmal auf, wahrscheinlich weil Jonah, wie alle anderen auch, angenommen hatte, dass es gar keine Alternative zu dieser Eheschließung gab. Schließlich waren Raoul und sie ja von Kindheit an praktisch unzertrennlich gewesen.

Sorgfältig faltete Charity die Papiere zusammen, legte sie an ihren Platz zurück und verschloss die Schublade wieder. Ihre Gedanken rasten. Sie wägte all die vielen Möglichkeiten ab und kam doch immer wieder zum gleichen Ergebnis.

Während sie die Haushaltsbücher der letzten Jahre durchging, umspielten ihre Gedanken im Hinterkopf immer wieder diese eine Idee, umkreisten sie wie eine Katze ein Wollknäuel.

Die Double B-Ranch war – trotz der üblichen Probleme und Rückschläge – immer profitabel gewesen, und Jonah hatte nicht nur Bankkonten in Boston, San Francisco und Denver, sondern er hatte auch ein kleines Hotel in Seattle gekauft und war zur Hälfte Miteigentümer einer Weizenfarm in der Nähe von Spokane. Das waren sichere Investitionen, nur die Ranch selbst schien in Schwierigkeiten zu stecken. Von allen Unternehmungen warf sie am wenigsten Gewinn ab. Aber wieso?

Eine Stunde später dachte sie immer noch über diese Frage nach, als sie Aaron losschickte, um den jetzigen Vormann zu sich zu bestellen. Der Mann hieß Hector Tillmont, war ein ehemaliger Soldat, zäh und geprägt von Jahren harter Arbeit auf den Viehweiden. Er war klein, aber sehr muskulös, hatte schlechte Zähne, eine Lederhaut und lange mausfarbene Haare, denen eine Wäsche nicht geschadet hätte. Als er schon knapp zwanzig Minuten später ins Arbeitszimmer trat, roch er nach Whiskey. Er hielt seinen Hut in der Hand und blieb dicht hinter der geschlossenen Doppeltür stehen.

»Ma'am«, sagte er zur Begrüßung mit tiefer Stimme. »Mir und den Jungs tut es ehrlich leid, dass Mr Barnham krank geworden ist.«

»Ich danke Ihnen«, erwiderte Charity formell. Sie blieb hinter Jonahs massivem, auf Hochglanz poliertem Schreibtisch sitzen und betrachtete schweigend den Mann vor sich. Sie hatte ihn in den drei Jahren, seit er Mr Hagers Posten angetreten hatte, kaum beachtet, aber nun fragte sie sich doch, welche besonderen Fähigkeiten dieser Mann wohl haben mochte, die Jonah dazu gebracht hatten, an ihm festzuhalten. Ihr Vater war zwar nicht gerade ein Mitglied der Liga gegen Alkohol, aber er duldete es nicht, dass seine Männer während der Arbeit tranken. Selbst zum Abschluss eines Viehtrecks erwartete er von ihnen, dass sie sich beherrschten, und Jonah hatte schon so manchem Mann eine kräftige Abreibung verpasst, nachdem er für ihn die Strafe bezahlt und ihn aus dem Gefängnis von Jubilee geholt hatte.

Tillmont stand verlegen im Türrahmen, da er nicht wusste, was von ihm erwartet wurde.

»Bitte«, meinte Charity und deutete auf einen Stuhl. »Setzen Sie sich.«

Nachdem er sich erstaunt umgeblickt hatte, als suchte er dort jemanden, der ihm ein unverständliches Rätsel erklären würde, kam er der Aufforderung nach. Charity fand den Mann zu selbstbewusst, zu clever, und sie beschloss, dass sie ihn nicht ausstehen konnte.

»Ja, Ma'am? Was kann ich denn für Sie tun?«

»Ich möchte einen Report über den derzeitigen Zustand der Ranch. Natürlich mit exakten Angaben über die Anzahl der Rinder und Pferde. Lassen Sie ein paar Männer die Grenzzäune überprüfen und notfalls reparieren und berichten Sie mir anschließend, wo welche Arbeiten durchgeführt wurden.« Sie hätte die Aufsicht selbst übernommen, aber sie wagte es nicht, das Haus für mehr als ein paar Stunden zu verlassen.

Tillmont starrte sie an, als hätte sie etwas Ungeheuerliches von ihm verlangt. »Entschuldigen Sie, Ma'am, aber … nun … Ich arbeite für Jonah Barnham. Von ihm erhalte ich meine Anweisungen, von sonst niemandem.«

Charity atmete hörbar aus. »Es wäre wirklich besser, Sie befolgten meine Anordnungen«, mahnte sie. »Mein Vater ist zwar Ihr Arbeitgeber, aber er ist krank, und deshalb werde ich die Ranch ganz in seinem Sinn führen, damit er sie übernehmen kann, sobald er wieder auf den Beinen ist. Wenn es dazu nötig ist, Sie zu feuern und einen neuen Vormann anzuheuern, Mr Tillmont, werde ich genau das tun.«

Der Mann starrte sie mit zusammengekniffenen Augen an. »Ich dachte, Montego würde den Laden hier übernehmen«, antwortete er gleichgültig. »Im Fall, dass so etwas wie jetzt passiert, meine ich natürlich.«

Sie strich sich mit einer Hand über die Augen. »Da sind Sie schlecht informiert«, erwiderte sie kategorisch, als ihr das volle Ausmaß der Probleme deutlich zu werden begann, die auf sie warteten. Plötzlich war ihr klar, dass jedem Ziel, das sie erreichen wollte, ein zäher Kampf vorausgehen würde. »Bitte tun Sie also, was ich Ihnen aufgetragen habe. Ich weiß, dass mein

Vater Ihnen dafür dankbar sein wird. Ich werde ihn natürlich ständig auf dem Laufenden halten, und wir hoffen ja, dass er bald selbst die Geschäfte wieder in die Hand nehmen kann.«

Wieder blickte der Vormann sich um, als erwartete er, dort Hilfe zu finden, und stand auf. »Ich werde morgen früh die Zäune überprüfen lassen«, murmelte er, verabschiedete sich und verließ das Zimmer.

Charitys Kopf schmerzte. Als sie nach oben ging, um nach Jonah zu sehen, entdeckte sie Aaron, der trotz seiner Sommersprossen leichenblass war und im Flur auf und ab lief. Als er sie anschaute, sah sie, dass seine grünen Augen vor Angst geweitet und verdächtig rot umrandet waren.

Sie verwuschelte seine karottenfarbenen Haare und zog ihn auf die gleiche burschikose Art zu einer kurzen Umarmung an sich, was er akzeptierte. Nur einmal schluchzte er heftig.

»Ich kann mich überhaupt nicht mehr an meinen richtigen Pa erinnern«, gestand er ihr leise. »So angestrengt ich es auch versuche, ich kann mir keine Einzelheiten mehr ins Gedächtnis rufen.«

Charity lächelte, obwohl sie den Tränen nahe war. »Das ist doch verständlich. Aber jetzt hast du ja Jonah.«

»Ma sagt, dass er uns wegschicken wird, sobald es ihm wieder besser geht. Aber ich will nirgendwo anders hingehen.«

Sie zwang sich dazu, dem Blick des Kindes standzuhalten, obwohl es ihr sehr schwer fiel. »An deiner Stelle würde ich mir nicht zu viel Sorgen machen. Jonah ist ein robuster Mann, Aaron, und ich weiß, dass er alles tun wird, damit er bald wieder fit und ganz gesund sein wird.«

»Kann ich ihn sehen? Bitte!«

Charity zögerte; der Schlaganfall hatte Jonah

schrecklich mitgenommen, sodass er mehr wie ein Leichnam als wie ein lebendiger Mensch aussah. Ihr selbst fiel es ja schwer, diesen Verfall zu ertragen – wie würde dann also erst Aaron darauf reagieren? Aber dann betrachtete sie die Sache von der anderen Seite, legte einen Arm um die dünnen Schultern des Jungen und griff mit der anderen Hand nach dem Türknauf. Die quälende Ungewissheit würde für Aaron noch schwerer zu ertragen sein, als den Mann, den er wie einen Vater liebte, in seinem jetzigen Zustand zu sehen. Er musste die Wahrheit erfahren – so schwer sie auch sein mochte.

»Komm mit«, flüsterte sie.

Molly untersuchte Jonah und hörte gerade mit einem Hörrohr seine Herztöne ab, während Blaise am Fenster stand und über das weite Land schaute. Charity konnte sich sehr gut in die Lage der anderen Frau versetzen, und sie war in Gedanken bei ihr. Jonah selbst schien zu schlafen, aber als Aaron leise zum Fußende des Bettes trat und ihn hoffnungsvoll anschaute, öffnete der Patient die Augen.

Als Charity später darüber nachdachte, kam sie zu dem Schluss, dass Jonah wohl nicht wirklich gelächelt hatte. Aber etwas in dem verzerrten Gesicht schien dem Jungen Zuversicht zu geben, denn Aaron ging noch näher zum Bett. Molly machte ihm Platz und wechselte einen Blick mit Charity, bevor sie das Hörrohr in ihrer abgewetzten Arzttasche verstaute.

Charity hatte zwar nach dem Ausbruch der Masern in der Missionsschule mehrere Tage in Mollys Gesellschaft zugebracht, aber dabei hatte sie die ruhige, seltsam gekleidete Doktorin kaum besser kennen gelernt. Selbst in Gegenwart mehrerer anderer Personen hielt Molly sich immer ganz zurück, und obwohl sie nichts Geheimnistuerisches an sich hatte, vermittelte sie doch den Eindruck eines Rehs, das ständig auf der Hut war, bereit, beim geringsten Anzeichen von Gefahr davonzuspringen, um sich im Wald in Sicherheit zu bringen.

Molly warf Blaise einen Blick zu, die sich immer noch nicht umgedreht hatte, und gab Charity mit dem Kopf ein Zeichen, dass sie allein mit ihr reden wollte. Bevor sie beide auf den Korridor hinausschlüpften, sah Charity, dass Aaron sich auf Jonahs Bett gesetzt hatte und ihm in aller Ernsthaftigkeit erklärte, dass er alt genug sei, um als Ranchhelfer zu arbeiten und seinen Teil der Verantwortung zu übernehmen.

Charity war zwar gerührt, aber sie glaubte nicht, dass Aarons Chancen größer als ihre eigenen waren, um Jonah in seiner sturen Denkweise zu beeinflussen und ihn umzustimmen. Dazu würden sie beide, sie und Aaron, wohl zu einer List greifen müssen.

»Es gibt nichts mehr, was ich im Augenblick für Ihren Vater tun könnte«, gab Molly unumwunden zu, als sie allein auf dem Flur standen und die Schlafzimmertür geschlossen war. »Und ich habe noch so viele andere Patienten …«

Charity blickte zu dem geschwungenen Fenster oberhalb der Haupttreppe, und sie fragte sich, wo der Tag geblieben war. Es war zwar noch hell, aber eine lavendelfarbene Dämmerung zeigte sich bereits am Horizont, die die Schatten länger werden ließ. »Wir würden uns freuen, wenn Sie heute unser Gast sein würden. Zusammen sollte es Blaise und mir auch gelingen, ein ganz passables Abendessen zuzubereiten. Wollen Sie nicht doch bleiben? Bitte!«

Molly schenkte Charity ein kurzes – für sie so typisches scheues Lächeln, und Charity hatte das Gefühl, einen Anflug von Sehnsucht in den wachsamen Augen zuerkennen. »Ich kann leider nicht. Drüben in White Horse Junction warten zwei Frauen auf mich, die vielleicht Frühgeburten zur Welt bringen werden, und dann gibt es da auch noch einen Mann, der sich beim Holzhacken den Fuß gespalten hat. Ich fürchte, dass es zu einer Blutvergiftung kommen wird …« Ihre Stimme brach ab, und sie starrte verlegen auf ihre staubigen Stiefelspitzen. »Es tut mir leid, dass ich so lange gebraucht habe, hierher zu kommen«, fuhr sie nach einem kurzen Schweigen fort, »aber ich schaffe kaum noch meine normale Runde, weil so viele Menschen krank werden oder sich selbst verletzen.«

»Ich verstehe«, meinte Charity. Einerseits bedauerte sie Molly, die offensichtlich überarbeitet und erschöpft war, aber andererseits war sie auch neidisch auf sie. Was immer die Probleme dieser jungen Frau waren – und sie schienen gewaltig zu sein –, so hatte sie doch eine wichtige, verantwortungsvolle und notwendige Aufgabe zu erfüllen. Die Leute vertrauten ihr, waren auf sie angewiesen und hielten auf der Straße Ausschau nach einem Zeichen von ihr.

Gemeinsam stiegen sie die Treppe hinunter, und Charity bezahlte das bescheidene Arzthonorar in bar, bevor sie auf die Veranda traten. Es gab so viele Dinge, die sie Molly hätte fragen wollen, aber sie hatte das Gefühl, sie nicht gut genug zu kennen, und sie wollte nicht aufdringlich erscheinen.

Die ersten Sterne zeigten sich bereits am Augusthimmel, der vom Staub verdunkelt wurde. Eine stampfende Rinderherde hatte ihn aufgewirbelt, die von Männern auf Pferden zur Weide getrieben wurden. Im Corral entdeckte Charity Raoul, der sich eben auf einen wilden Hengst schwang, den die Helfer bisher vergeblich zuzureiten versucht hatten. Es war reiner Zufall, dass Charity zuerst den Blick abwandte und sah, dass Molly ebenfalls zum Corral schaute – und Raoul mit sehnsüchtigen Augen beobachtete.

»Ich komme in einer Woche oder zehn Tagen wieder vorbei«, sagte die Doktorin, deren Wangen sich rosig färbten, als ihr bewusst wurde, dass Charity sie beobachtet und ihr unverhohlenes Interesse an Raoul bemerkt hatte. »Es sei denn, ich schaffe es schon früher.« Aber Mollys Gesicht drückte Zweifel aus. »Verwöhnen Sie bis dahin Ihren Vater nicht zu sehr. Natürlich braucht er Pflege, aber Sie müssen versuchen, ein gesundes Mittelmaß zu finden. Er darf nicht das Gefühl bekommen, dass er nicht weiterhin von sich aus alles versuchen muss. Oder schlimmer noch, dass alles, was er versucht, ohnehin sinnlos ist.«

Ein Stallbursche führte Mollys Maultier heran, das frisch gebürstet, getränkt und gefüttert war, und dann half der Mann ihr höflich in den Sattel, was aber eigentlich überflüssig gewesen wäre, denn sie war gezwungenermaßen eine erfahrene Reiterin.

Charity beobachtete, wie Raoul dem widerspenstigen Hengst seinen Willen aufzwang, vom Rücken des jetzt lammfrommen Tieres sprang und mit großen Schritten auf Molly zuging. Er hielt das Maultier mit einer Hand am Halfter fest und sprach mit der hübschen Ärztin, wobei sein schönes Gesicht nach oben gewandt war und im wechselnden Licht des Sonnenuntergangs mal golden leuchtete, mal düster wirkte. Molly hörte aufmerksam zu, nickte einmal und ritt dann davon.

Raoul sah Charity auf der Veranda stehen, ging über den Hof und blickte zu ihr hoch. »Du siehst völlig erledigt aus«, bemerkte er. »Versuch heute Nacht ein bisschen zu schlafen, Charity. Es nützt weder Jonah noch sonst jemandem, wenn du zusammenbrichst.«

»Versprochen«, erwiderte sie. Zum zweiten Mal innerhalb weniger Minuten erlebte sie ein Wechselbad der Gefühle. Zuerst hatte sie Molly um deren Unabhängigkeit beneidet – auch wenn die schwer erkauft zu sein schien, und nun hatte sie das untrügliche Gefühl, eine langjährige Freundschaft zu verlieren, die sie mit diesem Mann verbunden hatte. Denn selbst wenn Raoul ihr verzeihen würde, dass sie seine Pläne durchkreuzt hatte und sie einen anderen liebte – zwischen ihnen würde es nie wieder wie früher sein.

Nach einem langen nachdenklichen Blick, drehte Raoul sich um und ging zum Corral zurück.

Charity drückte sich noch eine Weile auf der Veranda herum und schickte ihre Wünsche zu den Sternen, bevor sie ins Haus zurück ging. In der Küche bereiteten sie und Aaron ein einfaches Abendessen zu, das aus geschnittenem Käse, gebuttertem Brot, eingemachten Holzäpfeln in scharfer Soße und späten grünen Bohnen aus dem Garten bestand.

Blaise kam hinzu, aber sie wirkte geistesabwesend, und unter ihren Augen lagen tiefe Schatten. Während des Essens sprach sie kein Wort, aber anschließend schickte sie Aaron in die Milchkammer, um frische Milch zu holen. Als er zurückkam, leerte sie den Inhalt des Steinkrugs in einen Topf und setzte ihn auf den Herd.

In der Küche war es heiß und stickig, und Aaron verdrückte sich bald, um im letzten Abendlicht den Cowboys bei der Arbeit zuzusehen, aber Charity blieb und beobachtete schweigend, wie Blaise zu der schaumigen Milch Zimt und eine Spur Zucker gab. Als ihr die Temperatur richtig erschien, füllte sie die Milch in eine Schüssel, nahm aus einer der Schubladen einen kleinen Löffel und ging über die Hintertreppe nach oben.

Jonah hatte in der Woche, seit er den Schlaganfall

erlitten hatte, nur wenig zu sich genommen, nichts außer etwas Brühe, Wasser und dünnen Tee, und Charity bezweifelte, dass er die Milch löffeln würde, aber sie war Blaise für den Versuch doch unendlich dankbar. Sie selbst hatte gar nicht an so etwas gedacht.

Als Charity später nach oben ging, um Blaise bei der Nachtwache abzulösen, stellte sie zu ihrer Überraschung fest, dass es ihr tatsächlich gelungen war, Jonah etwas von der warmen Milch einzuflößen. Jetzt schlief er wieder, und die Frau, die er hatte heiraten wollen, saß auf dem Rand des Bettes und schaute ihn an.

»Ich kann ihn nicht verlassen«, murmelte Blaise, und obwohl sie kaum hörbar gesprochen hatte, wusste Charity, dass es ihr ernst damit war. »Ich werde es auch nicht.« Sie seufzte und richtete sich auf. »Du kannst ruhig zu Bett gehen, meine Liebe. Morgen steht wieder ein harter Tag bevor.«

Charity zögerte nur kurz, bevor sie erschöpft in ihr eigenes Zimmer ging, die Kleider auszog, sich wusch und ins Bett fiel. Blaises Worte, dachte sie, kurz bevor sie einschlief, hatten etwas Prophetisches an sich. Morgen – und alle Tage, die folgen würden, würden in der Tat sehr schwierig werden.

9

Luke verhielt sich die ganze Woche nach seiner Entlassung aus dem Gefängnis von Jubilee abwartend, denn er hoffte, dass sich in dieser Zeit seine Verhaftung überall in der Bevölkerung herumgesprochen hatte. Dann ritt er zu der verlassenen Mine, die Andrew erwähnt hatte, als sie zusammen in einer Zelle eingesperrt gewesen waren. Er war sicher, dass Vance dort irgendein Zeichen hinterlassen hatte – und sei es nur, um ihn zu verhöhnen –, und diese Vermutung erwies sich nur als allzu wahr.

In der Nähe des Eingangs zum eingestürzten Schacht stand eine verkrüppelte Eiche wie ein einsamer Wächter, und an dem kräftigsten Ast baumelte der Körper eines kleinen Mannes. Andrew war bereits ein paar Tage tot und nicht gerade ein angenehmer Gesellschafter.

Fluchend schnitt Luke die Leiche ab und legte sie unter den Baum. Seine Augen tränten von dem Gestank, und der Schecke gab Luke durch sein Verhalten zu verstehen, dass er nicht bereit war, dieses stinkende Etwas über eine längere Entfernung hinweg zu transportieren. Doch es musste sein. So unangenehm es auch war, man überließ die sterblichen Überreste eines Mannes nicht den Bussarden – egal, wie er sein Leben gelebt hatte.

Luke schaute sich gründlich, aber ergebnislos um – er war sicher, dass er bereits alles gefunden hatte, was Vance für ihn zurückgelassen hatte –, sprach dann ein ernstes Wort mit dem Hengst und band Andrew hinter dem Sattel fest, wozu er die Schlinge benutzte. Dann ritt er langsam in die Stadt. Zu sagen, dass sie (er selbst, der Tote und das unwillige Pferd) Aufmerksamkeit erregten, als die Leute in Jubilee ihrer ansichtig wurden, wäre eine ernsthafte Untertreibung gewesen.

Dan Higgins trat vor sein Büro, als Luke näher kam, und der Barbier war bei ihm.

»Verdammt«, schnaubte der Barbier und würgte angewidert, als der Geruch des Todes wie ein Sandsturm in der Wüste über ihn hinwegfegte. Was beschwert er sich, dachte Luke. Dieser Gestank war doch nur ein bisschen intensiver als das Gemisch aus Whiskey, Schweiß und verfaulten Zähnen, dem der Kerl gewöhnlich ausgesetzt war.

Higgins trat heran, riss Andrews Kopf an den Haaren hoch, warf einen Blick auf das verschwollene purpurfarbene Gesicht und spuckte aus. »Ist das dein Werk, Shardlow?«

Luke hatte diese Frage zwar erwartet, aber das hieß noch lange nicht, dass er erfreut darüber war. »Nein«, erwiderte er. »Irgendjemand hat ihn aufgeknüpft. Wenn ich einen Mann töten will, verpasse ich ihm eine Kugel, und das war es dann.«

Der Marshall wandte sich an den Barbier, dessen Name Clive war. »Besorge eine Karre und schaff den armen Teufel zum Friedhof. Ein paar von den Burschen, die im Saloon ihre Zeit totschlagen, haben vielleicht Lust, ihn zu begraben. Die Stadt zahlt zwei Cent pro Mann, und ich werde kontrollieren, ob das Grab auch wirklich sechs Fuß tief ist. Wenn also einer der

Kerle auf schnelles Geld aus ist, soll er sich lieber einen anderen Job suchen.«

Clive presste ein verdrecktes Halstuch vors Gesicht, nickte und lief davon. Nach wenigen Minuten war Andrew verschwunden. Es war ein menschenunwürdiger Abgang. Man schob ihn auf einer Karre davon, die man im Mietstall geliehen hatte und mit der gewöhnlich Mist transportiert wurde. Der Gestank, der in der Luft hing, war penetrant.

Im Büro des Marshals hingen an einer Wand die Steckbriefe, die wie die Federn eines Vogels im Wind wehten. Higgins nahm eine Flasche aus dem Schubfach und stellte sie mitten auf den überladenen Schreibtisch.

Luke setzte sich rittlings auf den einzigen Besucherstuhl, der eine hohe Lehne und einen harten Sitz hatte. Auch Higgins nahm Platz. Er seufzte tief, und im hellen Tageslicht schienen die Falten in seinem Gesicht noch tiefer zu sein als im Dunkel der Nacht. Nicht zum ersten Mal dachte Luke über die Möglichkeit nach, dass dieser Mann sein Halbbruder sein könnte, aber wie es für ihn üblich war, behielt er seine Gedanken für sich.

Higgins bot ihm die Flasche zuerst an, und Luke zögerte nicht, sondern griff sofort zu, setzte die Flasche an und trank einen tiefen Schluck. Sein Magen rebellierte, aber Luke wusste, dass er den Eindruck machte, als genieße er dieses ekelhafte Gesöff. Er gab den Whiskey an den Marshal weiter und beobachtete ihn, wie er kräftig schluckte.

»Hast du das von dem alten Jonah Barnham gehört?«, fragte Higgins, nachdem er sich geräuspert und mit dem Handrücken über den Mund gewischt hatte.

Luke gab sich äußerlich gelassen, und er sprach mit ruhiger Stimme, aber innerlich wappnete er sich und hörte genau zu. »Was ist mit ihm?«, fragte er scheinbar desinteressiert, bevor er aus gutem Grund noch einen kräftigen Schluck aus der Flasche nahm. Er fragte sich, ob sein Gegenüber einfach nur Konversation machen wollte oder ob es einen bestimmten Grund dafür gab, dass er ihm von Barnhams Missgeschick erzählte.

»Der Alte ist vor einiger Zeit krank geworden«, erklärte Higgins. »Soweit ich gehört habe, kann er weder reden noch sich bewegen. Jonah soll einfach nur in seinem Bett liegen und darauf warten, dass er stirbt.«

Luke empfand ein tiefes Mitgefühl für Charity, das ihn sogar vielleicht aus der Balance gebracht hätte, wenn er sich selbst nicht lange Zeit so gut geschult hätte, dass er niemals zeigte, was er dachte oder fühlte. »Kennst du ihn?«, fragte Luke und zog einen Zigarillo aus seiner Hemdtasche, während der Marshal auf dem Schreibtisch nach Tabak und Papier kramte, sich in seinem quietschenden Sessel zurücklehnte und sich eine Zigarette drehte.

»In diesem Teil des Landes kann ein Mann nicht lange leben oder arbeiten, ohne Barnham über den Weg zu laufen, und ich schätze, dass seine Tochter jetzt ihren Eigensinn aufgibt und Montego heiratet. Nur ein Mann kann so eine Ranch leiten.«

»Erstaunlich, dass bis jetzt noch keiner um ihre Hand angehalten hat«, meinte Luke und blinzelte in den Rauch, der vor seinen Augen aufstieg. In nächster Zukunft würde er das Rauchen endgültig aufgeben; so eine Angewohnheit konnte für die Gesundheit eines Mannes doch gar nicht gut sein. »Sie ist ein hübsches Mädchen.«

Higgins lächelte über diese Bemerkung. »Jede Menge Männer haben versucht, ihr den Hof zu machen, aber der alte Barnham hat schon vor langer Zeit Montego aus der ›Herde‹ ausgewählt. Er will, dass sie *ihn* heiratet, damit man die Double B-Ranch und die Draper-Ranch zusammenlegen kann. Miss Charity mag ja nett anzusehen sein, aber ich habe gehört, dass sie ziemlich eigensinnig ist. Ich kann solche Frauen nicht ausstehen.«

Luke unterdrückte ein Lächeln »Ach, tatsächlich?«, meinte er beiläufig. »Mir gefällt es, wenn eine Frau geistreich ist und ihren eigenen Willen hat.«

Der Marshal lachte. »Dann bist du ein Narr. Kluge Frauen machen doch nichts als Ärger. Da dauert es nicht lange, bis sie dir sagen, wo es langgeht.«

»Du klingst wie ein Mann mit Erfahrung.«

»Ich habe zwar ein paar Mal daran gedacht, eine Familie zu gründen, aber ich bin immer noch rechtzeitig zur Vernunft gekommen. Und was ist mit dir, Shardlow? Hast du dich jemals gebunden?«

Luke ließ sich mit der Antwort lange Zeit. »Nein«, erwiderte er schließlich. »Ich war nie lange genug an einem Ort.«

Higgins nickte nachdenklich. »Nun, vielleicht triffst du ja hier in Jubilee die Richtige. Nächsten Samstag findet ein Tanzabend statt, ein bisschen außerhalb, westlich der Stadt, auf der früheren Meddly-Ranch. Sie haben dort gerade eine neue Scheune gebaut und wollen sie einweihen. Bei so einem Ereignis werden die Leute von überall herkommen.«

Luke fragte sich, ob Higgins sich selbst für gerissen hielt, dass er ihm die Neuigkeit auf diese Art und Weise mitgeteilt hatte. Während der Marshal sich noch eine drehte, reckte Luke sich genüsslich, stand auf und stellte den Stuhl an die Wand zurück, wo er ihn hergenommen hatte. Wie immer achtete er darauf, dass seine Bewegungen langsam waren, denn die meisten Leute erschraken, wenn ein bewaffneter Mann sich schnell bewegte. »Möglich, dass ich hingehe. Die Sache ist allerdings, dass ich ein Auge auf Charity Barnham geworfen habe.«

Der Marshal verschluckte sich fast vor Lachen, lehnte sich zurück und verschränkte die Arme. »Na dann, viel Glück«, meinte er, »aber ich glaube nicht, dass du den Stammbaum vorweisen kannst, der dem alten Jonah vorschwebt. Montego mag zwar ein Bastard sein, aber die Blutlinie seiner Mutter lässt sich tausend Jahre zurückverfolgen.«

Luke ging darüber hinweg, roch an seinem Hemdsärmel und verzog das Gesicht. Er musste dringend die Kleidung wechseln, sich kräftig schrubben und dann die Sachen verbrennen, um den Gestank loszuwerden, den Vances dramatische ›Botschaft‹ hinterlassen hatte. »Ich schätze, ich reite nach Hause«, meinte er. »Danke für den Whiskey.«

»Aber du kommst doch zum Tanz?«

Erbärmlich, dachte Luke, einfach nur erbärmlich. Er zuckte mit den Schultern. »Kommt ganz darauf an.«

»Worauf?«

Luke grinste. »Darauf, ob Miss Charity Barnham zum Tanz gehen wird oder nicht.«

Higgins knabberte noch daran, als Luke sich umdrehte und ins Freie trat. Seine Gedanken rasten, suchten nach Lösungen, verwarfen sie und suchten weiter.

Vance, du Scheißkerl, dachte er, während er sich in den Sattel schwang und den unruhigen Hengst seinem Haus entgegenlenkte. *Du wirst mir nicht noch einmal eins über den Schädel ziehen. Diesmal passe ich besser auf.*

Als Charity sich übernervös auf Taffetas Rücken der Shardlow-Hütte näherte, weiteten sich ihre Augen bei dem Anblick, der sich ihr bot. Erstaunt war sie weniger über den riesigen Kessel, der über einem niedrig brennenden Feuer hing und aus dem Wasserdampf aufstieg – schließlich wuschen die Leute überall so ihre Wäsche oder kochten Seife –, sondern über die Tatsache, dass Luke in dem Kessel saß. Er sah wie einer dieser Cartoon-Missionare in einem Kannibalenlager aus und war, abgesehen von seinem Hut, splitternackt.

Er lächelte sie durch den aufsteigenden Dampf an, aber sie erkannte an seinem Augenausdruck, dass er wusste, wie es um Jonah stand. Das berührte sie tiefer, als jedes Wort des Mitgefühls es vermocht hätte. »Du wirst entschuldigen«, sagte er und tippte an seinen Schlapphut, »wenn ich nicht aufstehe.«

Trotz des Kummers und der Sorgen der vergangenen Tage lachte Charity. »Ich werde dich nicht fragen, wieso du am hellllichten Tag ein Bad auf dem Hof nimmst«, erwiderte sie und stieg vom Pferd, wobei sie sich aber in sicherer Entfernung hielt, »doch ich werde vor Neugier platzen, wenn du mir nicht erklärst, warum du dabei einen Hut trägst.«

Sein Lächeln wurde breiter. »Gewohnheit«, meinte er, »reine Gewohnheit. Vermutlich bin ich schon zu lange Junggeselle und habe mir so meine Eigenarten angewöhnt. Würdest du bitte etwas Holz nachlegen? Ich mag es nicht, wenn das Wasser zu kalt wird.«

Charity kam seiner Bitte nach, wobei ihre Hände zitterten und ihr das Herz fast in die Kniekehlen rutschte. »Du solltest aber nicht zu lange da drin bleiben«, warnte sie besorgt. »Das Fleisch könnte sich sonst wie bei einem gekochten Huhn von den Knochen lösen. Verbrennst du dir am Boden nicht … die Füße?«

Der Rand des ramponierten Hutes bewegte sich nach oben, als Luke die Augenbrauen hob. »Du könntest mir ja hier drin Gesellschaft leisten und es selbst herausfinden«, schlug er vor.

»Sag nicht so etwas Obszönes«, fuhr sie ihn an. Sie spürte, wie das Blut in ihren Wangen pochte, und sie konnte ihm einen Moment lang nicht in die Augen schauen. Als sie ihre Fassung halbwegs wiedergewonnen hatte, stemmte sie die Hände in die Hüften und blickte ihm offen ins Gesicht.

»Ich habe geschäftlich mit dir zu reden, Luke Shardlow«, fuhr sie fort. »Ehrlich gesagt, hätte ich es vorgezogen, wenn du korrekt angezogen wärst und die Dinge etwas ernster nehmen würdest.«

Von irgendwoher nahm er ein Stück gelber Seife und begann, sich einzuschäumen, erst die Brust und dann die Unterarme. Charity seufzte unmerklich, als in ihrem Innern ein Schwarm unziemlicher Empfindungen die Flügel ausbreitete und zu flattern begann.

»Tut mir leid, dich zu enttäuschen«, erwiderte er. »Aber ich fühle mich pudelwohl.«

Charity dachte an den Gesundheitszustand ihres Vaters, und eine gewisse Schwermut überkam sie. Ihre Schultern, auf denen sie seit Tagen eine riesige Last getragen hatte, schmerzten, weil sie überfordert waren. »Du hast ja vielleicht gehört, dass wir auf der Double B-Ranch schwierigen Zeiten entgegensehen«, bemerkte sie.

Lukes verständnisvoller Blick war so liebevoll, dass sie – wieder einmal – versucht war, in Tränen auszubrechen. »Das habe ich gehört«, bestätigte er. »Es tut mir wirklich leid, Charity. Wie geht es Jonah?«

Sie seufzte. Das war eine Frage, die sie sich Tag und Nacht, selbst stündlich stellte. Ihr Vater war zwar völlig hilflos, aber in ihm brannte ein leidenschaftliches Feuer, und in seinen ausdrucksvollen Augen flackerte immer wieder die alte Zielstrebigkeit auf. »Er ist schwer krank«, antwortete sie, denn das war nun einmal die traurige Wahrheit. »Er ist nicht in der Lage, die

Geschäfte zu führen, aber die Bedingungen seines letzten Willens …«

»Was hat sein Testament damit zu tun?«, unterbrach Luke sie. »Schließlich ist er noch nicht tot.«

»Papa hat in seinen Papieren alle denkbaren Eventualitäten berücksichtigt«, erwiderte Charity und fragte sich dabei, wie um alles in der Welt sie sagen sollte, was sie zu sagen hatte, und wie sie das fragen sollte, was sie fragen musste. »Er hat alles genau festgelegt.«

Luke tauchte bis zu seinem unrasierten Kinn ins Wasser ein und dachte eine Weile nach. »Und jetzt musst du vermutlich Raoul Montego heiraten, oder die Ranch wird in Zukunft von irgendwelchen Greenhorns in irgendeiner Stadt verwaltet«, meinte er scheinbar gelassen.

Charity begann zu zittern, versuchte aber, ihre Angst zu überwinden. »Nun, es ist wahr, dass ich heiraten muss. Aber in den Papieren ist nicht festgelegt, wer mein Ehemann sein soll.« Sie glaubte zu sehen, dass er erstarrte. Aber aus Angst, ihr Mut würde sie verlassen, sprang sie kopfüber ins kalte Wasser. »Deshalb bin ich ja hergekommen, um darüber mit dir zu reden. Ich bin bereit, dir zehntausend Dollar zu zahlen, Luke Shardlow, wenn du mich heiratest. Es wird ja nur für ein Jahr oder so sein – gerade lange genug, um Papa davon zu überzeugen, dass ich absolut in der Lage bin, die Double B-Ranch zu führen. Natürlich werden wir nicht miteinander schlafen und …«

»Eine Sekunde«, unterbrach Luke sie. »Warum machst du dieses Angebot nicht Raoul?«

Charitys Gesicht wurde noch heißer; sie führte das auf die Hitze des Feuers zurück und auf den Dampf, der aus dem Kessel aufstieg, in dem Luke Shardlow langsam weich kochte. »Weil ich ihn nie wieder loswerden würde und weil er außerdem erwarten würde, dass ich … dass ich …«

»Er würde erwarten, dass du das Bett mit ihm teilst«, warf Luke ein, dessen Stimme nicht verriet, was er dachte. Er konnte beleidigt sein, aber ebenso gut konnte er über ihr Angebot nachdenken. Seine nächsten Worte klärten die Sache allerdings. »Das würde ich auch«, erklärte er rundheraus. »Außerdem fühle ich mich geradezu geschmeichelt, als dein Wegwerf-Ehemann auserkoren zu sein.«

Charity wünschte, sie würde sich in Luft auflösen und vom Wind davongetragen werden wie der zarte weiße Flaum des Löwenzahns, der sich aussäte. »Ich dachte einfach …«

Sein Gesicht war hart. »Du dachtest einfach«, unterbrach er sie bitter, »dass ich verschwinden würde wie ein Hund, dem man einen Fußtritt verpasst, sobald ich meine Schuldigkeit getan habe. Gib mir doch mal das Handtuch, das da drüben auf dem Holzbock hängt.«

»Hol's dir doch selbst«, fauchte sie und drehte ihm dann schnell den Rücken zu, denn sie wusste, dass er verwegen genug war, in dem großen Kessel aufzustehen, um an das Handtuch zu kommen. Hinter sich hörte sie Wasser platschen und einen unterdrückten Fluch. Gerade als sie sich entschloss, zu ihrer Stute zu gehen, die mit hängenden Zügeln auf sie wartete, packte er ihren Arm und wirbelte sie zu sich herum.

Bei seinem Anblick blieb ihr fast das Herz stehen. Er war tropfnasse, hatte nur ein knappes Handtuch um die Taille geschlungen und diesen albernen Hut auf den Hinterkopf geschoben. »Warte mal einen Moment«, befahl er. »Verdammt noch mal, du kannst mir doch nicht einfach so einen Vorschlag machen und dann davonreiten, als wäre nichts geschehen.«

Charity zitterte und hatte alle Mühe, würdevoll zu

erscheinen, was ihr aber halbwegs gelang, obwohl ihre Kehle so zugeschnürt war, dass sie schmerzte, und ihr Magen sich anfühlte, als wäre er von einem Geschoss getroffen worden. »Ich hatte nicht die Absicht, dich zu kränken«, erklärte sie steif.

»Nun«, meinte Luke, der sich etwas entspannte, »genau das hat du aber getan.« Auf seiner Stirn bildeten sich Sorgenfalten. »Wieso glaubst du eigentlich, dass Jonah nicht einen neuen Schlag erleiden wird, wenn wir tatsächlich deinen Plan … diese Scharade aufführen?«

Dachte er ernsthaft über ihren Vorschlag nach? Ihr war fast schwindelig vor Erleichterung, sie hätte jubeln können, wenn sie nicht gleichzeitig eine leise Bitterkeit verspürt hätte. Ach, wie sehr wünschte sie sich, dass die Dinge zwischen ihr und Luke anders wären, aber es machte keinen Sinn, an diesem Punkt weiterzubohren. »Ich glaube, Jonah würde es nicht einmal viel ausmachen, wenn ich einen Landstreicher von der Straße auflese, solange ich nur einen Ehemann habe.«

Luke verdrehte die Augen. »Das übertrifft ja nun alles«, erwiderte er mit einem wütenden Unterton. »Jetzt bin ich also schon ein Landstreicher. Ich habe aber *auch* meinen Stolz, Charity Barnham.« Diese Bemerkung wirkte ein bisschen lächerlich angesichts der Tatsache, dass er hier in einer theatralischen Haltung vor ihr stand, nur mit Hut und Handtuch bekleidet. »Vielleicht ist der Name Shardlow ja nicht gerade einer, mit dem du gern angesprochen werden möchtest, Schätzchen, aber es ist nun mal *mein* Name, und ich erwarte von meiner Frau, dass sie ihn trägt.« Er schwieg und schien mit den Dämonen aus seiner Vergangenheit zu kämpfen. »Und was die zehntausend Dollar betrifft, Miss Barnham, die kannst du nehmen und …«

Mehr konnte sie nicht mehr ertragen; sie hatte sich bereits genug zum Narren gemacht, und wenn sie blieb, würde sie sicher zusammenbrechen und anfangen zu weinen, vielleicht sogar zu betteln. Deshalb wirbelte sie herum und ging zu ihrem Pferd, um davonzureiten.

Aber erneut hielt er sie auf. »Lass mich zu Ende reden«, versetzte er, wobei er mit der einen Hand ihren Arm festhielt und mit der anderen das Handtuch. »Du kannst das Geld irgendwo treuhänderisch anlegen. An unserem ersten Hochzeitstag werden wir dann darüber entscheiden, was damit geschehen soll.«

Sie öffnete den Mund sperrangelweit; einen Moment lang war sie so überrascht, dass sie kein Wort herausbrachte. »Soll das heißen, du tust es?«, rief sie, sobald sie ihre Sprache wiedergefunden hatte. »Du wirst mich heiraten?«

»Ja«, antwortete er. »Aber ich habe meine eigenen Bedingungen, von denen ich nicht abweichen werde – versuche also gar nicht erst, mich damit zu nerven. Ich selbst werde Jonah erklären, dass ich dich zur Frau nehmen will, und wenn ihn das nicht umbringt, können wir mit der Scharade weitermachen.« Seine wasserblauen Augen blinzelten nervös, und er deutete mit dem Daumen auf die Hütte im Hintergrund. »Aber wohnen werden wir hier in diesem Haus, und du wirst die Kleider tragen, die ich dir kaufe, und essen, was ich besorgen kann.«

Als Charity ihren Plan entwickelt hatte, war ihr so ein abwegiger Gedanke überhaupt nicht in den Sinn gekommen, aber sie war sicher, dass sie einen vernünftigen Kompromiss finden würden. »Der ganze Zweck dieser Heirat«, sagte sie, leicht wütend, aber auch ein bisschen erregt, »besteht darin, dass ich die Double B-Ranch behalte und nicht zusehen muss, wie sie in die

Hände von Fremden fällt. Aber ich sehe nicht, wie ich das tun kann, wenn ich nicht dort lebe.«

»Du hast mein Angebot gehört. Nimm es an oder lass es bleiben.«

»Nun, dann lasse ich es eben bleiben«, bluffte Charity. Es war ja durchaus machbar, dass sie jeden Abend, nachdem sie ihre Arbeit auf der Ranch erledigt hatte, hierher in die Hütte zurückkam – und das wussten sie beide. Es wäre allerdings ein bisschen umständlich, das war alles.

»Na schön«, erwiderte er, drehte sich um, ging barfuß durch das hohe Gras zu seinem Haus und blieb an der Tür stehen, um seine Stiefel mitzunehmen. Dann schaute er sich über seine nackte Schulter noch einmal zu ihr um.

Sie spreizte weit die Arme. »Das ist doch lächerlich.« Mit der einen Hand machte sie eine wilde Geste und deutete in Richtung der Double B-Ranch. »Dort gibt es ein riesiges Haus mit allem Komfort, und du willst *hier* wohnen?«

»Richtig«, erwiderte Luke. Dann – es war unglaublich – trat er in die Hütte, schlug die Tür hinter sich zu und stellte Charity damit vor eine unmögliche Wahl. Sie konnte wie ein Bettler an seine Tür klopfen und seiner Forderung nachkommen, sie konnte Raoul heiraten, der nicht weniger als den Rest ihres Lebens beanspruchen würde, oder sie konnte auf die Ranch verzichten.

»Verdammt«, murmelte sie, hob ihre Röcke und stapfte auf die Tür zu, an die sie pochte.

Lukes Stimme klang zuckersüß. »Wer ist da?«

Charity stürmte in die Hütte, erinnerte sich daran, was sie vielleicht vorfinden würde, und bedeckte schnell die Augen. »Falls das ein Hinweis darauf ist, wie du dich zu benehmen gedenkst, wenn wir erst verheiratet sind«, schnaubte sie, »dann weiß ich nicht, was uns daran hindern wird, uns gegenseitig umzubringen!«

»Ich werde dir mit Vergnügen demonstrieren, wie ich mich zu verhalten gedenke, wenn wir erst verheiratet sind«, gab er zurück. »Du kannst übrigens beruhigt die Hand von den Augen nehmen, Charity. Ich habe eine Hose an.«

Sie linste durch ihre gespreizten Finger, da sie ihm nicht traute. Tatsächlich trug er eine Hose und zog gerade den zweiten Stiefel an. Aber wenn sie seine atemberaubende nackte Brust sah und bedachte, was er gerade gesagt hatte, hätte er genauso gut nackt sein können.

»Ich bin bereit, auf deine Bedingung einzugehen«, erklärte sie steif, »obwohl ich betonen möchte, dass ich sie ziemlich übertrieben finde.«

Er starrte sie nur an, erwiderte aber nichts.

»Das nächste Jahr wird verdammt schwierig werden«, fuhr sie unbeirrt fort.

Luke schlüpfte in ein frisches Hemd, das er von einem Nagel an der Wand genommen hatte. »Du hast ja keine Ahnung, wie schwierig«, meinte er. Die Bemerkung klang geheimnisvoll, aber Charity ging nicht darauf ein.

»Vor nächster Woche bin ich kaum mit den Vorbereitungen für die Hochzeit fertig«, bemerkte sie und öffnete die Tür, um zu gehen. »Guten Tag, Mr Shardlow.› Sie trat ins Freie, blieb stehen und drehte sich noch einmal um. »Noch eine letzte Sache: Solltest du mich jemals schlagen, wenn du wütend bist, oder dein Vergnügen bei einer anderen Frau suchen, werde ich dich, ohne zu zögern, erschießen.«

Er lachte leise. »Das ist deutlich genug«, meinte er.

Nachdem sie gegangen war, stand Luke halb bekleidet in der Mitte seiner Hütte und fragte sich, was zum Teufel ihn dazu gebracht haben mochte, einzuwilligen, Charity Barnham – oder irgendeine andere Frau – zu heiraten. Er hatte nichts gegen die Vorstellung, mit ihr zu schlafen – tatsächlich spürte er allein bei dem Gedanken daran eine nie gekannte Erregung in sich –, aber ein Jahr seines Lebens war ein Jahr seines Lebens, und er hatte auch schon ohne eine Frau genug Probleme. Vielleicht klang es altmodisch, aber er hatte tatsächlich geplant, später einmal zu heiraten, doch ihm missfiel schon jetzt der Gedanke, dass er später einmal seiner zukünftigen Braut erklären müsste, dass er früher schon einer anderen Frau die Treue geschworen hatte, weil die ihm zehntausend Dollar dafür bezahlt hatte. Er wusste, wie *er* so ein Arrangement beurteilen würde, wenn die Situation umgekehrt wäre.

Luke ging nach draußen, sammelte die Kleidungsstücke zusammen, die er zuvor getragen hatte, um sie in den Kessel mit dem heißen Wasser zu werfen, änderte dann aber seine Meinung und kickte sie stattdessen mit dem Fuß in die Glut. Sie schwelten eine Weile, fingen dann Feuer und verbrannten.

Zufrieden damit, dass mit der Kleidung auch der Geruch des Todes verschwunden war, ging er in die Hütte zurück, legte den Revolvergürtel an, zog den Fünfundvierziger und ließ den Zylinder kreisen, um sich davon zu überzeugen, dass die Waffe geladen war. Dann trat er wieder ins Freie und pfiff nach seinem Pferd.

Luke konnte das Tier, das bei der Quelle graste, deutlich sehen, aber der Schecke stellte sich taub, obwohl er die Ohren gespitzt und nach hinten gedreht hatte. Old Shiloh wollte wohl nicht noch einmal gezwungen werden, einen toten Mann zu transportieren, und als Luke noch einmal pfiff, diesmal laut und durchdringend, ignorierte der Bastard das ebenfalls. »Ich mache dich zu Hundefutter«, schimpfte Luke und ging langsam auf das Pferd zu.

Der Schecke spielte noch ein paar Minuten mit ihm, indem er Luke immer wieder geschickt auswich, dann lenkte das Tier ein und trottete mit nickendem Kopf auf ihn zu. Luke änderte seine Meinung über das Hundefutter, und schließlich gelangten sie zu einer wackeligen Übereinkunft, was Sattel und Halfter betraf. Als die Dämmerung über die Hügel kroch und das flache Land in Zwielicht getaucht war, schwang Luke sich in den Sattel, und Ross und Reiter schlugen dieselbe Richtung ein.

Als er zum Friedhof kam, sah er, dass die Trunkenbolde, die der Barbier in Higgins' Auftrag rekrutiert hatte, immer noch bei der Arbeit waren, wobei sie die Erde aus der Tiefe von Andrews Grab hoch in die Luft schleuderten. Aus ihrem nervösen Gerede und ihrer hektischen Arbeitsweise war zu schließen, dass sie nicht scharf darauf waren, nach Einbruch der Dunkelheit immer noch an diesem Ort zu sein, worüber Luke nur lächeln konnte. Vor den Toten brauchte man sich nicht zu fürchten, sondern vor den Lebenden. Doch das war eine ganz andere Geschichte.

Auf der rückwärtigen Seite des Friedhofs stieg er vom Pferd, sprang über den Zaun und ging zum Grab seiner Mutter. Die Rosen, die Charity am ersten Tag nach seiner Rückkehr dort niedergelegt hatte, waren verwelkt. Luke bückte sich und warf sie zur Seite.

Das hölzerne Kreuz war verwittert und stand ein bisschen schief. Luke setzte es gerade und wartete. Auf der anderen Seite des Friedhofs stritten die Totengräber lautstark, als sie aus dem Grab kletterten. Der billige Fichtensarg, der daneben stand, musste sehr schwer sein, denn die beiden Männer versuchten fluchend, aber vergeblich, ihn anzuheben. Schließlich gaben sie den Versuch auf und warfen den Sarg einfach in das Loch.

Luke blickte zu den Sternen hoch und dachte an den Tag, als man seine Mutter hier zur letzten Ruhe gebettet hatte. Er erinnerte sich an Trigg, der genau da gestanden hatte, wo er selbst jetzt stand. Trigg war in Handschellen gewesen und hatte geweint. Luke konnte wieder den Regen spüren, kalt und heftig, der seine Kleidung bis auf die Haut durchnässt hatte –, und er fühlte wieder den Schmerz, der so viel tiefer gegangen war.

Plötzlich spürte Luke ein Prickeln im Nacken, das ihn aus seinen Tagträumen riss. Er zog den Colt aus dem Holster, drehte sich aber nicht um.

»Lass ihn fallen«, befahl Vance.

Luke seufzte. Sollte es so enden, nach allem, was er geplant hatte? »Sei kein Narr«, erwiderte er. »Du bist nicht schnell genug für mich.«

Vance lachte. Dem Klang nach zu urteilen, war er nicht mehr als sechs Fuß entfernt, und Luke dachte verärgert, dass er verdiente, erschossen zu werden, weil er sich so leicht hatte übertölpeln lassen. Seit Charitys Besuch in seiner Hütte hatte er vor sich hin geträumt, und jetzt musste er wohl den Preis dafür bezahlen.

»Das nenne ich Selbstvertrauen«, spottete Vance.

Luke drehte sich um, hielt aber immer noch den Fünfundvierziger in der Hand. Sein Halbbruder stand im Schatten, sein Gesicht war von der Hutkrempe verdeckt. Anstelle einer Pistole hielt Vance seine Lieblingswaffe in der Hand, ein Bowie-Messer, dessen Schneide selbst im schwächer werdenden Tageslicht noch funkelte. Luke wusste, das die Klinge rasiermesserscharf geschliffen und die Waffe fast wie ein zusätzlicher Körperteil seines Bruders war – so wie bei ihm der Revolver.

»Was willst du?«, fragte er.

Vances weiße Zähne glitzerten in der Dunkelheit gefährlich. »Merkwürdig«, gab er zurück. »Ich bin gekommen, um dir die gleiche Frage zu stellen, kleiner Bruder.«

»Schön«, meinte Luke, »ich nehme das Spiel an. Ich will die Belohnung, die auf deinen Kopf ausgesetzt ist, großer Bruder, und ich habe die Absicht, sie auch zu kassieren.«

»Hier bin ich«, antwortete Vance und breitete die Arme aus, wobei das Messer tatsächlich wie ein sechster Finger wirkte. »Übergib mich dem Gesetz.«

»Damit dein Freund Higgins dich wieder laufen lässt? Damit hätte ich nichts gewonnen.«

Wieder lachte Vance. Er schien unendlich gut gelaunt zu sein. »Ich hätte mir denken können, dass du die Geschichte von seinem Pa und deiner hübschen kleinen Ma nicht schlucken würdest. Schlau wie du bist, wirst du ja inzwischen bemerkt haben, dass meine Männer dich gerade jetzt im Visier haben, und zwar aus sechs verschiedenen Richtungen.«

»Ich bin von mir selbst zutiefst enttäuscht«, antwortete Luke wahrheitsgemäß. »Ich hätte mit so etwas rechnen müssen.«

»Ob du es glaubst oder nicht«, fuhr Vance fort, »aber ich will eigentlich gar nicht gezwungen sein, dich umzulegen. Schwing dich also auf dein Pferd und verschwinde für immer von hier. So einfach ist das.«

Luke strich mit der Zunge über die Innenseite seiner Unterlippe. »Deine brüderlichen Gefühle überraschen mich, wenn ich bedenke, dass du und deine Spießgesellen versucht haben, mich neulich am Creek totzuschlagen. Was machst du überhaupt in Jubilee, Vance?«

»Ich bin ganz zufällig hier durchgekommen«, antwortete der Mann im Schatten scheinbar gekränkt.

»Wie es aussieht, scheint es dir hier ausnehmend gut zu gefallen, sonst wärst du ja längst weitergezogen«, bemerkte Luke. »Ich werde jedenfalls nicht klein beigeben, und das weißt du auch. Warum führen wir dann also überhaupt dieses Gespräch? Nur der alten Zeiten wegen?« Er machte eine Pause und ließ langsam die Luft aus den Lungen entweichen. »Und wie passt Higgins in das Ganze?«

»Fragen, nichts als Fragen! Du hast schon immer zu viele Fragen gestellt, kleiner Bruder. Ich habe versucht, freundlich mit dir umzugehen – deine Mutter war schließlich zu mir auch immer freundlich; sie hat mich wie ihren eigenen Sohn behandelt, und dafür schulde ich ihr noch was, aber allmählich verliere ich die Geduld mit dir. Verschwinde einfach. Mehr verlange ich nicht von dir. Verschwinde.« Vance steckte das Messer weg, zog etwas zum Rauchen aus der Tasche und riss am nächsten Grabstein ein Zündholz an. Die Spitze des Zigarillos glühte karmesinrot, als Vance an dem Zigarillo zog. Der beißende Rauch umwaberte Lukes Kopf.

»Reine Poesie«, spottete Luke und legte seine freie Hand mit gespreizten Fingern auf sein Herz. »Wenn ich nicht genau wüsste, was für ein Dreckskerl du bist, Vance, könnte ich fast auf die Knie fallen und anfangen zu weinen.«

»Ich könnte dich jetzt und hier töten. Das ist dir doch wohl klar.« Vances Stimme war härter geworden, und die Sorglosigkeit, mit der er bis jetzt dagestanden hatte, war einer verschärften Wachsamkeit gewichen.

»Ich brauche nur das Zeichen zu geben, und du bist ein toter Mann.«

»Das ist wahrscheinlich richtig«, antwortete Luke leutselig. »Aber dein schöner Plan hat einen entscheidenden Fehler. Bevor meine Knie einknicken, bevor mein Herz aufhört zu schlagen, habe ich dir noch eine Kugel in den Kopf gejagt. Schrecklich, überhaupt daran zu denken.«

»Luke«, erwiderte Vance warnend. »Ich weiß von der Frau. Ich möchte ihr nicht wehtun, aber ich werde es, wenn du nicht tust, was ich dir sage.«

Ein kalter Schauer lief über Lukes Körper, aber er hatte sich so unter Kontrolle, dass weder eine Wimper zuckte noch ein Muskel. »Ich gebe dir einen guten Rat, Vance«, meinte er leise. »Bring du mich zuerst um. Denn mit dem, was *ich* sonst mit dir anstelle, werde ich mir einen Platz in der Hölle verdienen, als rechte Hand des Teufels. Und das möchte ich vermeiden.«

Vance lachte in sich hinein, aber es klang rau und alles andere als vergnügt. »Du strapazierst meine Geduld«, brummte er.

Auf der anderen Friedhofseite beendeten die Totengräber ihre Arbeit. Der Auseinandersetzung zwischen Vance und Luke schenkten sie weiter keine Beachtung. Andrew lag unter der Erde, unter die ihn ein Mann gebracht hatte, dem er leichtgläubig vertraut hatte.

Luke, der zwar seine Fehler hatte, war nicht so dumm. Vance war so unberechenbar wie eine Klapperschlange, die man mit einem spitzen Stock reizte; er würde in dem Moment zuschlagen, in dem die Vorteile auf seiner Seite waren.

Lukes ganze Aufmerksamkeit war auf den Colt konzentriert, den er immer noch locker in der linken Hand hielt. Es schien, als gingen die Blutgefäße seiner Finger direkt in den kalten Stahl der Waffe über. Er glaubte, seinen Puls am Abzug schlagen zu spüren. Er würde sich nicht bewegen müssen, um zu feuern, das Bild in seiner Vorstellung würde genügen.

Schweiß perlte zwischen seinen Schulterblättern, als Vance sich umdrehte und davonging, in dem sicheren Bewusstsein, dass Luke ihn nicht erschießen würde, wenn er ihm dabei nicht in die Augen sehen konnte. Er hatte Recht – aber bis der kritische Augenblick vorüber war, war Luke sich dessen selbst gar nicht so sicher gewesen.

10

Am Morgen nach ihrem Heiratsantrag an Luke Shardlow stand Charity am Fußende von Jonahs Bett und drehte den Perlring ihrer Mutter immer wieder um den Finger, während ihre Gedanken rasten. Jonah saß fast aufrecht im Bett, gestützt von Kissen in seinem Rücken, und obwohl er nach wie vor weder sprechen noch gehen konnte, blitzten seine dunklen Augen vorwurfsvoll. Wie schwer seine äußere Behinderung auch sein mochte, innerlich schien er von Minute zu Minute robuster zu werden, und in Charitys Augen war er alles andere als hilflos.

Aaron hatte ihm eine kleine Schieferplatte und ein Stück Kalkkreide gebracht, und obwohl der Vorgang schmerzhaft lange dauerte, war Jonah damit zu einer rudimentären Form der Kommunikation in der Lage. Er und der Junge hatten sich dazu ein einfaches System ausgedacht – ein X bedeutete »nein«, ein Viereck hieß »ja«; so hatten sie ihre eigene Sprache entwickelt, um sich zu verständigen.

Als Charity jetzt sah, wie Jonahs Finger unbeholfen die Kreide umklammerten, bereitete sie sich innerlich auf eine Auseinandersetzung vor, die, durch die Tatsache, dass eine Seite sich nur nonverbal äußern konnte, nicht gerade erleichtert wurde.

»Ich werde heiraten«, verkündete Charity ohne Umschweife, wobei sie ein entschlossenes, ja fast verbissenes Gesicht machte.

Jonahs Augen funkelten. Er kritzelte ein Viereck auf die Schieferplatte.

Charity schluckte und hob abwehrend die Hand. »Hör mir gut zu, Papa«, bat sie respektvoll. »Ich werde deinen Wünschen nachkommen – so unzumutbar sie auch sein mögen, aber ich denke, es ist nur fair, wenn ich dir sage, dass ich nicht Raoul, sondern einen anderen zum Mann nehmen werde.«

Jonahs Augen wurden schmal; es war gar nicht nötig, dass er sprach, denn sie spürte seine Frage so klar und deutlich, wie sie einen heftigen Wind gespürt hätte, der plötzlich aufheulte. *Wen?*

Sie befeuchtete ihre Lippen, und ihre Angst wuchs ins Unermessliche. »Ich habe Luke Shardlow gebeten, mich zu heiraten«, stieß sie hervor. »Er hat eingewilligt.« *Wenn auch ziemlich ungnädig,* dachte sie.

Jonahs Reaktion war noch weit schlimmer, als sie befürchtet hatte: Sein Hals lief zuerst rot an, wobei ihm das Blut heftig in den Adern pochte, und wurde dann purpurfarben. Seine kräftigen Wangenknochen traten hervor, seine Augenlider flatterten, und Charity beobachtete entsetzt, wie ihm die Schiefertafel aus der Hand glitt und zu Boden fiel. Natürlich fürchtete sie, dass er einen weiteren Schlaganfall erleiden könnte, sie eilte an seine Seite und nahm seine beiden Hände in die ihren. Tränen liefen ihr übers Gesicht.

»Tu mir das nicht an, du alter Tyrann«, flehte sie – wütend, verzweifelt und voller Angst. »Ich habe dich doch so lieb, und ich tue das Beste, was ich tun kann, um dir zu gefallen ...«

Der Druck seiner Hände überraschte sie und gab ihr Zuversicht, denn er war vital, kräftig. Aus seiner Kehle entrang sich ein gurgelnder, krächzender Laut, und als Charity ihren Kopf an seine Schulter lehnte und leise weinte, fand seine rechte Hand den Weg zu ihrer Schulter, wo sie zärtlich liegen blieb.

Sie sammelte sich, schniefte und blickte ihm tief in die Augen.

Er hob eine Braue, und wie zuvor war seine Frage klar.

Sie dachte kurz nach. »Ja«, flüsterte sie mit Tränen in den Augen. »Ja, ich liebe ihn.«

Charity hatte den Eindruck, als lächelte Jonah, obwohl sich sein Mund natürlich nicht bewegte. Er machte eine kleine Geste mit der Kreide, und sie bückte sich schnell, um die Tafel aufzuheben. Mit einer Entschlossenheit, die herzzerreißend war, brachte Jonah es fertig, auf ihr Eingeständnis zu antworten, und er zeichnete erneut ein zittriges Viereck.

Er hatte ihr seinen Segen gegeben.

Während sie gleichzeitig lachte und weinte, küsste sie die Stirn ihres Vaters. »Ich danke dir«, wisperte sie. »Ich danke dir.«

Das »Gespräch« hatte Jonah sichtlich erschöpft; bleich und zitternd sank er in die Kissen zurück.

»Das war einfach unverantwortlich«, erklärte Blaise, die in der Tür stand, aufgebracht.

Charity, die Jonahs Kissen aufschüttelte und neu richtete, um es ihm so bequem wie möglich zu machen, drehte sich zu der Frau um, von der sie hoffte, dass sie ihre Stiefmutter werden würde. Sie nahm Blaises Arm, schob sie sanft auf den Flur und schloss die Tür, bevor sie sprachen.

Blaises Wangenknochen glühten. »Was hast du dir eigentlich dabei gedacht, ihm so etwas zuzumuten?« Zwar flüsterte sie, aber ihre Empörung war unüberhörbar.

Charity war betroffen von der Zurechtweisung, zum

Teil, weil sie natürlich nicht ganz unbegründet war, zum Teil, weil sie und Blaise immer Verbündete gewesen waren und nie ein harsches Wort zwischen ihnen gefallen war. »Was hätte ich denn deiner Ansicht nach tun sollen?«, fragte sie leise. »Hätte ich vielleicht einfach eines Tages mit Luke am Arm ins Zimmer treten und verkünden sollen, dass ich ihn geheiratet habe?«

Blaise seufzte. »Er sah so …«

Charity fasste die Freundin leicht und mitfühlend am Arm. »Ich weiß«, gab sie reumütig zu. »Papa hat furchtbar ausgesehen, als ich ihm die Neuigkeit verkündet habe. Aber kannst du dir vorstellen, wie er erst reagiert hätte, wenn ich ihn vor vollendete Tatsachen gestellt hätte?«

Blaise zog ein spitzenbesetztes Taschentuch aus dem Ausschnitt, betupfte vorsichtig beide Augen und schnäuzte sich dann. »Ich hätte nicht in diesem scharfen Ton mit dir reden dürfen«, entschuldigte sie sich mit bebender Stimme. »Aber ich habe so schreckliche Angst. Ich kann diesen Mann nicht verlieren, Charity. Das würde ich nicht ertragen.«

Charity umarmte die andere Frau, die klein und zerbrechlich war, aber so süß duftete wie die ersten Lilien im Frühling. »Ssscht!«, sagte sie. »Wir werden Papa nicht verlieren. Bevor wir wissen, wie uns geschieht, wird er aus diesem Bett aufstehen, herumstolzieren und uns alle wieder herumkommandieren.«

Blaise schaute mit großen, tränenfeuchten Augen zu Charity auf. »Ich bete zu Gott, dass du Recht hast«, erwiderte sie leise. Dann atmete sie tief durch, straffte die Schultern und wirkte gleich ein Stückchen größer. »Ich spüre, er will, dass ich gehe, verstehst du? Dass ich Aaron nehme und ihn verlasse.«

Charity kannte ihren dickköpfigen Vater zur Genüge, und sie wusste, dass dies wahrscheinlich wahr war, aber sie konnte sich nicht überwinden, dazu viel zu sagen. »Mein lieber Herr Papa hat seinen Willen schon zu oft und zu lange durchgesetzt«, meinte sie nur. »Du hast doch nicht wirklich die Absicht, die Double B zu verlassen?«

Trotz ihrer zierlichen Gestalt wirkte Blaise plötzlich stark und entschlossen. »Wenn Jonah Barnham mich aus diesem Haus haben will, dann sollte er besser zusehen, dass er bald wieder bei Kräften ist, um mich persönlich fortzujagen. Aber bis zu dem Tag werde ich bleiben, ob ihm das nun passt oder nicht.« Mit dieser Bemerkung öffnete Blaise die Tür zu Jonahs Zimmer und verschwand darin.

Eine halbe Stunde später saß Charity auf der geschützten Sonnenterrasse auf der ruhigen Seite des Hauses, von wo aus sie die Blumen im Garten sehen konnte, und las in einem der Journale ihres Vaters, als ein Gespann mit Wagen außerhalb des Lattenzauns zum Halten kam. Ihr Puls begann zu rasen, und ihr Herz schlug schneller, als sie beobachtete, wie Luke die Zügel um den Bremshebel schlang und vom Bock sprang.

Als er sah, wie Charity das Türchen in der Brüstung öffnete und die Treppen herunterkam, warf er ihr ein Lächeln zu und tippte an die Hutkrempe.

»Tag«, rief er, ging um den Wagen herum und öffnete die hintere Ladeklappe. Dann hievte er ein ominöses Objekt von der Ladefläche, das von einer Decke verhüllt war – es schien sich um einen großen, komischen Apparat zu handeln – und stellte das Ding auf den Boden.

Charity ging neugierig näher. Als er die Decke wegzog, sah sie, dass es sich bei dem Ungetüm um einen Invalidenstuhl handelte, mit großen Speichenrädern, einer hohen Lehne aus Rohrgeflecht und einem abgewetzten Ledersitz. Sie betrachtete den Rollstuhl erstaunt und berührte ihn vorsichtig mit der Hand. Jonah würde das Ding verabscheuen, aber es konnte sehr wohl seine Rettung sein.

»Woher um alles in der Welt …?«

Luke bewunderte das Monstrum einen Moment von allen Seiten. »Ich habe es selbst aus Teilen zusammengebaut, die Old Pete in der hintersten Ecke des Mietstalls aufbewahrt hat. Die Räder stammen vom Ponywagen eines Kindes, und der Rest war mal ein Schaukelstuhl. Was hältst du davon?«

Es fiel Charity wirklich schwer, nicht wieder in Tränen auszubrechen. »Ich denke, er wird diesen Stuhl hassen.« Im nächsten Moment schlang sie impulsiv beide Arme um seinen Nacken und gab ihm einen schmatzenden Kuss auf die Wange. »Oh, Luke, er ist wundervoll!«

Er lachte, schob sie ein Stückchen von sich weg, aber seine Hände ruhten fest und besitzergreifend auf ihren Hüften. Sie spürte, wie eine Hitzewelle über ihr zusammenschlug, so heiß wie der Feuerball einer ungesehenen Explosion, die ihre Sinne versengte und ihr fast den Atem nahm. Sie konnte nicht anders, sie musste sich einfach vorstellen, wie es wäre, Lukes Frau zu sein, wenn sie ungestraft das fremde, glühende Land ihrer Leidenschaft erkunden würde. »Du hast es ihm schon gesagt, nicht wahr?«

Sie seufzte. »Ja.«

»Und?«

»Einen kurzen Moment habe ich wirklich geglaubt, er hätte einen weiteren Schlag erlitten. Dann habe ich ihm erklärt … na egal, jedenfalls hat er eingewilligt. Ich glaube sogar, dass er sich ehrlich darüber freut.«

Luke machte ein skeptisches Gesicht und stemmte dann den Rollstuhl hoch, um ihn ins Haus zu tragen.

»Das Ding hier wird ihn jedenfalls zur Weißglut bringen.«

Sie betraten das Haus über die kühle Sonnenterrasse, die jetzt im Schatten lag. Allein mit Luke an diesem ruhigen, intimen Ort zu sein – auch wenn es nur für die kurze Dauer des Durchgangs war –, erweckte in Charity neues Verlangen, und sie spürte tief in sich eine machtvolle, alles verzehrende Sehnsucht. Sie stellte sich vor, dass in ihrem Leib – eng zusammengerollt – ein Kind heranwuchs, ein Bild, das sie so erregte, so tief berührte, dass sie die Hand ausstrecken musste, um sich für einen Augenblick am Rahmen der Küchentür abzustützen.

Luke, der hinter ihr ging, musste die Bewegung gesehen haben; er gab dazu zwar keinen Kommentar ab, aber sie spürte seinen Blick, der sich in sie einbrannte, und sie hatte das Gefühl, dass er nicht nur stillschweigend Anspruch auf ihren Körper erhob, sondern auch auf ihren Geist, auf dessen höchste Höhen und tiefste Täler.

Durchs Esszimmer gingen sie in die Eingangshalle, wo sie Blaise begegneten, die gerade die Treppe herunterkam. Sie lächelte Luke herzlich an und reagierte mit damenhaftem Entzücken, als Charity sie einander vorstellte.

»Wo haben Sie nur diesen wunderbaren Rollstuhl aufgetrieben, Mr Shardlow?«, fragte sie. »Ich behaupte, das ist genau das, was Jonah braucht. Er wird dieses Ding zwar verfluchen, wenn sie diesen Ausdruck entschuldigen wollen, aber andererseits bin ich sicher, dass er verrückt wird, wenn er noch einen Tag und eine Nacht in seinem Bett zubringen muss.«

»Sagen Sie doch bitte Luke zu mir, Ma'am«, erwiderte er. »Und dieser Stuhl – das ist doch nichts Besonderes, solange er nur seinen Zweck erfüllt. Ist Mr Barnham jetzt wach?«

Blaise nickte. »Als ich ihn verlassen habe, hat er an die Decke gestarrt und ausgesehen, als wollte er mit seinem Blick das Haus in Brand stecken.« Ihre Augen wanderten zu Charity und wieder zurück zu Luke. »Ich denke, Sie sollten ihn zuerst mal allein sehen. Ohne Charity oder mich als Zuschauer, damit er sich in Ruhe mit dem Gedanken anfreunden kann, dass er diesen Stuhl wirklich braucht.«

Luke warf Charity, die neben ihm und dem Stuhl stand, einen fragenden Blick zu. Sie seufzte und nickte. »Blaise hat Recht.« Sie machte eine Pause und schaute Luke ernst in die Augen. »Lass dich nicht von ihm einschüchtern, Luke. Papa ist ein sturer alter Kerl, und er wird es dir bestimmt nicht einfach machen.«

Er lachte leise in sich hinein. »Dingen, die einfach sind, traue ich sowieso nicht«, meinte er. Er hatte draußen seinen Hut abgenommen und auf den Sitz des Wagens geworfen. Seine sonnengebleichten Haare waren auf charmante Art zerzaust, und seine blaugrünen Augen funkelten belustigt, als er mit einer Kopfbewegung auf die Pistole an seiner Hüfte deutete. »Das Schießeisen nimmst du besser in Verwahrung, Charity.« Sie wussten natürlich beide, dass es ein Gebot der Höflichkeit war, die Waffe abzulegen, aber Luke grinste und meinte: »Jonah könnte sie ja in die Finger bekommen und mich tanzen lassen.«

Charity war mit Waffen aufgewachsen, und sie konnte genauso gut schießen wie die meisten Männer auf der Double B-Ranch, aber es hatte doch etwas ungeheuer Erotisches an sich, Lukes Revolver aus dem Holster zu ziehen, und sie tat es denn auch ganz behutsam und hielt den Knauf zwischen zwei Fingern fest. Dann öffnete sie automatisch den Zylinder, schüttelte die Patronen in ihre flache Hand und steckte sie in die Tasche ihres Kleides.

Blaise betrachtete die Pistole mit Abscheu und großen runden Augen. »Schaff dieses schreckliche Ding weg, Charity, bevor Aaron es sieht.«

Charity nickte, aber ihre Worte waren an Luke gerichtet. »Ich verschließe den Revolver in meiner Wäschekommode«, sagte sie. Dann wurde ihr heiß, und sie errötete. Weniger, weil es ein Tabu war, den Platz zu erwähnen, an dem sie ihre Intimwäsche aufbewahrte, sondern weil der Gedanke an feines Leinen und Spitzen ihre Sehnsucht neu entfachte und ein ungehöriges Verlangen in ihr weckte, das sie seit Lukes Ankunft zu unterdrücken versucht hatte.

Falls sein Lächeln, das seinen Mund umspielte, ein Hinweis war, hatte er ihren Gesichtsausdruck absolut richtig gedeutet. Er nahm den Stuhl wieder auf und folgte Blaise, die ihm den Weg zeigte, die Treppe hinauf.

Charity eilte in ihr Schlafzimmer, sperrte den Colt sicher weg, ging zum Waschstand, füllte aus dem Krug lauwarmes Wasser ins Becken und benetzte damit immer wieder ihr Gesicht.

Jonah starrte Luke unentwegt an, als der den Rollstuhl verwinkelt durch die Tür hievte und ihn polternd neben dem Bett auf den Boden setzte.

»Ich schätze, Sie wissen inzwischen, dass Charity und ich heiraten wollen«, begann Luke.

Jonah runzelte die Stirn und ballte eine Hand zur Faust.

»So, wie ich die Sache sehe«, fuhr Luke gut gelaunt fort, »werden Sie sich wund liegen, wenn Sie weiter in diesem Bett bleiben. Rollen Sie sich also endlich aus den Federn und schnappen Sie ein bisschen frische Luft.« Er deutete zum Balkon hinüber, der hinter der zweiflügligen Tür auf der anderen Seite des Zimmers lag. »Ich schätze, von dort aus können Sie auf den Corral hinuntersehen und überprüfen, ob alles so läuft, wie Sie es haben wollen.«

Jonah machte nur ein grimmiges Gesicht, und die Bedeutung dessen war klar genug. Im Augenblick war nichts nach seinem Sinn, sein körperlicher Zustand nicht und schon gar nicht sein zukünftiger Schwiegersohn.

Luke lachte leise vor sich hin. »Nun, Jonah, wenn Sie so darüber denken, wäre es doch wirklich besser, Sie würden sich ein bisschen Mühe geben, wieder auf die Beine zu kommen.« Er trat zum Bett und schlug die dünne Decke zurück, wobei das gestreifte Nachthemd des Ranchers und seine nackten, haarigen Beine sichtbar wurden. So vorsichtig wie möglich hob er den alten Mann hoch und setzte ihn in den Rollstuhl.

Jonah saß stocksteif da, und Luke hatte in diesem Moment ein bisschen Mitleid mit ihm, obwohl er eher gestorben wäre, als sein Mitgefühl zu zeigen. Er fand ein Plaid, legte es über Jonahs Knie und rollte ihn auf den Balkon.

Während Jonah den Anblick des Landes, des Himmels und des Horizonts begierig in sich aufnahm, lehnte Luke sich gegen die schwere hölzerne Brüstung und verschränkte die Arme.

»Ich werde immer gut zu ihr sein«, versicherte er.

Jonah blickte Luke nicht an. Wahrscheinlich konnte er den Kopf nicht wenden, selbst wenn er es gewollt hätte, aber er hatte Luke zweifellos genau verstanden. Das verrieten Luke Jonahs vorgerecktes Kinn und die Haltung seiner Schultern, die breit wie die eines Bären waren.

»Die Sache ist die, Jonah«, fuhr Luke fort, »wenn Charity meine Frau wird – und es sieht ganz danach aus, dass sie es wird –, wird sie unter meinem Dach wohnen.«

Jetzt drehte Jonah den Kopf und warf Luke einen bösen Blick zu.

»Oh, Sie brauchen sich keine Sorgen zu machen«, antwortete Luke, als hätte der andere Mann laut gesprochen. »Sie wird sich um die Ranch kümmern, und ich schätze, dass sie das auch bestens machen wird, da sie nicht weniger bockbeinig ist als Sie selbst. Aber hier ist ihr Platz und nicht meiner, und ich habe nicht die Absicht, auf der Ranch als eine Art Schoßhündchen zu leben. Abgesehen davon, habe ich selbst noch ein, zwei Dinge zu erledigen, und ob Sie es glauben oder nicht – die haben nichts mit Ihrer Tochter zu tun.«

Jonah tastete nach den Rädern des Stuhls, während er zuhörte, fand sie und versuchte ungeschickt, sich mit dem Rollstuhl zu bewegen. Er schaffte es, ein paar Zentimeter vor und zurück zu rollen, und der triumphierende Ausdruck in seinen Augen berührte Luke tief in seinem Innersten. Seit dem Tod seiner Mutter hatte nichts und niemand ihn mehr so berührt.

Luke stieß eine tiefen Seufzer aus. »Ich bin nun wirklich nicht zum Prediger geboren«, meinte er, »aber ich werde trotzdem versuchen, Ihnen ein paar Tatsachen in Ihren Dickkopf zu hämmern. Sie haben hier eine wunderschöne Ranch, Jonah. Sie haben eine Frau, die Sie liebt, und einen Jungen, der einmal so wie Sie sein möchte – was vielleicht das schönste Kompliment ist, das ein Kind einem machen kann –, und dann ist da ja auch noch Charity. Wenn Sie schon nicht für sich selbst gesund werden wollen, dann werden Sie für Charity gesund. Natürlich hängt sie an der Ranch, alter Mann, aber sie liebt Sie viel, viel mehr. Deshalb kämpft sie auch um ihr Geburtsrecht, darum ist sie bereit, eine Herausforderung anzunehmen, vor der eine Menge guter Männer zurückschrecken würden. Und deshalb ist sie sogar bereit, mich zu heiraten. Sie will diese Ranch nicht übernehmen, sondern sie für Sie bewahren. Charity hofft, dass Sie, wenn sie das Licht nur hoch genug hält, aus dem tiefen Dunkel wieder herausfinden, in dem Sie sich jetzt vergraben, und dem Rest von uns in der realen Welt wieder Gesellschaft leisten.«

Jonah errötete unterhalb der Wangenknochen, die wie aus Fels gemeißelt zu sein schienen, auch wenn sie nach dem Schlaganfall ein bisschen schief waren.

Luke beobachtete eine Weile schweigend, wie Jonah sich auf die schwierige Aufgabe konzentrierte, den Stuhl zu manövrieren, und legte schließlich eine Hand auf die Schulter des anderen.

»Es tut mir leid, dass Ihnen das passiert ist, Jonah«, sagte er leise. »Das haben Sie wirklich nicht verdient. Aber das war nun die letzte Sympathiebekundung, die Sie von mir bekommen. Von jetzt an werde ich Sie behandeln, wie ich das letzte Pferd behandeln würde, das der Hölle entkommen ist. Entweder werden Sie aus schierer Wut auf mich wieder gesund, oder Sie sterben an den Schikanen, aber die friedvollen Tage des Mitleids sind hiermit vorbei.«

Damit überließ Luke den anderen Mann den heilenden Kräften des endlosen Landes, des weiten Himmels und seines eigenen Zorns und beglückwünschte sich selbst, als er seine Gedanken wieder auf Charity richtete und darauf, dass sie seinen Fünfundvierziger zwischen ihrer Unterwäsche versteckt hatte, die sehr verführerisch sein mochte.

Sie wartete unten auf der Veranda und er fand sie so selbstverständlich, als hätte ein sechster Sinn, der nur auf diese Frau gerichtet war, ihn zu ihr geführt.

»Wie hat er reagiert?«, fragte sie in einem Ton, der bei Luke das Bedürfnis erweckte, sie zu trösten.

Er setzte sich neben sie auf die Schaukel. »Im Augenblick ist er wahrscheinlich so wütend wie ein Truthahn, den man kopfüber in Maisbrei gesteckt hat«, antwortete er. »Ich habe wirklich versucht, diplomatisch zu sein, aber es ist für einen Mann wie Jonah natürlich nicht leicht zu akzeptieren, dass er bei den einfachsten Dingen Hilfe braucht.«

Ihr Kinn hatte leicht gezittert, aber bei Lukes Worten gelang ihr ein kleines, trauriges Lächeln, das so schnell wieder verschwand, wie es gekommen war. »Blaise und ich haben beschlossen, den kleinen Salon zu einem Schlafzimmer zu machen und Papa nach unten zu holen. Dort wird er weniger vom Alltagsleben abgeschnitten sein.«

»Ich bin sicher, dass er wieder ganz gesund wird«, sagte er, beugte sich vor und berührte ganz impulsiv ihren Mund mit seinen Lippen. Ein heftiges Gefühl von Lust und Verlangen durchfuhr ihn, und er setzte sich unbehaglich um, um die unziemliche anatomische Veränderung zu verbergen, die diese Berührung bei ihm ausgelöst hatte. Himmel, wenn sie seine Frau gewesen wäre, hätte er sie gleich hier und jetzt geliebt. Er hätte sie auf seinen Schoß gesetzt, seine Hose geöffnet, ihre Röcke gehoben und wäre in sie eingedrungen. Er hätte ihre vollen Brüste gestreichelt, während sie sich langsam auf ihm hin und her bewegt und vor Verlangen geseufzt hätte …

»Luke?«

Er unterdrückte ein Stöhnen und versuchte aufzustehen, um ihr den Rücken zuzukehren.

Sie erwischte ihn kalt, indem sie ihre Hand auf seinen Arm legte. »Was hast du denn plötzlich?«, fragte sie so ehrlich besorgt, dass seine Erregung nur noch wuchs.

»Mit mir ist alles bestens«, antwortete er mit rauer

Stimme. Ein Bad im eiskalten Creek würde ihn allerdings als Lügner entlarven, aber dazu musste er ja erst einmal von hier wegkommen. Schließlich gelang es ihm aufzustehen.

Charity stand ebenfalls auf. Ihre Augen waren geweitet und irgendwie kummervoll. »Du wirst deinen Revolver zurückhaben wollen«, sagte sie.

Er hätte den Fünfundvierziger glatt vergessen, wenn sie ihn nicht daran erinnert hätte. Zum Teufel, aber wenn er weiter zuließ, sich so von dieser Frau ablenken zu lassen, würde er eines Tages aufwachen und tot sein. »Ah, ja«, erwiderte er. »Sicher.«

Ein kurzes Lächeln umspielte ihren Mund, verschwand aber sofort wieder. »Ich hole dir deine Waffe«, erklärte sie und lief davon.

Luke fuhr sich mit der Hand durch die Haare und fluchte leise. Wenn ihn eine andere Frau als Charity so erregt hätte, wäre er jetzt in die Stadt geritten und hätte sich ein Schäferstündchen bei einem der Mädchen gekauft, die ihre Dienste über dem Saloon anboten. Aber was früher, bevor er nach Jubilee zurückgekehrt war, kaum der Rede wert gewesen wäre, hätte er nun als offenen Betrug betrachtet.

»Shit«, murmelte er.

Charity kam zurück und überreichte ihm den Colt, den er gedankenlos ins Holster schob. Sein Kragen war so eng wie eine Schlinge, und er lockerte ihn mit einem Finger.

»Wann hast du denn gedacht, dass die Hochzeit stattfinden soll?«, fragte er.

Sie hatte den Blick gesenkt, doch das leichte Zucken ihrer Mundwinkel verriet ihm, dass sie genau wusste, wie sie ihn erregt hatte und dass es ihr gefallen hatte.

»Ich denke, das sollten wir beide entscheiden, meinst du nicht auch?«

In diesem Moment musste ihn der Teufel reiten: Er nahm ihr Gesicht zwischen seine Hände, bog ihren Kopf zurück und küsste sie – zuerst zärtlich und dann, als sie ihren Mund öffnete und seinen Kuss erwiderte, mit dem Versprechen all der Leidenschaft, die er bis jetzt zurückgehalten hatte.

Sie schwankte leicht, als es vorüber war, und blickte ihn mit großen Augen an. »Würde heute Abend zu früh sein?«, fragte sie.

Er lachte. »Ich glaube, ja«, antwortete er. »Ich schätze, wir sollten erst eine Weile miteinander ›gehen‹. Uns öffentlich zusammen zeigen und so. Zum Beispiel am Samstag beim Tanz drüben bei den Meddlys. Würdest du mich dorthin begleiten, Charity?«

Sie wirkte bei dieser Frage überrascht und er dachte schon, sie würde ihm die Bitte abschlagen, als ein Lächeln ihr Gesicht engelsgleich verzauberte. »Ja«, erwiderte sie so atemlos, dass sich das eine Wort zu überschlagen schien.

Er strich mit der Fingerspitze über ihre Wange. »Dann wünsche ich dir noch einen schönen Tag«, sagte er mit rauer Stimme und wandte sich zum Gehen.

Sie hielt ihn am Ärmel fest. »Meinst du nicht, wir sollten üben?«

Luke schluckte. »Üben?«, wiederholte er irritiert. Charity stellte sich auf die Zehenspitzen, bis ihr Mund ganz dicht an seinem Ohr war und er ihren süßen, zarten Atem spüren konnte. »Tanzen«, wisperte sie.

»Tanzen?«, echote er verwundert.

Sie nahm seine linke Hand in ihre, legte die andere leicht auf seine Schulter und begann sich zu bewegen. »So etwa. Aber natürlich zu Musik.«

»Oh, Gott«, murmelte er hilflos.

Sie fing zu summen an und führte ihn in eine Folge von kleinen Schritten, die federleicht und so anmutig wie der Flug eines Vogels waren, der in die Abendsonne davonflog.

»Erinnerst du dich eigentlich noch«, flüsterte er schließlich nach einem langen Moment dieser süßen Tortur, »dass du mir damals, nachdem ich dich aus dem Creek gezogen hatte, einen Wunsch versprochen hast?«

Ihre grauen Augen funkelten verzaubert und ein bisschen verträumt, während der Tanz eine Ewigkeit anzudauern schien. »Natürlich erinnere ich mich. Zuerst hatte ich dir einen Kuss zur Belohnung angeboten, den du mit gerümpfter Nase verschmäht hast.«

»Herrje, ich war damals elf«, meinte er verzweifelt.

Charitys Lächeln wurde breiter, und sie enthüllte dabei ihre kleinen, makellosen weißen Zähne. »Es ist wahr, dass ich dir einen Wunsch versprochen habe. Möchtest du, dass ich ihn dir jetzt erfülle?«

Das Blut schoss ihm ins Gesicht, als wäre er ein unreifer Knabe. »Oh, ich wüsste schon, was ich mir wünschen würde, aber ich denke, das ist nicht der richtige Ort, um ihn mir zu gewähren.«

Ihr Lachen klang wie Musik in seinen Ohren. »Heb dir deinen Wunsch gut auf«, empfahl sie. »Es ist immer gut, wenn man einen in Reserve hat.«

Er umfasste ihre Taille, zog Charity sanft, aber bestimmt an sich und hielt sie so fest, bis er sah, wie sich ihre Wangen röteten. »Du hast vollkommen Recht, Miss Charity«, sagte er, »ich denke, ich spare mir meinen Wunsch für später auf.«

Sie löste sich nicht von ihm, obwohl das Rot sich noch vertiefte und sich ihr Blick verschleierte. Schweigend forderte sie ihn auf, noch einen Schritt weiterzugehen, aber er widerstand der Versuchung. So standen sie einfach nur da, ihre Körper zärtlich aneinander geschmiegt, und keiner von beiden war bereit, den Zauber zu brechen, indem er einen Schritt zurücktrat.

Vielleicht hätten sie so lange so dagestanden, bis Luke an einem Übermaß an Verlangen gestorben wäre, hätten sie nicht gehört, dass sich jemand der Veranda näherte. Nur einen Moment nachdem sie sich voneinander gelöst hatten, tauchte ein sommersprossiger Junge auf.

»Mr Shardlow?«, fragte er atemlos.

Luke lächelte zu dem Jungen herunter. »Nenn mich Luke«, bat er. »Ich schätze, dass du Aaron bist.«

Aaron kam vorsichtig näher. »Dann haben Sie … dann hast du also den Rollstuhl für meinen Pa gemacht …« Verunsichert blickte er Charity an. »Für Mr Barnham, meine ich natürlich.«

Charity schob ihren Arm unter Lukes Arm, aber ihre nächsten Worte waren an den Jungen gerichtet. »Er ist doch auch dein Pa«, erklärte sie liebenswürdig. »Was soll er denn von dir denken, wenn er hört, dass du ihn ›Mr Barnham‹ nennst?«

Aaron errötete unter seinen Sommersprossen und schluckte. Er blickte Luke offen ins Gesicht. »Ich wollte Ihnen … äh … dir für das danken, was du getan hast. Und ich wollte dir sagen, dass du es nicht so ernst nehmen darfst, wenn er störrisch ist. Er meint das nicht böse, das ist nun mal so seine Art.«

Luke war gerührt. »Danke«, erwiderte er. »Hast du vielleicht mal Zeit, mit mir angeln zu gehen?«

Die sorgenvollen Augen des Jungen leuchteten auf, und er nickte zustimmend. »Das kann ich inzwischen ziemlich gut. Es gibt da eine prima Stelle im Jubilee Creek, da, wo die Weiden stehen.«

»Hm«, meinte Luke und streckte seine Hand aus, die der Junge eifrig schüttelte. »Bestimmt kannst du mir irgendwann mal ein paar gute Tipps geben.«

»Wirst du denn jetzt auch hier wohnen?«, fragte Aaron neugierig. »In unserem Haus, meine ich?«

Luke bedauerte es, den Jungen enttäuschen zu müssen. »Nein«, antwortete er, »ich lebe in einer Hütte auf der anderen Seite des Creek. Aber du bist jederzeit herzlich eingeladen, mich dort zu besuchen.«

Aaron dachte kurz darüber nach und lächelte. »Fein. Dann bringe ich auch gleich mein Angelzeug mit.« Seine Mutter rief von irgendwoher aus dem kühlen riesigen Haus nach ihm, und er drehte sich zögernd um, um ihr zu folgen, und ließ die beiden wieder allein auf der Veranda.

Luke sah das Rechnungsbuch auf dem Boden und bückte sich, um es aufzuheben, denn er wollte seinen Abschied noch etwas hinauszögern. Charitys Nähe war Balsam für seine Seele; bei ihrem Anblick und ihrem Duft blühte er geradezu auf. Und wenn er daran dachte, wie sich ihre zarte Haut anfühlte … Aber es war wohl besser, wenn er diesen Gedanken nicht weiterführte, überlegte er sich.

Das Buch öffnete sich wie von selbst in seinen Händen, und als er die säuberlichen Zahlenkolonnen sah, konnte er gar nicht anders, als sie zu überfliegen. Zahlen waren ein Spiel für ihn, einc besondere Art der Entspannung, und das, was er hier sah, ergab sofort einen Sinn.

»Jemand bestiehlt dich auf übelste Art und Weise«, bemerkte er mit einem Stirnrunzeln.

Charity sah zuerst ihn an und dann das Rechnungsbuch. »Wieso?«

Er fuhr mit dem Finger an einer Zahlenreihe entlang und dann an einer anderen. »Ja«, wiederholte er nachdenklich. Er überprüfte die Eintragungen auf den ersten Seiten – eine Aufstellung der Verkäufe vom Frühjahr, die Zahl der Rinder, die an die Armee, die Eisenbahngesellschaft und verschiedene Fleischgroßhändler verkauft worden waren – und verglich sie mit den Zahlen, die er gerade gesehen hatte und die deutlich auf einen Betrug hinwiesen. »Hier gibt es einige größere Unstimmigkeiten. Sie sind zwar sorgfältig retouchiert, aber ich kann trotzdem nicht glauben, dass das Jonah nicht aufgefallen sein soll.«

»Aber das ist unmöglich«, erwiderte Charity, die blass geworden war. »Mein Vater hat die Bücher selbst geführt.«

Luke ließ sich wieder auf der Schaukel nieder, und Charity setzte sich augenblicklich neben ihn. Er zeigte ihr, wo die Zahlen miteinander nicht so in Einklang standen, wie es hätte sein müssen, und sie überprüfte die Sache selbst.

»Es macht doch keinen Sinn, dass Jonah seine eigenen Bücher manipuliert hat. Entweder wusste er, dass da etwas im Busch ist, und hat weggeschaut, oder er war von etwas anderem so abgelenkt, dass er es nicht bemerkt hat.

Charity nahm das Buch in die Hände und studierte es mit gerunzelter Stirn, während sie sich gleichzeitig auf die Unterlippe biss. »Warum habe ich das nicht sofort gesehen?«

Es schmerzte ihn, den stillen Selbstvorwurf in ihrer Stimme zu hören. Er wollte sie beschützen – notfalls auch vor sich selbst. »Manchmal hat ein Außenseiter in solchen Dingen die bessere Perspektive«, erklärte er und seufzte. »Auf jeden Fall sollten wir uns sofort mal die anderen Bücher ansehen.«

Charity nickte, und Luke dachte nicht mehr daran zu gehen, sondern folgte ihr ins Haus. Kurz danach saßen sie Seite an Seite in Jonahs Arbeitszimmer hinter dem massiven Schreibtisch, auf dem Papiere und Kontobücher ausgebreitet lagen. Die Situation war zweifellos ernst, und Luke hatte zum ersten Mal das Gefühl, dass er doch noch einen Platz in diesem Komplott haben würde.

11

Charity saß am Schreibtisch ihres Vaters, auf dem die Geschäftsbücher aufgeschlagen lagen. Gegen Abend war Luke nach Hause gefahren, nachdem er ihr zum Abschied einen zarten Kuss auf die Stirn gegeben hatte. Sie hielt Luke zugute, dass er ihr keine Ratschläge erteilt hatte, bevor er gegangen war; er hatte ihr nur das Muster erklärt und es ihr überlassen, die Zahlen zu interpretieren. Er war fest davon überzeugt, dass sie dazu in der Lage war – und schon dafür allein hätte sie ihn geliebt, wenn es nicht noch tausend andere Gründe gegeben hätte.

Jonah würde – bedauerlicherweise – weit weniger von ihren Fähigkeiten überzeugt sein, und deshalb war es nötig, dass sie die Bücher selbstständig durcharbeitete, um ihm zu beweisen, dass sie sehr wohl in der Lage wäre, die Double B-Ranch erfolgreich zu leiten. Außerdem hatte ihr Vater genug eigene Probleme, denn er musste ja mit seiner Krankheit fertig werden und die Tatsache verkraften, dass sie nicht den Mann heiraten würde, den er für sie ausgewählt hatte; er musste seine ganze Energie – und wenn es sein musste, auch seine Wut – auf den Kampf verwenden, bald wieder gesund zu werden.

Es war schon tiefe Nacht, als sie schließlich die Bücher zuklappte, sie in einer Schublade verschloss und mit einer kleinen Lampe in der Hand die Treppe zu ihrem Zimmer hochstieg. Ein weiches, flackerndes Licht war unter der Tür zum Schlafraum ihres Vaters zu sehen, aber sie blieb nur kurz davor stehen, um mit Willenskraft ein bisschen ihrer eigenen Stärke auf ihn zu übertragen.

Am nächsten Morgen würden Blaise und sie den kleinen Salon im Erdgeschoss für Jonah zurechtmachen. Der Rollstuhl, den Luke gebaut hatte, würde sicher helfen, Jonah einen Teil seiner Mobilität zurückzugeben, was seine Lebensgeister etwas beleben würde, aber trotzdem würde es eine schwere Herausforderung sein, denn Jonahs ausgeprägter Stolz, eine Charaktereigenschaft, auf die er sich immer hatte verlassen können und die stark genug war, um ihn durch so manche Schwierigkeit im Leben zu bringen, lag jetzt in Trümmern.

Erfüllt mit Sorge – und paradoxerweise im gleichen Maß mit Entschlossenheit, betrat Charity ihr Zimmer. Sie hatte ihre Kleidung gegen ein Nachthemd getauscht, sich eine Decke genommen und sich auf den Hocker vor ihrer Ankleidekommode gesetzt, um sich das Haar zu bürsten, als sie ein Klopfen an der Tür hörte.

Sie drehte sich um und antwortete leise: »Herein.«

Charity war nicht überrascht, dass es sich bei dem nächtlichen Besucher um Blaise handelte, aber deren verschwollene Augen und das zitternde Kinn alarmierten sie. Im ersten Moment glaubte Charity, dass Jonah das Zeitliche gesegnet hätte, so groß schien Blaises Kummer zu sein, und für einen Augenblick setzte ihr Herzschlag aus, und sie bereitete sich auf den Schmerz vor, der sie sicher im nächsten Moment überkommen würde.

»Was ist?«, wisperte sie, als sie wieder sprechen

konnte. Erst jetzt sah sie, dass Blaise Jonahs Schiefertafel fest gegen ihren Busen gedrückt hielt.

Es dauerte eine Weile, bis Blaise ihre Fassung zurückgewonnen hatte, was schmerzlich mit anzusehen war. Wortlos durchquerte sie das Zimmer und hielt die Tafel hoch. In krakeliger Schrift hatte Jonah ein einzelnes Wort geschrieben: *Geh*!

Charity stand auf und umarmte die Freundin kurz. »Das hast du ja vorausgesehen«, erinnerte sie Blaise leise. »Und du hast auch gesagt, dass du ihn niemals freiwillig verlassen würdest. Dass er dich persönlich davonjagen müsste, wenn er dich aus diesem Haus haben will.«

Blaise nickte, schniefte und nahm dankbar ein frisches Taschentuch aus Leinen, das Charity ihr reichte. »Ich weiß«, erwiderte sie kläglich. »Aber ich habe da nicht an seine Willenskraft gedacht. Er wendet den Kopf ab, wenn ich mit ihm rede, oder er schließt die Augen, oder – und das ist das Schlimmste von allem – er blickt einfach durch mich hindurch, als wäre ich gar nicht anwesend. Warum lässt er mich nicht an seinem Leiden teilhaben, damit ich die Last gemeinsam mit ihm tragen kann?«

»Die Antwort darauf kennst du«, erwiderte Charity traurig. »Er schämt sich wegen seiner Schwäche.«

Blaise tupfte sich die geschwollenen Augen mit dem zerknüllten Taschentuch ab. »Der Teufel soll ihn holen!«, stieß sie wütend hervor. Das war eine ungewöhnlich scharfe Ausdrucksweise für Blaise. »Ich kann genauso stur sein wie er. Sogar noch viel sturer!«

Charity lächelte. »Das ist die richtige Einstellung. Und jetzt versuch ein bisschen zu schlafen. Ich werde während der Nacht ein- oder zweimal nach Papa sehen. Morgen werden wir uns dann darum kümmern, jemanden einzustellen, der uns bei der Pflege hilft –

vielleicht wird das dazu führen, dass er sich wieder etwas würdevoller benimmt und seine Stacheln einzieht.«

Blaise schniefte erneut, und in ihren geröteten Augen glomm ein Hoffnungsschimmer. »Aber wen, Charity? Jonah wird keine Frau aus der Stadt akzeptieren – er würde vor Scham sterben, wenn eine von denen ihn in seinem Zustand sehen würde. Abgesehen davon, würden diese Frauen hier herumschnüffeln und Gerüchte verbreiten.«

»Pater Elias wird sicher jemanden kennen, der geeignet ist«, erklärte Charity im Brustton der Überzeugung, obwohl das zum Teil mehr ihrem Wunschdenken entsprach. »Ich reite gleich morgen früh zur Mission hinüber und spreche mit ihm.«

»Du hast dir für morgen schon eine Menge vorgenommen«, meinte Blaise, aber sie lächelte schwach und hatte wieder mehr Zuversicht, wie Charity hoffte.

»Von nun an werden alle unsere Tage lang und schwierig sein«, sagte Charity und seufzte innerlich, als sie an die Unstimmigkeiten in den Geschäftsbüchern dachte und an Raouls unvermeidlichen Wutausbruch, wenn er erfahren würde, dass sie Luke tatsächlich heiraten wollte. Sicher würde sie auch noch mit weiteren Problemen konfrontiert werden, aber sie sah keine andere Möglichkeit, als unerschrocken vorwärts zu gehen und dabei vorzugeben, dass sie voll Zuversicht war, auch wenn sie die gar nicht empfand. »Schlaf, Blaise. Ruh dich in deinem eigenen Bett aus und lass dir Zeit mit dem Frühstück. Es wird Jonah gar nicht schaden, wenn er sich – zumindest für kurze Zeit – fragt, ob du seiner Forderung nachgekommen bist und ihn tatsächlich verlassen hast.«

Blaise gab Charity einen Kuss auf die Wange. »Ich könnte dich nicht mehr lieben und dir nicht dankbarer sein, wenn du meine leibliche Tochter wärst«, versicherte sie. Dann machte sie kehrt und verließ das Zimmer.

Die Nacht verbrachte Charity unruhig. Verwirrende Träume hielten sie gefangen, bis sie plötzlich erwachte. Zweimal ging Charity in Jonahs Zimmer, und beide Male starrte er auf die Schattenmuster der Zimmerdecke. Jedes Mal gab sie ihm Wasser und setzte sich eine Zeit lang zu ihm ans Bett, während sie leise mit ihm sprach und ihm Geschichten erzählte, die sie beide kannten, Geschichten aus Charitys Kindheit: wie er sie Reiten und Schießen gelehrt hatte, wie er ihr beigebracht hatte, die Bäume, Vögel und Tiere zu erkennen und sie beim richtigen Namen zu nennen. Sie sprach über die Weihnachtsfeste und Geburtstage und erzählte zum ersten Mal von dem Tag, als sie etwa acht Jahre alt gewesen war und Luke Shardlow sie aus dem Creek gezogen und damit ihr Leben gerettet hatte.

Jonah hörte ihr ernst zu, sein Blick war unverwandt auf ihr Gesicht gerichtet, aber seine Verzweiflung war fast greifbar. Nicht zum ersten Mal dachte Charity an die Möglichkeit, dass ihr Vater den Kampf aufgeben könnte, dass er sich entschließen könnte zu sterben. Er wäre ja sicher nicht der Erste, der sich unter solchen Umständen für den Tod entscheiden würde.

Als der Morgen graute, fühlte sie sich kaum erholt, aber trotzdem wild entschlossen zu tun, was sie tun musste und wofür ihr nur wenige Stunden bleiben würden.

Pater Elias ersparte ihr zumindest einen Weg, denn Minuten, bevor sie selbst zur Mission aufbrechen wollte, tauchte er auf der Ranch auf. Natürlich hatte er von Jonahs Unglück gehört, aber da er von seinen eigenen Aufgaben so in Anspruch genommen war, hatte er nicht früher einen Krankenbesuch machen können.

Wie Charity ja wusste, war seine eigene Gesundheit angegriffen, und er musste seine Kräfte einteilen, um all die verschiedenen Aufgaben erfüllen zu können, die sein Beruf mit sich brachte.

Sein Besuch bei Jonah war nur kurz, und als der alte Priester wieder die Treppe herunterkam, wurde er von Aaron in den kleinen Salon geführt, wo Blaise und Charity die Arbeiten überwachten. Hier wurden gerade Stühle, Tische und Polstermöbel entfernt, um Platz für ein Bett zu schaffen. Zwei Hilfskräfte trugen die schweren Möbel über die Hintertreppe auf den Dachboden.

Als der Priester ins Zimmer trat, unterbrachen die beiden Frauen die Arbeit; Charity verschwand in der Küche, um frischen Tee aufzubrühen, und Blaise sorgte dafür, dass Pater Elias in einem der verbliebenen Sessel Platz nahm.

Als Charity mit einem Tablett mit Tee und süßen Biskuits zurückkam, die Blaise schon in aller Herrgottsfrühe gebacken hatte – zum einen, um sich selbst zu beschäftigen und zum anderen, um die kulinarische Lücke zu füllen, die Peony im Haus hinterlassen hatte, als sie ihre Arbeit in der Mission aufgenommen hatte –, waren Blaise und Pater Elias in ein Gespräch vertieft.

Sie stimmten darüber ein, dass Peony, die zwar für die Kinder in der Mission kochen und bis zu einem gewissen Grad auch die Aufsicht über die Kleinen führen konnte, als Pflegerin für Jonah vollkommen ungeeignet wäre. Sie war so kratzbürstig und eigensinnig wie Jonah selbst, und es wäre wenig gewonnen, wenn man die beiden aufeinander loslassen würde. Aber Pater Elias hatte schon eine andere Frau im Sinn, und er versprach, sie so schnell wie möglich zur Double B-Ranch zu bringen. Als Charity mehr über diese Frau in Erfahrung bringen wollte, hüllte der Priester sich in Schweigen, und obwohl Charity neugierig und ein bisschen ärgerlich war, gingen ihr doch zu viele andere Dinge im Kopf herum, um deshalb mit Pater Elias zu streiten.

Sie begleitete ihn durch die Vordertür bis zum Zaun, wobei ihre Gedanken in die unterschiedlichsten Richtungen strebten, wie ein schlecht trainiertes Gespann, das versuchte, aus dem Geschirr zu entkommen.

»Und wie ist nun deine eigene Situation, Kind?«, fragte er, während er neben Salomon, seinem geduldigen alten Maultier, stehen blieb und die Zügel in die Hand nahm.

»Ich habe mich entschlossen zu heiraten«, erwiderte sie.

Pater Elias lächelte. »Raoul muss sehr glücklich sein.«

Charity biss sich auf die Unterlippe, bevor sie antwortete. »Ehrlich gesagt, glaube ich nicht, dass er glücklich ist. Es ist nämlich Luke, den ich zum Ehemann nehmen werde.«

Falls diese Ankündigung den Priester überrascht haben sollte, ließ er sich nichts anmerken. Schließlich hatte Charity ihm ja schon vor Tagen, als sie Zuflucht in der Mission gesucht hatte, bis zu einem gewissen Grad von ihrem Dilemma erzählt. »Ich verstehe. Und wann soll die Zeremonie stattfinden?«

Charity seufzte. Ihr Leben lang hatte sie von einer großen romantischen Hochzeitsfeier geträumt, wie sie in den Märchen abgehalten wurden, die sie als Kind so geliebt hatte, aber unter den gegebenen Umständen wäre so ein Fest vollkommen unangebracht gewesen. Jonah war zu krank, ihre Verlobung mit Raoul war erst vor ein paar Tagen gelöst worden, und am schlimmsten war es, dass die Hochzeit ein Betrug sein würde –

zumindest von Lukes Standpunkt aus gesehen. Wenn sie nur an seine erste Reaktion dachte, verspürte sie wieder einen heftigen Stich der Erniedrigung.

»Vermutlich bald«, erwiderte sie vage. »Sie werden doch die Trauung vornehmen, Pater?«

Der Priester antwortete mit einem nachdenklichen Blick. »Das kommt ganz darauf an«, meinte er schließlich. »Liebst du Mr Shardlow?«

Charity fühlte heiße Tränen in sich aufsteigen. »Ja«, antwortete sie, wobei sie sich wegen ihres Stolzes fast verschluckte. »Aber ich bin nicht sicher, ob das Gefühl auf Gegenseitigkeit beruht.« Sie brachte es einfach nicht über sich, Pater Elias zu gestehen, dass sie kaum erwartete, dass die Ehe lange andauern würde; dieses Wissen beschämte sie zu sehr, schmerzte sie zu tief.

Der Blick des Priesters war milde, aber gleichzeitig durchdringend. »Die Ehe ist ein heiliges Sakrament, Charity. Der Eid – wenn er erst einmal gesprochen ist – verbindet nicht nur Körper und Geist, sondern auch die Seelen. Eine solche Verbindung unter der falschen Voraussetzung einzugehen, ist nicht nur gefährlich, nicht nur töricht – sondern sündig.«

Sie spürte, wie ihr die Hitze ins Gesicht stieg, aber sie hielt seinem Blick stand. »Werden Sie uns trauen, Pater, oder müssen wir vor den Bezirksrichter treten, wenn der das nächste Mal nach Jubilee kommt?«

Wieder seufzte Pater Elias. Seine Stimme klang so geschwächt, dass Charity für einen kurzen Moment ihre eigenen Sorgen und Nöte vergaß und ihre Hand besorgt auf seinen Arm legte.

»Komm mit dem jungen Mann zur Mission«, meinte er. »Ich werde euch in der Kapelle trauen.«

»Ist alles in Ordnung mit Ihnen?«, fragte Charity, die kaum von dem Versprechen Notiz nahm, das ihr noch vor wenigen Augenblicken so wichtig gewesen war.

Wieder lächelte er. »Ich bin ein alter Mann«, erklärte er, »und ich fühle mich ein bisschen schwach. Aber ich habe Nachricht von meinem Bischof in San Francisco erhalten, dass bald ein junger Priester hier eintreffen wird, um mich in meiner Arbeit zu unterstützen. Zwei ältere unverheiratete Schwestern, wie ich gehört habe, sollen in seiner Begleitung kommen.«

Charity spürte etwas wie Erleichterung – die Kirche hatte ja wahrlich genug kostbare Zeit verstreichen lassen, bevor sie sich entschloss, jemanden zu schicken, der Pater Elias helfen würde, die Last zu tragen – aber sie war auch besorgt, verängstigt sogar, weil er offensichtlich allzu bereit war, seinen Platz in absehbarer Zeit einem anderen zu überlassen. Er wirkte zerbrechlich, so durchsichtig wie eine Rauchwolke, die in einem Windhauch aufzugehen und sich in Nichts aufzulösen schien. »Die Kinder lieben Sie doch so sehr«, brachte sie hilflos hervor. *Und ich doch auch*.

An dem mitfühlenden Blick, den er ihr schenkte, war deutlich zu erkennen, dass Pater Elias ihre Gedanken erraten hatte. In den Jahren, in denen er sich selbstlos für andere aufgeopfert hatte, hatte er zweifellos diese und andere Fähigkeiten erworben. »Niemand«, bemerkte er, »ist unersetzlich. Ich werde froh sein, Gesellschaft zu haben, und ich werde mich mit allen untergeordneten Aufgaben zufrieden geben. Aber jetzt muss ich zur Mission zurück, denn die arme Peony hat keine Lust – und schon gar nicht die Fähigkeit –, die Mission allein zu führen.« Er kletterte mit viel Mühe auf sein Maultier. »Schick deinen jungen Mann zu mir«, bat er zum Abschied, »denn ich möchte gern vor der Hochzeit noch mit ihm reden.«

Charity nickte und blieb am Gatter stehen, bis Pater Elias und das Maultier zu einem Wesen verschwammen, das bald danach in der Ferne verschwand.

Dann ging sie ins Haus zurück. Innerhalb einer Stunde war in dem kleinen Salon ein Bett aufgebaut, das dem Fenster gegenüberstand, und die beiden Hilfskräfte hatten Jonah, der dabei ein versteinertes Gesicht machte, nach unten getragen.

Er behandelte Blaise weiter, als wäre sie Luft, und die Blicke, die er Charity zuwarf, waren wütend oder düster. Um die Mittagszeit, als sie ihm mit dem Löffel eine Tasse Hühnerbrühe eingeflößt hatte – nicht einmal das nahm er von Blaise an –, war Charity mit ihren Nerven am Ende.

»Du benimmst dich wie ein Ungeheuer!«, schimpfte sie, nachdem Blaise unter Tränen aus dem Zimmer geflohen war.

Jonah schaute seine Tochter kaum an. Mit der Kreide in der Hand kritzelte er ein X auf die Tafel, dann noch eins darüber und noch eins daneben. Dann warf er Tafel und Kreide mit einer Kraft, die Charity ihm gar nicht zugetraut hätte, in hohem Bogen von sich, sodass sie auf den nackten Holzfußboden schepperten. Die Teppiche hatte man entfernt, damit Jonah sich mit dem Rollstuhl besser bewegen konnte.

Charity beugte sich vor und stützte beide Arme auf die Lehnen des Invalidenstuhls, sodass ihre Nase nur Zentimeter von Jonahs Nase entfernt war. »So, der Herr ist wütend!«, fauchte sie. »Sehr gut. Das ist ein großer Fortschritt gegenüber deinem verdammten Selbstmitleid!«

Er wurde plötzlich bleich, und es war ihm anzusehen, dass er von ihrem Ausbruch ziemlich überrascht war – wahrscheinlich jedoch nicht mehr als Charity selbst –, doch dann funkelte dunkles Feuer in seinen Augen. Unter keinen anderen Umständen hätte Charity es jemals gewagt, so mit Jonah Barnham zu reden – dazu hatte ja bisher auch gar kein Grund bestanden –, aber plötzlich begriff sie, dass er in Gefahr war unterzugehen, dass liebevolle Zärtlichkeit nur ein zusätzliches Gewicht war, das ihn noch schneller in die Tiefe ziehen würde.

Dennoch hätte Charity sich beinahe entschuldigt, wäre nicht vom Eingang mit dem Spitzbogen leiser Beifall erklungen. Beim Geräusch des trockenen Händeklatschens drehten Vater und Tochter sich um, und Charity war sofort alarmiert, als sie Luke in der Tür stehen sah, der sich mit einer Schulter lässig am Rahmen abstützte.

»Das war auch nötig, dass du ihm das mal gesagt hast«, meinte Luke, der sich vom Türrahmen abstieß und langsam und gemächlich auf die beiden zuging. »Hat eigentlich jemals einer gewagt, Mr Barnham, Ihnen offen ins Gesicht zu sagen, dass Sie ein alter Giftzwerg sind?«

Charity richtete sich auf, strich sich über Kleid und Haare und hasste sich selbst kurz dafür, was sie mit diesen kleinen harmlosen Bewegungen verraten hatte. Bei dem Versuch, den Schaden zu begrenzen, versteinerte sie. »Das ist eine Sache zwischen meinem Vater und mir«, erklärte sie steif.

»Ach, ist es das?«, konterte Luke. Der Fünfundvierziger, den Charity so hasste, protzte an seiner Hüfte und sah aus, als würde er von sich aus in Lukes Hand springen, wenn er nur die Finger über dem Kolben spreizte. »Wenn ich in diese Familie einheirate, möchte ich auch voll und ganz dazugehören. Hören Sie zu, Jonah, irgendjemand bestiehlt Sie nach Strich und Faden, und das schon seit rund fünf Jahren. Ich möchte wissen, weshalb Sie bisher nichts dagegen unternommen haben!«

Lukes Dreistigkeit verschlug Charity die Sprache; sie hatte ihm deutlich zu verstehen gegeben, dass die

Entdeckung, die sie in den Geschäftsbüchern gemacht hatten, auf keinen Fall Jonah gegenüber erwähnt werden durfte. Sie war deshalb so wütend, dass sie einen Moment lang kein Wort herausbrachte.

Luke nutzte diesen Vorteil, bückte sich, um Tafel und Kreide aufzuheben und sie Jonah in die Hand zu drücken, wobei die Kreide zwischen dessen kraftvollen Fingern in zwei Stücke zerbrach.

»Es ist Tillmont, nicht wahr?«, fuhr Luke fort. »Der Vormann?«

Jonah saß steif in seinem Stuhl und blickte durch Luke hindurch, wie er durch Blaise hindurchgeschaut hatte. Luke jedoch ließ sich davon nicht einschüchtern.

»Was weiß der Mann, Jonah? Womit erpresst er Sie?«

Die Muskeln in Jonahs Hals traten so dick hervor, dass Charity Angst um ihren Vater bekam. Sie wollte zwischen die beiden Männer treten, von denen der eine aufrecht stand, der andere hilflos im Rollstuhl saß, aber Luke streckte nur einen Arm aus, ohne Charity dabei anzusehen, um ihr den Weg zu versperren.

»Tillmont«, wiederholte Luke nachdrücklich.

Jonah begann zu zittern, aber nicht aus Angst – dessen war sich Charity ganz sicher –, sondern vor hilfloser Wut. Die Kreide quietschte über den Schiefer, als Jonah ein Viereck malte.

»Das bedeutet *ja*«, murmelte Charity.

»Ich weiß«, erwiderte Luke mild, der weiterhin Jonah unverwandt anschaute.

»Ich gehe und feuere den Kerl auf der Stelle.« Aber bevor Charity den Raum verlassen konnte, fest entschlossen, den Vormann zum Teufel zu jagen, gelang es Jonah unter Aufbringung all seiner Kräfte, mit dem Stuhl vor sie zu rollen und ihr den Weg zu versperren.

Seine Hand zitterte stark, als er ein X auf die Schiefertafel kritzelte, und in seinen Augen war tiefste Verzweiflung zu lesen.

Luke ging neben Jonahs Stuhl in die Hocke, und in diesem Moment spürte Charity, wie sich die Liebe, die sie für ihn empfand, noch vertiefte. Sie wusste, dass er auf den Fersen kauerte, damit ein stolzer Mann nicht gezwungen war, zu ihm aufzuschauen.

»Ich weiß nicht, ob Sie reden können, Jonah. Ich denke aber, dass Sie das schon ein- oder zweimal ausprobiert haben, als Sie mit sich allein waren. Wenn Sie also die Worte aussprechen oder auf diese kleine Tafel schreiben können, dann tun Sie es, um mir zu sagen, wie ich Ihnen helfen kann.«

Jonah versuchte zu sprechen, und der Versuch war so schmerzvoll mit anzusehen, dass Charity sich am liebsten abgewandt hätte, was sie jedoch nicht tat. Aus dem Mund ihres Vaters kam nur Unverständliches – gurgelnde Geräusche ohne Sinn. Er malte erneut ein X auf die Tafel und war danach so erschöpft, dass alle Farbe aus seinem Gesicht gewichen war und seine Haut aschfahl wirkte.

»Schon in Ordnung«, meinte Luke, stand auf und legte seine Hand auf Jonahs zuckende Schulter. »Keine Sorge, wir finden einen anderen Weg, um die Situation zu klären.«

Eine Träne tropfte aus Jonahs Augen und lief langsam über seine linke Wange. Jonah hatte noch nie in Charitys Gegenwart geweint – nicht einmal am Tag, als ihre Mutter gestorben war. Unter Aufbietung der letzten Kräfte, die noch in ihm steckten, rollte er davon und saß zusammengesunken in seinem Stuhl vor dem offenen Fenster am Fußende seines Bettes.

Charity packte Luke am Arm und zerrte den Mann förmlich aus dem Zimmer. Im Korridor vor der Küche musste sie ihre ganze Willenskraft aufbringen, um ihm nicht mit den Fäusten gegen die Brust zu schlagen. »Warum hast du das getan? Du wusstest doch genau, ich wollte nicht, dass er erfährt, dass wir die Unregelmäßigkeiten in den Büchern entdeckt haben.«

Luke verschränkte die Arme und schaute sie ruhig an. »Das wäre aber nicht aufrichtig gewesen«, meinte er. »Und es würde mir gar nicht gefallen herauszufinden, dass ich eingewilligt habe, eine Frau zu heiraten, die unehrlich ist. Ich hoffe nur, dass du nicht zu den Menschen gehörst, die denken, wenn man nicht ausspricht, was gesagt werden muss, sei das weniger schlimm als eine Lüge. Das ist es nämlich nicht.«

Charity verdrehte die Augen. »Der Punkt ist doch, dass du meinen Vater beunruhigt hast.«

»Falls dir das entgangen sein sollte: Er war bereits *beunruhigt*, als ich ins Zimmer kam«, gab Luke zurück, wobei er sich dicht zu ihr beugte.

Sie stemmte ihre Fäuste auf die Hüften. »Jedenfalls will ich nicht, dass du dich einmischst …«

»Langsam, Lady«, unterbrach Luke sie, ohne auch nur einen Millimeter zurückzuweichen. »Du kannst dich darauf verlassen, dass ich mich einmischen werde. Und zwar ständig. Wenn du einen Ehemann haben willst, den du herumkommandieren kannst, dann heirate doch einen deiner Ranchhelfer.«

»Vielleicht sollte ich das wirklich tun.«

»Bitte, tu dir keinen Zwang an.«

Charity seufzte irritiert. »Ich glaube, dass du unsere Vereinbarung missverstanden hast«, erwiderte sie übertrieben geduldig. »Ich brauche keinen Ehemann, der meine Verantwortung übernimmt – und das bezieht sich sowohl auf diese Ranch als auch auf den Gesundheitszustand meines Vaters. Und ich brauche auch keinen Beschützer.«

»Was genau brauchst du dann von mir? Abgesehen von meinem Namen auf der Heiratsurkunde?«

Sie strich sich mit der Zunge über die Unterlippe. »Nichts«, antwortete sie vorsichtig und gedehnt. Sie wussten beide natürlich, dass das nicht der Wahrheit entsprach. »Unsere Vereinbarung ...«

»Unsere Vereinbarung ...«, fuhr Luke fort, »war, dass ich dein Ehemann sein würde und du meine Frau. Offensichtlich haben wir unterschiedliche Ansichten darüber, was die genaue Definition dieser Worte betrifft, und um Klarheit zu schaffen, erläutere ich dir noch einmal meine Sicht der Dinge.« Er deutete mit dem Zeigefinger auf seine Brust. »Ich bin der Ehemann, was bedeutet, dass es zu meiner Verantwortung gehört, mich um dich und alle Menschen und Dinge zu kümmern, die du liebst.« Sein Finger berührte nun leicht und aufreizend Charitys Unterlippe. »Du, schöne Lady, wirst die Ehefrau sein.« Ein kurzes Lächeln huschte über sein Gesicht, schelmisch und ungeheuer charmant. »Nun, ich denke, dass du genau weißt, was zu deinen Aufgaben gehört.«

Charity errötete. »Wenn du die Absicht hast, mich zu dominieren ...«

»Das habe ich nur an einem Ort vor. In unserem Bett. Aber mach dir keine Sorgen – dort können wir uns dabei abwechseln.«

Ein Blitz schien durch Charitys Körper zu fahren, schlug direkt in ihrem Unterleib ein und durchflutete sie mit glühendem Feuer. »Du verdrehst die Dinge mit Absicht.«

Er lachte und war ihr dabei so nah, dass sie seine Wärme fühlte und spürte, wie hart seine Muskeln waren. »Du bist wirklich so dickköpfig und stur wie dein Vater«, sagte er gedehnt, wobei seine blaugrünen Augen blitzten. »Was den Wunsch betrifft, den ich noch frei habe – angenommen, ich möchte dich hier und jetzt küssen?«

»Ist es das, was du willst?«

Er hatte sie inzwischen an die Wand gedrängt, aber das Gefühl war ausgesprochen angenehm. Sein Mund berührte beinahe den ihren, aber eben nur beinahe. »Hmm«, murmelte er. »Aber ich muss gestehen, dass ich mir meinen *Wunsch* doch lieber für eine andere Gelegenheit aufsparen möchte.«

»Das klingt, als wolltest du den Kuchen essen, ihn aber gleichzeitig aufheben«, hauchte Charity, die ihm nicht wirklich böse war. Bei Gott, sie wünschte sich, er würde sie endlich küssen.

Er berührte ihren Mund ganz leicht mit seinen Lippen, was noch mehr Blitze durch ihren Körper jagte. »Dafür«, meinte er, »sollten wir doch ungestört sein, oder?«

Diese Bemerkung brachte Charity zwar einerseits in Verlegenheit, aber andererseits erregte sie sie noch mehr, obwohl sie nicht ganz genau wusste, worauf er hinauswollte. »Falls du glaubst, du könntest mich mit ein paar Küssen verwirren, hast du dich schwer – aber ganz schwer – geirrt.«

Er lachte leise in sich hinein und küsste sie dann auf den Mund, und Charity konnte sich nicht vorstellen, an einem anderen Ort mit einem anderen Mann zu sein und etwas anderes zu machen. Sie richtete sich auf die Zehenspitzen auf und erwiderte den Kuss von ganzem Herzen. Als sie sich voneinander lösten, hatte Charity das Gefühl, die Pole der Erde hätten sich verschoben, nachdem sie sich einmal ganz schnell um die eigene Achse gedreht hatten, und sie war sicher, dass ihre Knie nachgegeben hätten, wenn Luke sie nicht festgehalten hätte. Er hielt sie an den Hüften und drehte ihren Körper in einen Winkel, dass ihr der

Schweiß ausbrach, dessen Tropfen sich zwischen ihren Brüsten ihren Weg suchten und die über ihren Rücken liefen, und dass winzige Schweißperlchen auf ihrer Oberlippe standen.

Sie gab einen leisen, unruhigen Laut von sich und schlang ihre Arme um seinen Nacken. »Küss mich noch einmal«, bat sie ihn.

»Zählt das als mein Wunsch?«, fragte er und hob spöttisch eine Augenbraue.

Sie lachte. »Nein«, antwortete sie und bewegte dabei leicht ihre Hüften, »das zählt als mein Wunsch.«

Er küsste sie erneut, doch intensiver dieses Mal, und ihr schwirrte der Kopf, als sich seine Lippen von ihren lösten. Gott allein wusste, dachte sie später, was danach noch geschehen wäre, wenn in diesem Moment nicht ein Mordsgetöse vor dem Haus entstanden wäre.

Luke stand mit ausgestreckten Armen da, die er rechts und links von Charitys Kopf gegen die Wand gestützt hatte, während Charity darunter hindurchschlüpfte und den Flur entlanglief. Ein paar Sekunden später folgte er ihr.

Pater Elias stand im Eingang des Hauses, neben ihm eine dralle Frau, die mit einem abgetragenen Leinenkittel bekleidet war, der höchstwahrscheinlich aus der Kleiderkammer für Arme in der Mission stammte. Ihr Haar war nicht blond, sondern eher gelb, und in ihrem Gesicht, das offensichtlich mit Seife geschrubbt worden war, waren trotzdem noch Spuren von altem Rouge und schwarzem Kohlestift zu sehen, was den Eindruck eines Tatoos vermittelte.

»Das«, verkündete Pater Elias würdevoll, »ist Genesis Wickam. Sie ist hier, um Mr Barnham zu pflegen.«

»Ich habe Erfahrung im Umgang mit Männern«, erklärte Genesis stolz. Charity, deren Herz – bedingt durch das Erlebnis mit Luke – immer noch heftig klopfte, trat näher, um die Frau zu begrüßen.

»Ich wette, das hat sie«, murmelte Blaise, die mit verschränkten Armen im Hintergrund stand und die ihre Nase etwas höher als gewöhnlich hielt.

Charity betrachtete den Neuankömmling fasziniert, wobei sie sich bewusst war, dass Luke dicht hinter ihr stand und sich leicht vorgebeugt hatte. Sie fragte sich, aufgrund welcher Magie sie seine Nähe und sogar seine Körperhaltung so sicher erahnte, als berührte er sie Haut an Haut.

»Mein Vater ist nicht gerade ein Mann, der einem den Umgang einfach macht«, sagte Charity, wobei sie mitten im Satz stockte, um sich zu räuspern.

Genesis beäugte Blaise verhalten, und es war offensichtlich, dass sie in ihr eine potenzielle Feindin vermutete. Ebenso offensichtlich war es aber auch, dass sie trotz dieses Gefühls die stille Hoffnung hegte, man würde ihre Dienste nicht gleich ablehnen.

»Mrs Wickam ist Witwe«, erklärte Pater Elias freundlich und schloss dabei die Eingangstür hinter sich und seinem Schützling vor einer grausamen Welt ohne Mitgefühl. »Sie hat einen kleinen Sohn, der bei ihrer Schwester in Kansas lebt.«

Blaise, die ja selbst Mutter eines Sohnes war, wurde etwas umgänglicher. »Und womit haben Sie in letzter Zeit Ihren Lebensunterhalt verdient, Mrs Wickam?«, fragte sie. Ihre Stimme klang freundlich, und ihr Gesichtsausdruck war mitfühlend, aber es war klar, dass sie eine offene Antwort erwartete.

Tränen traten in Genesis' große, leicht hervorstehende blaue Augen. Sie drehte sich um, und sie wäre sicher beschämt davongelaufen, wenn der Priester sie nicht diskret und fast unmerklich daran gehindert hätte.

»Mein Frank und ich sind vor ein paar Jahren in den Westen gekommen. Er wollte als Holzarbeiter nördlich von Seattle arbeiten und Geld sparen, damit wir unser eigenes Fischerboot kaufen konnten.« Ihre Augen leuchteten bei der Erinnerung an diesen Traum auf, der sich längst in Nichts aufgelöst hatte. »Wir mussten unseren Jungen, Klein-Frankie, bei meiner Schwester zurücklassen – wir hatten ja kaum genug, um uns selbst zu ernähren –, und wir wussten ja, dass er es bei Minerva gut haben würde. Ihr Walter hat in Kansas eine Farm und auch ein paar Rinder.« Sie machte eine Pause und seufzte. »Wir wollten Klein-Frankie zu uns holen, sobald wir uns ein Heim aufgebaut hatten, aber wir sind nicht weiter als bis White Horse Junction gekommen. Dort wurde mein Frank krank und ist gestorben. Und ich … nun, ich habe die einzige Arbeit angenommen, die eine Frau hier finden kann.«

Ein bedrückendes Schweigen legte sich über die Runde, und alle Augen richteten sich auf Blaise. Obwohl Charity sich als die Hausherrin der Double B-Ranch ansah und unter keinen Umständen zulassen würde, dass Genesis wieder in eins der berüchtigten Zimmer über dem Saloon zurückgeschickt würde, verlangte es doch der Anstand, dass Blaise, die ja eine gewisse Beziehung zu ihrem Vater hatte, sich in dieser Sache äußerte.

Blaise, die eine ausgesprochen sensible Frau war, konnte sich daher offensichtlich sehr gut in Genesis Wickams Lage versetzen. »Kommen Sie mit«, meinte sie, ohne länger zu zögern. »Ich zeige Ihnen Ihr Zimmer, und dann stelle ich Sie dem Patienten vor. Es tut mir leid, es sagen zu müssen, aber Sie werden feststellen, dass der Umgang mit Jonah kaum weniger schwierig ist als der mit einem Bullen, der mit einem heißen

Eisen gebrandmarkt werden soll, aber Sie machen den Eindruck, stark genug zu sein, um gute Arbeit zu leisten. Wie alt ist Ihr Sohn?«

Genesis' Gesicht strahlte vor Freude, als sie sich beeilte, Blaise die Treppe hinauf zu folgen, wobei sie ihre abgewetzte Reisetasche, die alles enthielt, was sie besaß, hastig vom Boden aufhob. »Mein Frankie wird bald zehn«, antwortete sie bereitwillig. »Ich habe ihn seit fünf Jahren nicht mehr gesehen, aber er schreibt mir regelmäßig. Er kennt sich gut aus mit Buchstaben und Zahlen, und er kann hart arbeiten. Hier auf der Ranch gäbe es bestimmt eine Menge für ihn zu tun.«

Blaises Stimme hallte nach, obwohl sie selbst nicht mehr auf der Treppe zu sehen war. »Mein Aaron ist auch zehn«, erwiderte sie warmherzig. »Ich kann mir gar nicht vorstellen, was ich tun würde, wenn ich von ihm getrennt wäre …«

Charity durchquerte die Halle, nahm Pater Elias' knochige Hände in ihre und gab ihm einen Kuss auf die spröde Wange. »Sie sind ja direkt ein Zauberer«, flüsterte sie.

Der Priester lächelte, wies ihr Kompliment aber bescheiden zurück. »Genesis tauchte letzte Woche in der Mission auf – mit nichts außer ihrer Reisetasche und einem blauen Auge«, erklärte er. »Natürlich hätte sie bei uns bleiben können, aber als du erwähntest, dass du eine Hilfskraft für Jonah brauchst, wusste ich sofort, dass sie die Richtige sein würde.«

Luke, der neben der Tür stand, sah den Priester geradezu liebevoll an. »Danke, Pater«, sagte er, »danke für alles.«

Der alte Mann lächelte. »Ich habe gehört, dass du und Charity die Absicht habt zu heiraten.«

»Das ist richtig«, bestätigte Luke mit einem schiefen Grinsen. »Und je eher, desto besser.«

12

Pater Elias' Maultier war am Vorderzaun angebunden, wo es an den lilafarbenen Büschen knabberte. Nachdem Luke dem alten Priester in den Sattel geholfen hatte und das klapprige Tier sich mit dem Mann auf dem Rücken in Bewegung gesetzt hatte, ging Luke ins Haus zurück, wo Charity ihn in der Eingangshalle mit verschränkten Armen erwartete.

»Vermutlich hätte ich nicht sagen sollen, was ich gesagt habe«, meinte er grinsend. »Ich meine dieses: *Je eher wir verheiratet sind, desto besser wird es sein.* Ich fand nur …«

Charity, deren Nervenenden noch von den gestohlenen Küssen im Küchenkorridor vibrierten und deren Wangen immer noch heiß glühten, unterbrach ihn mit einem zischenden Flüstern. »Ich weiß genau, was du gemeint hast. Und Pater Elias weiß es jetzt leider auch!«

Er umfasste ihr Kinn mit seiner Hand, hob ihren Kopf und blickte ihr tief in die Augen. »Möchtest du wirklich unsere Vereinbarung widerrufen?«, fragte er leise.

Sie schüttelte den Kopf, und er strich ihr sanft mit dem Daumen über die Unterlippe.

»Gut«, murmelte er und gab ihr einen leichten Kuss auf den Mund. Er trat einen Schritt zurück und betrachtete ihre Kleidung: ein Reitrock aus derbem Stoff, eine schlichte Baumwollbluse und Lederstiefel. »Willst du etwa die Ranch abreiten?«, erkundigte er sich, und in seiner Stimme schien ein leicht spöttischer Unterton mitzuschwingen.

Charity bereitete sich innerlich schon auf die nächste Auseinandersetzung vor. »Ich erwarte von Mr Tillmont einen Report über den Zustand der Grenzzäune. Er hatte mehr als genug Zeit, sich bei mir zu melden. Da er das nicht getan hat, habe ich mich entschlossen, loszureiten und ihn zur Rede zu stellen.«

Luke beugte sich so weit vor, dass seine Nase fast die ihre berührte. »Du hast doch gesehen, wie Jonah auf Tillmonts Namen reagiert hat. Willst du diese Tatsache etwa ignorieren?«

Sie seufzte. »Ja«, erwiderte sie, nachdem sie für einen Moment über eine Alternative nachgedacht hatte, die zwar verlockend, aber auch feige sein würde. Wenn sie beweisen wollte, dass sie die Fähigkeit besaß, die Double B-Ranch zu leiten, durfte sie nicht vor unangenehmen Pflichten zurückschrecken. »Begreif es doch, Luke, ich *muss* es ignorieren. Es steht zu viel auf dem Spiel.«

»Ich denke, das sieht Jonah ebenso – allerdings von einem völlig anderen Blickwinkel aus. Überlass Tillmont mir.« Lukes Tonfall ließ kaum Spielraum zum Verhandeln zu, und seine Augen, die eben noch humorvoll und schelmisch gelächelt hatten, waren plötzlich so kalt wie der stählerne Lauf dieses grässlichen Revolvers, den er an der Seite trug.

»Das ist meine Aufgabe.«

Seine Kinnmuskeln traten so heftig hervor, als hätte er eine Walnuss geknackt oder zu fest auf den Stein einer Aprikose gebissen, und sie entspannten sich nur langsam und mühevoll wieder. »Sei es, wie es sei, aber du wirst begreifen, dass ich dich nicht allein losreiten lassen kann. Ich bin Jonah von früher her noch etwas schuldig, und diese Gelegenheit ist so gut wie jede andere, meine Schuld zu begleichen.«

Sie zuckte kurz zusammen, und sie wusste, dass ihre Augen weit geöffnet waren, als sie ihn anschaute. »Wieso bist du Jonah etwas schuldig?«

Luke stieß einen leichten Seufzer aus. »Weil er immer dafür gesorgt hat, dass wir genug Fleisch zu essen hatten. Immer, wenn auf der Double B-Ranch ein Schwein oder ein Rind geschlachtet wurde, haben wir eine Portion abbekommen. Mein Pa brauchte ja nichts zu essen, der lebte von billigem Whiskey und seiner Niedertracht. Vance war die meiste Zeit unterwegs, und ich hätte mich auch von Forellen, Gräsern und den Eiern ernähren können, die ich gelegentlich gestohlen habe. Aber Ma war vornehm aufgewachsen, und für sie bedeutete es eine Menge, ein richtiges Essen auf den Tisch zu bringen. Wenn Jonah nicht so großzügig gewesen wäre, wäre sie wahrscheinlich verhungert.«

Zärtlich berührte Charity Lukes Gesicht. Nicht, dass sie Mitleid mit ihm gehabt hätte, aber sie war tief bewegt von dem Bild, das er von ihrem Vater gezeichnet hatte. Für ein paar kostbare Sekunden brachte ihr dieses Bild den Jonah zurück, der nicht krank dahinsiechte, und dafür war sie dankbar. »Wenn du möchtest, kannst du mich bei der Suche nach Mr Tillmont begleiten«, willigte sie ein. »Aber das Reden übernehme ich, Luke.«

Da war es wieder, dieses schelmische Lächeln, das seinen schönen Mund umspielte. »Einverstanden«, grinste er. »Aber ich sage dir jetzt schon, dass ich – falls Tillmont dir nicht höflich antwortet – der Konversation ein oder zwei Worte hinzufügen werde.«

Blaise kam die Treppe herunter, und in ihrem Schlepptau war Genesis, die munter vor sich hin plapperte.

»Ich habe Genesis im Zimmer gegenüber Aarons Zimmer untergebracht«, erklärte Blaise. Sie machte den Eindruck, als hätte sie niemals auch nur die geringsten Bedenken gehabt, dass diese Frau ins Haus zog, um bei Jonahs Pflege zu helfen. »Und jetzt ist es an der Zeit, dem alten Teufel seine neue Krankenschwester vorzustellen.«

»Viel Glück«, wünschte Luke und lächelte dabei.

Charity rieb sich mit beiden Händen über die Schläfen. »Ich hoffe nur, er wird nicht zu grob sein«, murmelte sie.

Luke lachte leise in sich hinein. »Nach allem, was Genesis mit Männern schon durchgemacht hat«, erwiderte er leise, während er beobachtete, wie die beiden Frauen in Jonahs neuem Schlafzimmer verschwanden, »wird dein alter Herr sie kaum aus der Ruhe bringen.« Er berührte ihre Stirn mit seinen Lippen. »Komm, mein Schatz, lass uns diesen Tillmont suchen.«

Sie fanden den Vormann etwa eine Stunde später, ein gutes Stück vom Wohnhaus der Ranch entfernt. Er beobachtete das Brandmarken einiger Kälber, die offensichtlich ausgerissen waren. Zwar warf er Luke einen kurzen Blick zu, aber Charity hätte genauso gut eine Schmeißfliege sein können, so wenig Beachtung schenkte er ihr.

Sie sprang vom Pferd und ging auf den Mann zu, und obwohl sie sich nicht umdrehte, war sie sich Lukes Gegenwart, der immer noch auf seinem Schecken saß, vollkommen bewusst.

Tillmont war schließlich gezwungen ihre Anwesenheit zu bemerken, tippte sich kurz an die Hutkrempe und warf ihr ein schleimiges Lächeln zu. »Ma'am«, meinte er und tat überrascht.

»Ich habe einen Report über den Zustand der Grenzzäune verlangt«, begann sie. »Vielleicht haben Sie das ja vergessen.«

Die Haltung des Vormanns war herablassend, aber es war klar, dass er Luke unentwegt im Auge behielt. »Das ist eine große Ranch, Ma'am. Hier gibt es eine Menge Arbeit, besonders jetzt, da Mr Barnham ans Bett gefesselt ist.«

»Es geht ihm von Tag zu Tag besser«, erklärte Charity übertrieben zuversichtlich. Sie fragte sich, womit dieser Mann ihren Vater in der Hand hatte, dass Jonah sogar darüber hinweggesehen hatte, dass man ihn betrog. »In der Zwischenzeit, Mr Tillmont, kümmere ich mich um die Ranch. Und wenn ich eine Anordnung gebe, erwarte ich, dass sie befolgt wird.«

Tillmont blinzelte in die Augustsonne, während er Luke einen Blick zuwarf, und spuckte Tabak auf den Boden. »Sie sind die Tochter des Boss, Ma'am, und das ist Grund genug, Ihre Wünsche zu respektieren. Aber ich reite schon lange Zeit für die Double B, und ich denke, das ich genug Erfahrung habe, um zu wissen, wie diese Ranch geleitet werden muss. Tatsache ist jedenfalls, dass ich meine Anweisungen von Jonah Barnham erhalte – von niemandem sonst.«

Zwei der Cowboys, verschwitzt und schmutzig, kamen vom Feuer herüber, in dem die Brandeisen erhitzt wurden. Charity konnte nicht einschätzen, ob sie ihr freundlich oder feindlich gesinnt waren, aber mit Luke in ihrem Rücken war ihr das ohnehin gleichgültig.

»Sie und ich sollten unter vier Augen miteinander reden, Mr Tillmont«, meinte sie, als hätte er kein Wort gesagt. Sie schaute die Cowboys scharf an, und die

Männer machten auf dem Absatz kehrt, um ihre Arbeit fortzusetzen. »In den Büchern gibt es nämlich gewisse Unstimmigkeiten.«

»Ich führe die Bücher nicht, Ma'am«, antwortete Tillmont in einem überheblichen, gönnerhaften Ton. Er drehte sich um, um sie stehen zu lassen und ihre Autorität zu missachten.

Das konnte sie sich auf keinen Fall bieten lassen! »Holen Sie sich ihr Geld und Ihre Papiere ab«, erklärte sie so laut und deutlich, dass der Mann ruckartig stehen blieb. »Wir brauchen Ihre Dienste nicht länger.«

Tillmont fuhr herum und fuchtelte mit ausgestrecktem Zeigefinger vor Charitys Nase herum, aber als er das Klicken des Abzugs eines Revolvers hörte, der gespannt wurde, stand er plötzlich so bewegungslos da wie ein Hirsch, der die Luft prüft. Er wandte den Blick von Charity ab und starrte Luke an.

»Hey, Mann, Sie wollen doch wohl nicht ernsthaft abdrücken«, rief er.

»Das glauben Sie vielleicht«, erwiderte Luke. Charity warf ihm einen Blick über die Schulter zu und sah, dass er – lässig auf den Sattelknopf gestützt – den Fünfundvierziger direkt auf Tillmonts Brust gerichtet hatte. »Wie es aussieht, fallen mir allerdings nur wenige Dinge ein, die ich lieber täte.«

»Nun mal langsam«, antwortete Tillmont und versuchte, seiner Stimme einen scherzhaften Ton zu geben. Die Cowboys hatten ihre schmutzige und heiße Arbeit niedergelegt und beobachteten die Auseinandersetzung interessiert, aber keiner – das bemerkte Charity sofort – schien die Absicht zu haben, dem Vormann zu Hilfe zu kommen. »Mach mal halblang. Ich will doch keinen Ärger haben.«

»Dann würde ich vorschlagen«, entgegnete Luke, »dass Sie auch keinen Ärger machen.«

»Was haben Sie überhaupt hier zu suchen, Shardlow?«, fragte Tillmont, trat aber ein paar Schritte zurück, wobei er beide Hände weit von seinem Körper abspreizte, um deutlich zu machen, dass er nicht die Absicht hatte, seine eigene Waffe zu ziehen. »Sie wissen doch, dass der alte Jonah einen wie Sie keine fünf Minuten auf seinem Land dulden würde, wenn er gesund genug wäre, um Sie zum Teufel zu jagen.« Er machte eine kurze Pause und starrte Charity an. »Und Sie sollten zu Hause sein, um die Hochzeit mit Montego vorzubereiten, anstatt mit einem Revolverhelden wie Shardlow durch die Gegend zu reiten und die Leute von der Arbeit abzuhalten.«

Charity sah absolut keine Veranlassung, diesem Kerl eine Erklärung für Lukes Anwesenheit zu geben. Sie ignorierte Tillmonts Bemerkungen einfach und ging an ihm vorbei, um sich an die Männer zu wenden – ein halbes Dutzend etwa –, die um das Feuer versammelt waren, in dem die Brandeisen glühten. Mehrere Kälber waren schon vorbereitet und andere, die den Qualm rochen, muhten lauthals.

Der Geruch nach verbranntem Fleisch und versengtem Fell drehte Charity fast den Magen um, obwohl sie wusste, dass die Tiere eine dicke Haut hatten und es einfach eine Notwendigkeit war, die Herden mit dem Brandzeichen ihres Besitzers zu versehen. Rinder waren nun einmal das Herzblut von Ranches wie der Double B – und in letzter Zeit fehlte nicht nur Geld, sondern auch eine große Anzahl von Rindern. Sie blickte jedem der Cowboys einmal kurz in die Augen, bevor sie sprach.

»Falls einer von euch sich auf Mr Tillmonts Seite schlagen möchte, kann er seine Sachen packen, seinen Restlohn abholen und verschwinden.«

Niemand antwortete.

Charity wartete einen Moment, dann drehte sie sich um, ging davon, nahm Taffetas Zügel auf und schwang sich in den Sattel. Tillmont, der bis zu diesem Zeitpunkt Vormann auf der Ranch gewesen war, war bereits vorausgeritten. Er würde zuerst seine persönliche Habe zusammenpacken, bevor er ins Haus kam, um seinen Lohn abzuholen, sodass kein Grund zu übermäßiger Eile bestand.

Luke hatte seinen Revolver längst wieder in den Holster geschoben, und als Charity ihre Stute in Richtung des Ranchhauses lenkte, warf er ihr ein Lächeln zu. »Jetzt fühlst du dich wohl mächtig stolz?«

»Darf ich das nicht sein?« Sie brachte Taffeta in Trab, und Luke beeilte sich, neben ihr herzureiten.

»Ich schätze, das kommt ganz darauf an«, erwiderte er.

Die Pferde gingen in einen leichten Galopp über. »Worauf?«, fragte Charity.

»Darauf, ob du dir die Brandzeichen angesehen hast oder nicht.«

Die Wahrheit war, dass sie nicht darauf geachtet hatte, aber da sie das nicht zugeben wollte, schwieg sie lieber.

»Welche Eisen diese Kerle auch immer benutzen«, meinte er, »es sind jedenfalls nicht die der Double B.« Charity war drauf und dran, Taffeta herumzureißen, aber Luke packte die Stute am Halfter, sodass sie nicht ausbrechen konnte. »Es gibt keinen Grund, weshalb du jetzt noch umkehren solltest, *Boss*. Die Jungs glauben ohnehin, dass du sie auf frischer Tat ertappt hast, und wenn du über deine Schulter zurückblickst, wirst du wahrscheinlich sehen, dass deine Cowboys das Weite gesucht haben.«

Charity drehte sich um, und tatsächlich sah sie, dass die Männer das Vieh und das Feuer im Stich gelassen hatten und in die Berge geflohen waren. Offensichtlich waren sie weder an ihrem erbärmlichen Besitz noch an ihrem ausstehenden Lohn interessiert.

»Warum hast du mir das nicht früher gesagt?«, wollte sie wissen.

Luke lachte und rückte seinen Hut zurecht. Er bildete mit seinem Pferd eine Einheit, und er dachte nicht daran, das Tempo zu drosseln. Charity hatte alle Mühe, um mit ihm Schritt zu halten. »Ich dachte, du hättest mir befohlen, mich nicht in die Angelegenheiten einzumischen, die die Ranch betreffen«, bemerkte er. »Es liegt mir fern, deine Autorität zu untergraben oder etwas in dieser Richtung zu tun.«

»Aber du hast nicht gezögert, deine Pistole zu ziehen«, meinte Charity ein wenig beleidigt.

»Das habe ich allerdings nicht«, gab Luke ruhig zurück.

Ein kalter Schauer lief Charity über den Rücken, und während sie nachdachte, musste eine Wolke die Sonne verdunkelt haben. Aber als sie wieder aufschaute, war der Himmel klar. »Was wird aus den Kälbern? Wir können sie doch nicht einfach da draußen liegen lassen.«

Luke sah sie nicht an. Er war – so schien es – bereits mit einer ganz anderen Sache beschäftigt.

Luke hielt sich ebenfalls in Jonahs Arbeitszimmer auf, als Charity ausrechnete, wie viel Tillmont noch zu bekommen hatte, das Geld aus dem Safe nahm und abzählte. Der Vormann stand mit verbissenem Gesicht da und riss Charity das Geld aus der Hand, bevor sie es ihm auf zivilisierte Art und Weise geben konnte, und stopfte die Scheine in die Innentasche seiner Jacke.

Erst nachdem Luke zur Seite trat, um ihm den Weg

freizugeben, meldete sich Tillmont zu Wort. »Ich will Mr Barnham sprechen.«

»Tut mir leid, aber das ist leider nicht möglich«, erwiderte Charity. »Wie Sie wissen, fühlt sich mein Vater nicht wohl.«

»Verschwinden Sie ganz einfach, Freundchen«, sagte Luke ruhig. »Jonah wird bestimmt nicht gerade entzückt sein, wenn er erfährt, welche Brandeisen Sie benutzt haben.«

»Das kann ich erklären.«

Lukes Lächeln war alles andere als freundlich. »Ich werde Dan Higgins erzählen, dass Sie sich Ihr Gewissen erleichtern wollen. Ich bin sicher, dass der Marshal interessiert zuhören wird.«

Tillmont wurde knallrot vor Wut und vergaß sich für einen Moment. Er stieß mit dem Zeigefinger auf Lukes Brust. »Jetzt hör mir mal genau zu, du verfluchter Dreckskerl …«

Luke packte Tillmonts Handgelenk. »Nein, jetzt hörst *du* mir mal gut zu. Ich habe meinen Fünfundvierziger aus dem Holster gezogen und dir die halbe Nase weggeschossen, bevor du auch nur einmal geatmet hast. Ich werde dich hier nicht erledigen, denn das würde eine Schweinerei ergeben und die Lady unnötig aufregen, aber ich sage dir, wo es langgeht, und du wirst mir folgen. Ich weiß nicht, welches Spielchen du spielst, aber wenn du klug bist, dann gibst du dich mit dem zufrieden, was du bereits gestohlen hast, nimmst deine Sachen und haust ab.« Er schwieg einen Moment und fuhr dann ganz leise fort: »Und das bist du doch, Tillmont? Klug, meine ich.«

Charity schluckte heftig und wartete auf eine Antwort.

Der ehemalige Vormann befreite sich aus Lukes Griff. »Okay, ich gehe. Aber du und ich, Shardlow, wir werden uns noch einmal begegnen, und dann werden wir diese Rechnung begleichen.« Er drehte sich zu Charity um. »Und was Sie betrifft, kleine Lady, sollten Sie Ihren Vater mal fragen, warum er die nette Frau, die er hat, nicht schon längst geheiratet hat. Und dann sollten Sie ihn auch noch nach der Wahrheit über Ihre reizende Frau Mama fragen.«

»Raus«, befahl Luke und warf den Kerl über die Türschwelle in den Flur.

Völlig geschockt stand Charity vor dem Schreibtisch ihres Vaters, während Tillmonts Worte in ihrem Kopf widerhallten und in ihrer Brust wie ein vergifteter Pfeil schmerzten. Sie glaubte nicht, dass sie sich überhaupt bewegt hatte, als Luke zu ihr trat und ihren Unterarm in seine Hände nahm. Der höhnische Ton in der Stimme des anderen Mannes klang wie ein Endlos-Echo in ihren Ohren. *Und dann sollten Sie ihn auch noch nach der Wahrheit über Ihre reizende Frau Mama fragen.*

»Meine Mutter ist doch schon lange tot«, sagte sie tonlos. »Es war ein Reitunfall; sie starb, nachdem sie vom Pferd gestürzt ist. Ich erinnere mich noch genau an ihr Begräbnis.«

Luke geleitete sie zu einem der schweren Ledersessel, die vor Jonahs Schreibtisch standen. »Vergiss, was der Kerl erzählt hat, mein Schatz«, bat er liebevoll. »Das alles spielt keine Rolle mehr. Es liegt schon so lange zurück.«

»Aber für Jonah hat es eine Rolle gespielt.« Ihre Stimme klang leise, fast wie die eines Kindes. Sie saß kerzengerade da und holte tief Luft. »Du erinnerst dich doch noch daran, Luke? Als Mama gestorben ist?«

Er machte ein ernstes Gesicht, als er sich einen anderen Stuhl heranzog und sich ihr gegenübersetzte. Dann nahm er ihre Hände in seine Hände. »Ich erinnere mich.«

»Dann hast du sie also gesehen?« Irgendwie schien ihr dieser Gedanke Hoffnung zu geben.

Aber Luke schüttelte den Kopf. »Ich war bei der Beerdigung nicht dabei, Charity. Sie fand ja im engsten Familienkreis statt, aber wenn ich mich recht erinnere, war Pater Elias dabei. Vielleicht kann der dir mehr erzählen.«

»Ich war damals ja noch so klein! Ich sehe zwar noch den Sarg vor mir, der aber schon geschlossen war.«

»Tillmont wollte einfach nur Ärger machen, Schatz. Vergiss die ganze Angelegenheit.«

Charity wollte aufstehen, setzte sich aber wieder zurück, da Luke ihre Hände nicht losließ. »Nein«, beharrte sie. »Irgendwas muss an der Sache dran sein, und das weißt du. Du hast ja selbst gesehen, wie Papa reagiert hat, als ich ankündigte, diesen widerlichen Kerl zu entlassen. Er wurde heftig … und er hatte Angst.«

Luke beschrieb mit seinen Daumen kleine Kreise in ihren Handflächen und an den Innenseiten ihrer Handgelenke, was wunderbar entspannend wirkte. Obwohl der Gedanke in diesem Moment völlig fehl am Platz war, fragte sie sich, ob sie Luke wohl jemals dazu überreden könnte, ihre Füße zu massieren, wenn sie erst einmal verheiratet wären. Sie war sicher, dass sie in höchste Verzückung geraten würde, wenn er das wirklich täte.

»Wenn Jonah wieder er selbst ist«, meinte Luke, »könnt ihr beide die ganze Sache ja in Ruhe besprechen. Bis dahin macht es aber keinen Sinn, ständig darüber zu grübeln. Welche Wahrheit auch immer dahinter stecken mag, nach all den Jahren, die inzwischen vergangen sind, kann es keinen großen Unterschied mehr machen.«

Aber Charity *wusste*, dass es einen Unterschied machen würde. Alte Geheimnisse starben ja nicht einfach, sie bohrten sich ans Tageslicht, sie streckten ihre Tentakel aus, mit denen sie jeden Teil im Leben eines Menschen erreichen konnten. Dieses Geheimnis konnte sehr wohl alles, woran Charity bisher geglaubt hatte, als Lüge entlarven – wenn das Entsetzen, das Jonah gezeigt hatte, ein verlässliches Anzeichen war.

»Heirate mich«, bat Luke. »Heute Abend. In der Kapelle bei Sonnenuntergang.«

Sie blinzelte mit den Augen. »Heute Abend?«

Luke lächelte, aber seine Mundwinkel zuckten nicht belustigt wie sonst, und seine Augen funkelten nicht schelmisch. »Hast du etwa doch noch Zweifel?«, fragte er nicht ganz ernst.

»Nein.« Sie schüttelte schnell den Kopf, hektisch und aufgeregt. »Wir brauchen Blumen und einen Hochzeitskuchen, und ich habe nicht mal einen Ring, den ich dir an den Finger stecken könnte ...«

Er gab ihr einen Kuss auf die Nasenspitze, und irgendwie war diese schlichte, kindliche Geste beruhigender als alles andere, was er hätte tun können. »Nein, Schatz«, erwiderte er. »Wir brauchen nur uns selbst und Pater Elias. Das genügt vollkommen.«

Natürlich, dachte Charity plötzlich ernüchtert, legt er keinen Wert auf all die schönen Kleinigkeiten, die gewöhnlich bei einer Hochzeit nicht fehlen dürfen. Sie hatte – wieder einmal – vergessen, dass es sich bei dieser speziellen Heirat ja um ein geschäftliches Abkommen handelte. »Du hast Recht«, erwiderte sie enttäuscht.

Er hob ihre Hände, küsste erst die eine Handfläche und dann die andere. »Ich habe noch ein paar Dinge zu erledigen«, erklärte er und erhob sich von seinem Stuhl. Ihre Augen folgten ihm ganz automatisch. »Ich hole dich in der Dämmerung mit meinem Wagen ab,

Charity. Warte hier im Haus auf mich. Und wenn du es heute aus irgendeinem Grund noch einmal verlassen musst, sei bitte vorsichtig. Versprochen?«

Sie schluckte. »Versprochen.« In ihrem Kopf drehte sich alles, dort türmten sich Fragen über Fragen, die sie Jonah nicht stellen konnte, obwohl er der Einzige war, der sie hätte beantworten können. Falls Pater Elias etwas wusste – und das war gut möglich, denn ihre Mutter war Katholikin gewesen und er ihr Priester und Beichtvater –, würde er ihr niemals etwas erzählen.

Nachdem Luke Charity noch einen letzten Kuss ins Haar gedrückt hatte, ließ er sie allein, und sie saß noch lange da und zermarterte sich den Kopf, bis ihr ganz schwindlig war.

Sehr viel später ging sie zu Jonahs neuem Schlafzimmer, aber sie wusste, dass er ihr keine Erklärung geben konnte – und dass er vermutlich auch nicht bereit dazu gewesen wäre, selbst wenn er nicht durch den Schlaganfall sein Sprachvermögen verloren hätte. Er lag auf dem Rücken im Bett und schlief. Neben ihm saß Genesis zufrieden in einem Lehnstuhl und nahm bei einem Strumpf die Maschen auf.

Jonah bewahrte in seinem Safe im Arbeitszimmer persönliche Aufzeichnungen und eine Menge Papiere auf, die Charity schon mehrmals gesehen hatte, die sie aber niemals lesen würde. Das wäre eine unverzeihliche Verletzung der Privatsphäre ihres Vaters gewesen.

»Haben Sie Blaise gesehen?«, fragte sie leise.

Genesis' Lächeln verriet Glückseligkeit. Das Leben hatte ihr bisher einen harten Schicksalsschlag nach dem anderen beschert, aber jetzt hatte sie allen Grund zu hoffen, dass sie hier Frieden finden würde und dass sie bald ihren Sohn zu sich holen könnte. »Sie ruht sich aus«, erwiderte sie. »Ich glaube nicht, dass sie in letzter Zeit viel Schlaf gefunden hat.«

Charity nickte, trat näher zum Bett, betrachtete ihren Vater eine kleine Weile liebevoll und schlüpfte dann wieder aus dem Zimmer.

Oben packte sie Unterwäsche, ein Nachthemd, Seife und Parfüm in eine kleine Reisetasche. Dann entschied sie sich nach langem Nachdenken für ein pfirsichfarbenes Kleid, das sie aus dem Schrank nahm und zusammen mit den gesteiften Unterröcken auf dem Bett bereitlegte.

Vor einigen Jahren, als die Rinderpreise besonders gut gewesen waren, hatte Jonah eine moderne Badekammer am anderen Ende des Flurs einbauen lassen, worum man ihn in Jubilee immer noch beneidete. In einem speziellen Kessel, der auf dem Dach zwischen den Giebeln des Ranchhauses verborgen war, wurde das Regenwasser gesammelt. Es floss durch eine Kupferleitung, die von einem Hahn oberhalb der Wanne verschlossen wurde. Charity öffnete diesen Hahn und füllte die Wanne gedankenverloren mit Wasser.

Erinnerungen kamen ihr in den Sinn, als sie sich auszog und in das lauwarme Badewasser stieg – im Winter konnte man das Wasser mittels eines speziellen Brenners erhitzen, der sich unterhalb des inneren Tanks befand –, aber diese Erinnerungen hatten nichts mit dem Tod ihrer Mutter zu tun. Stattdessen dachte sie an den Tag ein paar Jahre später, den Tag, an dem Marietta Shardlow gestorben war, und daran, wie bedrückt Jonah ausgesehen hatte, als er von der Beerdigung nach Hause gekommen war.

Am nächsten Tag war der Marshal – sein Name war Asa McCallum gewesen, wie Charity sich erinnerte – zur Ranch gekommen. Sie hatte verbotenerweise an der Tür zum Arbeitszimmer ihres Vaters gelauscht und gehört, wie der Marshal erzählt hatte, wie er Luke gefunden hatte, auf dem Boden neben Mrs Shardlows

Grab ausgestreckt, mit durchnässter Kleidung, heiß vor Fieber und gleichzeitig zitternd vor Kälte. Asa hatte weiter berichtet, dass er und seine Frau den Jungen bei sich aufnehmen und sich um ihn kümmern wollten. Zwar wäre Luke ja fast schon erwachsen, aber da sie sich schon immer einen Sohn gewünscht hatten, hatten sie sich überlegt, dass Luke genau der Richtige sei.

Jonah musste McCallum Geld gegeben haben – Charity konnte sich deutlich daran erinnern, dass sie gehört hatte, wie der Safe geöffnet und später wieder geschlossen wurde –, aber das war an sich nichts Ungewöhnliches gewesen. Ihr Vater war immer großzügig gewesen, nicht nur den Shardlows gegenüber. Wenn irgendjemand in Jubilee oder Umgebung in Not geraten war, hatte er immer so gut geholfen, wie er es vermocht hatte. Und so hatte Ben Draper auch stets gehandelt.

Charity setzte sich in der Wanne aufrecht. Ben Draper – natürlich! Er war jahrelang Jonahs bester Freund gewesen. Wenn irgendjemand wusste, was Tillmont mit seiner Bemerkung hatte andeuten wollen, dann war es Ben. Das Problem war allerdings, dass sie kaum in der Position war, ihn über die Vergangenheit auszufragen, wenn man bedachte, dass sie seinem Enkel den Laufpass gegeben hatte und – noch bevor dieser Abend vorüber war – mit einem anderen Mann verheiratet sein würde.

Bevor sie in die Wanne gestiegen war, hatte sie die Haare auf dem Kopf zusammengesteckt. Jetzt ließ sie sich bis zum Kinn ins Wasser gleiten und seufzte. Möglicherweise hatte Luke ja Recht, dachte sie. Vielleicht zählte das Geheimnis, egal, worum es sich handelte, wirklich nicht mehr. Aber das konnte nicht sein, denn weshalb sollte Jonah dann Tillmont über Jahre hinweg gedeckt haben? Es entsprach einfach nicht Jonahs Charakter, wegzuschauen, wenn ihn jemand bestahl oder gar erpresste. Und doch hatte er es in diesem Fall unzweifelhaft getan, und es sah ganz so aus, als wollte er sein düsteres Geheimnis mit ins Grab nehmen. Sein Verhalten legte diesen Schluss zumindest nahe.

Charity nahm einen Waschlappen und ein Stück Seife, das nach Lavendel duftete, und begann sich einzuseifen, aber ihre Gedanken kreisten immer noch um die andere Sache. In all den Jahren hatte Charity kaum einmal – wenn überhaupt – an Mrs Shardlow und an den Besuch des Marshals am Tag nach ihrer Beerdigung gedacht. Schon gar nicht hatte sie sich Lukes Bild ins Gedächtnis gerufen, der völlig durchnässt neben ihrem Grab gelegen hatte, so tief in seine Trauer versunken, dass er den Regen gar nicht gespürt hatte. Wenig später hatten die McCallums die Stadt verlassen und waren nie mehr zurückgekehrt.

Nachdem sie ihr Bad beendet hatte, stieg Charity aus der Wanne und zog den Stöpsel heraus, sodass das Wasser durch ein anderes Rohrsystem das Haus wieder verlassen konnte, und trocknete sich ab. Danach bestäubte sie ihren Körper reichlich mit Talkumpuder, und ihre Gedanken kehrten zu dem erwachsenen Luke zurück, der bald ihr Ehemann sein würde. Schon in dieser Nacht würde sie als seine rechtmäßig angetraute Ehefrau neben ihm in seinem Bett liegen.

Sie lächelte ein bisschen, als sie sich daran erinnerte, dass er ja gar kein richtiges Bett besaß. Als sie in seiner Hütte gewesen war, hatte sie gesehen, das er auf einem Strohsack auf dem Boden schlief. Und da er klar gemacht hatte, dass er nicht in ihrem Zimmer im Ranchhaus schlafen würde, wusste sie nicht recht, was sie zu erwarten hatte. Vielleicht würden sie ihre Hochzeitsnacht in dem Baumhaus verbringen, das beiden, zu verschiedenen Zeiten ihres Lebens, als Zufluchtsort gedient hatte, oder in dem süß duftenden weichen Gras am Creek.

Charity war es gleichgültig, *wo* es passieren würde, solange es überhaupt passierte. Das Einzige, was zählte, war, dass sie endlich, endlich diese wundervollen erhebenden Gefühle empfinden würde, die Luke ihr mit seinen Blicken, mit seinen Küssen und der Berührung seiner Hände versprochen hatte. Das Verlangen, das er in ihr geweckt hatte, reichte tief, und für sie würde die Vereinigung ihrer Körper auch eine Vereinigung ihrer Seelen sein.

Nachdem sie Schlüpfer und Hemdchen angezogen hatte, warf Charity sich einen Morgenmantel über und trat auf den Flur. Als sie vor Blaises Zimmertür kurz stehen blieb, hörte sie, dass die Frau leise vor sich hin summte, und klopfte.

Nach Blaises freundlicher Aufforderung hereinzukommen, öffnete sie die Tür.

»Ich werde heute Abend heiraten«, verkündete sie, ohne über die Schwelle zu treten, und fühlte sich schrecklich scheu. »In der Kapelle der Mission.«

Blaise, die ebenfalls einen Morgenmantel trug, durchquerte den Raum und küsste Charity leicht auf beide Wangen. »Bist du ganz sicher, dass es das ist, was du wirklich willst, Liebes? Luke ist ja ein sehr attraktiver Mann, aber wir wissen eigentlich doch recht wenig von ihm.«

»Ich weiß alles, was ich wissen muss«, erwiderte Charity. Und das war die Wahrheit. Ihre Intuition – schon immer eine ihrer Stärken – hatte Luke lange getestet und entdeckt, dass er in allen Punkten, auf die es ankam, ehrlich war. Die Jahre, die vor ihnen lagen, würden sicher noch viele Überraschungen bereithalten, gute wie schlechte, aber Luke war Luke; sie kannte seine Qualitäten und schätzte sie, und sie kannte seine Fehler und akzeptierte sie. Aber das Wichtigste war, dass sie ihn von ganzem Herzen liebte.

»Blaise, ich habe natürlich nicht das Recht, dich so etwas zu fragen, und ich weiß auch nicht, ob du mir überhaupt darauf antworten wirst, aber ich muss die Frage einfach stellen. Du und Papa seid doch ineinander verliebt. Wie lange schon – seit fünf Jahren? Und du lebst – ganz tugendhaft und keusch, ich weiß – seit zwei Jahren in diesem Haus. Wieso habt ihr nicht längst geheiratet?«

Blaises große leuchtende Augen bargen gewiss kein Geheimnis, zeigten aber stattdessen eine gewisse Irritation und Traurigkeit. »Ich … ich habe immer geglaubt, dein Vater hätte … äh … Vorbehalte.«

»Aber erklärt hat er das nie?«

Oberhalb von Blaises perfekter Nase bildeten sich kleine Fältchen. »Ich habe ihm deshalb nicht zugesetzt, Liebes. Ich bin zufrieden mit meinem Leben, wie es ist.« Eine leichte Röte überzog ihre Wangen. »Nun ja, ziemlich zufrieden. Es ist natürlich schon sehr ungewöhnlich, dass ich ohne Trauschein unter Jonahs Dach lebe, aber da du ja bei uns wohnst, ist der Skandal ausgeblieben.«

Charity spürte plötzlich einen Kloß im Hals, der ihr die Kehle zuschnürte, sodass sie nur mit Mühe antworten konnte. »Luke besteht darauf, dass ich in Zukunft mit ihm in seiner Hütte lebe«, erklärte sie.

»Gütiger Himmel«, murmelte Blaise, aber dann erhellte sich ihr Gesicht wieder. »Ich habe ja Genesis ganz vergessen. Sie wird sicher bereit sein, uns als Anstandsdame zu dienen.«

»Blaise«, sagte Charity vorsichtig zu der anderen Frau, »Genesis – egal, was für ein wundervoller Mensch sie ist – ist aber auch eine ehemalige Prostituierte. Ihre Anwesenheit in diesem Haus wird eher zu Gerüchten Anlass geben, als sie zu vermeiden.«

Blaise presste eine Hand auf ihr Herz, ging zu ihrer Frisierkommode und setzte sich. Ihr Gesicht war aschfahl. »Was soll ich denn jetzt nur machen?«

»Ich hätte das alles gar nicht erwähnen sollen«, seufzte Charity und trat einen Schritt zurück. »Es tut mir leid, Blaise, ich wollte dich nicht aufregen und dir zusätzlich Sorgen machen.«

»Das weiß ich«, erwiderte Blaise, die sichtlich ihre Kräfte wieder sammelte. Sie hob das Kinn und straffte die Schultern. Blaise war wahrscheinlich die unverwüstlichste Frau, der Charity je begegnet war. »Du bist eben manchmal sehr direkt – genau wie dein Vater. Aber was du gesagt hast, ist wahr. Ich muss mir eben überlegen, welche Schritte ich jetzt unternehmen werde.«

»Vielleicht könnte ich Luke dazu überreden, hier im Haus … wenigstens so lange, bis es Papa wieder besser geht …« Aber schon während Charity die Worte aussprach, wusste sie, dass die Sache hoffnungslos war. Luke war auf seine Art genauso stolz wie Jonah, und er würde niemals im Haus eines anderen Mannes leben.

Blaise schüttelte den Kopf. »Du musst nicht versuchen, meine Probleme zu lösen«, entgegnete sie freundlich. »Darum muss ich mich schon selbst kümmern. Wirst du es deinem Vater erzählen – das mit der Hochzeit, meine ich?«

»Morgen«, erwiderte Charity, die diese Entscheidung gerade erst getroffen hatte. »Er wird davon bestimmt nicht sonderlich überrascht sein, denn ich habe ihm ja gesagt, dass ich Luke heiraten werde.«

»Soll ich dich begleiten? Vielleicht als deine Trauzeugin oder so?«

»Bleib bei Papa«, antwortete Charity mit leiser

Stimme. »Vielleicht werden wir ja in ein paar Monaten, wenn es ihm wieder besser geht, eine kleine Feier veranstalten.«

Blaise dachte kurz darüber nach, nickte und lächelte. »Ich wünsche dir, dass du glücklich wirst, Liebes. Du verdienst von allem wirklich nur das Beste.«

Charity warf ihrer Freundin einen Handkuss zu, drehte sich schnell um und schloss die Tür hinter sich, denn sie fürchtete, dass sie in alberne, sentimentale Tränen ausbrechen könnte, wenn sie länger blieb.

Als Luke einige Stunden später vor dem Ranchhaus vorfuhr, um sie abzuholen, trug sie das pfirsichfarbene Kleid, das sie zuvor schon ausgewählt hatte. Ihr Haar war zu einem einzigen breiten Zopf geflochten, in den sie Rosenknospen aus dem Garten eingearbeitet hatte. Bei ihrem Anblick trat Luke einen Schritt näher, als wäre er von irgendetwas getroffen worden. Er gewann seine Fassung jedoch schnell wieder, obwohl sein schiefes Lächeln weiterhin ein bisschen unsicher wirkte.

»Du siehst wunderschön aus«, meinte er, nachdem er tief durchgeatmet hatte. Seine Bewegungen waren ungewöhnlich linkisch, als er ihr auf den Wagen half und dann am Gespann vorbei zur anderen Seite ging, um selbst auf den Bock zu klettern.

Charity dankte ihm nicht für das Kompliment, da sie sich wieder ebenso scheu fühlte, wie zuvor bei ihrem Gespräch mit Blaise. Sie saß einfach neben ihm und hielt ihren Brautstrauß aus dunkelroten Rosen im Schoß, während ihr Herz im Rhythmus des Wagens tanzte. Sie war irgendwie glücklich, aber nicht ganz sicher, ob sie dies alles wirklich erlebte oder nur träumte.

13

Sie fuhren über eine Straße, die in den Glanz eines leuchtenden Vollmonds getaucht war, obwohl die Sonne noch nicht völlig untergegangen war. Charity war bei dem Anblick dieses seltsamen Zwielichts auf eine Art ergriffen, die sie sich selbst nicht recht erklären konnte. Sie suchte in sich nach Worten, die ihr gewöhnlich leicht über die Lippen kamen, nach Beherztheit oder zumindest nach vorgespielter Tapferkeit, aber sie fand nur die romantische, süße Zurückhaltung einer Braut.

Schon lange bevor sie das Tor der Mission erreichten, hörte Charity die fröhlichen Stimmen der Kinder, dann erspähte sie sie, wie sie ausgelassen im hohen Gras tobten, einander jagten und – mit dieser unbändigen Freude, die nur ganz jungen Menschen vorbehalten war –, die letzten Strahlen des Tageslichts auskosteten.

Einer der kleineren Jungen eilte herbei, um das Tor zu öffnen, wobei er sich auf die unterste Sprosse stellte und vergnügt mit nach hinten schwang, als sich das Gattertor, das leise in den Angeln quietschte, langsam öffnete. Die anderen hatten sie bald umzingelt und tollten um den Wagen herum wie ein neugieriges Rudel junger Wölfe, wobei sie Charity und Luke überschwänglich begrüßten. Es war der Versuch, Zeit zu schinden, kostbare Zeit, bevor sie zum Abendgebet gerufen und ins Bett geschickt wurden.

Charity lachte über das Gekasper, und sie lachte noch mehr, als Peony in den Garten gerannt kam und mit ihrer Schürze wedelte, als hätte sie eine Schar gackernder Hühner vor sich, die sie in den Stall zurücktreiben wollte. Die Kinder schenkten der älteren Köchin jedoch gar keine Beachtung; erst als Pater Elias auftauchte und ihnen lächelnd befahl, in die Schlafräume zu gehen, folgten sie – wenn auch widerwillig – mit gesenkten Köpfen, schlurfend und nur noch leise murmelnd.

Die Kleinen gaben in so einem Augenblick nur ungern nach, und Charity wusste, dass sie freudig auf den Schlaf verzichtet hätten, wenn es diese Alternative gegeben hätte. Selbst als sie im Haus verschwunden waren und ihre Lampen angezündet hatten, zeigten sich die kleinen Gesichter weiter in beiden Fenstern und sogar noch in der Eingangshalle.

Bei einem langen Seitenblick auf Luke sah sie, dass er lächelte. »Ich erinnere mich noch gut daran, wie es war«, erklärte er ruhig. Seine Stimme klang keineswegs traurig, höchstens ein bisschen nostalgisch. Trotz aller Probleme im Haus der Shardlows hatte Luke als Kind offensichtlich doch ein wenig Freude erlebt. Darüber hatte sie zuvor noch nie nachgedacht.

»Sie würden eine höchst lebendige Hochzeitsgesellschaft abgeben«, meinte Charity nachdenklich und lächelte ebenfalls.

»Das würden sie allerdings«, sagte Luke zustimmend, während er den Bremshebel sicherte und vom Wagen sprang, um Pater Elias zu begrüßen, der langsam auf sie zukam. Am Himmel waren inzwischen die ersten Sterne aufgezogen.

Der Priester war natürlich darüber informiert, dass

Luke und Charity gekommen waren, um zu heiraten. Das war auch keineswegs ungewöhnlich, denn viele Männer und Frauen ließen sich in seiner Kapelle trauen – zu allen Jahreszeiten und zu allen Tages- und Nachtstunden.

Strahlend schüttelte der alte Mann Lukes Hand. Normalerweise wäre Charity nun auch vom Wagen gesprungen, um ihren Freund zu begrüßen, aber die Röcke ihres Hochzeitskleides waren zu voluminös, und sie wollte es nicht riskieren, sie zu zerreißen oder zu beschmutzen.

Nachdem Luke ein paar Worte mit Pater Elias gewechselt hatte, kam er zurück, streckte die Arme aus, um Charity um die Taille zu fassen. Er hob sie mit Leichtigkeit hoch und setzte sie mit den Füßen auf den Boden. Sie errötete, denn sie standen so dicht beieinander, dass sie für einen kurzen Moment glaubte, er würde sie küssen – direkt hier im Hof der Mission, mit dem Priester, Peony, einem Haufen kichernder Kinder, dem Mond und den Sternen als Zeugen.

Er musste ihre Gedanken gelesen haben, denn er lachte leise, nahm ihr Kinn zwischen Daumen und Zeigefinger und blickte ihr tief in die Augen. »Später«, versprach er so leise, dass nur sie es hören konnte.

Peony wirkte weit weniger glücklich als Pater Elias, aber sie kam trotzdem näher und begleitete Charity in die Kapelle. Ein gemeinsamer Jubelschrei der Kinder verhieß, dass entweder Luke oder der Priester sie eingeladen hatte, Zeugen bei der Hochzeit zu sein. Sie stürmten in die Kapelle und nahmen ihre Plätze in den Sitzreihen ein.

Pater Elias zündete die Altarkerzen an und winkte dann Braut und Bräutigam zu sich nach vorn. Er wirkte jetzt ganz ernst. Die Kinder zappelten ungeduldig auf ihren Plätzen, aber Peony brachte sie mit einem strengen Blick zur Ruhe, bevor sie selbst und eines der älteren Mädchen ihren Platz vorn in der Kapelle einnahmen, um als Trauzeugen zu fungieren.

Die Zeremonie war fast unerträglich schön – zumindest aus Charitys Sicht, die sich in einem tranceähnlichen Zustand befand, in den sie die flackernden Kerzen und die freundlichen Ermahnungen des Priesters versetzten, und sie vermisste auch nicht das schönere Ambiente, das sich ihr geboten hätte, wenn sie Luke auf der Ranch das Eheversprechen gegeben hätte. Aber trotz ihres Glücks fehlten ihr Jonah, Blaise und Aaron, die bei dieser Zeremonie unzweifelhaft hätten dabei sein müssen.

Es dauerte nicht lange, bis die geheiligten Worte gesprochen waren und das feste Gelöbnis gegeben war. Als der Priester dann fragte, ob sie füreinander Ringe hätten, schüttelte Charity den Kopf, aber Luke zog einen goldenen Reif aus der Tasche seines Fracks und streifte ihn ihr über den Finger. Sie starrte erst den Ring an und blickte dann auf, um Luke in die Augen zu schauen.

Er lächelte, als er ihre Überraschung sah, und wandte seine Aufmerksamkeit wieder dem Priester zu. Die Kinder, die in den Bankreihen knieten, waren offensichtlich vollkommen gefesselt, denn sie waren mucksmäuschenstill.

Pater Elias erklärte sie zu Mann und Frau und forderte Luke auf, die Braut zu küssen. Das tat er auch, aber obwohl er äußerlich ganz ruhig wirkte, spürte Charity ein unhörbares Stöhnen, ein Zittern, als seine Lippen ihren Mund berührten.

Die Kinder applaudierten begeistert, während Peony ein paar sentimentale Tränen vergoss.

Luke zahlte den Priester mit einer Goldmünze, die der alte Mann lange in seiner Hand hielt und verwundert anschaute. Dann wurden die Papiere unterzeichnet, und die Welt um sie herum verschwamm. Zumindest kam es Charity so vor, die anschließend Peonys nasse Wange küsste und dann die faltige, trockene von Pater Elias. Die Kinder traten sich gegenseitig auf die Füße, während sie ihr überschwänglich gratulierten.

Schließlich nahm Luke sie am Arm und führte sie zum Wagen zurück – später hatte sie das Gefühl, als hätten ihre Füße dabei nie das Gras berührt, als wäre sie, anstatt zu gehen, wie ein verirrter Engel, der zu tief flog, über den Boden geschwebt.

Luke und Pater Elias wechselten noch einige Worte, dann hob Luke sie auf den Sitz, setzte sich neben sie, nahm die Zügel auf und wendete das Gespann in einem weiten Bogen. Der Himmel schimmerte silberfarben und beleuchtete ihren Weg, während die Sommernacht einen Chorgesang für sie anzustimmen schien.

In diesen kostbaren Momenten schien der Geist der Erde sich zu erheben, um sie beide zu umarmen; Charity spürte geradezu, wie sein mächtiger, donnernder Pulsschlag sie umfing. Sie hätte es nie für möglich gehalten, solch eine Freude zu empfinden, obwohl sie doch in ihrem Leben schon tausend Märchen gelesen und sich wohl genauso viele selbst ausgedacht hatte. Aber als sie jetzt neben Luke in diesem alten, schäbigen Wagen saß, in einem Hochzeitskleid, das sie schon im letzten Jahr bei einer Tanzveranstaltung getragen hatte, empfand sie ein so vollkommenes Glück, dass es geradezu unanständig gierig gewesen wäre, mehr zu erwarten.

Luke und sie sprachen nicht während der Fahrt; Charity war zu bewegt und hatte Angst, den Zauber zu brechen, und Luke pfiff leise durch die Zähne, während er das Gespann in einem gleichmäßigen, nicht sehr schnellen Trab hielt. Sie wusste, dass er seinen Waffengürtel trug, dass er ihn sogar während der Hochzeitsfeier in der Kapelle getragen hatte, aber zum ersten Mal störte sie das nicht. Gut oder schlecht – ohne seinen Colt wäre er eben nicht Luke gewesen.

Schließlich ratterte der Wagen durch die Einfahrt zu Lukes Grundstück, und das Gespann kam vor der Hütte zum Stehen. Ein wilder Schauer der Erwartung lief Charity über den Rücken, der in ihrem tiefsten Innern wie in einem Feuerstrahl zerbarst.

Natürlich stieg Luke zuerst ab, aber diesmal setzte er Charity, nachdem er sie in seine Arme genommen hatte, nicht ab, sondern trug sie durch das wehende Gras zur Hütte, stieß mit dem Fuß die Tür auf und trug sie über die Schwelle in die intime Dunkelheit des kleinen Hauses.

Es war eine primitive Behausung, aber für Charity war es in diesem Moment das schönste Schloss. Sie glaubte Musik in der Stille zu hören, und sie fühlte sich in der Wärme und der Dunkelheit der Hütte willkommen.

Luke hielt Charity weiter auf dem Arm, beugte seinen Kopf zu ihr und gab ihr einen langen, zärtlichen Kuss. Als er sie schließlich auf die Füße stellte, schwankte sie und wäre vielleicht gestürzt, wenn Luke sie nicht gestützt hätte.

Sein Haar leuchtete im schwachen Licht golden, und sein Lachen war so persönlich wie eine Liebkosung. »Bleib hier stehen und rühr dich nicht von der Stelle«, bat er. »Ich zünde eine Lampe an.«

Sie wollte nicht, dass er sie verließ, nicht einmal so kurz, um ein Zündholz anzureißen und es an den Docht zu halten, aber sie protestierte nicht, als er zur Seite trat, und sie zuckte kaum mit den Wimpern, als die Flamme aufleuchtete, kurz flackerte und dann gleichmäßig brannte. Der Duft von Kerosin stieg von einer einfachen Lampe auf, die mitten auf dem behelfsmäßigen Tisch stand.

»Ich muss eben noch das Gespann versorgen«, erklärte Luke fast ein bisschen barsch und hielt sich auf Distanz. Im Schein der Lampe sah er wie ein Erzengel aus, unglaublich schön, zu perfekt, um sterblich zu sein. Er blickte sie ernst an, und sie sah, dass sich sein Kehlkopf bewegte, als er schluckte. »Ich bringe dir deine Tasche rein und lasse dir etwas Zeit, damit du … na ja, ich lasse dir einfach etwas Zeit.«

Charity hätte beinahe gelacht, wenn ihr Herz nicht so wild geklopft hätte. Sie hatte Angst, sie fühlte sich unsicher, aber gleichzeitig war sie froh, die zu sein, die sie war, und dort zu sein, wo sie war. Sie nickte zustimmend, denn im Moment fühlte sie sich außerstande zu sprechen, und Luke eilte so hastig aus der Hütte, als würde er von Dämonen gehetzt, wobei er einen der Apfelkisten-Stühle umwarf.

Im Kamin war ein Feuer vorbereitet. Charity nahm ein Zündholz aus der Box, die auf dem Sims lag, ging in die Hocke, wobei ihr seidener Rock sich glockenförmig um sie legte, und entfachte das Feuer. Der beißende Geruch von brennendem Holz erfüllte die Luft, und ein Geräusch, das sie in ihrem Rücken vernahm, verriet ihr, dass Luke mit ihrer Reisetasche zurückgekehrt war. Sie drehte sich jedoch nicht zu ihm um, da etwas anderes ihre Aufmerksamkeit geweckt hatte.

An der gegenüberliegenden Wand stand ein Bett. Ein richtiges Bett mit einem Kopfteil aus geschnitztem Mahagoni, mit cremefarbenen Leintüchern, dicken Kissen und einer bunt gemusterten Decke.

Sie stand langsam auf und starrte das Bett verwundert an. Wie und woher, um alles in der Welt, hatte er in dieser kurzen Zeit so ein herrliches Möbelstück besorgt? Sie drehte sich um, um ihn danach zu fragen, aber er war schon wieder gegangen, wobei er die Tür nur angelehnt gelassen hatte, sodass sie das Zirpen der Grillen und das Wiehern der Pferde hören konnte.

Charity biss sich auf die Lippen, öffnete ihre Tasche, nahm das Nachthemd heraus und zog so schnell wie möglich ihr Kleid und die Unterröcke aus. Sie wollte gerade ihr Haar lösen, als Luke zurückkam, sie anstarrte – wobei sein Blick zugleich ehrfürchtig und voller Verlangen war – und ohne Zögern den Riegel vor die Tür legte.

»Du siehst ein bisschen ... pummelig aus«, meinte er mit rauer Stimme.

Charity, die auf ein Kompliment vorbereitet gewesen war, war nicht wenig erstaunt. Erst dann wurde ihr bewusst, dass sie in der Eile das Nachtgewand über ihr Hemdchen und ihre knielangen Unterhosen angezogen hatte, und sie fürchtete, dass sie keine Zeit mehr haben würde, sich halbwegs würdevoll ihrer Unterwäsche zu entledigen. Dem Ausdruck von Lukes Gesicht nach zu urteilen, hatte er nicht die Absicht, den Blick abzuwenden, und er hatte bestimmt nicht vor, sich umzudrehen – was ein Ehrenmann in so einer Situation getan hätte.

»Woher hast du das Bett?«, versetzte sie, denn sie brachte es nicht fertig, ihm eine direkte Antwort auf seine letzte Bemerkung zu geben.

Er lachte leise in sich hinein, und dieses Lachen brach einen Großteil der Spannung, die sich zwischen ihnen aufgebaut hatte, obwohl es sich noch immer so anfühlte, als wollten sich Blitz und Donner der ganzen Welt hier in dieser kleinen Hütte, in der sie zusammen eingesperrt waren, entladen. »Ich habe es dem Kramladenbesitzer in der Stadt abgekauft«, erklärte er. »Wahrscheinlich muss er genau in diesem Moment seine ganze Zungenfertigkeit aufbieten, um seiner Frau den leeren Platz im Schlafzimmer zu erklären.«

»Du meinst, Mr Witchell hat dir sein *eigenes* Bett verkauft?«

Er zuckte bescheiden mit den Schultern, aber die Art, wie er seinen Kopf hielt, und der Ausdruck seiner Augen drückten ein gewisses Selbstbewusstsein aus. »Ich bin eben ein Mann, der andere zu überreden versteht«, meinte er.

Charity, die ihre übliche Schlagfertigkeit wiedergefunden hatte, sagte: »Und ganz schön arrogant bist du auch. Obwohl ich gestehen muss, dass ich dankbar bin, nicht auf dem Boden auf einem Strohsack schlafen zu müssen.«

Luke beugte sich über die Lampe, deren Schein seinen Haaren einen goldenen Schimmer verlieh, und löschte sie. Abgesehen von dem schwachen Feuerschein, lag der Raum wieder im Dunkeln. »Hast du wirklich an Schlafen gedacht?«, fragte er, wobei seine Stimme zu lachen schien.

Charity blickte nervös auf das Bett. Was wurde jetzt von ihr erwartet? Dass sie sich auf die Matratze legte und breitbeinig dort liegen blieb – wie ein Gefangener der Apachen, den die Indianer auf einen Felsen gepflockt hatten? Sollte sie darauf warten, dass Luke ihr Anweisungen gab? Sie war trotz der leidenschaftlichen Gefühle, die sie in letzter Zeit so lebhaft empfunden hatte, schrecklich unerfahren. Märchen endeten eben immer kurz vor der Tür zum Hochzeitsgemach, und sie hatte keine Vorstellung, was sie jetzt tun sollte.

Luke stieß ein leises, kehliges Lachen aus. »Ist dir eigentlich klar«, meinte er, »dass du immer noch deine Liebestöter anhast?«

Sie war geschockt über diese Bemerkung, da sie sich völlig ihren romantischen Gedanken hingegeben hatte – auch wenn diese mit etwas Angst verbunden waren –, und so seufzte sie nur leise und verschränkte die Arme vor der Brust. »Woher …?«

»Du stehst vor dem Fenster, Charity«, erklärte er. »Deshalb kann ich durch dein Nachthemd sehen.«

Sie war dankbar, dass es in der Hütte so dunkel war, denn ihr Gesicht war tiefrot geworden. Sie drehte sich schnell um, um irgendwie das Hemd und die Hose loszuwerden, aber Luke hielt sie mit seinen nächsten Worten auf.

»Nicht«, sagte er. »Ich möchte dich ausziehen.«

Ein heftiges Zittern lief über Charitys Körper, eine Mischung aus Vorfreude und Beklommenheit. Sie erstarrte, mit dem Rücken zu Luke – wagte aber weder ins Bett zu gehen noch in die sternenklare Nacht zu fliehen, die jenseits der dicken Mauern der Hütte lag.

Er trat zu ihr, legte zärtlich seine Hände auf ihre Schultern und drehte sie zu sich um, damit sie ihn ansah. »Lass mich«, bat er und ließ den Stoff des Nachthemds durch seine Hände gleiten. Dann wartete er, wobei sein Blick den ihren festhielt, bis sie nickte und ihm die Erlaubnis gab.

Ganz langsam – wie ein Schamane, der einen heiligen Akt vollzog – hob er den Saum höher und höher, zu ihren Knien und Schenkeln, über die Hüften und schließlich über ihren Kopf.

Sie senkte scheu den Kopf, als er sie anschaute, doch er legte einen Finger unter ihr Kinn, hob ihr Gesicht an und hielt sie nur mit seinen Augen gefangen.

»Du bist so wunderschön«, murmelte er und warf das Nachthemd zur Seite, das sich um einen der dicken Pfosten am Fußende des Bettes wickelte.

»Das bist du auch«, erwiderte Charity ernst, woraufhin er lachte, sie eng an sich zog und ihr Kinn sanft mit seiner Hand umfasste. Sein Kuss war zart, aber intensiv, besitzergreifend, aber vorsichtig – und es war, als spreizte ein wunderschöner Wildvogel zwar die Flügel, aber wagte es nicht davonzufliegen.

Sie zitterte, als er sich von ihr löste und sie ihm wispernd gestand: »Ich … ich weiß nicht, was ich jetzt tun muss. Ich … ich habe noch nie …«

Er lächelte, und seine Augen leuchteten. »Ich weiß, und ich bin froh darüber.« Er ringelte eine Locke ihres Haares um einen Finger. »Hab keine Angst, Charity«, meinte er. »Ich werde dir alles beibringen, was du wissen musst.« Seine Stimme wurde ernst, als er fortfuhr. »Ich möchte dich anschauen. Davon träume ich, seit ich wieder nach Jubilee zurückgekommen bin und dich gesehen habe.« Er schwieg einen Moment. »Erlaubst du mir das?«

Als sie nickte, löste er die Bänder, die ihr Hemdchen hielten, schob den zarten Stoff zurück, sodass ihr nackter Busen sichtbar wurde. Ihre Brustwarzen richteten sich steil auf, als er sie intensiv betrachtete, und Charity erzitterte, als Luke eine Brust in seine schwielige Hand nahm und sie mit seinem Daumen liebkoste.

»Ist dir kalt?«, wisperte er ehrlich besorgt.

Sie schüttelte den Kopf, und mit seiner freien Hand griff er nach ihrem Zopf, löste ihn auf und strich mit den Fingern wie mit einem Kamm wieder und wieder durch ihre Haare. Als sie lose über ihre Schultern fielen, zog er ihr das Hemdchen aus, ließ es auf den Holzfußboden fallen und nahm beide Brüste wie reife Früchte in seine Hände. Er runzelte die Stirn, als könnte er sich nicht entscheiden, dann beugte er sich vor und nahm die eine Brustspitze fest in seinen Mund.

Charity stieß vor Überraschung und Vergnügen einen leisen Schrei aus, krallte ihre Finger in seine Haare, dessen Spitzen golden schimmerten, und presste ihn an sich, besorgt, dass er sich wieder zurückziehen würde. Gütiger Himmel, das war ja so viel besser als alles, was sie sich vorgestellt hatte – und sie hatte sich wahrlich eine ganze Menge vorgestellt.

Er fuhr fort, ihr Lust und Vergnügen zu bereiten, wobei er sie von der Unterhose befreite, während er an der anderen Brust saugte. Charity warf den Kopf in den Nacken, als wollte sie sich ergeben, sie seufzte und wand sich hin und her. Sie konnte nur deshalb noch aufrecht stehen, weil Luke sie mit beiden Händen an den Hüften festhielt.

Charity gab einen heiseren Laut von sich, halb seufzend, halb flehend, als er sie auf seine Arme hob und zum Bett trug. Das Laken unter ihrem Rücken und ihren Schenkeln war weich und duftete nach Puder. Ungeduldig vor Verlangen strich sie mit den Fersen über das Leintuch.

Luke streckte sich neben ihr aus, und Charity wollte ihn in sich spüren, aber sie musste schnell feststellen, dass das Vorspiel zu ihrer Eroberung gerade erst begonnen hatte. Immer wieder küsste er sie, intensiv und ausdauernd, streichelte sie und erkundete ihren Körper mit den Händen, bis sie das Gefühl hatte, sie würde wahnsinnig werden, wenn er es noch länger hinauszögerte. Sie bettelte, wölbte im Schein des Feuers ihren Rücken, und schließlich spreizte er ihre Beine und kniete sich zwischen ihre Schenkel.

Sie freute sich und dachte, endlich würde er in sie eindringen und das Feuer löschen, das sie von innen heraus zu verzehren schien. Stattdessen beugte er sich über sie, küsste ihren Bauch und umspielte ihren Nabel mit seiner Zungenspitze.

Charity schluchzte auf und zerrte an ihm, ihre Finger in seinen Haaren vergraben, denn sie wollte, dass er sich auf sie legte und wirklich mit ihr schlief. Aber er wanderte nur tiefer mit seinen Lippen, strich ganz leicht über ihre seidigen Härchen hinweg und schürte das Feuer in ihr mit seinem heißen Atem. Dann schmiegte er seinen Kopf in ihren Schoß, durchbrach den Schleier der Löckchen und bedeckte sie verwegen und voller Verlangen mit seinem Mund.

Sie schrie voller Lust auf, stemmte ihre Hüften ihm entgegen und verlangte nach mehr. Er umfasste ihren Po und hob ihre Schenkel an, sodass ihre Füße das Bett nicht mehr berührten.

Das Verlangen wurde von Sekunde zu Sekunde intensiver, und sie hatte das Gefühl, als würde das Universum zerbersten, als würden Mond und Sterne in sie eindringen, um in ihrem Innern umso heller zu strahlen. Luke zog sich zurück, küsste noch einmal ihren Bauch und die Innenseiten ihrer Schenkel und ließ sie zwischen Himmel und Erde schweben. Sie war empfindsam und verletzlich und wünschte sich nichts mehr, als sich ihm ganz hinzugeben.

Zärtlich legte er sie auf die mit Federn gefüllte Matratze zurück, schloss sie in seine Arme, flüsterte ihr zärtliche Liebesworte ins Ohr und streichelte sie, bis ihr Zittern nachließ und sie geborgen und ein bisschen benommen neben ihm lag.

Mit zärtlichen Bewegungen seiner Hand und aufreizenden Küssen brachte er sie erneut kurz vor die Pforte der Glückseligkeit, und als er sich auf sie legte und in sie eindrang, bemerkte sie kaum den kurzen, scharfen Schmerz. Als es vorüber war, brauchte sie eine ganze Weile, um wieder in die Wirklichkeit zurückzufinden.

Wie Luke es versprochen hatte, erlaubte er ihr nicht zu schlafen; immer wieder erregte er sie aufs Neue und führte sie in den Himmel aller Träume. Erst als sich das rotgoldene Licht des frühen Morgens durchs

Fenster stahl, ließ er von ihr ab, und sie fanden – eng aneinander geschmiegt – Ruhe. Sie gehörten zueinander wie zwei Teile, die getrennt und nun wieder zusammengefügt worden waren.

Die Sonne stand schon hoch, als sie schließlich erwachten, Luke sich über sie schob und ihren Körper zu dem Spiel verführte, das sie während der Nacht auf so wundersame Weise erlernt hatte. Sie schrie seinen Namen, als er hart in sie stieß, und sie flüsterte »Feigling«, als er sich zurückziehen wollte, gerade als ihr Herz in Flammen stand.

Er stöhnte gequält auf, während er ihr tief in die Augen schaute und seinen warmen Samen in sie ergoss.

Lass es ein Kind werden, flehte sie stumm, als sie ihn empfing. *HERR, lass es ein Kind sein, und ich werde DICH nie wieder um etwas anderes bitten.*

Kurze Zeit später stieg Luke aus dem Bett, streifte eine einfache Hose über und zog ein Baumwollhemd an. Seine Hochzeitskleidung war ebenso wie Charitys Kleider überall im Raum auf dem Boden verteilt.

»Ich gehe raus und sehe mal nach den Pferden«, erklärte er. Er saß auf dem Rand der Matratze, während er sprach und seine Stiefel anzog.

»Ich will noch ein bisschen schlafen.« Sie räkelte sich und drehte sich zur Seite.

Luke gab ihr einen leichten Klaps auf den Po. »Zu schade, *Boss*«, meinte er, »aber du hast dich um eine Ranch zu kümmern. Oder hast du das vergessen?«

Charity stöhnte und versuchte, sich die Decke über den Kopf zu ziehen, die Luke aber zurückzog, bis sie im hellen Sonnenschein, der durchs Fenster fiel, nackt vor ihm lag.

»Ich kann mir nicht vorstellen, dass die Double B-Ranch gleich untergeht, wenn ich mir einen ›Flittertag‹ freinehme.«

Luke war schon halbwegs bei der Tür, sammelte aber ihre Unterwäsche zusammen und legte sie aufs Fußende des Bettes. »Das solltest du dir noch mal gut überlegen«, meinte er liebevoll. »Sobald es sich herumgesprochen hat, dass du dich mit einem von meiner Sorte eingelassen hast, werden alle schmierigen Heilmittelverkäufer aus der ganzen Gegend vor der Tür deines Vaters Schlange stehen, um ihn ihres Mitgefühls zu versichern und ihm dann ihre Pülverchen anzudrehen, die angeblich jede Krankheit heilen.«

Seufzend – und ziemlich hungrig – zog Charity ihre Wäsche an und schlüpfte in ihre Unterröcke. Sie hatte am Tag zuvor auf der Double B auch ein blaues Tageskleid in ihre Tasche gepackt, das sie trug, als Luke wieder in die Hütte kam, wobei er einen Eimer mit frischem Quellwasser in der Hand trug. Sie schlug ein paar Eier auf, die sie verquirlte, und brühte Kaffee auf.

»Donnerwetter, du kannst auch noch kochen?«, staunte er.

Sie fühlte sich beleidigt, denn sie glaubte, er wollte sie verspotten. »Komme ich dir so unfähig vor?«

Er durchquerte den Raum, trat neben sie und inspizierte den Inhalt der Pfanne. »Aber nein, *Boss*, so etwas würde ich nie behaupten. Ich dachte nur, dass du eine ›höhere Tochter‹ bist und mit solchen Niedrigkeiten …«

»Es stimmt schon, dass Peony meistens gekocht hat«, gab Charity zu und haute ihm auf die Finger, als er sich etwas aus der Pfanne stibitzen wollte, »aber Papa hat darauf bestanden, dass ich lerne, wie man einen Haushalt anständig führt.« Bei der Erinnerung daran wurde sie so traurig, dass sich ihr Gesichtsausdruck verändert haben musste, denn Luke schob die Pfanne vom Feuer und zog Charity an sich, sodass sie ihn ansehen musste.

»Und was sagt uns das?«, fragte er liebevoll. »Liegt darin das Problem?«

Sie seufzte tief. »Ich hatte ja nichts dagegen, kochen zu lernen oder zu nähen oder sauber zu machen. Wirklich nicht. Aber gleichzeitig hat Papa darauf bestanden, dass ich aufhörte, wie ein Mann zu reiten, dass ich nicht mehr auf die Jagd gehe und all die anderen Sachen tue, die vorher absolut in Ordnung waren.«

»Vorher?«

»Bevor ich achtzehn wurde. An diesem Tag hat sich alles geändert. Plötzlich musste ich seitwärts im Damensattel reiten – wenn ich überhaupt reiten durfte. Ich durfte auch nicht mehr helfen, ausgerissene Rinder einzufangen und sie zu brandmarken. Im Herbst, wenn Papa mit seinen Männern in den Bergen auf die Jagd ging, um Hirsche oder Bären zu schießen, musste ich zu Hause bleiben. Und es war mir absolut verboten, an Pferderennen teilzunehmen.«

Lukes Gesichtsausdruck war zärtlich – wenn auch etwas belustigt. Da der Kaffee überzukochen begann, nahm er einen schäbig aussehenden Topflappen und zog den Topf vom Feuer. »Setz dich, Mrs Shardlow. Die Eier werden kalt.«

Charity ging zu dem einfachen Tisch, den sie mit allem gedeckt hatte, was sie gefunden hatte – mit Blechtellern und Besteck, das nicht zusammenpasste. »Ich vermute, du denkst, dass er Recht hatte«, bemerkte sie und war wütend darüber. »Eine Frau soll wissen, wo ihr Platz ist, und keine Experimente machen. Ist das auch deine Meinung?«

Er schüttelte den Kopf, goss ihr Kaffee ein und stellte die Pfanne auf den selbst gezimmerten Tisch. »Wie ich die Sache sehe, sollte jedermann seiner Neigung folgen – solange dadurch nicht ein anderer verletzt wird. Aber ich sehe auch, dass Jonah nur versucht hat, dich zu beschützen.« Die Art, wie er ihr den schlichten Stuhl zurechtrückte, hätte darauf schließen lassen können, dass sie sich bei einem eleganten Bankett befanden. Dann setzte er sich selbst auf seine Holzkiste. »Hast du eigentlich mal eines der Pferderennen gewonnen?«

»Aber sicher«, meinte sie, während sie sich Eier auf den Teller legte. »Viele sogar.« Sie machte eine Pause. »Wenn Jonah nicht will, dass ich mich selbst verteidigen kann, warum hat er mich dann wie ein Mann reiten und schießen gelehrt?«

Luke lächelte, welche Gedanken auch immer in diesem Moment durch seinen Kopf gehen mochten. »Jonah war stets um dich besorgt, als du klein warst. Aber als aus seinem Mädchen eine Frau wurde, gab es natürlich einige Komplikationen.«

»Und welche?«

Er ließ seinen Blick eine Weile über ihre vollen Brüste gleiten, die er wenig zuvor noch so zärtlich geküsst hatte. »Ich glaube nicht, dass du mir diese Frage stellen musst«, erwiderte er kauend. »Die Eier sind übrigens wirklich gut.«

Charity fühlte sich plötzlich reichlich nervös; einmal, weil es schien, als könnte er durch ihr Kleid hindurchsehen, wenn er sie so wie jetzt anschaute, und zum anderen, weil er Recht hatte. Ihr war natürlich vollkommen bewusst, was ihr Leben so drastisch verändert hatte, aber das änderte nichts an dem Gefühl, im Stich gelassen und betrogen worden zu sein.

»Ich habe doch nichts falsch gemacht«, protestierte sie.

Luke legte seine Gabel ab und schenkte ihr seine volle Aufmerksamkeit. Das war einer der vielen Gründe, warum sie ihn so liebte: weil er sie immer direkt anschaute und weil er ihr stets genau zuhörte. »Nein,

Schatz«, antwortete er jetzt. »Du bist einfach nur erwachsen geworden. Das ist alles. Jonah liebt dich, und er hat getan, was er für richtig gehalten hat. Kann man denn mehr von einem Menschen erwarten?«

»Vermutlich nicht«, erwiderte sie leise.

Danach plauderten sie über unwichtigere Dinge. Nachdem sie mit dem Essen fertig waren, ging Luke nach draußen, um die Pferde anzuspannen, während Charity das Geschirr spülte, das Bett machte und sich noch eine Tasse Kaffee genehmigte.

Als sie in die strahlende Morgensonne hinaustrat, war ihr danach, die Arme auszubreiten und sich freudig jauchzend im Kreis zu drehen, wie sie es oft als kleines Mädchen getan hatte. Damit hörte sie augenblicklich auf, als sie sah, dass Luke Old Shiloh, seinen Schecken, sattelte.

»Ich reite mit dir rüber«, antwortete er auf ihre unausgesprochene Frage. »Ich will nur mal kurz nach dem alten Jonah schauen und sehen, ob er immer noch wild wie eine Hornisse ist.«

Charity fand es zwar einerseits nett, dass er sie begleiten wollte, andererseits war sie aber auch besorgt. So sehr es ihr gefiel, dass er ihr Gesellschaft leisten wollte, so sehr fürchtete sie, dass er ihr auf der Ranch auf Schritt und Tritt folgen würde, um ›Kindermädchen‹ zu spielen. »Ich schaffe das schon allein«, erklärte sie selbstsicher. »Ich werde natürlich ein paar Fehler machen, aber ich kann die Double B-Ranch genauso gut führen wie ein Mann.«

Er hob sie auf den Sitz des schäbigen Wagens und lächelte dabei mit einer Eleganz, die einem livrierten Diener alle Ehre gemacht hätte. »Wie schon gesagt«, meinte er gelassen, »ich will nur kurz Jonah besuchen. Und wenn du wirklich die Absicht hast, die Double B zu führen, solltest du dir lieber eine Waffe zulegen, denn es könnte sein, dass eine Menge Leute dich und deine Autorität infrage stellen werden.«

Sie nahm die Zügel auf, löste den Bremshebel und sah scharf den Revolver an, der sichtbar an Lukes Hüfte hing. »Ich habe die Absicht, meinen Verstand zu benutzen und keine Patronen«, erklärte sie, aber ihre Stimme klang auch in ihren Ohren mächtig gekünstelt.

Luke saß auf, beugte sich vor und tätschelte liebevoll den muskulösen Hals des Hengstes. »Dann bist du eine Närrin«, sagte er sanft zu seiner Frau. »Vielleicht hatte Jonah guten Grund zu denken, dich beschützen zu müssen. In der wirklichen Welt gibt es nämlich verdammt viele Trolle, Monster und teuflische Wesen, Charity, die nicht so leicht zu erkennen sind wie die in deinen Märchen.«

Sie gab sich trotzig und antwortete nicht, sondern ließ die Zügel locker und rief dem Gespann einen harschen Befehl zu, sodass die Tiere sich in Bewegung setzten und der Wagen knirschend anfuhr.

Luke ritt den ganzen Weg zur Ranch schweigend neben ihr her, hing seinen eigenen Gedanken nach und schien keinen Grund zu sehen, diese mit ihr zu teilen. Während der Nacht und selbst noch beim Frühstück waren sie einander so nahe gewesen, wie zwei Menschen sich nur nah sein können. Doch das war jetzt plötzlich alles anders.

Als Charity den Wagen vor dem Haus ihres Vaters zum Halten brachte, war ihr die Veränderung nur allzu deutlich bewusst. Sie beide trennte mehr voneinander als ihre unterschiedliche Herkunft. Er trug beispielsweise diesen Fünfundvierziger so lässig wie ein Hemd oder ein paar Stiefel, die besonders bequem waren, und er schien keine größeren Bedenken zu haben, die Waffe auch zu benutzen. Obwohl Charity mit

Feuerwaffen vertraut war und gern schoss, sah sie es nicht als Lösung an, diese auch zu benutzen.

Aber da gab es noch mehr, was sie trennte. Sie war nicht die Sorte Frau, die Luke sich ausgesucht hätte, wenn es allein nach ihm gegangen wäre. Seine sexuelle Erfahrung verriet doch deutlich, dass er in Häusern »in die Schule gegangen« war, die eine Lady niemals betreten hätte.

Er stand regungslos daneben, als sie vom Wagen kletterte, wobei sie die Sprossen des Rads als eine Art Leiter benutzte. Bevor einer von ihnen sprechen konnte, bemerkten sie beide einen Reiter, der sich ihnen schnell näherte.

Es war Raoul, wie Charity mit Herzklopfen feststellte.

Sie wartete und beschattete ihre Augen mit einer Hand, bis Raoul Sekunden später bei ihnen war, mit einer eleganten Bewegung vom Pferd sprang und dem Stallburschen, der herbeigeeilt war, um Charitys Wagen zu übernehmen, die Zügel seines Pferdes zuwarf.

»Ist es also wahr?«, rief Raoul wütend. Seine dunklen Augen blitzten, als er Charity anschaute.

»Ja«, erwiderte sie. Sie wusste genau, worauf er anspielte. In Jubilee verbreiteten sich Neuigkeiten schnell, und es war klar, dass Raoul schon von ihrer Hochzeit erfahren hatte.

Luke trat einen Schritt näher zu Charity, und die Spannung zwischen den beiden Männern war unerträglich. »Hast du was zu sagen, Montego?«, fragte er ruhig.

Raouls Blick fiel auf den Fünfundvierziger im Holster, bevor er wieder aufsah und Luke in die Augen schaute. »Ja«, erwiderte er. »Ich werde dich umbringen.«

14

Ich werde dich umbringen.

Raouls dunkle Augen waren zu schmalen Schlitzen zusammengezogen, und seine Nasenflügel bebten. Er trug ein Schulterhalfter mit einer Pistole, und Charity hatte den Eindruck, dass er genau das meinte, was er gesagt hatte. Sie war fuchsteufelswild und machte eine Bewegung auf Raoul zu, aber Luke hielt sie mit ausgestrecktem Arm zurück.

»Das ist eine Sache zwischen Montego und mir«, erklärte er, ohne sie auch nur anzuschauen. »Geh ins Haus, Charity.«

»Ich gehe nirgendwohin«, erwiderte sie, wobei sie auf Luke fast so wütend wie auf Raoul war. »Wenn ihr beide glaubt, ihr könnt hier rumstehen und aufeinander schießen, habt ihr euch aber gründlich geirrt!«

Luke dachte leise darüber nach, aber Raoul schnaubte geradezu. »Weißt du eigentlich, wer dieser Mann ist?«, fuhr er Charity an und deutete mit dem Finger in Lukes Richtung. »Er ist ein gewöhnlicher Verbrecher, ein Revolverheld!«

»Er ist mein Ehemann«, entgegnete Charity ruhig. »Und ich liebe ihn.« Die letzte Bemerkung hatte sie eigentlich gar nicht machen wollen, und nachdem ihre Worte ausgesprochen waren, wagte sie es nicht, Luke anzuschauen.

Raoul wirkte geschockt. »Das meinst du doch nicht ernst«, keuchte er und fuhr sich mit der Hand durch seine glänzenden schwarzen Haare. Seine Kleidung wirkte sehr weit; nach der Verletzung, die er erlitten hatte, hatte er nämlich mächtig abgenommen, obwohl er körperlich wieder topfit zu sein schien.

»Doch, das meine ich ernst«, erwiderte sie zwar leise, aber sehr nachdrücklich. Er war lange Zeit ein loyaler Freund gewesen, und sie wollte ihn nicht unnötig kränken. »Steig jetzt auf dein Pferd und reite nach Hause, Raoul. Und lass dich hier erst wieder blicken, wenn du bereit bist, dich zu entschuldigen.«

Als Raoul antwortete, fühlte sich Charity an einen majestätischen Berg erinnert, der in seinem Innern grollte, als wollte er jeden Augenblick glühende Lava spucken. *»Niemals«*, zischte er. Er schwieg, schloss die Augen, atmete tief durch und ließ die Luft langsam entweichen. Aber nach diesem lobenswerten Versuch, sich zu beruhigen sah er nur wenig entspannter aus. »Ich werde dir verzeihen, wenn die Zeit reif ist, und ich bin immer noch bereit, dich zu heiraten. Du wirst mich verstehen, wenn dieser Vagabund erst wieder verschwunden ist und *wir* verheiratet sind.« Während sich in Charitys Kopf nach dieser Bemerkung alles drehte, wandte Raoul sich wieder Luke zu. »Eine Meile östlich vom Haus meines Großvaters befindet sich ein Hügel«, sagte er kalt und deutete mit dem Daumen, der in einem ledernen Handschuh steckte, in Richtung Sonne. »Ich erwarte dich dort um zwölf Uhr mittags.«

»Ich werde da sein«, erwiderte Luke grimmig.

Ein Duell! Charity wurde von Panik erfasst; sie, die noch nie in ihrem Leben ohnmächtig geworden war, fürchtete in diesem Moment, sie könnte die Besinnung verlieren. Und das machte sie noch wütender.

»Wenn du dich wirklich an so einer Idiotie beteiligst«, fauchte sie Luke verzweifelt an, »brauchst du gar nicht mehr nach Hause zu kommen.«

»Mach dir darüber keine Gedanken«, höhnte Raoul. »Der kommt garantiert nicht zurück.«

»Warum sollen wir überhaupt bis zwölf Uhr mittags warten?«, fragte Luke. »und wenn es schon sein muss, warum sollen wir dann erst noch den ganzen Weg reiten? Ich mache dich auf der Stelle gleich hier fertig.«

Raoul sprang – außer sich vor Wut – vorwärts und lief direkt in Lukes vorschnellende Linke, die ihn voll am Kinn erwischte. Er flog rückwärts in den Lattenzaun, der unter seinem Gewicht vor- und zurückfederte, ihm aber standhielt. Von seiner Lippe tropfte Blut, das er mit dem Handrücken abwischte, bevor er sich wieder in den Kampf warf.

Luke hatte dabei einen gewissen Vorteil – zwar nicht aufgrund von Größe oder Körperkraft, denn darin waren beide Männer einander ziemlich ebenbürtig. Nein, seine Überlegenheit lag in seiner Ruhe, in seinen gezielten Schlägen, mit denen er auf Raouls wildes Draufhauen antwortete. Erneut landete Luke einen Treffer in die Magengrube des anderes Mannes, bei dem Charity zusammenzuckte und Raoul gequält aufstöhnte.

»Hört sofort auf!«, rief sie aufgebracht, und da ihr keiner der beiden Beachtung schenkte, kletterte sie auf den Wagen und zog unter dem Sitz eine längst vergessene Peitsche hervor. Sie sprang auf den Boden, zog den Arm zurück und schlug Luke mit der Peitsche kräftig über den Rücken. Der heulte auf, und im gleichen Moment verpasste sie Raoul einen schmerzhaften Schlag auf den Hintern.

Beide Männer starrten sie wütend und erstaunt an. Raoul, der aus der Nase und der aufgeplatzten Lippe blutete, atmete schwer, und Luke sah aus wie ein Bulle, der die Hörner zum Angriff gesenkt hatte. Die Luft schien zu surren, als schwirrte ein unsichtbarer Bienenschwarm zwischen den beiden.

Charity stand aufrecht da und hatte die Schultern nach hinten durchgedrückt. »Ich hatte euch gewarnt«, meinte sie selbstzufrieden. Ein angespannter Augenblick verging, in dem die beiden Männer sie bedrohlich schweigend anstarrten, aber sie ließ sich davon nicht einschüchtern.

Dann begann Luke plötzlich zu lachen. Er nahm seinen Hut vom Boden auf, der bei der Schlägerei in den Staub gefallen war, und klopfte ihn auf seinem Schenkel aus. »Ich will verdammt sein«, rief er, »wenn ich da nicht eine Wildkatze zur Ehefrau bekommen habe.«

»Ich verpasse euch gleich noch eins mit der Peitsche«, drohte sie und ließ den Lederriemen in der Luft knallen, erst in Lukes Richtung, dann noch mal in Raouls, »wenn ihr nicht sofort mit diesem Unsinn aufhört und einander die Hände reicht.«

»Ihm die Hände reichen?« Raoul machte ein grimmiges Gesicht, das zugleich ungewöhnlich blass wirkte.

»Niemals«, bekräftigte Luke. »Auch nicht, wenn du mir die Haut mit deiner Peitsche vom Körper reißt.«

Charity hob die Peitsche, obwohl sie nicht hoffte, dass sie dazu gezwungen wurde, sie erneut zu benutzen. Das scharfe Geräusch des geflochtenen Lederriemens, der das menschliche Fleisch getroffen hatte, hallte noch immer in ihren Ohren. »Na, schön«, lenkte sie ein, »dann versprecht mir wenigstens, dass ihr euch nicht duellieren und gegenseitig abknallen werdet.«

»Ich hatte nie die Absicht, ihn zu erschießen«, erklärte Luke und streckte unschuldsvoll seine Hände aus. »Ich wollte dem Idioten nur eine kräftige Abreibung verpassen.«

Raoul öffnete den Mund, um ihm darauf die passende Antwort zu geben, aber bevor er auch nur ein Wort herausbrachte, wurde die ganze Diskussion durch das Schnappen eines Gewehrhahns beendet, der mit einem lauten Klicken gespannt wurde.

Charity drehte sich schnell um und sah Jonah, der auf der vorderen Veranda stand, sich gegen eine der Säulen gelehnt hatte, die das Dach trugen, und der eine Doppelflinte in der Hand hielt.

»Schluss damit«, befahl Jonah laut und deutlich, obwohl sein verzerrtes Gesicht aschfahl war.

Luke und Raoul schienen sprachlos zu sein, aber Charity stieß einen Jubelschrei aus, ließ die Peitsche fallen und rannte ihrem Vater entgegen. Es hatte den Anschein, als hätte Jonah mit dieser Aktion alle Kraft, die er aufgebracht hatte, verbraucht und würde jeden Moment zusammenbrechen. Kraftlos ließ er das Gewehr zu Boden fallen, wobei ein Blumentopf zu Bruch ging, in dem Pflanzen blühten.

Gerade als Charity die oberste Treppenstufe erreicht hatte, stürzten Genesis und Blaise aus der Eingangstür, und die drei Frauen hatten alle Mühe, Jonah festzuhalten. Luke sprang über den Zaun, hastete die Treppe hoch und packte seinen Schwiegervater, wobei er einen von Jonahs Armen über seine Schulter legte.

»Schluss«, wiederholte Jonah, aber diesmal klang das Wort weniger deutlich, ein Zeichen dafür, dass Jonah erschöpft war.

»Bist du nun zufrieden?«, fauchte Charity und warf Luke einen kurzen Seitenblick zu, bevor der sich umdrehte und einen schwankenden Jonah ins Haus führte.

»Mach mir hier keine Szene«, warnte Luke sie. »Soweit ich mich erinnere, habe immer noch ich die Hosen in dieser Familie an.«

Aus den Augenwinkeln sah Charity, dass Blaise und Genesis – trotz des ernsten Zustands ihres Vaters – einen belustigten Blick wechselten, wofür sie beide am liebsten am Kragen gepackt und geschüttelt hätte. Das hätte sie wahrscheinlich auch getan, wenn sie nicht so von der Tatsache überwältigt gewesen wäre, dass ihr Vater sich wundersamerweise aus eigener Kraft aus dem Haus bewegt hatte und dabei auch noch seine bevorzugte Waffe bei sich getragen hatte.

Der Rollstuhl lag in der Eingangshalle auf der Seite, und Genesis stellte ihn schnell wieder auf, damit Luke Jonah, der inzwischen halb besinnungslos war, in den Sitz hieven konnte.

Raoul folgte der Gruppe, wobei er die Doppelflinte trug, die Jonah auf der Veranda aus den Händen geglitten war. Ohne ein Wort zu sagen, brachte er die Flinte in Jonahs Arbeitszimmer, und Charity brauchte nicht nachzuschauen, um zu wissen, das er die Waffe wieder in der Halterung über dem Kamin befestigt hatte, in der Jonah alle seine Gewehre aufbewahrte. Raoul hatte ja fast so viel Zeit auf der Double B verbracht wie auf der Ranch seines Großvaters, und folglich kannte er sich im Haus bestens aus.

Erschöpft drängte Charity die heißen Tränen zurück, die ihr plötzlich in die Augen traten.

Luke schob Jonah ins Schlafzimmer zurück, während Blaise und Genesis aufgeregt vorauseilten. Nachdem Charity sich davon überzeugt hatte, dass man sich um Jonah kümmern würde, ging sie langsam durch den Flur zu seinem Arbeitszimmer zurück.

Raoul stand mit dem Rücken zum Zimmer vor dem Kamin, in dem kein Feuer brannte, und stützte sich mit beiden Händen auf dem schweren Sims ab, wobei er den Kopf gesenkt hielt.

»Es tut mir leid«, sagte Charity.

Er drehte sich weder zu ihr um, noch hob er den Kopf. »Mir auch«, erwiderte er mit rauer Stimme. »wie geht es Jonah?«

»Ich weiß es nicht«, antwortete sie kläglich und schniefte.

Schließlich stieß Raoul sich von dem Kamin ab und drehte sich zu ihr um. Seine Haltung war ihr nur allzu bekannt: stolz, arrogant – und ein bisschen aristokratisch. Seine Haut, die gewöhnlich eine gesunde Bräune hatte, wirkte gräulich, und seine dunklen Augen waren ausdruckslos. »Hast du wirklich ernst gemeint, was du gesagt hast, *Conchita*? Dass du ihn liebst – diesen Herumtreiber, in dessen Adern das Blut eines Mörders fließt?«

Charity nickte nur. Es würde nichts bringen, wenn sie Luke Raoul gegenüber zu verteidigen versuchte.

»Er wird dich zugrunde richten.«

»So leicht lasse ich mich nicht vernichten«, erwiderte sie ruhig. »Und falls ich doch mit gebrochenem Herzen zurückbleibe, werde ich nicht die erste Frau sein, der das passiert. Oder?«

»Komm zu mir«, flüsterte Raoul. »Wenn er wegreitet, komm zu mir.«

Sie tat so, als hätte sie nicht verstanden, was er damit meinte: Komm an mein Herz? Komm zu mir ins Ehebett? Komm zu mir, um die Zukunft mit mir zu verbringen? »Wirst du denn weiterhin mein Freund sein?«

»Was du brauchst, ist ein Ehemann, kein Freund.«

»Dann warte nicht auf mich, Raoul«, antwortete sie leise, bevor sie sich umdrehte, den Raum verließ und zu Jonahs Zimmer hinüberging. Da sie den Kopf gesenkt hatte, stieß sie im Flur mit Luke zusammen.

Er hielt sie an den Schultern fest. »Es geht ihm den Umständen entsprechend gut, Charity«, sagte er so einfühlsam, dass sich in ihrer Kehle ein Kloß bildete. »Er ist nur eine bisschen müde. Das ist alles.«

»Ich möchte ihn sehen.«

»Er ruht sich jetzt aus«, erklärte Luke. Diese Worte erfüllten Charity mit einer bösen Vorahnung, obwohl sie liebevoll gesprochen waren.

»Aber er konnte doch wieder laufen … Er hat auch wieder gesprochen …«

Luke nahm ihr Gesicht in seine Hände und wischte mit den Daumen die Tränen weg, die ihr über die Wangen liefen, ohne dass sie es gemerkt hatte. »Beides hat er getan«, meinte Luke zustimmend. »Aber die Anstrengung war so groß, dass er einen leichten Rückschlag erlitten hat, Charity.« Er machte eine kurze Pause. »Ich mache mir deshalb selbst Vorwürfe, denn er hat offensichtlich gedacht, du wärst in Gefahr.«

Sie ging um ihn herum, und er versuchte weder, sie aufzuhalten, noch sprach er ein Wort.

Genesis und Blaise hatten Jonah ausgezogen und ihm ein frisches Nachthemd übergestreift. Er lag mit geschlossenen Augen und eingefallenem Gesicht in den Kissen. Seine Haut war wächsern, und Charitys Stimmung, die wenig zuvor noch so hoffnungsvoll gewesen war, sank ins Bodenlose.

Die beiden anderen Frauen machten ihr Platz, sodass sie sich auf die Bettkante neben Jonah setzen konnte. Sie nahm seine reglosen Hände in die ihren, und als sie seine abgearbeiteten Finger küsste, schlug er die Augen auf.

»Verzeih mir«, murmelte er mühsam.

Sie schüttelte den Kopf. Auf jeden Fall war es ein gutes Zeichen, dass er wieder sprach, nachdem er tagelang dazu nicht in der Lage gewesen war. »Dafür gibt es keinen Grund, Papa. Du brauchst dich für nichts zu entschuldigen.«

»Deine … Mutter …«, keuchte er.

Augenblicklich war Charity mit Furcht erfüllt, unfähig, klar zu denken. Sie hatte die Vorstellung an ein mögliches Geheimnis aus ihren Gedanken verbannt, aber nun kam sie mit Macht zurück. »Nein«, erwiderte sie, versuchte aufzustehen und einen Schritt zurückzutreten, aber ihr Vater hielt sie mit einer Kraft fest, die sie nur früher bei ihm gekannt hatte.

»Ich habe gelogen …«, gestand er langsam und krächzend. »Ja, gelogen.«

Charity wusste, dass sie sich vor der Enthüllung, die jetzt folgen würde, nicht würde schützen können, dass keine Fluchtmöglichkeit bestand. Aber sie wusste auch, dass sie noch nicht bereit war, sich anzuhören, was ihr Vater ihr nun eröffnen würde. Genesis hatte dem Raum inzwischen verlassen, aber Blaise saß mit weit aufgerissenen Augen am Fußende des Bettes und umklammerte mit beiden Händen ängstlich das Holz.

Jonah konnte nur mit äußerster Mühe sprechen. »Briefe … in meinem Schreibtisch …«

Mit Tränen in den Augen nickte Charity. »Ich werde sie finden, Papa«, versprach sie. »Aber jetzt ruh dich aus. Schlaf ein bisschen, und dann wird alles gut werden.«

Es gelang ihm, ein Nicken anzudeuten, und dann schloss er die Augen und schlief ein.

»Wo ist Luke?«, fragte Charity Genesis, die vor dem Zimmer ihres Vaters geduldig wartete, ob ihre Hilfe benötigt würde.

»Er und der andere Bursche sind weggeritten. Sie sagten, dass sie etwas zu erledigen hätten und dass Sie sich keine Sorgen machen sollten.«

Sich keine Sorgen machen? Charity lehnte sich einen Moment gegen die Wand und rieb sich mit den Fingerspitzen über die Schläfen. Eine Viertelstunde zuvor hatten Luke und Raoul sich noch erbittert bekämpft. Waren sie jetzt etwa zu dem besagten Hügel auf der Draper-Ranch geritten, um ihren Streit mit Waffen zu klären?

Aber wenn das wirklich so war, dann gab es nichts, was sie jetzt noch tun konnte, erkannte Charity. Und sie sagte sich auch, dass die Burschen es nicht besser verdient hatten, wenn sie sich tatsächlich auf so eine Dummheit eingelassen hatten.

Sie verdrängte die ganze Angelegenheit mit Gewalt aus ihren Gedanken und ging in Jonahs Arbeitszimmer, um die Briefe zu suchen, die er erwähnt hatte. Wenn sie die nicht auf der Stelle las, würde sie wahrscheinlich nie wieder den Mut dazu finden.

Sie fand die drei Briefe in einer alten Zigarrenkiste, unter einem Stapel gebügelter Taschentücher, und sie waren schon ein bisschen brüchig. Charity trug sie zusammen mit der Holzkiste zum Fenster, wo sie sich hinsetzte. Ihr Herz raste – sie verlangte ihm in der letzten Zeit bei Tag und Nacht offensichtlich zu viel ab – und presste ihre ausgestreckte Hand darüber, um es wieder zur Ruhe kommen zu lassen.

Die Briefe waren an eine Mrs Rianna Barnham auf der Double B-Ranch gerichtet; die steile, männliche Schrift war Charity unbekannt. Von der ersten Zeile an wusste sie, dass es sich um Liebesbriefe handelte, die *nicht* ihr Vater geschrieben hatte.

Komm zu mir zurück, stand da. Und:

Ich habe nie aufgehört, dich zu lieben … Bring dein kleines Mädchen mit dir und komm zu mir nach Hause, meine geliebte Rianna. Wir werden eine Familie sein. Überlasse Jonah diese Briefe – nicht um ihm wehzutun, sondern damit er versteht, dass ich dich wirklich liebe … dass er begreift, dass du mir zuerst gehört hast, dass du … immer nur mir gehört hast.

Charity las jeden dieser drei Briefe mehrmals, immer und immer wieder.

Schließlich faltete sie die Bögen sorgfältig zusammen, steckte sie in die Umschläge zurück, legte sie dann in die Zigarrenkiste, bedeckte sie mit den Taschentüchern, und schob alles wieder in die Schreibtischschublade ihres Vaters zurück.

Sie stieg die Hintertreppe hinunter, durchquerte die leere Küche, trat auf die rückwärtige Veranda und ging durchs hohe Gras zum Stall. Dort schickte sie mehrere Männer weg, die ihr Hilfe anboten, sattelte Taffeta eigenhändig und saß dann auf.

Sie nahm die Abkürzung zur Mission und ritt über Lukes Land.

Pater Elias musste sie schon von weitem gesehen haben, denn er erwartete sie am Haupttor, als sie dort ankam.

»Ich habe die Briefe gelesen«, erzählte sie ohne Umschweife.

Charity hatte den Eindruck, als wäre der Priester seit dem Vorabend noch schmaler und schwächer geworden, als sie mit Luke vor ihm gestanden hatte und er ihnen das Sakrament der Ehe gestiftet hatte. Er hatte Schwierigkeiten, den Riegel des Gatters zu heben, und öffnete das Tor auch nur so weit, dass Charity hindurchreiten konnte.

Im Garten war es still, was darauf hindeutete, dass die Kinder im Haus mit ihren Schularbeiten beschäftigt waren. Sie fragte sich kurz, ob sie dabei wohl von Peony beaufsichtigt wurden.

Pater Elias wartete, bis Charity von der Stute gestiegen war und Taffetas Zügel um den niedrigen Ast eines Baumes geschlungen hatte, dann ging er voraus in die stille, kühle Kapelle. Der Duft nach Kerzenwachs und Weihrauch war Charity heimelig vertraut und wirkte beruhigend auf sie.

»Setz dich, Kind«, bat der Priester, der selbst in der ersten Bankreihe Platz nahm und auf den Sitz neben sich deutete.

Charity rutschte in die Bank und kämpfte dabei gegen einen ganzen Sturm von Gefühlen – Wut, Enttäuschung, Schmerz und einige andere Empfindungen, die sie gar nicht konkret benennen konnte. Sie schaute dem Geistlichen nicht in die Augen. »Meine Mutter ist damals gar nicht gestorben. Sie hat uns verlassen. Sie hat Papa und mich verlassen.«

»Ja«, antwortete Pater Elias ruhig.

Er hatte es also all die Jahre gewusst. Wahrscheinlich hatte er selbst das unechte Begräbnis arrangiert, bei dem man einen leeren Sarg in die Tiefe gelassen und anschließend einen monströsen Grabstein gesetzt hatte, auf dem der Name einer lebenden Frau eingemeißelt war.

»Warum?«, wisperte sie.

Er legte seine knochige Hand auf ihre Schulter. »Sie war mit einem anderen Mann verlobt, bevor sie Jonah kennen lernte. Es kam zwischen ihr und dem anderen zum Streit, aus einem Impuls heraus hat Rianna dann Jonah geheiratet und ist ihm hierher in den Westen gefolgt, wo du geboren wurdest. Jonah liebte Rianna innig, ja geradezu verzweifelt – aber sie, nun, sie hatte ihr Herz im Osten zurückgelassen, bei ihrer großen Liebe. Als sie den ersten Brief erhielt, kam sie zu mir, weinte, erbat Absolution und flehte mich an, dass ich ihr Ehegelöbnis löse. Die letzte Bitte konnte ich ihr natürlich nicht erfüllen.«

»Er hat sie aufgefordert, mich mitzubringen«, sagte Charity, die es nicht fertig brachte, den Namen des Mannes auszusprechen, obwohl der Betrug ihrer Mutter nun schon so viele Jahre zurücklag.

»Das hat Jonah deiner Mutter nicht erlaubt«, erklärte der Priester und seufzte schwer. »Er konnte es nicht ertragen, euch beide zu verlieren.«

»Sein Stolz.«

»Nein, Kind. Seine Liebe. Als Rianna ihn verlassen hat, hatte er keinen Stolz mehr. Da war er ein gebrochener Mann; hier in dieser Kapelle hat er oft gesessen und geweint.«

Ein Bild ging Charity durch den Kopf, nahm hinter ihrer Stirn schärfere Konturen an, hämmerte in ihren Schläfen. Sie dachte an Blaise, die geduldig darauf wartete, dass Jonah ihr den Ehering ansteckte und sie zu einer ehrbaren Frau machte. »Dann sind mein Vater und meine Mutter also immer noch rechtmäßig verheiratet?«

Pater Elias seufzte. »In Jonahs Herz vielleicht«, erwiderte er. »Sie wurden niemals geschieden – was damals sehr schwierig war. Aber Rianna ist vor drei Jahren gestorben.«

Charity umklammerte die Gebetsbank fest mit beiden Händen; plötzlich beruhigte sie der vertraute Geruch in der Kapelle gar nicht mehr, sondern er ekelte sie an. »Und das wusste Papa.«

Der Priester nickte. »Riannas Geliebter hat ihm geschrieben. Es war ein sehr freundlicher Brief, wenn man bedenkt, was sich zuvor alles abgespielt hat.«

Charity schwieg lange Zeit. Sie dachte über das nach, was sie stets für die Wahrheit gehalten hatte, und sortierte die Tatsachen neu. Charity trauerte nicht um Rianna Barnham; das hatte sie vor vielen Jahren schon getan, und die Frau, die Pater Elias ihr beschrieben hatte, die ein ihr unbekanntes Leben geführt hatte und schließlich vor drei Jahren gestorben war, war ihr fremd. Sie schien so unwirklich zu sein wie eine der tragischen Heldinnen in Charitys Märchen.

»Und wozu diese Farce mit dem Begräbnis … dem

Grab …?« Ihr brach die Stimme bei dem Gedanken, wie oft sie an dem Grab gestanden hatte, wie sie davor gebetet und geweint hatte, wie sie dort vertrauensvoll ihre intimsten Geheimnisse gebeichtet hatte.

»Für Jonah war Rianna tatsächlich gestorben. Ich denke, um zu überleben, war es für ihn einfach notwendig, durch die ganze Prozedur zu gehen. Und außerdem wollte er nicht, dass du erfährst, dass deine Mutter dich verlassen hatte.«

»Aber er hat ihr verboten, mich mit sich zu nehmen.«

»Ja«, stimmte der Priester traurig zu. »Ich erinnere mich noch, wie sie in dieser regnerischen Nacht geweint hat, als Hector Tillmont sie nach Spokane gefahren und zum Zug gebracht hat. Jonah hat es später so dargestellt, dass Rianna nicht von ihrem Nachmittagsausritt zurückgekommen wäre, und er hat überall erzählt, dass man sie leblos in einer Schlucht gefunden hätte, dass sie gestürzt wäre und sich dabei den Hals gebrochen hätte. Jonah, Hector und ich waren die Einzigen, die die Wahrheit kannten. Jonah hat den Sarg eigenhändig in der Scheune der Double B gezimmert – und damit war er im Morgengrauen schon fertig. Dann hat er zwei Sack Getreide hineingelegt, um dem Sarg das nötige Gewicht zu geben, und am nächsten Tag haben wir die Beerdigung abgehalten.«

»Ich verstehe vermutlich die Beweggründe, die Papa dazu gebracht haben, so eine Sache – egal, wie schändlich sie ist – zu inszenieren«, meinte Charity nachdenklich, wobei sie sich ganz leer fühlte und bis ins Mark geschockt war. »Tillmont wurde wahrscheinlich für sein Schweigen gut bezahlt, und ich bin sicher, dass er meinen Vater seit dieser Zeit auf die eine oder andere Weise erpresst, aber warum haben Sie, Pater, bei diesem Betrug mitgemacht?«

Der Geistliche ließ sich einen Augenblick Zeit, bevor er die Frage beantwortete. »Ich habe nie einen Mann so leiden sehen wie Jonah Barnham, als er diese Frau verloren hat. Natürlich war es falsch, was ich getan habe, und darüber wird Gott richten, wenn ich eines Tages diese Erde verlasse, aber das war damals der einzige Trost, den ich anzubieten hatte.« Er blickte tiefsinnig das schlichte Kreuz über dem Altar an. »Ich habe Jonah seitdem immer wieder bekniet, die Sache richtig zu stellen, dir zu sagen, was wirklich passiert ist, aber er hat es nicht über sich gebracht. Ich weiß, dass er Angst hatte, du würdest ihn verachten – und das war ein Gedanke, den er einfach nicht ertragen konnte.«

Charity trocknete ihre Wange mit dem Handrücken. »Papa hat wohl den höchsten Preis von allen bezahlt. Und damit meine ich nicht das Geld, das Tillmont ihm aus der Tasche gezogen hat.«

Pater Elias tätschelte erneut ihre Schulter und erhob sich. »Ich lasse dich jetzt mit deinen Gedanken und deinem Herrgott allein«, sagte er. »Aber geh mit Jonah nicht allzu streng ins Gericht, Charity. Er liebt dich, hat dich immer geliebt. Und du solltest auch deine Mutter nicht verdammen. Wir wissen nämlich nie genau, welche Kräfte andere Menschen zu zwingen zu tun, was sie tun.«

Sie antwortete nicht, und das war auch nicht nötig. Charity wusste, dass der Priester Recht hatte, aber sie brauchte jetzt auch Zeit, um ihre Gefühl zu ordnen. Die meiste Zeit ihres Lebens hatte sie geglaubt, die Stunden, Tage, Wochen und Jahre gingen ereignislos vorüber, doch seit Lukes Rückkehr nach Jubilee hatten sich die Ereignisse zu überschlagen begonnen – Jonahs Schlaganfall, ihre Heirat und jetzt diese schreckliche Entdeckung.

So viel war passiert. So viel.

Schließlich erhob sie sich aus der Bank, ging ins Freie und schwang sich auf Taffetas Rücken.

Pater Elias war nirgends zu sehen, und im Innern der Missionsschule sangen die Kinder ein Lied, das sie nicht kannte, in einer Sprache, die sie nicht sprach.

Sie war nicht böse auf Jonah, aber sie fühlte sich auch noch nicht in der Verfassung, ihm gegenüberzutreten. Und zu dem leeren Grab auf dem Friedhof konnte sie jetzt natürlich auch nicht gehen. Dort hatte sie in Gedanken so oft ihr Herz ausgeschüttet, seit sie alt genug gewesen war, den Weg dorthin allein zu finden. Jetzt fand sie es seltsam, dass sie nie bemerkt hatte, dass ihr Vater selbst diesen Ort nie besucht hatte – obwohl ihr der Grund im Nachhinein natürlich klar war.

Sie ritt zu ihrem neuen Zuhause. Wenn Luke dorthin zurückkam, wohin auch immer er mit Raoul entschwunden war, würde sie ihm erzählen, was sie in Erfahrung gebracht hatte – und wenn sie sich erst mal alles von der Seele gesprochen hatte, würden die Wunden auch zu heilen beginnen. Sie ritt wie in Trance und schreckte nur gelegentlich aus ihren Gedanken auf, um der Stute den Weg zu weisen.

Die Männer auf Pferden kamen aus dem dichten Buschwerk, das auf der einen Seite der Hütte wuchs, und umzingelten sie ohne Hast, aber bevor sie die Flucht ergreifen konnte.

Es waren sechs, und ihr Anführer war ein blonder Mann, der gut aussehend war – wenn auch auf eine gewisse brutale Art – und der Luke so ähnlich sah, dass sich Charity der Magen vor Schreck umdrehte.

»Mein Name ist Vance Shardlow«, stellte er sich vor und tippte an seine Hutkrempe. »Ich glaube, dass wir miteinander verwandt sind, du und ich.«

Charity verschwendete keine Zeit auf Höflichkeitsfloskeln. Sie wusste, dass diese Männer Banditen waren; Vances Name war in diesem Teil Amerikas fast ebenso berüchtigt wie der Jessie James' oder Butch Cassidys. Er wurde wegen mindestens zehn Raubüberfällen gesucht und wegen ebenso vieler anderer Verbrechen wie Körperverletzung und Mord. »Was wollen Sie?«, fragte Charity.

»Ich mache nur einen Nachbarschaftsbesuch«, erwiderte Vance. Seine Augen waren blaugrün wie die Lukes, aber kalt wie das Wasser des Creek, das unter dem Eis des Winters dahinfloss. Ein Schauer lief ihr über den Rücken. »Ist Luke irgendwo in der Nähe?«, fragte er.

»Ich schätze mal, dass Sie schon längst herausgefunden haben, dass er nicht hier ist«, antwortete Charity. In diesem Moment war sie noch eher gelangweilt als besorgt. Sie hatte genug andere Dinge im Kopf, als sich mit der überraschenden Visite eines Haufens Banditen – so lästig sie auch war – zu beschäftigen.

Ein Lächeln umzuckte Vances Mund, aber seine Augen veränderten sich nicht. Sie waren ausdruckslos. Leer. »Das ist aber wirklich schade.« Er blickte sich zu den fünf Männern um, die sich hinter ihm aufgereiht hatten und deren Gesichter im Schatten ihrer Hüte verborgen lagen. »Ist es nicht jammerschade, Jungs?« Soweit Charity erkennen konnte, zuckte keiner von ihnen auch nur mit der Wimper, aber Vance schien ihr Schweigen als beredte Zustimmung zu betrachten. »Wir wollten ihm nämlich gratulieren. Er muss sich wirklich glücklich schätzen.«

»Glücklich, weil er die Prügel überlebt hat, die er von euch bezogen hat?«, antwortete Charity. Luke hatte immer noch ein paar blaue Flecken und Prellungen, die er sich in jener Nacht zugezogen hatte, als man ihn überfallen hatte. *Lieber Gott,* flehte sie stumm, *lass Luke bitte nicht gerade jetzt nach Hause kommen, denn dann werden diese Männer ihn mit Sicherheit umbringen.*

Vance behielt sein kaltes Lächeln bei. Sie musste an das höhnische Grinsen eines Totenkopfs denken, der auf einem Körper aus Fleisch und Blut saß. »Wir werden meinem kleinen Bruder allerdings eine Nachricht hinterlassen, wenn du nichts dagegen hast«, fuhr er fort. Im nächsten Augenblick war er auch schon neben ihr, und in seiner rechten Hand blitzte ein Messer auf. Mit der anderen Hand packte er Taffetas Zaumzeug und trennte dann mit einem Schnitt das Oberteil von Charitys Kleid vom Hals bis zur Taille auf, wobei er mit der Spitze des Messers ihre Haut aufritzte, ohne dabei auch nur einen Tropfen Blut zu vergießen. Er lachte, als sie hastig mit beiden Händen nach dem Stoff griff, um ihre nackten Brüste zu bedecken. »Ja, Ma'am, er ist ein glücklicher Mann. Viel glücklicher, als er es verdient hat, wenn man bedenkt, was er meinem Daddy angetan hat.«

Das Einzige, was Charity in dieser prekären Situation tun konnte, war, sich zu beherrschen, um Vance Shardlow nicht mitten ins Gesicht zu spucken. Er hatte ihr Angst einjagen wollen, und das war ihm auch gelungen, aber sie würde nicht zulassen, dass er Luke in seine Gewalt bekam. Und wenn sie dafür in die Hölle schleichen, den Teufel persönlich bestehlen und über glühende Kohlen zurücklaufen müsste.

»Hat er dir erzählt, was mit dem alten Trigg Shardlow passiert ist?« Vance beugte sich bei der Frage dichter zu ihr, und sie roch die Mischung aus Whiskey, Schweiß, Tabak und Niedertracht, die er verströmte.

Sie hob ihr Kinn ein Stück an. »Er wurde im Territorial-Gefängnis gehenkt«, erklärte sie deutlich. »Für den Mord an seiner Ehefrau.«

Vance stieß ein bitteres, humorloses Lachen aus. »Hat dir das Luke so erzählt? Dass Trigg seine hübsche kleine Frau umgebracht hat? Das ist nämlich nicht wahr. Marietta ist aus dem Fenster vom Heuboden gesprungen und hat sich dabei den hübschen Hals gebrochen.« Er machte mit zwei Fingern ein schnappendes Geräusch, das Charity erstarren ließ. »Ganz einfach so.«

»Er hat sie von oben heruntergestoßen, als er betrunken war«, konterte Charity. »Dabei hat sie sich den Kopf an der Kante des Herdes eingeschlagen.«

Vance schüttelte den Kopf und legte sein Gesicht in Kummerfalten, die jedoch nur eine schlechte Parodie waren. »Mein kleiner Bruder würde lieber auf den höchsten Baum klettern und lügen, als sich breitbeinig auf den Boden zu stellen, um die Wahrheit zu sagen.« Er warf den Männern hinter sich einen weiteren vielsagenden Blick zu, bevor er sich wieder Charity zuwandte. »Und glaub bloß nicht, dass ich mit dir schon fertig bin. Das heute war nur eine Warnung. Wenn ich das nächste Mal komme, um dir zu gratulieren, Mrs Shardlow, werde ich dich wesentlich härter rannehmen.«

Das brachte das Fass zum Überlaufen; sie spuckte ihm ins Gesicht und bedauerte das auch nicht, als er die Hand hob und sie so fest schlug, dass sie das Gleichgewicht verlor und hart auf den Boden prallte. Taffeta wieherte und tänzelte und hätte sie fast mit den Hufen getreten, bevor sie wieder auf die Füße kam, beruhigend auf das Tier einsprach und besänftigend seinen langen Hals streichelte.

Vance blickte auf sie herunter, lachte noch einmal, drehte sein Pferd auf der Hinterhand herum und galoppierte in Richtung der Bäume davon. Seine schweigenden Spießgesellen folgten ihm und die Blicke, die sie Charity zuwarfen, ließen ihr das Blut in den Adern gefrieren.

Mit zitternden Knien, aber mit geradem Rücken, nahm sie Taffeta Sattel und Zaumzeug ab, bevor sie die Stute ins hohe Gras in der Nähe der Quelle trieb. Erst dann ging Charity in die Hütte, schloss hinter sich die Tür und legte den Riegel vor.

Zuvor war die Hütte für sie ein Hort der Glückseligkeit gewesen, weil sie hier mit Luke die Freuden der Liebe geteilt hatte, aber jetzt, so kurz nach dem Zusammenstoß mit Vance, sah sie vor ihrem geistigen Auge den Mord an Marietta Shardlow. Sie spürte den Schmerz, den Luke als Kind empfunden haben musste, seine hilflose Wut, seinen Hass – und plötzlich waren diese Gefühle auch ihre eigenen. Charity nahm ein Gewehr von einem Gestell an der Wand, lud die Kammer durch und lehnte die Waffe gegen den Herd, sodass sie sie in Reichweite hatte.

Ihr Kleid war ruiniert, und das Hemd, das sie darunter getragen hatte, ebenfalls. Sie zog die Sachen aus und schlüpfte in das einzige Kleidungsstück, das sie hier zur Hand hatte, in das Kleid, das sie bei ihrer Hochzeit getragen hatte. Charity sehnte sich nach einem langen, heißen Bad, um das Gefühl des Ekels loszuwerden, das Vances Blicke in ihr geweckt hatten, um den Schmutz abzuschrubben, der dort zu sitzen schien, wo er sie berührt hatte, aber sie wusste, dass dieser Wunsch in diesem Moment unerfüllbar war.

Um sich selbst zu beschäftigen, backte sie Biskuits – wobei sie sich nie allzu weit von dem Gewehr entfernte –, und sie schnitt gepökeltes Schweinefleisch in Scheiben, das in einem irdenen Topf aufbewahrt wurde. Sie hatte das Gefühl, dass eine endlos lange Zeit vergangen war, als sie hörte, wie sich ein einzelner Reiter der Hütte näherte. Da wusste sie, dass Luke zurück war.

Sie beeilte sich, die Tür zu öffnen, und warf sich ihm überraschend in die Arme, bevor er auch nur halbwegs den Hof überquert hatte.

»Soll ich daraus schließen, dass mir vergeben ist?«, fragte er.

Charity klammerte sich an ihn und begann zu schluchzen. »Er war hier.«

Lukes Körper versteifte sich. Er hielt sie ein Stück von sich weg, um ihr ins Gesicht zu blicken. In diesem Moment verriet sein Gesicht nicht die geringste Spur eines Lächelns. »Wer, Charity? Wer war hier?«

Sie sah ihm an, dass er die Antwort kannte, bevor sie sie ihm gab. Aber vermutlich wollte er es aus ihrem Mund hören. »Vance«, flüsterte sie.

Luke wurde weiß im Gesicht, und das Aquamarin seiner Augen wirkte mit einem Mal kalt wie Eis. »Was ist geschehen? Bist du verletzt?«

Sie schüttelte den Kopf. Dann nahm sie ihn bei der Hand und führte ihn in die Hütte, in den schwachen Schutz, den die vier Wände und das Dach boten, zeigte ihm das Kleid und das Hemd, bevor sie beide Kleidungsstücke in den Ofen steckte, um sie zu verbrennen – und dann zeigte sie ihm die rote Linie, die die Klinge von Vances Messer auf ihrer Haut hinterlassen hatte.

Luke folgte dieser Linie mit einer Fingerspitze von ihrer Kehle abwärts bis zur Mitte ihres Bauches. Dann – ohne ein weiteres Wort – überprüfte er seinen Revolver an seiner Hüfte, um sich davon zu überzeugen, dass er geladen war, stürmte aus der Hütte und schlug die Tür hinter sich fest zu.

15

Charity holte Luke auf dem Hof hinter der Hütte ein, packte seinen Arm, wurde jedoch mit einer einzigen, wütenden Bewegung zurückgestoßen. Er pfiff durch die Zähne nach seinem Schecken, der sich inzwischen schon weit vom Haus entfernt hatte, der aber den Kopf aus dem duftenden Gras hob und bei dem vertrauten Laut die Ohren aufstellte. Vielleicht spürte das Pferd ja die Wut seines Herrn, denn es zögerte.

»Luke!« Charity ergriff wieder seinen Arm und hielt ihn mit der ganzen Entschlossenheit fest, die sie von Jonah geerbt hatte, und diesmal stand sie so dicht bei Luke, dass er sie nicht wieder wegstoßen konnte, wenn er ihr nicht wehtun wollte. Sie spürte, wie sich seine Muskeln unter ihren Händen und Fingern anspannten. »Hör mir bitte genau zu. Vance wurde von fünf Männern begleitet – du kannst ihn nicht allein verfolgen. Das ist doch genau das, was er will. Oder etwa nicht? Falls du es vergessen haben solltest, Luke – das sind die gleichen Männer, die dich kürzlich fast umgebracht haben. Sie haben vergeblich gehofft, du wärst tot, doch diesmal wollen sie die schmutzige Arbeit zu Ende bringen.«

Sein Gesicht war hart und regungslos, es war das Gesicht eines Fremden, nicht das des Mannes, der sie in der Nacht zuvor so zärtlich berührt hatte. »Ich habe keine Angst vor Vance.«

Sie sprach leise. Hastig. »Dann bist du ein Narr. Er ist ein Mörder, Luke. Er will dir eine Falle stellen – und benutzt mich dabei als Köder. Vielleicht hast du ja die Absicht, sein Spiel zu spielen, aber ich werde es nicht tun.«

Ein Muskel in seiner Wange trat hart hervor, als er mit den Backenzähnen mahlte. Sein Blick – ebenso ausdruckslos, wie Vances Blick gewesen war – war fest auf die Baumlinie gerichtet, als könnte er dort die Schatten seines Halbbruders und die der anderen Männer sehen, die auf ihren schlecht gepflegten Pferden im Wald verschwunden waren.

»Du hast Recht«, sagte er gequält. »Du hast ja Recht«, wiederholte er dann noch einmal mit rauer Stimme.«

Sie trat vor ihn und schlang ihre Arme um seinen Leib. Erst als er sich in ihrer Umarmung ein wenig entspannte, wagte sie es, die Frage zu stellen, die ihr unentwegt durch den Kopf ging. »Warum ist Vance überhaupt hergekommen, Luke?«

Ihre Augen trafen sich, aber sein Ausdruck war kaum weniger bedrohlich als zuvor. »Er und ich haben miteinander eine Sache zu klären. Mehr brauchst du im Augenblick nicht zu wissen.«

»Oh, doch«, erwiderte Charity, aber sie hatte nicht die Absicht, deswegen eine neue Diskussion zu beginnen. Luke war ja immer noch bei ihr – und für den Augenblick kam ihr das wie ein Sieg vor. Zärtlich, vorsichtig, den einen Arm locker um seine Taille geschlungen, führte sie ihn zur Hütte zurück. Im Innern war es kühl und still, eine kleine Burg, ein Zufluchtsort, der ihnen allein gehörte.

»Gib mir deinen Waffengürtel«, bat sie und streckte

eine Hand danach aus. Als sie sich jetzt gegenüberstanden, fühlte sie die Wärme seines Körpers, spürte sein Gewicht, obwohl sie sich gar nicht berührten. Ein Gefühl überwältigte sie, ein brennender Schmerz, sodass sie die Knie zusammenpressen musste, um das Gleichgewicht zu halten.

Luke betrachtete sie eine ganze Weile nachdenklich, dann seufzte er, öffnete die Schnalle und gab ihr den ganzen Gürtel mitsamt dem Fünfundvierziger. Diese Waffe war unglaublich schwer, aber Luke machte keineswegs den Eindruck, als wäre er nun von einer Last befreit.

»Und jetzt«, meinte sie, als er weiterhin schwieg, »setz dich hin.«

Er zog eine der Apfelkisten zu sich heran, die als Stühle dienten und die unter dem selbst gebauten Tisch standen, und setzte sich. Seine Augen glitzerten immer noch vor Wut, und als er Charity anschaute, schien sein Blick ihr andeuten zu wollen, dass es im Augenblick nichts Besseres zu tun gab, als loszuziehen, um seinen Halbbruder zu töten.

Sie trat hinter ihn, legte ihre Hände auf die Stelle, wo der Rücken in den Hals überging, und begann mit kräftigen Fingern die verspannten Muskeln zu kneten. Langsam, widerwillig, begann sich sein Körper zu entspannen, obwohl Luke sich zuerst dagegen sträubte.

Einmal beugte sie sich vor und gab ihm einen Kuss auf die goldenen Haare. »Ich denke mal, ich darf vermuten«, begann sie vorsichtig, nachdem eine angemessene Zeitspanne verstrichen war, »dass du und Raoul eure Meinungsverschiedenheit auf zivilisierte Art und Weise bereinigt habt?«

Luke rollte den Kopf und gab einen leisen, belustigten Laut von sich, der ganz tief aus seiner Kehle kam.

»Montego lebt, und es geht ihm gut«, meinte er. »Gut, in Ordnung, er lebt.«

»Ich hoffe nur, dass du ihm nicht wehgetan hast.«

»Woher weißt du denn, dass er nicht mir wehgetan hat?« In seiner Stimme schwang ein neckender Unterton mit, aber sie spürte, dass seine Wut auf Vance noch immer nicht verraucht war.

Wieder beugte sie sich vor, und diesmal küsste sie seitlich seinen Hals. »Hat er das?«, konterte sie belustigt. Seine Rückenmuskeln waren jetzt wieder geschmeidiger, und er erlaubte es sich probehalber, seine Wirbelsäule zu drehen. Dann zog er Charity mit einer einzigen spielerischen Bewegung, die vollkommen unerwartet kam, auf seinen Schoß. »Wenn ich nun Ja sagen würde«, erwiderte er gedehnt und hob beide Augenbrauen, »würdest du dich dann verpflichtet fühlen, mich zu trösten?«

Das genügte schon, um sie zu erregen. Das Verlangen nach ihm pulste in ihrem ganzen Körper, und seine Erregung spürte sie nur allzu deutlich. »Vielleicht«, erwiderte sie. »Allerdings ist es ja draußen noch hell und so ...«

Er lachte leise in sich hinein. Mit einer Hand begann er die Knöpfe auf der Vorderseite ihres Kleides – ihres Hochzeitskleides – aufzuknöpfen. Seine Stimme war leise, gedehnt und klang ein wenig schläfrig. »Was hat das damit zu tun?«

»Nun, ich dachte nur ... vielleicht sollten wir warten, bis es dunkel ist und ...« Warum, fragte sie sich, während sie die Worte aussprach, sagte sie so etwas? Wenn sie länger warten müsste, würde sie vor Begierde sterben. Sie würde in Flammen aufgehen und verbrennen wie ein einzelner Ginsterreisig, den man in die Flamme einer Kerze hielt.

Luke entblößte eine ihrer Brüste, liebkoste die rosige Spitze mit seinem rauen Daumen und lächelte über die Reaktion, die augenblicklich folgte. »Wir fangen besser jetzt schon an«, meinte er gleichsam als Nachsatz, bevor er sich vorwärts beugte und die Brustspitze in seinen Mund nahm.

Charity stieß einen kleinen verzückten, aber auch alarmierten Schrei aus und versuchte sich etwas von seinem Schoß zu erheben. Er drückte sie mit einer Hand zurück und fuhr fort, an ihrer Brust zu saugen. Sie fuhr mit allen zehn Fingern durch seine Haare und presste ihn so fest an sich, dass sie die Konturen seiner Haut fühlen konnte. »Das Fenster … ist nicht verhängt …«, stöhnte sie.

Luke gab ihre Brustwarze frei, aber nur um sie verlangend mit seiner Zungenspitze zu umspielen. Dann erhob er sich mit einem Seufzer von der Apfelkiste, wobei er Charity auf den Arm nahm und sie zum Bett trug.

Er legte sie auf die Matratze, ging zum einzigen Fenster der Hütte und verhängte es mit einem leeren Jutesack. Luke streifte die Stiefel ab und zog seine Kleidung aus, während er das Zimmer durchquerte, wobei er eine Spur von Kleidungsstücken hinter sich ließ. Als er das Bett wieder erreichte, zog er ihr die Schuhe aus, rollte ihre Strümpfe herunter, streifte ihr den Schlüpfer über Knie und Füße und warf alles in hohem Bogen hinter sich. Sie zitterte, als er langsam die Innenseiten ihrer Schenkel liebkoste, protestierte aber nicht, als er ihr das Kleid über den Kopf streifte. Nun lag sie nackt vor ihm, denn sie hatte ja kein Hemdchen mehr zum Anziehen gehabt, nachdem Vance es mit dem Messer aufgeschlitzt hatte.

Luke kniete sich über sie, senkte den Kopf und legte seine Lippen ganz leicht auf die Stelle oberhalb ihrer Knie, wo die Linie begann, die Vance in ihre Haut geritzt hatte. Mit der Spitze seiner Zunge – und ohne besondere Hast – folgte er dem Strich zwischen ihren Brüsten entlang und über ihren Bauch, wobei die hässliche Markierung durch seinen Atem und die ungeteilte Aufmerksamkeit, die er ihr schenkte, augenblicklich zu heilen schien.

Charity stöhnte und wölbte ihren Rücken ihm entgegen, und er schob seine Hände unter ihren Po, während er die Vertiefung ihrer Hüften küsste. Dann hob er sie an, schob sein Gesicht zwischen ihre Schenkel und liebkoste sie mit seiner Zunge. Es gab keine Zurückhaltung dabei, und ihr Liebesspiel war nicht sonderlich zärtlich; er wollte sie haben, und sie – die abwechselnd schluchzte und keuchte – wollte genommen werden.

Sie glaubte, vor Lust vergehen zu müssen, doch seine Lippen wanderten dann wieder an ihrem Körper entlang zurück bis zu ihren Lippen. Es war erregend, ihren eigenen Geschmack auf seiner Zunge zu entdecken, als er sie auf den Mund küsste.

»Ich möchte tief in dich eindringen«, wisperte er. Er lag zwischen ihren Beinen, und sie spürte, wie er den weichen, warmen Eingang zwischen ihren Schamlippen suchte, ihn fand und zögernd abwartete.

Sie nickte, und er beantwortete ihre Einwilligung mit einem einzigen, kraftvollen Stoß seiner Hüften. Sie bewegten sich, als wären sie ein Wesen, ihre Bewegungen wurden jedes Mal schneller, wenn sich ihre Körper an der intimsten Stelle begegneten, und Charitys Innerstes schien zu immer neuen Höhen zu fliegen. Gleichzeitig erreichten sie den Gipfel der Lust – es war eine wilde Befreiung, eine laute und temperamentvolle Befriedigung all ihrer Sinne.

Als es vorüber war und sie beide – keuchend, schweißgebadet und schwer atmend – wieder auf die

Erde zurückgesunken waren, lagen sie eng aneinander geschmiegt in der Kuhle, die sie in die Federmatratze gedrückt hatten, und Charity befand sich in einem Zustand glückseliger Erschöpfung.

Luke hielt sie zärtlich in seinen Armen, so vorsichtig, als wäre sie ein zerbrechliches Wesen, das mit gebrochenen Flügeln aus einem dunklen, stürmischen Himmel gestürzt war. Er flüsterte Worte, die keinen Sinn ergaben, aber sie fühlte sich umsorgt und zufrieden, trotz der Gewalt, die ihr Liebesspiel beherrscht hatte.

Sie konnte kaum noch die Augen offen halten – Traumbilder rissen sie hinweg, zogen sie weiter und weiter in die Tiefe eines süßen Schlafs, der den ersehnten Trost bringen würde. Aber sie mobilisierte noch einmal ihre ganze Willenskraft und erzählte Luke, was sie an diesem Tag über Jonah und ihre Mutter in Erfahrung gebracht hatte.

Er hörte sich alles an, und – was noch viel wichtiger war – er hörte ihr auch richtig zu. Er küsste ihre geschlossenen Lider und versicherte ihr, dass alles gut werden würde. Dann wünschte er ihr eine gute Nacht, und sie überließ sich selbst dem süßen Vergessen, da sie wusste, dass sie sicher und beschützt in seinen Armen lag.

Als Charity langsam aus ihrem Tiefschlaf erwachte, registrierte sie zuerst die absolute Stille der Nacht, die sie umgab, und bevor sie die Augen öffnete, wusste sie, was das zu bedeuten hatte. Luke war gegangen. Er hatte das geladene Gewehr neben ihr in Reichweite gelassen, aber sie empfand seine Abwesenheit wie einen Schlag.

Charity rollte sich auf den Rücken, wobei sie sich in den Strähnen ihrer eigenen Haare verhedderte, die ihr bis zur Taille reichten. Sie biss sich fest auf die Unterlippe, um nicht anzufangen zu weinen. Das Liebesspiel hatte sie verändert, sie in eine andere Welt entführt und ihre Wunden geheilt, aber für Luke war die ganze Sache wahrscheinlich nicht mehr als eine genau kalkulierte Verführung gewesen. Der verdammte Kerl hatte natürlich gewusst, dass sie unter seinen Händen, seinen Lippen und seinen Versprechungen dahinschmelzen würde, dass er sie anschließend vollkommen erschöpft ihrem Schlaf überlassen konnte, während er selbst zu seinem tödlichen Geschäft aufbrach und keine Störung zu befürchten brauchte.

Schniefend wälzte sich Charity aus dem Bett und streifte das Hochzeitskleid über, das auf dem Boden lag. Inzwischen mochte Luke Gott weiß wo sein und jagte allein hinter einer Bande Verbrecher her, weil er zu stolz oder zu töricht war, sich in der Stadt oder auf der Double B-Ranch Hilfe zu holen. Sich auf die Suche nach ihm zu machen, wäre absolut sinnlos gewesen, denn sie spürte an der Leere in der Hütte, dass er schon lange fort war. Wahrscheinlich war er längst meilenweit entfernt.

In ihr Hochzeitskleid gehüllt, das inzwischen reichlich mitgenommen aussah, tastete Charity sich zum Tisch, riss ein Zündholz an und brachte die Kerosinlampe zum Brennen. Die Dunkelheit wirkte nicht mehr ganz so bedrohlich, obwohl sich ihre gedrückte Stimmung dadurch nicht änderte.

Als sich ihre Augen auf das spärliche Licht eingestellt hatten, entdeckte sie auf dem Kaminsims eine Notiz und griff danach.

Entschuldige, hatte Luke geschrieben. *Verriegele die Tür.* Das war alles. Kein Gruß, keine Erklärung und schon gar kein ›In Liebe, Luke‹. Und das Wort ›Entschuldige‹, geschrieben in festen, steilen Buchstaben, klang ja nun nicht gerade zerknirscht.

Sie knüllte das Papier zusammen und warf es in den kalten Kamin, ging dann zur Tür und legte den Riegel vor. Was war Luke Shardlow nur für ein Ehemann, was für ein Beschützer, wenn er einfach davonritt und es ihr überließ, sich zu verteidigen? Ihre feste Überzeugung, dass sie dazu in der Lage wäre, führte jedoch nicht dazu, dass sich ihre aufsteigende Wut legte; Luke hatte sie ausgetrickst – und sie hatte willig, geradezu übereifrig, bei diesem Betrugsmanöver geholfen – und diese Tatsache traf sie wie ein Schlag.

»Närrin«, schalt sie sich selbst. Sie knöpfte das Kleid zu, fand ihre Haarbürste und begann, die wilde Mähne mit langen, wütenden Strichen zu glätten. Nachdem sie die Knötchen ausgebürstet hatte – dabei hatte sie sich etwas beruhigt –, flocht sie die Haare zu einem einzelnen dicken Zopf, den sie mit einer kleinen Schleife zuband. Sie schwor sich, dass sie Luke, sobald er nach Hause kam – sie erlaubte sich nicht, auch nur eine Sekunde an die Möglichkeit zu denken, dass er nicht mehr nach Hause kam –, gründlich die Leviten lesen würde.

Je länger sich der Abend hinzog und Luke immer noch nicht aufgetaucht war, verlor die Aussicht auf Rache allerdings mehr und mehr ihren Reiz. Charity nahm eine schlichte Mahlzeit aus Büchsenfleisch und Kaffee ein, ging unruhig vor dem Kamin auf und ab, erfüllt von den Sorgen und Kümmernissen, die Frauen seit jeher quälen, wenn sie auf ihren Mann warten, der schon seit Stunden wieder zu Hause sein sollte.

Die Lampe brannte bereits niedrig, als sie den Hufschlag eines Pferdes hörte, das sich näherte. Eilig lief Charity zur Tür. Sie hatte ihre Hand schon am Riegel, als ihr durch den Kopf fuhr, dass der Reiter auch ein anderer als Luke sein könnte. Sie rannte zum Bett, nahm das Gewehr auf, ging dann zum Fenster und schob den Vorhang aus Jute zur Seite.

Zuerst erkannte sie den einsamen Reiter nicht, der sich eben aus dem Sattel schwang, denn es war schon spät, und der Mond, der von Wolken verhüllt war, spendete nur wenig Licht.

Sie wusste nur, dass es nicht Luke war. Charity war tief enttäuscht und hatte das Gefühl, dass Nesseln in ihren Augen und in ihrer Kehle brannten. Als der Besucher näher kam und sie sein Gesicht sehen konnte, hätte sie vor Schreck und Verzweiflung fast laut aufgeschrien.

Marshal Higgins kam auf die Hütte zu. Wenn er um diese Zeit kam, konnte das nur bedeuten, dass er eine schlechte Nachricht zu überbringen hatte.

Charity legte hastig das Gewehr zur Seite und öffnete die Tür, bevor der Gesetzeshüter auch nur anklopfen konnte. »Was ist es?«, stieß sie atemlos hervor. »Luke … oder mein Vater?«

Der Marshal blickte sie lange schweigend an, während ihr Herz von Sekunde zu Sekunde schneller und lauter schlug.

»Sagen Sie es mir endlich!«, forderte sie ihn auf, da sie die Ungewissheit nicht länger ertragen konnte.

Higgins schob sie über die Schwelle ins Haus zurück und führte sie zu einem Sitz. »Es tut mir Leid, aber es hat Luke erwischt«, erklärte er ruhig. »Er ist ziemlich schwer verwundet und hat nach Ihnen gefragt.«

Sie sprang von der Apfelkiste auf, rannte von einer Ecke des Raumes in die andere, hektisch, konfus. »Wo ist er? Was ist denn passiert? Bringen Sie mich sofort zu ihm!«

Der Marshal hielt sie schließlich fest, indem er sie bei den Oberarmen packte. Die Geste war sehr intim, zu vertraulich, und unter anderen Umständen hätte Charity das nie zugelassen. Sie sah, wie sich Higgins' Adamsapfel bewegte, als er schluckte. »Er wurde angeschossen.«

Die Worte schienen ihr Herz zu durchbohren. »Bringen Sie mich zu ihm«, wiederholte sie, und er nickte.

Später würde sie keine Erinnerung mehr daran haben, wie es ihr gelungen war, Taffeta zu finden und zu satteln – was Higgins wahrscheinlich übernommen hatte –, und sie würde sich auch nicht mehr an den langen Ritt durch die dunkle Sommernacht erinnern. Der Marshal ritt vor, und sie folgte ihm voller Angst, ohne auf den Weg zu achten.

Sie hatte ja ihr ganzes Leben in diesem Gebiet gelebt, und sie kannte es bestens aus der Zeit, als sie neben Jonah gearbeitet hatte und zusammen mit Raoul die nähere und weitere Umgebung erkundet hatte, aber in dieser Nacht hätte sie genauso gut in einem fremden Land sein können, in einer anderen Welt. Ihre Gedanken eilten voraus, suchten Luke, sie achtete nicht auf wichtige Orientierungspunkte und hätte den Weg nicht zurückverfolgen können. Erst als sie vor sich ein Zelt sah, das von innen golden beleuchtet war und in dem sich Schatten bewegten, begann sie zu ahnen, dass sie Luke hier nicht finden würde.

Sie zügelte ihre Stute und wollte den Marshal verwundert und empört zur Rede stellen, als sie sah, wie eine Gestalt aus dem Zelt trat, die ihr nur zu gut bekannt war. *Vance.* Marshal Higgins, ein Mann, dem sie voll und ganz vertraut hatte, hatte sie zu Vance Shardlow geführt. Im ersten Moment war sie trotz ihrer Wut erleichtert – denn jetzt war sie sicher, dass Luke nicht verletzt war –, aber dann wurde sie von einem Strudel weniger angenehmer Gefühle gepackt.

»Warum?«, wisperte sie.

»Zerbrich dir darüber mal nicht den Kopf«, erwiderte der Hüter des Gesetzes, der alle Höflichkeit abgelegt hatte. Er saß ab, und einen Wimpernschlag bevor

Charity ihr Pferd herumgerissen hätte und geflohen wäre, packte er Taffetas Halfter und hielt die Stute fest. »Wenn wir ihn erst haben, lassen wir dich wieder laufen.«

Mit schweißnassen Handflächen umklammerte Charity den Sattelknauf, während Vance auf sie zuschlenderte. Sie wusste natürlich genau, dass das Versprechen des Marshals eine glatte Lüge war; sie war nichts weiter als eine wertlose Spielkarte, ein Bauer, den man opfern würde. Wenn sie erst ihren Zweck erfüllt hätte, würde man sie vergewaltigen und töten. Aber darüber machte sie sich weniger Gedanken als über die Gewissheit, dass Luke hundertprozentig kommen würde, um sie zu retten und er bei diesem Versuch (auch in diesem Punkt war sie sich ganz sicher) selbst erschossen würde.

Vance hob seinen Arm und – sie glaubte es kaum – bot ihr seine Hand zum Gruß wie ein echter Gentleman vom Lande, der einen Nachbarn auf dem Rasen vor seinem Herrenhaus begrüßte. Charity zog den Fuß aus dem Steigbügel und stieß dem Kerl ihren Absatz mit voller Wucht gegen den Kehlkopf, sodass Vance durch die Wirkung des gewaltigen Tritts nach hinten taumelte, wobei er Flüche ausstieß – und, wie sie hoffte, auch Blut.

»Verdammt noch mal, du blödes Weib«, entfuhr es dem Marshal. Inzwischen hatte Vance sich wieder aufgerappelt und kam erneut auf Charity zu. Higgins trat zwischen die beiden, wobei er die Zügel von Charitys Stute fest um die Finger der einen Hand gewickelt hatte. »Ruhig Blut, Vance«, redete er ihm gut zu. »Sie nützt uns gar nichts mehr, wenn du sie gleich jetzt auseinandernimmst.«

Vance blieb stehen. »Hol sie vom Pferd runter«, knurrte er zögernd.

Charity klammerte sich am Sattelknauf fest und versuchte noch einmal zu treten, aber es gelang ihr nicht. Higgins hielt immer noch Taffetas Zügel fest, und er war wesentlich stärker als sie. Er schlang einen Arm um ihre Taille, fluchte, zog sie vom Pferd und hielt sie, mit dem Rücken gegen seine Brust gepresst, fest.

»Hast du meinem Bruder die Nachricht gezeigt, die ich ihm hinterlassen habe?«, fragte Vance, dessen Stimme lasziv gedehnt war. Allerdings klang er ziemlich heiser, und Charity hoffte, dass sich ihr noch einmal eine Gelegenheit bieten würde, ihm so einen Schlag gegen die Kehle zu versetzen, dass ihm endgültig die Stimme wegbleiben würde.

Plötzlich zitterte sie am ganzen Körper, aus Angst, aus Wut. Sie spuckte ihm ins Gesicht.

Bevor der Marshal erneut dazwischengehen konnte, hatte Vance ihr mit dem Handrücken so hart ins Gesicht geschlagen, dass Higgins, der sie immer noch festhielt, beinahe das Gleichgewicht verloren hätte. Hinter ihnen wieherte Taffeta und scharrte mit den Hufen, bereit, damit zuzutreten.

Charity verspürte einen kurzen und brennenden Schmerz; das Blut schoss ihr durch den Kopf – aber das führte gleichzeitig dazu, dass ihr Verstand wieder klarer funktionierte. Sie ließ sich gegen den Marshal fallen, damit Vance glaubte, er hätte sie außer Gefecht gesetzt. Als er sich auf sie stürzte und aus Higgins' Arm riss, stieß sie ihm mit der ganzen Kraft, die sie aufbringen konnte, ihr Knie zwischen die Beine.

Vance heulte auf, sackte in sich zusammen, und sein Schrei ließ die Männer aus dem Zelt und die, die sich draußen aufhielten, herbeistürzen.

»Der Teufel soll mich holen«, murmelte der Marshal. »Du hast verdammt viel mehr Mumm als Verstand, Lady.«

Nachdem Vance gehustet und noch ein paarmal gequält aufgestöhnt hatte, straffte er den Rücken, und seine Augen funkelten in der Dunkelheit, als er sein Messer aus der Scheide zog. »Ich bringe sie um«, schwor er. »Gleich hier auf der Stelle.«

»Nein, Vance«, warnte einer der anderen Männer, der näher gekommen war und dessen Gesicht im Schatten lag. Trotzdem erkannte Charity den Mann sofort als Hector Tillmont, den kürzlich entlassenen Vormann der Double B-Ranch. Seine Anwesenheit hier beantwortete Charity eine Menge Fragen. »Wir brauchen sie noch. Bis wir Luke haben, bis wir sicher sind, dass er tot ist, können wir sie nicht anrühren.«

»Mir gefällt die Sache nicht«, mischte sich ein anderer Bandit ein. »Dieser Luke Shardlow muss ein verdammt verrückter Hurensohn sein. Ich habe gehört, dass er unten in Nogales mal einen Mann gehäutet hat, nur weil der eines Abends eine Hure im Hinterzimmer des Saloons verprügelt hat.«

Vance machte den Versuch zu lachen, musste aber wieder husten. »Luke? Der hat nicht das Zeug, jemanden umzulegen.«

»Ich habe nicht gesagt, dass er den Burschen getötet hat«, ereiferte sich der andere Mann. »Ich sagte, dass er ihm die Haut abzogen hat. Das ist ja wohl ein Unterschied.«

Charity hatte das Gefühl, dass ihr Magen sich umdrehte, aber jetzt, da sie wieder einen kühlen Kopf hatte, musste sie die Ruhe bewahren und durfte sich nicht länger widersetzen. Wenn es überhaupt eine Hoffnung auf Flucht gab, eine Hoffnung, Luke aufzuhalten, hing alles von ihrer Fähigkeit ab, ihre Kräfte zu bündeln und klar zu denken. Sie hatte schon genug Energie darauf verwandt, sich mit Vance anzulegen, aber diesen Fehler würde sie nicht noch einmal begehen.

Vance fuhr mit der Messerklinge an ihrem Kinn entlang. »Schafft sie in den Schuppen und bindet sie fest«, befahl er. »Wir wissen ja, dass sie die Gesellschaft von Ratten liebt.« Er blickte scharf um sich. »Und haltet eure Hände bei euch. Sollte einer von euch sie unsittlich berühren, schneide ich ihm die Finger ab.«

Plötzlich fühlte Charity sich leicht benommen. Man hatte sie zu einer halb verfallenen Bretterbude am Fuß der Berge gebracht, kurz unterhalb der Minen, die ihr Vater vor ein paar Jahren geschlossen hatte – sie war zurück auf der Double B-Ranch. Bei dieser Ironie des Schicksals wurde ihr übel. Sie erinnerte sich nämlich daran, dass Luke hier in der Gegend einen Mann namens Andrew gefunden hatte, den Vance und seine Leute am Ast eines Baumes aufgeknüpft hatten, und deshalb würde Luke wahrscheinlich vermuten, dass sie hier irgendwo gefangen gehalten wurde. *Bleib weg*, flehte sie stumm, aber die Gewissheit, dass er kommen würde, lastete wie ein Zentnergewicht auf ihr.

Higgins blieb zurück und stritt weiter mit Vance, während zwei der Outlaws Charity an den Armen packten und sie in Richtung des Schuppens stießen. Die anderen gingen ins Zelt zurück. Innerhalb des Bretterverschlags würde es dunkler als draußen sein, dachte Charity schaudernd, während sie vorwärts stolperte. Sie widerstand dem plötzlichen Verlangen, ihre Absätze in den Boden zu stemmen, um sich dagegen zu wehren, an so einem Ort eingesperrt zu werden, wo man wer weiß was mit ihr machen würde. Charity schloss die Augen, zählte beim Gehen ihre Herzschläge und fasste in den Pausen dazwischen Mut.

Aus dem fensterlosen Verschlag schlug ihr Kälte entgegen. Sie hob ihr Kinn und versuchte die aufsteigende Panik zu kontrollieren, indem sie sich in Schweigen hüllte.

»Was ich vorhin von Luke Shardlow und diesem armen Teufel erzählte habe, dem er unten in Nogales die Haut bei lebendigem Leib abgezogen hat, war kein leeres Geschwätz«, murmelte einer ihrer Begleiter. »Das ist wirklich passiert, Wylie.«

»Ich weiß«, antwortete der andere düster.

»Und das Gleiche wird er wahrscheinlich mit euch machen«, meinte Charity betont beiläufig und scheinbar vergnügt. Sie hatte die Geschichte von der Häutung nicht eine Sekunde geglaubt; tatsächlich war sie ziemlich sicher, dass Luke selbst das Gerücht in die Welt gesetzt hatte, weil er damit etwas Bestimmtes bezwecken wollte. »Lasst mich laufen, und ich werde zu gegebener Zeit für euch Partei ergreifen. Dann habt ihr möglicherweise eine Chance davonzukommen. Wenn nicht, wird man sich eine Menge übler Geschichten erzählen – die alle von euch handeln werden –, und jede einzelne wird grausamer sein.«

Der eine der Banditen erschauderte, aber der andere, Wylie, stieß Charity mit einem gemurmelten Fluch über die Schwelle. »Es gibt nur einen Mann, der noch bösartiger als Luke Shardlow ist«, knurrte er. »Und das ist sein großer Bruder Vance. Wenn du das vergisst, Ernie, wirst du bitter dafür büßen. Und wir anderen auch.«

»Luke wird Vance mit Sicherheit töten«, erklärte Charity. Im Gegensatz zu der grausigen Geschichte aus Nogales, dachte sie grimmig, würde sich diese Bemerkung zweifellos als wahr erweisen. »Danach werdet ihr für ihn eine leichte Beute sein.«

»Halt's Maul«, fauchte Wylie. Er drehte Charity die Arme auf den Rücken und band sie mit einem Stück Rohleder schmerzhaft fest zusammen. »Verflucht, aber du quasselst mehr als zehn andere Frauen zusammen, die ich je auf einem Haufen gesehen habe«, schnaubte er. »Geh mir doch aus dem Weg, Ernie. Wie soll ich denn an dir vorbeikommen, wenn du wie ein Scheunentor herumstehst?«

»Ich reite noch vor Morgengrauen weg von hier«, murmelte Ernie, aber er trat zur Seite.

»Das wirst du nicht tun«, antwortete Wylie gelassen. »Hol mir mal eine Laterne aus dem Zelt. Ich habe keine Lust, durch ein Loch im Boden zu fallen und mir das Genick zu brechen.«

Charity hielt den Mund, während Ernie verschwand, um für Licht zu sorgen. Offensichtlich war Wylie nicht so leicht einzuschüchtern wie sein Kumpane. Kurze Zeit später kam Ernie mit der Laterne zurück, aber was Charity in deren Schein sah, war alles andere als tröstlich. Der Schuppen starrte vor Dreck, und mitten auf dem Fußboden lag eine von Ratten zerfressene Matratze. Sie wusste natürlich, dass Vance mit ihr ganz spezielle – und ekelhafte – Pläne hatte, aber zuvor hatte er die Absicht, Luke zu töten.

Wylie warf sie auf die Matratze. Da ihre Hände gefesselt waren, knallte sie ungeschützt mit dem Kopf auf den Boden und biss sich bei dem harten Aufprall in die Zunge.

»Bleib schön hier liegen, kleine Lady, und denk schon mal darüber nach, wie du deinen Besuchern nachher Spaß bereiten wirst.«

Charity hatte das Bedürfnis, sich zu übergeben, aber sie beherrschte sich. Sie musste die Ruhe bewahren, klar denken, bereit sein, wenn sich ihr eine Chance zur Flucht bot, und Luke warnen.

Die Angst fuhr ihr tief in die Knochen, und sie fürchtete sich fast ebenso davor, hier mit den Spinnen und dem Ungeziefer allein gelassen zu werden, wie sie sich vor Vance und seinen Männern fürchtete. Sie konnte kaum atmen und hatte das Gefühl, lebendig begraben zu werden.

»Wir kommen zurück«, sagte Wylie und hielt dabei die Laterne hoch, die nur schwaches Licht gab, wodurch die Schatten noch bedrohlicher wirkten. Charity hörte ein Rascheln und sah kleine glitzernde Knopfaugen, wild, aber geduldig wartend. »Verlasse dich drauf.«

»Meinst du nicht, wir könnten ihr die Lampe dalassen?«, fragte Ernie. Er blickte sich nervös um, als erwartete er, dass ein Dämon erschien oder eine wütende Bärenmutter aus einer der stinkenden Ecken auftauchte.

Wylie boxte ihm hart in den Arm. »Sie ist hier doch nicht in ihrem stinkvornehmen Ranchhaus.«

Charity musste all ihre Kräfte aufbieten, um nicht darum zu betteln, dass sie sie nicht in der Dunkelheit allein ließen, dass sie Luke und ihr selbst nichts antun würden. Sie biss sich auf die Lippen und schmeckte Blut.

Wylie stellte die Laterne vorsichtig auf den Boden, da er sie offensichtlich Ernie nicht anvertrauen wollte, zog ein weiteres Lederband aus der Hemdtasche, ging neben Charity in die Hocke, zog ihr die Schuhe aus und band ihre Knöchel zusammen. »Mit dir wird es echt Spaß machen«, murmelte er, wobei er ihre Schenkel streichelte. »Wir werden bald bei dir sein.«

»Du hast sie *angefasst*«, erklärte Ernie anklagend. »Du hast doch gehört, was Vance gesagt hat.«

»Du wirst ihm bestimmt nichts davon erzählen«, erwiderte Wylie mit einem wissenden Grinsen, wobei er sich zu seiner ganzen Größe aufrichtete. Dann beugte er sich wieder herunter und nahm die Laterne auf.

»Sie kriegt ein blaues Auge, wo Vance sie getroffen

hat«, bemerkte Ernie. »Shardlow wird sauer sein, wenn er das sieht. Stinksauer.«

»Mach halblang«, meinte Wylie. »Er wird tot sein, bevor er überhaupt noch was von ihr sieht.« Er hielt die Laterne hoch, ging zum Ausgang, und Ernie folgte ihm schnell. In der Tür blieb er noch einmal kurz stehen und warf Charity einen Blick zu, bevor er die Tür hinter sich schloss.

Erneut musste Charity gegen die aufsteigende Panik ankämpfen. In dem Schuppen war es so finster, dass es keine Rolle spielte, ob sie die Augen geöffnet hatte oder sie geschlossen hielt. Sie dachte daran, dass Luke sterben würde, und bei diesem Gedanken wurde sie von Entsetzen übermannt. Die nächsten fünf Minuten lag sie nur da und kämpfte gegen das Verlangen, sich die Kehle heiser zu schreien.

Kaum hatte sie diese Nervenprobe überstanden, als sie neben sich ein Rascheln hörte und sie merkte, dass sie erneut von Hysterie ergriffen wurde. Sie warf sich wild von einer Seite zur anderen, in der Hoffnung, sich von ihren Fesseln zu befreien. Aber die Lederriemen schnitten sich nur noch fester in ihre Arme und Beine. Schließlich siegte der gesunde Menschenverstand, und sie brachte sich dazu, regungslos liegen zu bleiben und – trotz des schier unerträglichen Gestanks um sie herum – gleichmäßig zu atmen.

Luke hatte seinen Schecken mit losen Zügeln ein gutes Stück entfernt im Wald stehen lassen und war vorsichtig zum Rand der Lichtung zurückgeschlichen. Im Zelt brannte eine Laterne, und er konnte darin die Schatten von drei Männern ausmachen, die Karten spielten. Zwei weitere Männer, die miteinander diskutierten, hielten vor dem Schuppen Wache. In der Nähe des Lagerfeuers, an dem gekocht wurde, stand noch ein Mann bei Vance.

Luke rechnete kurz nach. Offensichtlich hatte Vance inzwischen einen Ersatz für den toten Andrew angeheuert. Er konnte sich denken, um wen es sich dabei handelte, aber das spielte im Augenblick keine Rolle. Sie hatten Charity in ihrer Gewalt – dessen war er sich ganz sicher –, und es bedurfte keiner großen Geistesanstrengung zu erraten, dass sie sich in dem Schuppen befand. Er wusste, dass sie dort relativ sicher war – jedenfalls im Augenblick. Solange er lebte, würde sie es auch. Doch wenn er getötet wurde, was sicher Vances Absicht war, wäre es um Charity geschehen.

Er schloss kurz die Augen. Luke war schon oft in einer ähnlichen Situation gewesen, aber noch nie hatte so viel auf dem Spiel gestanden.

Irgendwo in der Ferne heulte ein Wolf. Bei diesem klagenden Laut hob Vance den Kopf, und Funken stoben auf, als er seinen Zigarillo ins Feuer warf. Luke seufzte innerlich; sein Halbbruder fürchtete sich vor Wölfen, er fürchtete sich vor so vielen Dingen.

Er bewegte sich in den Schutz der Bäume zurück. Die Pferde der Bande standen in einem Corral hinter dem Zelt; er entschloss sich, mit einer kleinen List zu beginnen und dann abzuwarten, wie sich die Dinge entwickelten.

Den Pferden einen Schrecken einzujagen war einfach; Luke fand ein Stück trockene Rinde auf dem Boden, in die er einen mit Harz überzogenen Splitter steckte, den er vom Stamm einer großen Tanne abbrach, riss ein Zündholz an und brachte das Harz zum Brennen. Diese brennende Fackel schleuderte er mitten in den improvisierten Corral – einen der Art, wie ihn die Indianer bauten –, und im Nu brach Chaos aus. Die Tiere rissen sich von den Stricken los, mit denen sie angepflockt waren, und stoben erschreckt, aber unverletzt in alle Richtungen davon.

Vance lief sofort los, wobei er allerdings merkwürdig hinkte, und die Kartenspieler sprangen auf, um die Zeltklappe des Eingangs zu erreichen, allerdings zu langsam und zu hektisch. Einige der fliehenden Pferde rannten nämlich so dicht am Zelt vorbei, dass sie die Zeltplane zum Einsturz brachten, die den Männern auf die Köpfe fiel. Während sie wild mit den Armen fuchtelten und wüst fluchten, Gebete und Verwünschungen ausstießen, ging die Laterne zu Bruch, das ausgelaufene Kerosin entzündete sich und setzte das Zelt mit einem fauchenden »Wosch« in Flammen. Danach wurden die Jungs im Inneren etwas erfindungsreicher und brachten sich durch ein Loch in der Seitenwand in Sicherheit, wobei sie schrien und sich auf dem schmutzigen Boden wälzten, um die Flammen zu ersticken, die ihre Kleidung erfasst hatten.

Vance und Higgins waren vollauf damit beschäftigt, einige der Pferde einzufangen, während die beiden anderen Burschen ihre Laternen auf einem Felsvorsprung abgestellt hatten, um sich in das allgemeine Durcheinander zu stürzen. Luke lief geduckt auf die Tür des Schuppens zu, den Fünfundvierziger in seiner linken Hand, als wäre er ein sechster Finger.

Er wartete im Schatten, den Rücken flach an die Wand des Verschlags gedrückt.

»Verflucht noch mal, ihr verdammten Idioten«, brüllte Vance. »Er steckt hier irgendwo – und sucht die Frau.«

Luke lächelte grimmig und spannte den Hahn seines Colts. *Jetzt bist du dran, Bruder,* dachte er.

»Findet ihn, verdammt noch mal!«, schrie Vance, der in sechs verschiedene Richtungen gleichzeitig zu rennen schien. »Er wird versuchen, den Schuppen zu erreichen!«

Niemand schien den Befehlen des Anführers Aufmerksamkeit zu schenken; Kugeln flogen in alle Richtungen, aber Luke machte sich keine besonderen Gedanken darüber. Sollte sich dieser Haufen von Idioten doch selbst umbringen!

Nein, Sorgen macht er sich wegen es Steilhangs, der sich bedrohlich oberhalb des Schuppens erhob; schon jetzt hatten sich dort durch die Schüsse Steine gelöst, die in die Tiefe polterten und auf das dünne Dach der Bretterbude krachten. Auf Lukes Oberlippe bildete sich Schweiß, als er sich hastig an der Wand des Schuppens entlangschob, um zur Tür zu gelangen.

Halt aus, Charity, dachte er. *Halt bitte aus.*

16

Charity brauchte keine Sekunde darüber nachzudenken, was die Ursache für den Steinschlag war, der donnernd auf das Dach über ihrem Kopf hagelte; sie war schließlich in der Nähe von Minen und Bergbau aufgewachsen und wusste nur zu gut, was passierte. Durch die Schießerei da draußen hatten sich Geröll und Steine von dem überhängenden Berg gelöst, der durch das Graben und die Sprengungen während des jahrelangen Flözabbaus ausgehöhlt worden war. Sie würde lebendig begraben werden, denn mit gebundenen Händen und Füßen war ein Entkommen so gut wie ausgeschlossen.

Trotzdem musste sie irgendetwas unternehmen. Sie rollte sich von der stinkenden Matratze auf den mit Splittern und Abfall übersäten Fußboden, setzte sich auf und versuchte, sich zentimeterweise in Richtung Tür zu schieben. Das Problem war allerdings, dass sie nicht genau wusste, wo sich die Tür überhaupt befand, da es in dem Schuppen stockfinster war.

So viel war ihr klar: Luke befand sich irgendwo da draußen – und höchstwahrscheinlich war er allein. Vance und die anderen konnten ihn nur allzu leicht töten, genau zu diesem Zweck hatten sie ihn ja hierher gelockt. Hoffnung und Verzweiflung wechselten sich ab und kämpften miteinander.

Alles lief genau so ab, wie Vance es geplant hatte. Luke, der bisher der Jäger gewesen war, war freiwillig zur Beute geworden. Für sie, Charity. Sie verdoppelte ihre Anstrengungen, auf dem schmutzigen Boden vorwärts zu rutschen. Der Schmerz, den sie bei der Vorstellung empfand, Luke könnte in die Hände der Banditen fallen und getötet werden, war tausendmal größer als der, den sie in ihren Hand- und Fußgelenken verspürte, wo sich die Lederriemen von Sekunde zu Sekunde tiefer ins Fleisch schnitten.

Steine hämmerten weiter aufs Dach, einige durchschlugen es und prallten dumpf polternd auf dem Fußboden auf. Charity schrie, im gleichen Moment flog die Tür auf, und Charity sah im fahlen Lichtschein, der in den Schuppen fiel, wie Luke über die Schwelle sprang.

Ohne ein Wort zu sagen, bückte er sich, schlang seinen rechten Arm um ihre Taille und zog sie auf die Füße. Als sie strauchelte und ihm bewusst wurde, dass ihre Beine ebenso gefesselt waren wie ihre Arme, hob er sie hoch und trug sie wie einen Packen Bücher unter dem Arm.

Normalerweise hätte Charity gegen eine solche Behandlung heftig protestiert, denn die Lage war höchst unbequem, und hinzu kam auch noch, dass Luke den Fünfundvierziger in seiner freien Hand hielt, nur Zentimeter von ihrem Kopf entfernt. Der Revolver spuckte Kugeln, als hinter ihnen – mit einem ohrenbetäubenden Lärm – der Berghang zu rutschen begann. Die Luft war voller Staub und Schmutz, sodass sie bei jedem Atemzug husten musste.

Ein paar Meter von ihrem Gefängnis entfernt – sie brauchte sich nicht umzublicken, um zu wissen, dass es den Bretterverschlag jetzt nicht mehr gab, dass er wie ein Kartenhaus eingestürzt und zersplittert war – setzte Luke sie auf den Boden, ging neben ihr in die Hocke und schnitt ihre Fesseln mit einem Taschenmesser durch. Dann packte er sie am Ellbogen, zog sie auf die Füße und rief: »Los, lauf!«

Sie starrte ihn einen Moment lang verdutzt an, unfähig zu verstehen, in welcher grotesken Lage sie war.

»Ich sagte: *lauf*!«, schrie er.

Sie rannte los, ungeachtet der Schmerzen in ihren Füßen, die die Lederriemen verursacht hatten. »Die anderen …«

»Kümmere dich nicht um die anderen«, rief Luke. »Lauf weiter.«

Ein Donnergrollen, das ihnen zu folgen schien, ließ die Erde erbeben, eine dichte Staubwolke stieg auf und hüllte sie ein. Gehetzt rannten sie um ihr Leben – über das Zentrum des Bebens hinaus –, und trotz des brausenden Tosens, das die Luft erfüllte, konnte sie noch schwach die verwirrten Schreie der Männer hören, die sie hinter sich zurückgelassen hatten.

Charity hatte das Gefühl, ihr Herz müsste bei der schier übermenschlichen Anstrengung zerspringen, als Luke sich schließlich auf den Boden warf, sie mit sich riss und er ihren Körper mit dem seinen bedeckte.

Der schlimmste Moment kam, als die Erde unter ihnen zu beben begann, unter dem Gras und den Gesteinsschichten aus Felsen und Ton, und der Boden überall wie eine Eierschale aufzubrechen schien. Charity lag unter Luke und war sicher, dass sie letztlich doch noch sterben würden.

Vielleicht war es eine Minute später, vielleicht auch eine Stunde, aber schließlich breitete sich wohltuende Stille aus. Luke rollte sich von ihr runter, legte sich auf den Rücken und starrte in den sternenübersäten Himmel, während Charity abwechselnd hustete und schluchzte.

»Du hättest getötet werden können!«, weinte sie.

Er setzte sich, nahm sie in seine Arme und gab ihr einen Kuss auf die Stirn. »Bin ich aber nicht – und du auch nicht. Komm jetzt.« Er erhob sich und zog sie hoch. »Wir sollten besser schnellstens die Pferde finden und dich von hier wegschaffen, bevor Vance merkt, dass wir nicht unter dem Schuttberg begraben sind. Ich komme zurück und rechne mit ihm ab, sobald ich dich in Sicherheit gebracht habe.«

»Woher wusstest du eigentlich …«, Charity hustete, während Luke leise durch die Zähne pfiff, »dass ich in Schwierigkeiten steckte, meine ich?«

»Als ich nach Hause kam und du nicht da warst, habe ich nach Spuren gesucht, denen ich bis hierher gefolgt bin. Man musste nicht unbedingt eine Geistesgröße sein, um sich den Rest zusammenzureimen.«

In diesem Moment kam das gescheckte Pferd mit hängenden Zügeln und leicht schief sitzendem Sattel aus dem Unterholz. Luke lächelte und tätschelte anerkennend den schweißbedeckten Hals des Tieres.

»Ich dachte, du wärst weg, um …«

»Um was zu tun?«, hakte Luke nach, während er den Sattelgurt festzog, Charity aufs Pferd setzte, bevor er selbst hinter ihr aufsaß. Als er die Zügel aufnahm, hielt er sie fest in seinen Armen.

»Um Raoul zu töten«, antwortete sie – nur halb im Scherz.

Lukes leises Lachen klang rau. »Mach dir keine Sorgen. Deinem Freund geht es gut.« Er brachte den Schecken in einen langsamen Galopp, und sein Griff verstärkte sich noch etwas.

Sie drehte den Kopf um und schaute in sein verschmutztes Gesicht. »Ich hatte schreckliche Angst«, bekannte sie mit leiser Stimme.

Er lächelte und gab ihr ein Küsschen auf die Nasenspitze. »Das zeigt nur, dass du eine ausgesprochen kluge Frau bist«, bemerkte er.

Über Hector Tillmonts Verrat war Charity im Grunde nicht sonderlich überrascht gewesen, denn sie hatte ihn ja noch nie ausstehen können, aber Mr Higgins' Falschheit hatte sie tief getroffen. Der Marshal war in Jubilee sehr beliebt, er war ordnungsgemäß eingeschworen worden, um das Gesetz zu vertreten, und sie wusste, dass ihr Vater, Ben Draper sowie eine Reihe anderer honoriger Männer ihm vertrauten. Zu entdecken, dass sie sich alle geirrt hatten, war deprimierend.

»Glaubst du, dass Vance tot ist?«, fragte sie.

»So viel Glück werde ich kaum haben«, erwiderte er trocken. Dann beugte er sich ein wenig vor und küsste ihr linkes Ohrläppchen. »Lass uns darüber ein anderes Mal reden«, schlug er vor. »Im Augenblick muss ich zusehen, dass ich dich gesund nach Hause bringe.«

»Meine Stute«, seufzte Charity, »ist inzwischen wohl schon fast bis Kanada gelaufen.«

Wieder lachte Luke leise. »Mir macht es nichts aus, meinen Hengst mit dir zu teilen«, meinte er großmütig.

Sie lehnte ihren Hinterkopf an seine Schulter, zu erschöpft, um zu reden oder auch nur an die einfachsten Dinge zu denken wie – zum Beispiel – gerade auf dem Pferd zu sitzen.

Luke schwieg ebenfalls, aber nach einer Weile spürte Charity eine wilde, zurückgehaltene Entschlossenheit in ihm, und da wusste sie, dass er sich mit einem komplizierten Plan beschäftigte und dass es im Augenblick in seinen Gedanken keinen Platz für sie gab.

Sie brauchten mehr Zeit als gewöhnlich, bis sie das Wohnhaus der Double B-Ranch erreicht hatten, denn Luke vermied die Hauptwege. Als Luke sie schließlich aus dem Sattel hob, konnte sie kaum noch die Augen offen halten. »Warum sind wir *hier*?«

Er seufzte, hob sie unaufgefordert in seine Arme, und erst da erinnerte sie sich verschwommen, dass sie ja schon lange ihre Schuhe verloren hatte. »Aufwachen, Liebes«, sagte er neckend, trug sie durch das Tor und über die vordere Veranda, die im Dunkeln lag. »Wir sind *hier*, weil wir im Augenblick nicht in unsere Hütte zurückkehren können, denn dann wüsste Vance sofort, dass wir noch am Leben sind, und er wäre gefährlicher als ein Grizzly, dem eine Hornisse in den …« Er unterbrach sich, räusperte sich und wurde tatsächlich ein bisschen rot. »Nach dieser Sache will mein Halbbruder Blut sehen. Und ich möchte nicht, dass es deins ist.«

Charity blinzelte nervös. Sie war schmutzig, hatte am ganzen Körper blaue Flecken, und ihre Fuß- und Handgelenke brannten höllisch, aber sie lebte, und Luke lebte auch, und sie gab sich noch lange nicht geschlagen. »Erwartest du etwa, dass ich mich verstecke?«

Es gelang ihm, den Türknauf zu drehen, und dann gab er der Tür einen kräftigen Stoß mit Charitys linker Hüfte, sodass sie sich, leise in den Angeln quietschend, öffnete. In der Eingangshalle war es so dunkel wie in dem Schuppen, der um Haaresbreite ihr Sarg geworden wäre.

»Stehen bleiben«, befahl eine weibliche Stimme. Die Anweisung wurde durch ein unmissverständliches Geräusch unterstrichen, als der Hahn eines Gewehrs gespannt wurde. Offensichtlich, dachte Charity, konnte Genesis – neben all den anderen Fähigkeiten, die sie besaß – auch noch schießen.

Luke seufzte tief. »Sag ihr, wer wir sind«, meinte er und schüttelte Charity sanft, als wollte er sie am Einschlafen hindern.

»Ich bin's, Genesis«, rief sie schwach. »Charity. Bei mir ist Luke – mein Ehemann.«

Sie rührten sich nicht, bis Jonahs Krankenschwester eine Lampe gefunden und angezündet hatte. Genesis hielt das Gewehr locker in ihrer großen Hand, während sie die beiden anstarrte und dabei die Stirn runzelte. »Heiliger Himmel«, schnaubte sie schließlich, »was ist euch denn passiert, Leute? So wie ihr ausseht, kann euch ja kein Mensch erkennen.«

»Wir sind Straßenräubern in die Hände gefallen«, erklärte Luke.

Charity lachte, obwohl die Situation überhaupt nicht komisch war. Ihr war inzwischen klar geworden, dass Luke sie ins Haus ihres Vaters gebracht hatte, wo sie in Sicherheit sein würde, während er selbst die Absicht hatte, erneut Vances Spur aufzunehmen, um die Sache – so oder so – zu Ende zu bringen. Äußerlich mochte er ganz gelassen und umgänglich wirken, aber innerlich war Luke von kalter Wut beherrscht, und das machte Charity mehr Angst als alles, was heute Nacht geschehen war.

»Was haben die Burschen mit euch angestellt?«, fragte Genesis, die mit der Lampe neben Luke herging, der inzwischen Charity die Treppe hinauftrug. »Haben sie euch durch ein Schlammloch gezogen?«

»Nein, sie haben nur versucht, einen Berg auf uns zu stürzen«, antwortete Luke. »Wo ist dein Zimmer, Charity?«

»Lass mich runter«, forderte sie ihn auf. »Ich bin schließlich nicht gebrechlich. Damit das klar ist.«

»Ich liebe es aber, dich in meinen Armen zu spüren«, erwiderte er, während er weiterging und so tat, als wäre Genesis gar nicht anwesend. »Du fühlst dich so wunderbar handlich an. Ungefähr wie ein einjähriges Kälbchen.«

»Ich bin zu müde, um dir für diesen Vergleich eine Ohrfeige zu geben«, meinte Charity, »aber du kannst sicher sein, dass ich nicht vergessen werde, dass du ihn angestellt hast. Ich will nicht so schmutzig in mein Schlafzimmer gehen, und du wirst es auch nicht so betreten. Wir müssen uns zuerst einmal baden.«

Luke gab einen zustimmenden Knurrlaut von sich, der tief aus seiner Kehle kam, und er lachte leise, als sie ihm zur Strafe dafür den Ellbogen in die Rippen stieß. »Baden?«, wiederholte er spöttisch. »Das klingt aufregend. Zusammen in einer Wanne?«

»Natürlich nicht.«

»Wollen wir wetten?«

»Gestern hast du es noch strikt abgelehnt, in diesem Haus zu schlafen. Und jetzt willst du …«, sie senkte die Stimme zu einem Flüstern, da sie sich Genesis' Anwesenheit nur zu bewusst war, »… willst du hier baden? Gemeinsam mit mir?«

»Wir sind schließlich verheiratet. Oder etwa nicht?«

»Ja, schon, aber du sagtest doch …«

»Ich habe gesagt, dass ich hier nicht schlafen werde. Ich habe aber nicht gesagt, dass ich mir die Gelegenheit entgehen lassen würde, in einer schönen Wanne mit heißem Wasser zu sitzen.«

»Dann willst du also anschließend gehen?« Charity wusste nicht, weshalb sie diese Frage stellte, denn sie kannte ja die Antwort bereits. Sie unterdrückte das Verlangen, sich an Lukes Nacken zu klammern und ihn anzuflehen, er möge bei ihr bleiben – wenigstens so lange, bis die Sonne wieder schien und die Welt in einem freundlicheren Licht zu sehen war.

Genesis ging ins Bad voraus, stellte die Lampe ab und begann, ein Feuer in dem Ofen unterhalb des inneren Wassertanks zu machen. Luke setzte Charity auf den Rand der Waschkommode und hockte sich vor sie, um die Verletzungen an ihren Armen und Beinen zu untersuchen. Dies war eine schwierige Aufgabe, weil die Haut mit einer dicken Schmutzschicht überzogen war.

»Er will dich umbringen!«

Luke seufzte. »Ich denke, das ist offensichtlich«, murmelte er. Er stand auf, suchte und fand einen Waschlappen, den er unter dem Hahn über der Wanne anfeuchtete. Luke kniete sich mit einem Bein vor sie und begann, die Wunden zu säubern. Selbst in dem schwachen Licht der einzelnen Lampe bemerkte Charity, dass er erbleichte, als er schließlich erkannte, was die Lederriemen ihr angetan hatten; sie sah, wie seine Wangenmuskeln sich vor Entschlossenheit verhärteten, und sie wusste, dass seine Augen brannten, auch wenn er seine Wut zu verbergen suchte. Vielleicht war ja an der Geschichte, dass er in Nogales einen Mann bei lebendigem Leib gehäutet hatte, doch etwas Wahres dran.

Charity war seit ein paar Minuten vollkommen benommen; sie dachte nicht an Jonah und seinen prekären Gesundheitszustand, sie dachte auch nicht daran, was sie an diesem Tag herausgefunden hatte, dass er sie angelogen und sie all die Jahre in dem Glauben gelassen hatte, ihre Mutter sei tot. Es würde wahrscheinlich lange Zeit dauern, bis sie das verarbeitet hatte; gleich morgen würde sie damit beginnen, wenn sie – wie sie hoffte – wieder in der Lage war, klar zu denken. Sie stieß einen leisen Schrei aus.

»Ganz ruhig, Liebes«, sagte Luke. »Du willst doch deinen Vater nicht aufwecken.«

»Der würde nicht mal aufwachen, wenn der Erzengel Gabriel neben ihm die Trompete blasen würde«, meinte Genesis leutselig. Sie hatte inzwischen das Feuer zum Brennen gebracht und das Ventil geöffnet, sodass mehr Wasser aus dem größeren Außentank auf dem Dach zufließen konnte. »Der ist vollkommen erledigt. Das Herumlaufen, die Schießerei – all das war zu viel für ihn.«

Charity zuckte zusammen und biss sich auf die Lippe, als Luke fortfuhr, die Schnitte zu säubern. Sie brannten wie dünne Feuerringe, die man ihr angelegt und festgezogen hatte.

»Braucht ihr zwei was zu essen?«, wollte Genesis wissen. »Ich könnte runter in die Küche gehen und die Reste vom Abendessen aufwärmen.«

Luke schaute Charity an, wobei seine Augen unter der Schutzmaske funkelten. »Hungrig, Mrs Shardlow?«, fragte er. Als sie den Kopf schüttelte, richtete er seine nächsten Worte an Genesis. »Nein, danke, Ma'am. Aber wir könnten etwas brauchen, womit wir diese Schnitte einreiben können, und ein paar Streifen Stoff, um sie zu verbinden.«

»Sei nicht albern«, protestierte Charity. »Du behandelst mich ja wie eine Schwerverletzte.«

»Whiskey tut es«, fuhr Luke fort, ohne auf ihren Einwand zu achten, »falls Sie nicht etwas Besseres haben.«

Genesis machte sich geschäftig auf den Weg, und es schien ihr nicht das Geringste auszumachen, dass es mitten in der Nacht war. Sie machte ganz den Eindruck einer Frau, die gleich wieder zurück sein und Medizin mitbringen würde, die so brennen würde wie das Feuer der Hölle.

Luke erhob sich, betrachtete den Wassertank über der Wanne und schüttelte fasziniert den Kopf. »Was für eine neumodische Apparatur. Da frage ich mich, was man noch alles erfinden wird. Geht es dir nicht auch so?«

»Ich weiß es bestimmt nicht«, erwiderte Charity müde und erschöpft. »Ich bin schließlich kein Mann.«

Er lachte über das Wortspiel. »Das bist du allerdings nicht, Mrs Shardlow, du bist durch und durch eine Frau.« Er thronte auf dem Rand der Badewanne. »Aber jetzt erklär mir doch bitte mal – wenn du magst –, was in dich gefahren ist, Dan Higgins zu folgen, zu einer Uhrzeit, in der alle gottesfürchtigen Menschen tief und fest schlafen?«

»*Du* hast nicht tief und fest geschlafen«, erwiderte sie gereizt, denn sie fürchtete, dass er ihr gleich eine Strafpredigt halten würde, und sie fühlte sich im Augenblick nicht in der Verfassung, sich dagegen entsprechend zur Wehr zu setzen.

»Lassen wir mal beiseite, was *ich* gemacht habe.«

Sie seufzte. »Higgins hat mir gesagt, man hätte auf dich geschossen, und du seist schwer verletzt.« Bei der Erinnerung daran kamen ihr wieder die Tränen. »Natürlich habe ich ihm geglaubt – jeder hätte das getan.«

Luke beugte sich so weit vor, dass seine verschmutzte Stirn die ihre berührte, die nicht weniger mit Sandstaub bedeckt war. »Das war ein Trick«, wisperte er, als würde er ihr damit ein großes Geheimnis anvertrauen.

Charity hätte ihn wahrscheinlich in die leere Wanne geschubst, wenn sie nicht so glücklich gewesen wäre, dass er noch lebte. »Woher hätte ich das denn wissen sollen? Er ist schließlich der Marshal, verdammt noch mal. Und wenn es einen Mann gibt, der geradezu versessen darauf ist, erschossen zu werden, dann bist du das doch.«

Er küsste sie ganz leicht, ganz kurz. »Vermutlich hätte ich den gleichen Fehler gemacht«, räumte er ein. »Aber von jetzt an gehen wir kein Risiko mehr ein. Du bleibst hier im Haus, Charity, und ziehst den Kopf ein, egal, was du hörst, bis ich Vance und Higgins und den Rest der Bande geschnappt habe.«

»Ich könnte alt und grau werden, wenn ich darauf warte, dass das passiert.«

Wieder lachte Luke. »Danke für das unbändige Vertrauen, das du in mich setzt«, meinte er. Dann berührte er mit seinem Finger ihre Nasenspitze. »Du wirst einmal eine rechthaberische alte Lady sein. Aber du *wirst* eine alte Lady werden – dafür werde ich schon sorgen. Doch jetzt hör auf zu reden, hör auf, dir Gedanken zu machen, und überlass es mir, mich um dich zu kümmern.«

Genesis kam mit einem in Streifen geschnittenen Geschirrtuch und einem Glas Whiskey zurück. »Gute Nacht«, sagte sie strahlend und verschwand wieder.

Luke stellte die Sachen zur Seite, da er sie erst nach dem Bad brauchte, und betrachtete dann den Heißwasserapparat mit einem nachdenklichen Stirnrunzeln. »Und wie funktioniert das Ding?«

Charity zeigte es ihm, und wenig später strömte das Wasser heiß und dampfend in die Wanne. Als sie voll war, setzten sie sich beide hinein. Sie ließen den Brenner an und füllten den Innenkessel noch einmal mit Wasser aus dem Außentank, da es ersichtlich war, dass sie sich mehrmals schrubben mussten, bevor ihre Haut wieder zum Vorschein kommen würde.

Sie wuschen sich gegenseitig, Charity mit ruppigem Eifer, während Luke zärtlich und sanft vorging. Dann ließen sie das Wasser ab, säuberten die Wanne und wiederholten die ganze Prozedur noch einmal. Anschließend trockneten sie sich gegenseitig in einem ähnlichen Ritual ab, Luke setzte Charity wieder auf die Kommode und tupfte ihre Verletzungen mit Whiskey ab. Sie begann zu weinen, weil der Tag unglaublich lang und hart gewesen war, weil sie müde war und weil die Behandlung schmerzte. Vor allem aber, weil sie wusste, dass Luke sie bald allein lassen würde – und dass er danach vielleicht nie mehr zu ihr zurückkommen würde.

»Bleib bei mir«, bat sie mit zitternder Stimme. »Nur diese eine Nacht.«

Luke schlang sich ein Handtuch wie einen Lendenschurz um und betrachtete seine schmutzige, zerrissene Kleidung. »Ich glaube nicht, dass ich es fertig bringe, dieses stinkende Zeug noch mal anzuziehen, obwohl das wahrscheinlich bedeutet, dass ich Vances Spur für eine Weile verliere«, erwiderte er sorgenvoll. Er tat so, als hätte er ihre Bitte gar nicht gehört, aber sie hatte nicht die Absicht, ihm das durchgehen zu lassen.

»Luke«, sagte sie mit Nachdruck. »Es macht doch keinen Sinn, jetzt noch mal loszuziehen. Was kannst du in der Dunkelheit schon erreichen?«

»Ich habe heute im Dunkeln schon eine Menge Schaden angerichtet«, entgegnete er gelassen.

»Willst du, dass ich bettele?«

Er lachte leise und umfasste ihr Kinn mit einer Hand. »Ich mag es, wenn du bettelst«, sagte er, »aber nicht in diesem Zusammenhang. Ich bleibe, Liebes, aber nur bis zum Tagesanbruch. Glaubst du, dass mir einige von Jonahs Sachen passen würden?«

Charity war so erleichtert, dass sie ihm einen Moment lang gar nicht antworten konnte. »Er … er ist ein bisschen korpulenter als du«, erwiderte sie schließlich. »Vielleicht hat er ja noch einige Kleidungsstücke von früher aufbewahrt. Ich werde mal in der Zedernholztruhe in seinem Zimmer nachsehen.« Da Jonah inzwischen ja unten schlief, konnte sie das große Herrenschlafzimmer betreten, ohne jemanden zu stören.

Charity zog sich einen Morgenrock über, der an einem Haken hinter der Badezimmertür hing, nahm die Lampe, mit der Genesis ihnen zuvor den Weg nach oben geleuchtet hatte, und ging über den Flur. Luke, nur mit dem Lendenschurz bekleidet, folgte ihr.

In dem kleinen Ankleideraum, der zu Jonahs Schlafzimmer gehörte, standen mehrere solide Truhen. Blaise bewahrte ihre Sachen in ihrem eigene Zimmer auf, das am anderen Ende des Ganges lag, und doch hing ein schwacher Duft von Parfüm und Puder in der Luft. Der Geruch rief in Charity plötzlich mit grausamer Deutlichkeit die Erinnerung an Rianna, ihre Mutter, wach.

»Er hat sie nie wirklich gehen lassen«, bemerkte Charity, der gar nicht bewusst war, dass sie laut gesprochen hatte, bis Luke etwas sagte.

»Das ist nicht weiter verwunderlich, wenn man bedenkt, wie sehr er sich bemüht hat, sie hier zu halten«, meinte er. Seine Stimme klang ruhig, fast gemächlich. Würde Luke jemals an sie, Charity, denken, wenn das vereinbarte Jahr vorüber war, er seine Sachen packte und schließlich weiterziehen würde? Würde er sich später noch an ihren Geruch erinnern, die Farbe ihrer Augen, den Klang ihres Lachens? Er war ein Drifter, vielleicht sogar ein Gesetzloser, rief sie sich selbst ins Gedächtnis. Er würde wahrscheinlich nicht einmal zurückblicken – und schon gar nicht in alten Erinnerungen schwelgen.

Sie öffnete eine der Truhen, kramte eine Weile darin herum und brachte schließlich eine Hose, Hosenträger, ein Hemd und Strümpfe zum Vorschein, die schon mächtig oft gestopft worden waren. In einer Ecke entdeckten sie mehrere Paar Stiefel, die aufgereiht dastanden wie alte Soldaten, die ihre besten Jahre längst hinter sich hatten. »Diese Sachen sehen aus, als würden sie dir passen«, sagte sie traurig. »Aber du musst sie natürlich zuerst einmal anprobieren.«

»Danke«, erwiderte Luke und legte sich die Kleidungsstücke über den Arm. »Aber lass uns jetzt zu Bett gehen, Liebes. Es war ein langer, harter Tag.«

Charity nickte, griff sich noch ein Stiefelpaar, und dann gingen sie zu ihrem Schlafzimmer. Es war irgendwie seltsam, Luke in diesen überladenen, ausgesprochen femininen Raum zu führen – er schien zu groß dafür zu sein, und sie hatte das Gefühl, er müsste mit den Ellbogen an die Wände stoßen, wenn er nur die Arme bewegte. Das Bett wirkte viel zu klein für einen Mann wie ihn, und sie war sich ziemlich sicher, dass seine Füße über das Ende der Matratze hinausragen würden.

Er legte die Kleidung auf einen Stuhl, nahm ihr die Stiefel ab und stellte sie auf den Boden. Sie hielt immer noch die Lampe in der Hand, und auch die nahm er ihr ab. Dann schlug er die Bettdecke zurück und wartete höflich. Die Lampe auf dem Nachttisch brannte niedrig, verbreitete aber einen warmen Schein über den Laken und ließ Lukes Haare golden glänzen.

Charity zog den Morgenrock aus, und obwohl sie wusste, dass Luke nicht die Absicht hatte, mit ihr unter Jonahs Dach zu schlafen, schlüpfte sie nackt ins Bett. Er hatte zwar darauf verzichtet, die Wunden an ihren Gelenken zu verbinden, aber er hatte keineswegs vergessen, dass sie verletzt war, denn er behandelte sie, als wäre sie so zerbrechlich wie getrocknete Schmetterlingsflügel. Nachdem er das Licht gelöscht hatte, kroch er zu ihr ins Bett.

»Was wirst du machen, wenn du Vance und die anderen gefangen genommen hast?« Sie erwähnte die andere Möglichkeit – dass er stattdessen erschossen wurde – gar nicht erst, denn sie konnte es nicht mehr ertragen, überhaupt daran zu denken.

Er schwieg eine ganze Weile, und obwohl er seinen

Arm um sie gelegt und sie eng an sich gezogen hatte, hatte sie sich nie weniger beschützt gefühlt. Als er schließlich sprach, wünschte sie, sie hätte ihn nicht zu einer Antwort gedrängt. »Gute Nacht, Charity«, sagte er ernst. Aber das, was er *nicht* gesagt hatte, tat ihr so weh.

Er küsste sie auch nicht, und als sie am Morgen erwachte und die Sonne bereits hoch am Himmel stand, war er verschwunden. Wahrscheinlich schon seit Stunden.

Sie weinte nicht, denn sie hatte Angst, dass sie – wenn sie erst einmal angefangen hatte – nie mehr damit aufhören würde. Charity stand auf und zog ein bequemes blaues Baumwollkleid an. Ihr Hochzeitskleid war ja inzwischen endgültig ruiniert; sie beschloss, es sofort nach dem Frühstück im Küchenofen zu verbrennen. Das wäre gleichzeitig als eine symbolische Geste zu verstehen, loszulassen und neu anzufangen.

Als Charity die Treppe herunterkam, fand sie ihren Vater im Speisezimmer vor. Er saß in seinem Rollstuhl, aber an seinem angestammten Platz am Kopfende der Tafel. Jonah trug seinen Sonntagsanzug, und sein Haar war sorgfältig gekämmt.

Charity beugte sich zu ihm und gab ihm einen Kuss auf die Wange. »Guten Morgen, Papa.«

Vielleicht war er überrascht, sie hier zu sehen, aber wenn er es war, dann verrieten seine Augen es nicht. Sie hatte ihn zuletzt am Vortag gesehen, als er sie beauftragt hatte, die Briefe zu suchen, die ein anderer Mann ihrer Mutter geschrieben hatte. Nun beobachtete er seine Tochter mit einem Ausdruck von abgrundtiefer Hoffnungslosigkeit.

Sie setzte sich auf den Stuhl zu seiner Rechten, auf den Platz, auf dem normalerweise Blaise saß, und nahm eine seiner Hände zwischen ihre beiden Hände.

»Du hättest mir das von Mama erzählen müssen«, begann sie. »Ich hatte ein Recht darauf zu wissen, dass sie am Leben war. Das war ein schrecklicher Fehler, Papa, und nicht der einzige. Aber ich liebe dich, und wenn mir auch eine Mutter gefehlt hat, so bin ich doch froh, dass ich die Double B nicht verlassen musste. Ich verzeihe dir – zumindest hoffe ich, dass ich das kann, wenn etwas Zeit vergangen ist –, aber du darfst mich nie wieder so belügen, Papa. Das würde ich nicht noch einmal ertragen.«

Jonah schloss die Augen, sichtlich erleichtert, und warf ihr dann ein Lächeln zu, das an sein früheres Lächeln erinnerte. »Luke?«, brachte er mühsam hervor.

Charity war nicht sicher, was sie von dieser Frage halten sollte. Jonah war ja nicht gerade erfreut über die Wahl ihres Ehemannes gewesen, er hatte ihr zwar seinen Segen gegeben, aber nur zögernd, nachdem sie ihm gestanden hatte, dass sie Luke liebte. Inzwischen schien er ihn aber richtig gern zu haben. »Er ist unterwegs, um einige Outlaws zu jagen«, antwortete sie und versuchte, nicht allzu nervös zu klingen. Sie würde ihm nicht erzählen, was in dem Verschlag unterhalb der alten Mine passiert war – jedenfalls nicht jetzt, denn Jonah war noch nicht in der Verfassung, so eine Geschichte zu hören.

Er zog seine dichten Augenbrauen zusammen und runzelte die Stirn.

Charity schenkte sich selbst Kaffee ein und füllte die Tasse ihres Vaters auf. »Wann wirst du eigentlich Blaise heiraten?«, fragte sie geradeheraus.

Jonahs Stirnrunzeln vertiefte sich. Seine Kehle bewegte sich, und sein Mund zuckte, aber es kam kein Wort heraus.

»Ja?«, ertönte eine weibliche Stimme von der Tür her. »Wann?«

Jonahs Gesicht lief rot an, als Blaise ins Esszimmer trat. Sie sah ausgesprochen elegant aus in ihrem neuen, braunen Satinkleid. Bei einer anderen Frau hätte so ein Kleid möglicherweise zu streng gewirkt – zu hausbacken. Aber Blaise stand es. Es betonte die durchscheinende Haut ihrer Wangen und das blonde Haar.

»Nie«, antwortete er laut und deutlich.

17

Die geborgten Stiefel drückten mächtig. Für einen Mann, der so groß wie Jonah war, dachte Luke, hatte er verdammt kleine Füße. Alles, was er trug, hatte Jonah früher selbst einmal getragen, aber immerhin passten ihm die Hose und das Hemd.

Er lag auf dem Bauch auf dem Hügel hinter der Kupfermine, die eingestürzt war, und beobachtete jede Bewegung in Vances Lager. Der Schuppen, in dem Charity gefangen gehalten worden war, war unter Hunderten von Tonnen an Gestein begraben, und auch von dem Zelt war nichts übrig geblieben außer verkohlter Stangen und einem Haufen Asche. Die Männer schliefen, eingehüllt in zerfetzten Decken, auf dem blanken Boden. Zwei Leichen lagen auf einem Pritschenwagen – Hector Tillmont und ein anderer, dessen Name Luke zwar nicht kannte, aber an dessen Gesicht er sich erinnerte. Er kannte es aus der Nacht, als man ihm beim Creek aufgelauert und ihn halb tot geschlagen hatte. Luke dachte, dass man – wenn man schon einen Mann erschoss – zumindest dessen Namen kennen sollte.

Luke wartete ruhig ab, wobei er probehalber mit dem Fünfundvierziger auf den Hintern seines Halbbruders zielte. Vance und der Marshal lagen ausgestreckt neben dem erloschenen Feuer, gaben Lebenszeichen von sich, waren aber die Letzten, die aufstanden.

Luke schüttelte missbilligend den Kopf, obwohl das nicht ganz ernst gemeint war; Vance war einfach nicht zum Anführer geboren. Offensichtlich war er so sicher gewesen, dass seine Beute ihm nicht entkommen war, dass er es nicht einmal für nötig gehalten hatte, einen Wachposten aufzustellen. Luke gestattete sich ein Lächeln, aber ihm war klar, dass er damit das Schicksal herausforderte. In der Bibel stand schon geschrieben – und der alte Asa McCallum, dem Luke sein Leben verdankte, hatte es ihm oft genug gepredigt: *Hochmut kommt vor dem Fall.*

Er fragte sich, ob der Nickelstern, den Higgins gewöhnlich trug, noch immer derselbe war, den Asa sich zu seiner Zeit angesteckt hatte. Das wäre dann allerdings eine bittere Ironie, denn Asa war einer der besten Männer gewesen, die je den Marshal-Stern getragen hatten.

Schließlich erhob Vance sich, der kränklich aussah, und rieb sich mit der Hand im Schritt. Wieder lächelte Luke; Charity hatte ihm berichtet, als sie zusammen in Jonahs neumodischer Badewanne gesessen hatten, wie sie ihr Knie eingesetzt hatte, um sich selbst zu verteidigen. Gott im Himmel, wie er sie vermissen würde, wenn er schließlich weiterzog – noch nie war ihm eine Frau wie sie begegnet, und er konnte sich nicht vorstellen, jemals wieder eine solche Frau kennen zu lernen.

Der Gedanke, sie zu verlassen, ernüchterte ihn, aber wenn diese Sache vorüber war, musste er von hier verschwinden – das war ihm von Anfang an klar gewesen. Er konnte sich nicht an einem Ort niederlassen, eine Ranch aufbauen und seine Kinder großziehen, wo der Name Shardlow mit Trunksucht, Diebstahl und

Mord so eng verbunden war, wie das in Jubilee der Fall war. Und ebenso sicher war er, dass Charity nicht einwilligen würde, mit ihm zu gehen; sie war zu tief mit der Double B-Ranch verwurzelt, und sie liebte ihren Vater, den sie nie im Stich lassen würde. Und wenn er blieb …? Nein, nicht einmal die Tatsache, dass sie eine geborene Barnham war, würde sie vor dem Skandal schützen – man würde sie verachten, weil sie ihn geheiratet hatte.

Er trocknete seine Stirn mit dem Ärmel. Sicher, die meisten Leute im Umkreis von Meilen wussten inzwischen, dass er und Charity verheiratet waren – solche Neuigkeiten verbreiteten sich in kleinen Gemeinden schließlich schnell –, aber wenn er erst einmal gegangen war, konnte sie ohne großes Aufsehen die Scheidung einreichen und, vielleicht in einem Jahr, Montego heiraten. Braut und Bräutigam würden zusammen viel Land besitzen und genug Geld haben, und da sie beide aus angesehenen Familien stammten, würde die ›Schande‹ schnell vergessen sein, und das Gerede würde verstummen.

Montego und er hatten sich die ganze Sache so ausgedacht, als sie beide sich auf dem Hügel der Draper-Ranch getroffen hatten, um sich angeblich gegenseitig im Duell zu erschießen. Tatsächlich hatten sie heftig miteinander gestritten, sich auch angeschrien, aber schließlich hatten sie sich darauf geeinigt, dass Raoul ein paar Monate warten sollte, nachdem Luke aus Jubilee verschwunden war. Dann wollte er wieder damit anfangen, Charity den Hof zu machen, als wäre nichts geschehen. Die Tatsache, dass der andere Mann Charity so liebte, dass er dazu bereit war, qualifizierte ihn in Lukes Augen mehr als genug.

Natürlich war es keineswegs so, dass der Gedanke, sie würde für den Rest ihres Lebens das Bett mit Raoul – oder irgendeinem anderen Mann – teilen, ihn nicht fast wahnsinnig machte. Es gab keinen Zweifel daran, dass er sie für sich haben wollte, dass er all die zukünftigen Phasen ihres Lebens gemeinsam mit ihr durchleben wollte – er wollte sie erleben: schwanger, später mit einem Baby, das an ihrer Brust trank, die junge Mutter, die Frau in den mittleren Jahren, die allmählich etwas fülliger und rundlicher wurde, und schließlich die weise, kluge alte Frau. All die Bilder von Charity konnte er sich genau vorstellen – und er liebte sie alle.

Oh, ja, dachte er, während er beobachtete, wie Vances Bande begann, das Lager abzubrechen. Er liebte sie, auch wenn er ihr das nie gestanden hatte, nicht einmal in der Hitze ihres Liebesspiels. Ihr die Wahrheit zu sagen, ihr zu gestehen, was er für sie empfand, würde die Sache nur noch schwerer machen. Da war es schon besser, so zu tun, als interessierte er sich überhaupt nicht für sie.

Unten im Lager sattelten Vance und seine Bande die Pferde. Vance und der Marshal schienen über irgendetwas zu streiten, und einen Moment lang sah es so aus, als würden sie tatsächlich ihre Schießeisen ziehen. Aber Luke wusste, dass das zu viel erwartet wäre, und so wartete er geduldig ab.

Zu seiner gelinden Überraschung ritten die anderen fünf Männer, einzeln oder paarweise, in verschiedene Richtungen davon. Es herrschte zwar bestimmt keine große Liebe zwischen den Burschen, aber dass die Bande sich gerade in diesem Moment trennte, wollte Luke nicht glauben. Offensichtlich hatten sie etwas Großes vor; das würde zumindest teilweise erklären, weshalb Higgins dem Gesetz den Rücken gekehrt hatte. Nur aus einem elementaren Grund änderten Menschen ihren Lebenskurs so radikal, wie er es getan hatte: Geld und Rachsucht waren die bekanntesten. Da Higgins nie den wilden Augenausdruck eines Mannes gehabt hatte, der einem anderen das Schwarze unter dem Fingernagel nicht gegönnt hätte, kam Luke zu dem Schluss, dass die Bande einen Raubüberfall plante. Das war keine besondere Überraschung.

Es gab zwar in Jubilee eine Bank, aber selbst Vance würde wissen, dass dort nur wenig zu holen war. Männer wie Jonah oder Ben Draper bewahrten ihre Barschaft an sicheren Orten auf, in San Francisco oder Seattle. Das machte Luke selbst schließlich genauso. Die nächste Eisenbahnstation war fünfundsiebzig Meilen entfernt, und der Schienenstrang machte einen weiten Bogen um Jubilee, sodass ein Zugüberfall nicht infrage kam.

Luke dachte immer noch über des Rätsels Lösung nach, als er hinter sich einen Zweig knacken hörte. Im Bruchteil einer Sekunde rollte er sich auf den Rücken und richtete den Colt todbringend auf die Brust des ungebetenen Besuchers, spannte gleichzeitig den Hahn – und hätte um Haaresbreite Raoul Montego erschossen.

»Shit!«, zischte er. »Runter, verdammt noch mal, bevor sie dich entdecken!«

Montego sah einen Moment sehr mexikanisch und sehr arrogant aus, aber dann überwand er seinen aristokratischen Stolz, ließ sich neben Luke fallen und spähte durch das dichte Gras auf die Szenerie unter ihnen. »Wenn du glaubst, ich sehe einfach zu, wie du den Marshal von Jubilee erschießt, Shardlow«, flüsterte er mit einem gefährlichen Unterton, »dann musst du noch verrückter sein, als ich geglaubt habe.«

»Verflucht, Montego, kannst du denn nicht sehen was da unten vor sich geht?«, brauste Luke auf. »Er hat sich mit meinem Halbbruder Vance zusammengetan.

Die beiden waren die ganze Nacht hier, aneinander gekuschelt wie ein Haufen Hunde in einer kalten Nacht. Selbst *du* solltest doch in der Lage sein zu erkennen, dass da etwas nicht stimmt.«

Montego machte ein argwöhnisches Gesicht. »Ich hasse es zwar zuzugeben, aber du hast Recht. Sie gehen sich gegenseitig fast an die Kehle, aber sie haben etwas vor.«

Luke gab ihm eine Kurzfassung der Ereignisse der vergangenen Nacht und schloss mit den Worten: »Die anderen fünf sind vor etwa einer Viertelstunde losgeritten. Einzeln, aber zusammen – wenn du mir folgen kannst.«

»Kann ich«, antwortete Raoul nachdenklich, während er beobachtete, wie Vance und der Marshal aufhörten zu streiten und in Richtung Stadt aufbrachen. »Die Bank in Jubilee ist so leer wie die Tasche eines Pfaffen«, fuhr er fort. Er dachte einen Moment nach und fluchte laut. »Diese Hurensöhne. Sie müssen es auf den Goldtransport abgesehen haben.«

»Auf was für einen Goldtransport?« Wenn Luke nicht darauf gezählt hätte, dass Raoul eines Tages Charity heiraten würde, sich um sie kümmern und sie glücklich machen würde, hätte er jetzt die Antwort aus ihm herausgeschüttelt.

Inzwischen waren Vance und Higgins außer Sichtweite. Raoul rollte zur Seite und setzte sich auf, als hätten sie alle Zeit der Welt. Luke folgte seinem Beispiel.

»Mein Großvater und Jonah hatten die Absicht, gemeinsam ein Stück Land zu kaufen, das im Norden an die Double B-Ranch und unsere Ranch grenzt. Das war natürlich, bevor du hier aufgekreuzt bist und mir Charity ausgespannt hast. Der Besitzer ist ein verschlagener alter Kauz, der den Wert seines Grundstücks auf den Cent genau kennt. Es gibt dort Kupfer und vielleicht sogar Silber – und das weiß er natürlich auch. Er hat Bezahlung in Gold gefordert – und zwar eine ganze Menge davon –, und deshalb hat Jonah von seiner Bank in Seattle das Gold angefordert.«

»Das hättest du mir ruhig auch schon eher sagen können«, fauchte Luke wütend.

»Die Sache war streng geheim«, gab Raoul im gleichen Ton zurück. »Nicht einmal Charity weiß etwas davon.«

Diese Transaktion war auch in Jonahs Geschäftsbüchern nirgendwo vermerkt, es sei denn, er hätte irgendwo noch geheime Unterlagen versteckt. »Wie können die es dann herausgefunden haben?«, fragte Luke und wies mit dem Kopf auf das verlassene Lager.

»Higgins wusste natürlich davon. Er ist schließlich der Marshal.«

»Scheiße«, knurrte Luke.

»Deine Wortwahl lässt manchmal wirklich etwas zu wünschen übrig«, erwiderte Raoul.

Luke sprang auf die Füße. »Ach, halt's Maul«, murmelte er und zog sich ins Dickicht der Bäume zurück, wo er sein Pferd zurückgelassen hatte. »Wie zum Teufel bist du eigentlich über mich gestolpert? Ich habe doch darauf geachtet, dass mich niemand sieht.«

Montego grinste wie eine Scheunenkatze, die einen Topf frischer Sahne entdeckt hatte. »Du hast Glück, dass ich nicht einer von denen bin«, antwortete er und »schoss« mit erhobenem Daumen und gekrümmtem Zeigefinger. »Sonst hättest du nämlich inzwischen ein Loch im Hinterkopf.« Er machte eine Pause und genoss Lukes Unbehagen für einen kurzen Moment, bevor er die Frage beantwortete. »Ich war auf dem Weg zur Double B, um mich zu erkundigen, wie es Jonah geht. Da habe ich gesehen, wie du dich aus dem Haus geschlichen hast, und bin dir gefolgt.«

Es wurmte Luke gewaltig, dass er nicht einmal mit der *Möglichkeit* gerechnet hatte, jemand könnte hinter ihm her sein. Zur Hölle, aber in diesem Augenblick, in dem er Charity im Baumhaus beim Creek entdeckt hatte, war er zum vollkommenen Narren geworden. Er konnte kaum noch zwei vernünftige Gedanken miteinander verknüpfen, und so schmerzhaft die Erkenntnis auch war, Montego hatte Recht. Er hatte Glück, dass er nicht tot war.

»Und wieso zum Teufel wolltest du einen Krankenbesuch auf der Double B machen, bevor die Sonne überhaupt aufgegangen war?«

Montego war nicht im Geringsten verlegen. »Ach, die stehen dort gewöhnlich mit den Hühnern auf, und wenn Charity das Frühstück zubereitet, lohnt sich der weiteste Ritt.«

Es kam Luke selbst albern vor, sich darüber aufzuregen, dass ein Mann die Kochkünste einer bestimmten Frau schätzte – zumal er ja diese Frau dem anderen Mann praktisch schon zu treuen Händen übergeben hatte, aber trotzdem machte es Luke nervös, auch nur daran zu denken, dass ein anderer den Kaffee trank, den Charity aufgebrüht hatte. Und das war nur der Anfang einer langen Liste von Dingen, die ihn gewaltig störten. »Warum reitest du dann nicht zurück?«, schimpfte er verärgert und stieg auf den Rücken seines Schecken. »Ich habe ernsthafte Dinge zu erledigen, und ich habe keine Lust, dir jedes Mal zu begegnen, wenn ich mich umdrehe.«

»Ich werde trotzdem mit dir reiten, wenn du nichts dagegen hast«, meinte Raoul gelassen. Er rief sein eigenes Pferd, einen wunderschönen Hengst, indem er leise pfiff, und schwang sich in den Sattel.

»Damit das klar ist, Montego, wir beide werden nie Freunde sein.«

Raoul grinste kurz und zuckte dann mit den Schultern.

Luke verharrte ein paar Minuten in Schweigen. »Und noch etwas. Vance gehört mir«, fügte er hinzu. »Du kannst jeden anderen haben, aber ihn überlässt du mir.«

Montego sagte kein Wort, sondern salutierte nur.

Jonahs »Nie« hallte durchs Esszimmer und wurde wie ein schallendes Echo von den Wänden zurückgeworfen, lauter als die größte Glocke geklungen hätte. Charity sprang von ihrem Stuhl auf, aber ihr Vater hielt sie am Unterarm mit einer Kraft fest, die sie ihm nicht zugetraut hätte, und zwang sie, sich wieder zu setzen.

»Du, Jonah Barnham«, donnerte Blaise, die den Raum mit der Würde einer Wikingerkönigin durchquerte, »bist zum Leben zu feige. Wenn du kein Krüppel wärst, würde ich dir persönlich eines mit der Peitsche überziehen.«

Bei dem Wort «Krüppel« zuckte Charity zusammen, denn ihr war bewusst, welche Wirkung es auf Jonah haben würde. Aus den Augenwinkeln sah sie, wie das Gesicht ihres Vaters blutrot anlief.

Er erhob sich selbst auf die Füße, wobei er sich mit flachen Händen auf dem Tisch abstützte, und starrte Blaise so wütend an, dass jeder andere Mensch zurückgezuckt wäre.

Aber nicht Blaise. Sie trat noch einen Schritt näher und fuchtelte mit ihrem Zeigefinger unter Jonahs Nase herum. »Du wirst mich nicht verjagen«, erklärte sie. »Ich *weiß*, dass du mich liebst, denn als du noch vollkommen bei Kräften warst und man vernünftig mit dir reden konnte, hast du mir das gesagt. Ich habe eingewilligt, unter deinem Dach zu leben, und dabei meinen guten Ruf aufs Spiel gesetzt, um dir nahe zu sein, und bei Gott, du wirst mich heiraten. Zum Teufel mit deinem verfluchten Stolz!«

Jonah blinzelte mit den Augen; wahrscheinlich hatte er die vornehme, damenhafte Blaise noch nie fluchen hören, und Charity konnte sich auch nicht vorstellen, dass eine andere Frau – außer ihr selbst – es gewagt hätte, Jonah so gegenüberzutreten. Er war ein eindrucksvoller Mann, stark wie ein Stier, selbstsicher in seiner Meinung, eine wirkliche Persönlichkeit.

»Setz dich«, befahl Blaise, legte ihre zierliche Hand auf Jonahs breite Schulter und drückte ihn sanft in seinen Stuhl zurück. »Du wirst noch einen Schlaganfall bekommen, wenn du nicht endlich lernst, dein Temperament zu zügeln. Und ich schwöre dir, bei allem, was mir heilig ist, wenn du dir das selbst antust, werde ich hier in diesem Haus bleiben und dich bis zum Tage deines Todes wie ein Baby mit dem Löffel füttern.«

Charity schluckte, unterdrückte ein Lächeln und wartete darauf, dass die Decke über ihnen zusammenbrechen würde.

Jonah versuchte zu sprechen, was ihm aber nicht gelang – mehr wegen seiner aufgewühlten Gefühle als wegen seines Gesundheitszustandes, wie Charity vermutete – und schlug mit der Faust so heftig auf den Tisch, dass das Geschirr zu tanzen begann. Dann senkte er langsam den Kopf, seine großen, breiten Schultern begannen zu zittern – und er fing an zu weinen.

Charity war vollkommen schockiert. Noch nie zuvor hatte sie ihren Vater weinen sehen. Sie stieß ihren Stuhl zurück, stand auf und wusste nicht, ob sie gehen oder bleiben sollte, während Blaise sich neben Jonahs Rollstuhl niederkniete, seine knochige Faust in ihre Hände nahm und mit unendlicher Zärtlichkeit seine

Finger öffnete, einen nach dem anderen. Dann beugte sie sich vor und küsste Jonahs Handfläche.

»Ich werde dich *niemals* verlassen«, wisperte sie und sah ihm dabei ins Gesicht. Ihre Liebe leuchtete in ihren Augen wie ein Stern, der der Erde zu nahe gekommen war. »Ich liebe dich, Jonah Barnham.«

Charity drehte sich mit Tränen in den Augen um, verließ das Zimmer und schloss leise die Tür hinter sich.

Charity und Luke hatten während der Nacht vereinbart, dass sie sich zumindest in den folgenden Tagen in der Nähe des Hauses aufhalten würde, dass sie darauf achtete, nicht gesehen zu werden, aber ihr war klar, dass das nicht so einfach sein würde. Auf der Double B gab es keinen Vormann mehr, nachdem sie Tillmont entlassen hatte, und obwohl die meisten Cowboys, die auf der Ranch arbeiteten, zuverlässig waren, gefiel ihr der Gedanke nicht, sie sich selbst zu überlassen. Jonah hatte seine Leute immer fest im Griff gehabt – und sie wollte es ihm gleichtun. Abgesehen davon, würde sie ja verrückt werden, wenn sie nichts zu tun haben würde.

Sie ging in den Garten, zu dem nur die Hausbewohner Zugang hatten, und schnitt einen Arm voll aufblühender Rosen, zartrot, gelb und weiß, für das Haus. Der Duft der Blumen beruhigte ihre Nerven ein bisschen. Sie stand in der Küche und arrangierte die Rosen in verschiedenen Vasen, als Blaise mit geschwollenen und rot geränderten Augen die Küche betrat.

»Ist alles in Ordnung?«, fragte Charity und unterbrach ihre Arbeit.

Blaise ging zum Herd, tippte mit dem Finger an den Kaffeetopf, um zu prüfen, ob er noch heiß war, und goss sich Kaffee ein. Sie seufzte. »Nein«, antwortete sie. »Nein, ich glaube nicht, dass irgendwas in Ordnung ist. Ich glaube, dass Jonah lieber tot wäre, als an diesen Stuhl gefesselt zu sein. Er sitzt einfach nur vor dem Fenster seines Zimmers und starrt auf das Land hinaus, als könnte er es, wenn er es nur lange genug anschaut, in sich aufsaugen.« Sie setzte sich an den Tisch, nahm eine weiße Rose in die Hand und atmete den Duft tief ein. »Aber es ist ja nicht nur die Krankheit, die ihn so verändert hat, sondern sein Schuldgefühl.«

Das war ein heißer Boden, auf den Charity sich lieber nicht begab. Wenn Blaise nämlich nicht wusste, dass Riannas Begräbnis nur vorgetäuscht worden war und sie quicklebendig in den Osten zurückgekehrt war, wollte Charity das Blaise lieber nicht erzählen. »Schuld?«, wiederholte sie, wobei sie hoffte, dass ihre Stimme eher beiläufig klang.

Blaise berührte die zarten Rosenblätter mit den Fingerspitzen. »Du brauchst mir nichts vorzumachen«, sagte sie sanft. »Jonah hat mir die Briefe gezeigt. Den Rest konnte ich mir denken.«

»Meine Mutter ist tot«, erklärte Charity, »das weißt du doch.« Die Bemerkung klang harscher, als Charity es gewollt hatte.

»Ich weiß«, erwiderte Blaise. »Es gibt da einen Brief von dem Mann, den sie wohl geliebt hat. Ein trauriger Brief.«

Charity hatte diesen letzten Brief nicht gelesen, aber das spielte keine Rolle. Pater Elias hatte ihr genug erzählt. Sie dachte lange nach, bevor sie sprach. »Ich war furchtbar wütend auf Papa, als ich herausgefunden habe, was er getan hat, und ich war wütend auf Mama, weil sie sich für einen anderen Mann entschieden hat, anstatt für ihren Ehegatten und ihr Kind. Vielleicht werde ich immer ein wenig wütend sein, wenn ich daran denke. Aber ich liebe Luke wirklich sehr, und was ich für ihn empfinde, macht es mir ein bisschen leichter zu verstehen, was Mama getan hat und wie Papa reagiert hat. Er braucht dich, Blaise, und ich kann nur hoffen, dass es dir ernst war, als du sagtest, du würdest ihn nie verlassen.«

Blaise trank einen Schluck Kaffee, wobei es Charity auffiel, dass sie die Tasse mit beiden Händen hielt. »Jonah wird sich wieder erholen«, meinte sie, und ihre Augen leuchteten dabei. »Dessen bin ich mir ganz sicher. Natürlich werde ich bleiben, aber ich fürchte, es war sein bitterer Ernst, als er gesagt hat, dass er mich niemals heiraten wird.«

»Er liebt dich.«

»Er hat Rianna geliebt. Als sie ihn verlassen hat, hat er einen großen Teil von sich selbst in ihrem leeren Grab beerdigt, Charity. Er war so tief verletzt, dass er Angst hat, eine andere Frau noch einmal rückhaltlos zu lieben. Deshalb hat er mich auch die ganze Zeit stets auf Armeslänge von sich weggehalten. Und nun hat er sich entschlossen, mich fortzuschicken.«

Charity setzte sich auf den Stuhl neben Blaise, nahm deren Hand und drückte sie. »Warte auf ihn, Blaise. Er *liebt* dich, das wird ihm gerade jetzt so richtig bewusst. Er denkt wahrscheinlich, dass er in seinem Zustand kein perfekter Ehemann mehr für dich wäre, dass er dich freigeben muss, damit du dir einen Mann suchen kannst, der stärker ist als er – einen besseren.«

Blaises Augen füllten sich mit Tränen. »Es gibt aber keinen besseren!«, weinte sie.

»Dann warte«, erklärte Charity noch einmal mit Nachdruck.

Eine Weile saßen die beiden Frauen in vertrautem Schweigen da und gaben einander Kraft durch ihre Gegenwart und ihr Mitgefühl. Dann schniefte Blaise, straffte die Schultern und blickte Charity fest in die Augen.

»Was ist mit dir, mein Liebling? Du hast zwar eine rosige Hautfarbe, aber ich sehe auch eine Spur von Traurigkeit in deinem Gesicht. Ist das wegen deines Vaters, oder steckt da noch etwas dahinter?«

Charity biss sich auf die Unterlippe. »Luke wird mich verlassen«, murmelte sie. Noch nie war ihr ein Eingeständnis so schwer gefallen.«

»Wie bitte?« Blaise sah ehrlich schockiert aus. »Hat er das wirklich gesagt?«

Sie nickte. »Er hat es erst letzte Nacht wieder erwähnt. Unsere Ehe ist – nun ja, so eine Art Geschäftsvereinbarung.« Sie wurde rot, als ihr bewusst wurde, dass sie damit im Grunde genauso unehrlich gewesen war wie Jonah. »Für Luke hat sich daran nichts geändert.«

»Aber für dich. Nicht wahr?«

»Ja«, flüsterte sie bekümmert. »Oh, ja.«

»Du hast Luke nur geheiratet, um Raoul nicht heiraten zu müssen.«

»Ja«, erwiderte Charity. »Das war anfangs mein Grund. Ich wollte mein Geburtsrecht durchsetzen, ich wollte helfen, die Double B zu führen, aber Papa wollte davon ja nichts hören. Ich musste unbedingt einen Ehemann haben. Das hat er einfach so *bestimmt* – wie irgendein Feudalherrscher. Ich wusste, dass Luke nur kurze Zeit in der Stadt sein würde, und ich dachte, es würde mir nichts ausmachen, wenn er weiterziehen würde. Ich hatte geglaubt, ich könnte mich vorher beweisen.« Sie lachte leise und ein wenig bitter auf. »Was war ich nur für eine Närrin! Ich habe immer noch keine Ahnung, wie man ein Ranch wie diese führt, und ich habe mein Herz und meine Seele an einen Mann verschenkt, der sich in sechs Monaten nicht einmal mehr an meinen Namen erinnern wird.«

»Das glaube ich nicht«, erwiderte Blaise. »Ich habe doch gesehen, wie Luke dich angeschaut hat.«

Charity spürte, wie ihr Gesicht zu glühen begann. »Er begehrt mich«, sagte sie. »Aber nicht mehr, als er jede andere Frau begehrt. Wenn er davonreitet, wird er sich nicht mal umdrehen.«

Blaise sah so unglücklich aus, wie Charity sich fühlte. Sie legte eine Hand auf ihren Busen, seufzte tief, wobei ihr Atem flatterte. »Das ist ja schrecklich. Angenommen … du bekommst ein Kind?«

»Das hoffe ich sogar«, erwiderte Charity ernst, während sie sich wieder mit den Blumen beschäftigte. »Unter den gegebenen Umständen wäre ein Baby das Schönste, was ich mir denken kann, denn einen Ehemann werde ich nicht viel länger haben.«

Bei einem Seitenblick sah Charity, dass eine Träne über die Wange der anderen Frau lief. »Und wenn nun kein Baby kommt?«, fragte sie ganz leise.

»Dann werde ich die einsamste Frau auf Gottes Erdboden sein«, antwortete Charity. Nachdem sie mit dem Arrangement der Blumen fertig war, wählte sie eine Vase aus, die sie in Jonahs Zimmer stellen wollte, und machte sich auf den Weg dorthin.

Ihr Vater saß auf der Veranda und sah genauso aus, wie Blaise ihn zuvor beschrieben hatte – so, als wollte er das grüne Land und den blauen Himmel tief in sich aufsaugen, um dieses Bild für alle Zeiten in sich zu bewahren.

Sie stellte die Rosen auf einen Tisch in der Nähe des Bettes, trat zu Jonah auf die Veranda, lehnte sich mit dem Rücken gegen die Balustrade, die aus rohem Holz gezimmert war, und verschränkte die Arme.

»Jemand hat versucht, Luke und mich zu töten«, verkündete sie. Sie hatte eigentlich nicht die Absicht, Jonah so früh von dem Vorfall zu erzählen, aber es war offenkundig, dass er aufgerüttelt werden musste.

Er riss den Kopf hoch und blickte sie scharf an.

»Lukes Halbbruder, Vance. Er hat Marshal Higgins zu mir geschickt, um mich von zu Hause wegzulocken – ja, du hast richtig gehört, Marshal Dan Higgins. Er hat mir erzählt, dass Luke angeschossen und schwer verletzt wäre – und das habe ich ihm auch geglaubt. Natürlich war es ein übler Trick. Sie brachten mich dann zur verlassenen Kupfermine, haben mich an Händen und Füßen gefesselt und in die alte Bretterbude gesperrt.« Zum Beweis zeigte sie ihm eines ihrer Handgelenke, und Jonahs Gesicht lief vor Wut rot an. »Sie waren hinter Luke her – und natürlich kam er, um mich zu retten, genau wie sie es gehofft hatten. Doch Luke hat ihnen einen Strich durch die Rechnung gemacht, sodass sie keinen Erfolg hatten.«

Jonahs Augen weiteten sich und zogen sich dann schmal zusammen. Die Farbe seines Gesichtes wechselte von einem Augenblick zum nächsten von Tiefrot zu Blassweiß. »Ich … werde … sie … alle … töten«, keuchte er. Seine Worte waren verschwommen, kaum verständlich, aber der Ton machte die Bedeutung umso klarer.

Sie beugte sich vor und gab Jonah einen Kuss auf den Kopf. »Ja, sicher«, erwiderte sie. Aber wenn jemand Vance Shardlow töten würde, dann ihr Ehemann und nicht ihr Vater. Vances Motive waren offenkundig; er hasste seinen jüngeren Halbbruder abgrundtief und machte ihn dafür verantwortlich, dass sein Vater verurteilt und anschließend im Territorialgefängnis gehenkt worden war. Lukes Beweggründe dagegen waren nicht so leicht zu ergründen; er verfolgte Vance mit der Beharrlichkeit eines Wolfes, der auf der Pirsch war, und falls er überhaupt etwas für Vance empfand, dann war es kalte Gleichgültigkeit. »Luke hat – wieder einmal – mein Leben gerettet.«

Jonah suchte ihre Hand und hielt sie fest. Er beugte sich vor, um die Schnittwunde zu begutachten, die ihr Handgelenk wie ein hässlicher Armreif umfing. »Hüte … dich …«

Charity blickte ihren Vater an. Diesmal hatte er klar und deutlich gesprochen; Blaise hatte Recht. Er war auf dem Weg der Besserung.

»… vor … Luke«, fügte er hinzu. Wieder war er sichtlich erschöpft, schloss die Augen und legte den Kopf an die Lehne zurück.

Charity war verwirrt. »Warum soll ich mich vor Luke hüten?«

Jonah schaute sie erneut an, und sein Blick ging tief. Er wusste alles – dass konnte sie erkennen –, er wusste, wie sehr sie Luke liebte und dass sie sich ihm unwiderruflich hingegeben hatte, ihren Körper, ihr Herz und ihre Seele. Seine Kehle bewegte sich, und das Sprechen fiel ihm so schwer, dass sich die Anstrengung in seinen Gesichtszügen widerspiegelte. »Kopf-geld-jäger«, stieß er hervor.

Charity wandte bei dem nutzlosen Versuch, ihre Gefühle zu verbergen, den Kopf ab. Luke sollte ein *Kopfgeldjäger* sein? Solche Männer waren kaum besser als die Outlaws, die sie jagten. Viele waren nichts weiter als Revolverhelden, Landstreicher und Diebe. Sie lebten von Blut und Gewalt und nahmen Geld für ihre schmutzige Arbeit.

»Nein«, wisperte sie. Das war nicht der Luke, den sie kannte, dieser zärtliche, geduldige Liebhaber, dieser spitzbübische, jungenhafte Mann, der Stratege und Denker. Aber gleichzeitig musste sie sich eingestehen, dass es auch noch einen andere Luke Shardlow gab, einen Mann, der ein Fremder für sie war. Ein Mann, der durch die brutalen Umstände seiner Kindheit geprägt war und der vielleicht einen Teil dieser Brutalität verinnerlicht hatte.

»Lass … ihn … gehen«, flehte Jonah, dessen Stimme rau und besorgt klang.

Sie drehte sich um, und ihre Wangen waren feucht von Tränen. »Ich hatte geglaubt, ich wüsste, was du durchgemacht hast, als Mama uns verlassen hat«, sagte sie. »Gott, wie arrogant und anmaßend ich doch gewesen bin! Wie hast du diese Gefühle nur ausgehalten – all die vielen Jahre, Tag für Tag und Nacht für Nacht?«

Jonah brauchte lange Zeit, um mit dem Sturm der Gefühle, die ihn übermannten, fertig zu werden, aber schließlich rollte er sich selbst neben Charity und ergriff ihre Hand. Der Kummer, den sie in seinem Gesicht sah, spiegelte sich in ihrem eigenen Gesicht wider, und sie hatte in diesem Augenblick das Gefühl, ebenso hilflos wie er zu sein. »Ich … habe … mein … Leben … weg… geworfen.«

Charity kniete sich neben den Rollstuhl. »Aber du hast immer noch Zeit, ein neues anzufangen«, mahnte sie eindringlich. »Du hast doch Blaise.«

»Zu spät«, murmelte Jonah und schüttelte den Kopf.

»Ach, Papa. Wir beide sind schon ein tolles Gespann von stolzen und hochtrabenden Narren«, klagte Charity schniefend. Sie suchte in sich ein Lächeln, fand aber keines. »Blaise liebt dich, und Raoul liebt mich. Warum können wir sie nicht einfach wiederlieben?« Sie schwieg und studierte das Gesicht ihres Vaters. »Aber du liebst Blaise. Nicht wahr? Du bewunderst sie. Doch du bist einfach dickköpfig und glaubst, dass du nicht gut genug für sie bist.«

»Ich … bin … doch … ein … *Krüppel*!«

»Dein Herz ist verkrüppelt, Papa. Dein Gesundheitszustand spielt für Blaise keine Rolle – jedenfalls nicht so, wie du es dir einbildest. Bitte, Papa, lass Mama in Frieden ruhen. Sie ist tot. Es wird höchste Zeit, dass du das endlich begreifst, dass du wahrnimmst, worauf es wirklich ankommt.«

Jonah hob seine Hände – zitternd und sichtlich angestrengt – und umfasste Charitys Gesicht. »Du … hast … es … nie … verstanden«, murmelte er.

»Was habe ich nie verstanden?«, fragte sie erstaunt.

»Ich … würde .. dich … nicht … gegen … ein … Dutzend … Söhne … eintauschen.«

Das war das, was sie immer hatte hören wollen, es war die Bestätigung ihres Geburtsrechts, nach dem sie sich ihr Leben lang gesehnt hatte. Sie schluchzte laut und warf sich an die Schulter ihres Vaters, die einmal so kräftig gewesen war. Als sie zu weinen begann, streichelte er ihr Haar.

Als sie schließlich wieder halbwegs zu sich gefunden hatte, wurde Charity klar, wie schwach ihr Vater war. Obwohl der Tag erst halb vorüber war, hatte er viele Brücken überquert, und das hatte Kräfte gekostet. Sie trocknete ihre Augen, stand auf und rollte Jonah ins Zimmer zurück. Augenblicklich tauchte Genesis auf – als hätte Charity sie gerufen –, um Jonah ins Bett zu bringen.

Charity ging noch einmal auf die Veranda und schaute über das Land, das sie so liebte. Sie hatte an diesem Tag eine große Schlacht gewonnen, aber der Sieg war kein Triumph. Sie würde Luke verlieren – und es war sicher das Beste, wenn er sie bald verlassen würde –, denn das würde ihr den Abschied vielleicht etwas erleichtern.

18

Obwohl Luke es vorgezogen hätte, allein zu arbeiten, musste er sich doch eingestehen, dass der Fahrer des Goldtransportes und die begleitenden Wachleute wohl kaum so kooperativ gewesen wären, wenn Montego nicht bei ihm gewesen wäre. Sie beide waren schon drei Tage unterwegs, als sie endlich auf den Goldtransport gestoßen waren – etwa sechzig Meilen von Jubilee entfernt. Entsprechend sahen sie aus.

Es war nicht gerade einfach, den Fahrer zu überreden, ihnen die Plätze auf dem Bock zu überlassen – selbst Montegos guter Name war zuerst nicht genug. Nachdem Luke den Männern, die das Gold transportierten, allerdings erklärt hatte, dass Vance Shardlow mit seiner Bande dem Transport irgendwo auflauern und dass es dann wohl zu einer tödlichen Schießerei kommen würde, waren die Männer einverstanden.

Während Luke auf der Suche nach Jonahs Gold durch das Land geritten war, hatte er sich jeden Felsen, jede Wegbiegung und jeden Hügel exakt eingeprägt. Er glaubte ziemlich genau zu wissen, wo Vance zuschlagen würde. Nicht weit von Jubilee entfernt gab es eine Stelle, an der der Weg zwischen zwei mächtigen Felsbrocken hindurchführte, Überbleibsel aus der Eiszeit. Aber natürlich gab es auch noch andere Möglichkeiten, und die zog Luke ebenso in Betracht. Er konnte es sich nicht leisten, sich zu irren. Vance würde ihn zweifellos töten, wenn er die Chance dazu hatte. Schlimmer war allerdings der Gedanke, dass auch Montego eine Kugel abbekommen könnte – was Charity allein in der Welt zurücklassen würde, einer Welt, die grausamer war, als sie es sich je vorgestellt hatte.

Er strich sich über die Bartstoppeln, die juckten, und blinzelte in den goldroten Sonnenuntergang. Er wurde zu alt für diese Art Leben, dachte er, und er würde nicht viel älter werden, wenn er nicht verdammt vorsichtig war.

»Wann, glaubst du, werden sie angreifen?«, fragte Montego.

»Das kann jederzeit passieren«, antwortete Luke. Es fiel ihm schwer, sich auf das zu konzentrieren, was vor ihm lag. Seit kurzem verfolgte ihn ein einziger Gedanke, bitter und quälend: Er war von dem unbändigen Wunsch erfüllt, Land zu kaufen, darauf ein schönes Haus zu bauen, sich eine prächtige Rinderherde und andere Tiere anzuschaffen und mit einer warmherzigen, bereitwilligen Frau eine Familie zu gründen. Sicher, diesen Traum hatte er in der einen oder anderen Form schon geträumt, so lange er denken konnte. Aber nie so intensiv wie jetzt. Und Charity Barnham hatte darin schon gar keinen Platz gehabt.

Er blickte in Montegos grimmiges, sonnengebräuntes Gesicht. »Wenn sie uns angreifen«, sagte er, »mach bloß keine Dummheiten. Zieh den Kopf ein und verhalte dich einfach ganz ruhig, bis alles vorbei ist. Charity braucht dich nämlich.«

Die beiden standen allein beieinander, etwa ein Dutzend Meter vom Wagen entfernt, während die anderen Männer ein Nachtlager aufschlugen und Wache hielten. »Ach? Ist das so?« Seine dunklen Augen waren ausdruckslos.

»Natürlich«, erwiderte Luke und ließ seinen Blick über den Horizont schweifen. Er wusste, dass Montego auch litt, aber da es sich einfach nicht gehörte, Fragen zu stellen und ungebeten in die Privatsphäre eines anderen Menschen einzudringen, tat er so, als bemerkte er das gar nicht. »Ich werde nicht zurückgehen, wenn diese Sache erledigt ist«, erklärte er. »Ich habe einen Wagen, ein Pferdegespann und einige Werkzeuge, und ich wäre dir dankbar, wenn du diese Sachen Pater Elias für die Mission übergeben würdest. Das Land und die Hütte gehören mir, nachdem ich die ausstehenden Steuern bezahlt habe. Diesen Besitz habe ich dir und Charity überschrieben – als mein Hochzeitsgeschenk.«

Montego starrte ihn an. »Da soll mich doch der Teufel holen«, fluchte er. »Wir reiten drei Tage und Nächte miteinander, und du erwähnst kein Wort davon. Ich finde es nicht in Ordnung, dass du verschwindest, ohne dich von Charity zu verabschieden. Sie hat etwas Besseres verdient.«

»Genau das. Sie verdient etwas Besseres als mich. Mein Name ist Shardlow. Ich bin ein Kopfgeldjäger, und mein alter Herr war ein Trinker und Mörder. Das Einzige, was ich Charity bieten kann, ist ein Neuanfang – und da ist es am besten, wenn ich mich aus dem Staub mache.«

»Wohin wirst du gehen?«

»Spielt das eine Rolle? Der springende Punkt ist doch, dass ich nie mehr zurückkehre.«

»Du weißt schon«, meinte Montego gedehnt, »dass ich dir meine Faust so fest ins Gesicht schlagen möchte, dass du vor Mitte nächster Woche nicht mehr aufwachen würdest. Du Bastard hast Charity geheiratet, hast mit ihr geschlafen, und schon dafür allein müsste ich dich umbringen! Der Herr im Himmel sei mir gnädig. Aber du wirst nicht aus Jubilee verschwinden und sie verlassen, ohne dass du ihr vorher deine Gründe erklärt hast. Das schwöre ich dir. Und wenn ich dich fesseln und knebeln muss, um dich zu ihr zu bringen, damit du ihr noch einmal ins Gesicht schaust.«

Luke merkte, dass er Kopfschmerzen bekam. Er massierte seinen Nacken und seufzte erneut. »Aufgrund der Tatsache, dass du dich mir gegenüber ja bis jetzt halbwegs anständig verhalten hast«, sagte er gereizt, »will ich mal vergessen, dass du mich fesseln und knebeln möchtest, um mich irgendwo hinzuschleppen. Abgesehen davon, dass dir das kaum gelingen dürfte. Aber wozu sollte es gut sein, Charity noch einmal zu sehen? Es würde ihr alles doch nur noch schwerer machen.«

»Ach, ja?« Raoul tippte mit seinem Zeigefinger gegen Lukes Brust. »Ich habe eher den Eindruck, als wolltest du es dir leichter machen.«

Luke hielt sich zurück, denn er wollte Charitys zukünftigem Ehemann keine schiefe Nase verpassen. »Glaubst du wirklich, das sei für mich so einfach, verdammt noch mal?«, schnaubte er. »Ich *liebe* diese Frau. Und ich werde keinen Atemzug mehr machen, ohne an sie zu denken.«

»Dann bleib!«

»Das kann ich nicht. Das haben wir doch ausdiskutiert. Wenn du also jetzt aufhören würdest, einem liebeskranken Mann Ratschläge zu geben, Montego, könnten wir uns ja vielleicht wieder um das kümmern, was uns bevorsteht.« Mit diesen Worten ging Luke an dem anderen vorbei zum Lagerfeuer, wo Kaffee aufgebrüht wurde.

Drei lange Tage waren vergangen, seit Luke verschwunden war, die Charity damit verbracht hatte, zusammen mit ihrem Vater die Bücher durchzugehen und Pläne zu machen, wie die Ranch in Zukunft geführt werden sollte. Es war teilweise ein schmerzhafter Prozess, da Jonah weiterhin Schwierigkeiten hatte, sich zu artikulieren, und manchmal war er danach blass und verschwitzt, aber es gelang ihnen doch, Stück für Stück eine Strategie auszuarbeiten, mit der beide leben konnten.

Die Nächte dagegen waren eine andere Sache, sie waren trostlos und schienen endlos zu dauern. Zwar versuchte Charity zu schlafen, weil sie wusste, dass sie ihre ganze Kraft für die Herausforderungen benötigen würde, die vor ihr lagen, aber sie lag stundenlang wach, gequält von gespenstischen Bildern von Kindern, die nie geboren werden würden, von den Träumen, die sich nie erfüllen würden. Sie weinte nicht, denn ihr Schmerz war wie ein ausgetrocknetes Land, das außer Reichweite der Tränen lag.

Am Morgen des vierten Tages kam Pater Elias zu Besuch. In seiner Begleitung befand sich ein ernster junger Priester, den er als Pater Michael vorstellte. Mit dabei war auch Peony, die inzwischen von Genesis gehört hatte und die sich – notfalls mit Gewalt – ihre Küche zurückerobern wollte. Pater Michael hatte, wie der alte Priester es schon angedeutet hatte, zwei weibliche Missionarinnen mitgebracht, Schwestern namens Colleen und Susan O'Neal.

»Vertrocknete alte Jungfern sind das«, ereiferte sich Peony, als sie mit Charity allein in der Küche war, Kaffee kochte und Genesis' Plätzchen auf Schälchen verteilte, um die Priester zu bewirten. »Nicht mal richtige Nonnen.«

Peony selbst war ja auch nie verheiratet gewesen,

aber Charity sah keinen Sinn darin, ihr das unter die Nase zu reiben. »Ich bin sicher, sie werden in der Mission eine große Hilfe sein.« Ihre Stimme klang zu schrill, zu scharf, zu ernst; sie hörte es selbst. Wo war Luke? War er tot, oder hatte er einfach die Aufgabe erledigt, die er sich gestellt hatte, und war dann an einen anderen Ort weitergeritten? Würde sie, wenn er das erste Mal mit einer anderen Frau schlief, diesen Betrug spüren wie einen Pfeil, der ihr Herz durchbohrte?

»Pah«, schimpfte Peony, die nicht gerade sensibel war und deshalb auch nicht merkte, wie verletzt Charity war. »Angeber sind die beiden. Aufgeblasene Weiber aus dem Osten. Die werden dir auch nicht gefallen.«

»Unsinn«, erwiderte Charity. »Sie haben sich entschieden, ihr Leben in den Dienst anderer zu stellen. Also werden sie sicher ganz liebenswürdig sein.«

»Pah!«, meinte Peony noch einmal. Und Charity gab es auf.

»Du siehst nicht gut aus, Kind«, bemerkte Pater Elias eine Stunde später, als Pater Michael sich Jonah vorstellte. Charity und ihr alter Priesterfreund waren im Garten, wo die Hitze nicht ganz so drückend war und die Luft nach Rosen duftete, anstatt nach Staub und Viehdung. »Vielleicht hast du dich zu sehr verausgabt, weil du dich zu eifrig um deinen Vater gekümmert hast? Vergiss nicht, dass auch noch andere da sind, die für ihn sorgen.«

Charity gelang es mit etwas Anstrengung zu lächeln. »Das ist es nicht«, meinte sie. »Ich vermisse nur meinen Ehemann.«

Pater Elias hob seine buschigen weißen Augenbrauen. »Du vermisst ihn? Wohin ist er denn gegangen?« Er blickte sich um, als befände Luke sich irgendwo im Garten.

»Weg«, antwortete Charity leise und wagte es nicht,

dem Priester ins Gesicht zu sehen. »Ich glaube nicht, dass er jemals die Absicht hatte zu bleiben.«

»Aber, meine Liebe, er hat dich doch geheiratet und …«

«Das war meine Idee«, gestand Charity kleinlaut. Sie pflückte ein Blatt von einem Lilienbusch, der schon längst seine duftenden, purpurfarbenen Blüten verloren hatte, und schlitzte es mit ihrem Daumennagel auf. »Ich brauchte einen Ehemann, um mein Anrecht auf die Double B zu wahren.«

»Und was waren seine Gründe, so ein … äh … Geschäft zu akzeptieren?«

»Da bin ich mir nicht sicher«, antwortete Charity. »Ich dachte, Geld – denn ich habe ihm eine beträchtliche Summe dafür geboten, dass er ein Jahr oder so bleibt. Aber nun ist er fort, und ich erwartet nicht, dass er zurückkommt, um das Geld zu kassieren.«

Pater Elias ließ sich auf eine Steinbank sinken und machte ein bekümmertes Gesicht. »Das ist ja schrecklich«, sagte er. »Die Ehe ist ein heiliges Sakrament und wird vor Gott geschlossen. Ich kann nicht glauben, dass einer von euch beiden aus so frivolen, niederträchtigen Gründen …«

Charity setzte sich neben ihn. »Ich liebe Luke, Pater. Ich denke, dass habe ich immer getan. Und die Wahrheit ist, ich bereue nichts – nur, dass ich ihn verliere.« Sie schwieg, atmete tief durch und ließ die Luft langsam entweichen. »Ich werde ihn nie wiedersehen. Wie soll ich das nur ertragen?«

Der Priester nahm ihre Hand und tätschelte sie, was ein wenig beruhigend wirkte. »Sicher bist du einfach nur überarbeitet, Kind, und deine Fantasie ist mit dir durchgegangen …«

»Nein, Pater«, unterbrach sie ihn sanft. »Natürlich bin ich müde – das sind wir alle. Papas Zustand ist ja für ihn selbst fast unerträglich und für den Rest von uns mehr als schwierig. Ich bin ein Einzelkind und habe einen Großteil meines Lebens mit mir allein und meinen Träumen verbracht. Aber das hier ist kein Traum – sondern etwas anderes, vielleicht so eine Art Intuition. Bis etwa eine Stunde nachdem Luke das Haus verlassen hatte, hatte ich noch das Gefühl, dass er seine Meinung ändern würde, aber jetzt … jetzt denke ich anders darüber.«

Die Antwort des Priesters überraschte sie. »Vielleicht hast du Recht, Kind. Luke wurde sein Leben lang von vielen Dämonen gequält; ich bin sicher, dass er dich liebt, aber es ist doch denkbar, dass er Zeit für sich selbst braucht, um noch einmal in Ruhe über alles nachzudenken.«

Luke hatte Charity nur wenig über seine Vergangenheit erzählt, und sie hatte den Eindruck, dass er nicht zu den Menschen gehörte, die über Dinge jammerten, die man ohnehin nicht ändern konnte. Jetzt dachte sie wieder daran, wie Luke jede Nacht während der Maserepidemie in der Mission mit Pater Elias zusammengesessen hatte. Die beiden hatten sich wohl sehr ernsthaft unterhalten, aber Charity war entweder zu erschöpft gewesen oder anderweitig beschäftigt, um ihnen dabei Gesellschaft zu leisten.

Nachdem sie ein paar Minuten nachgedacht hatte, schüttelte sie den Kopf. »Luke weiß immer genau, was er tut. Er nimmt alles, wie es kommt, und bewältigt es, so gut es ihm möglich ist. Nein, Pater, was Luke heute von mir denkt, wird er auch noch in zehn, zwanzig, ja sogar fünfzig Jahren von mir denken.«

»Glaubst du nicht, dass er dir nicht wenigstens Lebewohl sagen würde?« Die Frage war leise gestellt, und Pater Elias hielt immer noch ihre Hand. Sie war dankbar dafür.

Charity biss sich auf die Unterlippe. »Das hoffe ich«, erwiderte sie verloren. Hoffnungslos.

In dieser Nacht stand sie lange Zeit an ihrem Fenster, aber von Luke war nichts zu sehen.

Vance machte sich mit einem Auftritt bemerkbar, dem Luke unfreiwillig Hochachtung zollen musste; sein Bowie-Messer flog aus dem Himmel spiralförmig durch die Luft und landete mit einem sirrenden *Ftsscht* nur knapp neben Lukes rechtem Oberschenkel im Sitz des Kutschbocks. In den nächsten Sekunden brach von allen Seiten ein Höllenfeuer los, Kugeln flogen um den Wagen, und vom Boden wirbelten Staubwolken auf.

Auf der Pritsche war kein Platz, um Schutz zu suchen, denn neben Jonahs Gold hatte man auch noch trockene Lebensmittel für den Krämer in Jubilee geladen. Da es keine andere Möglichkeit gab, warf sich Luke zwischen die beiden hinteren Pferde des Vierergespanns, packte mit beiden Händen das untere Zaumzeug und hielt sich fest. Verständlicherweise waren die Tiere in Panik, sodass Luke ein paar hundert Meter mitgeschleift wurde, bevor er die Pferde zum Stehen brachte. Dabei dachte er unentwegt, dass er Vance unterschätzt hatte. Sie waren gerade an einer Farm vorbeigekommen, als plötzlich das Messer aus einem der Pfirsichbäume angeflogen kam, die beiderseits der Straßen standen.

Er kroch unter dem Wagen hervor, den Fünfundvierziger in der Hand, während immer noch Kugeln durch die Luft flogen und Vance und seine Leute wie reife Früchte aus den Bäumen fielen. Montego war nirgends zu sehen, aber zwei der Wachmänner lagen auf dem Boden und waren offensichtlich tot.

Luke rannte vorwärts, während er unentwegt schoss. Sein Ziel war Vance, aber er traf nur einen Outlaw in die Schulter und einen anderen in den Oberschenkel.

Vance drehte sich zu ihm um, und plötzlich schwiegen alle Waffen. Es war nichts zu hören außer dem Gegacker der Hühner von der nahe gelegenen Farm und dem Stöhnen der Verletzten.

»Du schon wieder«, fluchte Vance, der einen Achtunddreißiger mit gespanntem Hahn in der Hand hielt. Wenn er jetzt den Abzug drückte, würde die Kugel Lukes Herz durchbohren. »Ich muss sagen, Brüderlein, dass ich gehofft hatte, du wärst endlich tot. Aber ich schätze, dies muss ich jetzt nachholen.«

»Versuch es nicht, Vance«, meinte Luke. »Du bist einfach nicht schnell genug für mich. Lass deine Waffe fallen und tritt einen Schritt zurück.«

Vance seufzte. »Selbst dir gelingt so ein Schuss nicht.«

»Dir aber auch nicht«, antwortete Luke. Die beiden standen sich mittlerweile gegenüber – kaum mehr als drei Meter voneinander entfernt. »Es hat hier eine wütende Schießerei gegeben, Vance. Bist du eigentlich sicher, dass du noch eine Kugel im Lauf hast?« Er wusste, dass er selbst noch eine letzte Patrone im Zylinder hatte, denn er zählte immer mit.

Vances Wimpern zuckten, und das verriet ihm, dass Vance unsicher war. Aber er grinste, hob die Pistole und zielte auf Lukes Kopf. In diesem Moment ähnelte er Trigg mehr, als Luke es jemals für möglich gehalten hatte.

»Sag, dass es dir Leid tut«, befahl Vance. »Dass es dir Leid tut, was du unserem Pa angetan hast.«

Luke bewegte sich nicht. »Fahr zur Hölle«, murmelte er. »Es gibt nur eine Sache, die ich anders machen würde, wenn ich die Zeit bis zu jenem Tag zurückdrehen könnte: Ich würde den Bastard mit meinen eigenen Händen umbringen!«

»Sie war doch nur eine Frau, verflucht noch mal. Wozu also die ganze Aufregung? Das sind die Weiber einfach nicht wert. Keine von ihnen – wenn du es nüchtern betrachtest.«

Luke mahlte mit den Zähnen und versuchte, ruhig zu bleiben. »Lass deine Waffe fallen«, befahl er noch einmal, obwohl es ihm in den Fingern juckte, Vance auf der Stelle zu erschießen. Aber Vance war nicht Trigg, sagte er sich. »Ich möchte dich dem Gericht lebend übergeben – falls das möglich ist. Das Preisgeld ist allerdings in beiden Fällen gleich.«

»Du wirst mich niemandem ausliefern, kleiner Bruder. Denn du wirst hier mit mir sterben – und dann ist für uns beide alles vorbei.«

Lukes Augen brannten vor Staub und Schweiß. Sein Hemd war im Rücken zerfetzt und er blutete aus den Schleifwunden. Er hatte keine Gelegenheit mehr zu einer Antwort, denn er sah, dass die Zeit vorüber war. Sein Colt spuckte Feuer, und im gleichen Moment hörte er das metallische Klicken des Hammers der leeren Pistole seines Halbbruders.

Rot wie eine aufblühende Blume verfärbte sich Vances Brust, und er fiel langsam zu Boden, graziös wie ein Tänzer, dem die Beine versagten. Luke hob den Blick und sah, dass zwei der Transportbegleiter – der eine war an der Schulter verletzt, der andere an der Hüfte – den Outlaws und ihren toten Kameraden den Puls fühlten. Aus den Augenwinkeln sah er, wie Montego auftauchte, der offensichtlich unverletzt war.

»Es ist vorbei, Luke«, erklärte Raoul. »Ganz ruhig jetzt, es ist alles vorbei.«

Luke atmete langsam aus, ließ den Fünfundvierziger sinken und strich sich mit dem anderen Arm über die Augen. Er spürte die warme Feuchtigkeit und wusste in diesem Moment, dass sich ein roter Strich quer über sein Gesicht zog – wie eine Kriegsbemalung. »Wie viele Leute haben wir verloren?«

»Nur einen«, erwiderte Montego. »Die anderen werden alle durchkommen. Aber du bist auch verletzt, Luke. Komm, ich seh mir mal an, wie schlimm es ist.«

Luke ignorierte die Aufforderung und machte einen schwankenden Schritt auf Vances Leichnam zu. »Er wusste, dass er keine Munition mehr hatte«, sagte er tonlos. »Er wusste es genau.«

»Du hast getan, was du tun musstest«, meinte Montego. »Er hat dir ja keine Wahl gelassen.«

Luke kniete neben dem Mann nieder, seinem Halbbruder, den er erschossen hatte, und rollte ihn auf den Rücken. Im Tod sah Vance gar nicht mehr wie ein brutaler Mörder und Räuber aus. Seine Gesichtszüge waren weicher geworden, und er schien zehn Jahre jünger zu sein. Er hätte ein unschuldiger Rancharbeiter gewesen sein können oder ein Farmer, auf den zu Hause Frau und Kinder warteten. Luke sah in Vance nicht mehr Triggs Sohn – er sah sich selbst. Er sah die blonde, zerbrechliche Frau, die Mariettas ältere Schwester, Vances Mutter, gewesen war, seine Tante, deren Name Alice gewesen war. In Mariettas Hinterlassenschaft hatte er eine Fotografie dieser Frau gefunden, die seine Mutter sorgsam vor Trigg versteckt hatte.

Lukes Magen revoltierte, er drehte sich schnell um, und er spuckte Galle.

»Luke«, sagte Montego nachdrücklich und kniete sich neben ihn. »Du blutest. Leg dich ins Gras und lass mich dich versorgen.«

Montegos Stimme hallte in Lukes Kopf wie ein

Echo wider. Das Tageslicht schien sich plötzlich zu verdunkeln, und die letzte Sache, an die er sich später erinnern konnte, war, dass er nach vorn gefallen war.

Luke erwachte mit Schmerzen. Er registrierte, dass er auf etwas Hartem lag – dem Fußboden des Farmhauses wahrscheinlich. Eine ältere Frau, der einige Zähne fehlten, beugte sich lächelnd über ihn, und er vernahm Montegos sonore Stimme ganz in der Nähe.

»Sie sind in der Schulter getroffen worden«, erklärte die Frau. »Die Wunde wird aber bestimmt gut verheilen, wenn Sie nicht zu früh wieder aufstehen.«

»Raoul?« Er sprach den Namen mit seiner ganzen Kraft aus, aber er brachte nur ein schwaches, krächzendes Wispern zustande.

Montego beugte sich über ihn – er brauchte dringend ein Bad und eine Rasur. »Shardlow«, meinte er grinsend. »Du siehst ziemlich beschissen aus.«

»Einer fehlt«, keuchte Luke.

»Was meinst du damit?«

Luke schloss einen Moment die Augen. Sein Mund fühlte sich so trocken wie die Wüste an, und das Sprechen fiel ihm schwer. »Higgins. Er gehörte zur Bande.«

»Das weiß ich«, erwiderte Montego. »Ich schätze, dass er tot ist. Vance und er schienen nicht auf gutem Fuß miteinander zu stehen. Wahrscheinlich kam es unterwegs zu einem Streit, und Vance hat Higgins …«

Luke akzeptierte diese Erklärung, obwohl er die Leiche des Marshals lieber mit eigenen Augen gesehen hätte. »Worauf zum Teufel liege ich eigentlich? Auf einem Marmorblock?«

Montego lachte. »Auf einer Tür, die auf zwei Stühle gestützt ist. An deiner Stelle würde ich mich nicht wild von einer Seite zur anderen werfen.«

»Wann bin ich denn verwundet worden?«

»Schätzungsweise, als du vom Wagen gesprungen bist und zwischen den Pferden gehangen hast. Ich selbst war in diesem Moment ziemlich beschäftigt. Aber du hast schon wie ein abgestochenes Schwein geblutet, als du dich mit Vance angelegt hast.«

»Was ist mit dir? Alles in Ordnung?«

Montego nickte. »Nichts, was mit ein bisschen Whiskey nicht zu heilen wäre. Dein Pferd habe ich übrigens ungefähr fünf Meilen von hier eingefangen. Dein Schecke scheint mehr Verstand als du zu haben, denn er rannte geradewegs in Richtung der Double B.«

»Ach, geh doch zum Teufel.« Die Wut, die er empfand, als er sich vorstellte, wie Charity auf ihn wartete, die Hoffnung irgendwann aufgab und ihn zu hassen begann, war schmerzhafter als die offene Schusswunde in seiner Schulter. Er suchte Trost im Schlaf, dem einzigen Ort, an den er entfliehen konnte.

Am Morgen des nächsten Tages war er auf den Beinen. Luke fühlte sich elend und schwach, und er hatte mehr Schmerzen, als er geglaubt hatte ertragen zu können. Aber noch schlimmer wäre es, weiter hier rumzuliegen und zuzusehen, wie sich seine Gedanken im Kreis drehten.

Mit Montegos Hilfe, der unaufhörlich maulte und keifte, packte er Vances Leichnam auf ein Pferd, sattelte den Schecken und saß auf.

»Du bist ein Idiot«, schimpfte Montego, der zu ihm hochschaute. »Du wirst es niemals schaffen.«

Luke berührte die Krempe seines Hutes. »Ich schätze, das ist nicht dein Problem. Wenn du und Charity in einem Jahr oder zwei heiraten werdet, könnt ihr mir ja zur Feier des Tages verzeihen. Ich weiß, dass ich eine Menge guter Manieren vermissen lasse, aber was willst du von einem wie mir schon erwarten? Schließlich bin ich Trigg Shardlows Sprössling.«

»Das ist eine ziemlich beschissene Erklärung«, knurrte Raoul. »Und wenn du eine Nachricht für Charity hast, dann solltest du die lieber selbst überbringen.«

»Willst du sie heiraten oder nicht?«

»Natürlich will ich das. Von uns beiden bist du doch der Idiot.«

Luke biss einen Moment lang die Zähne zusammen. »Pass gut auf sie auf. Mehr habe ich nicht zu sagen.«

Montegos Gesicht verzog sich – vor Wut, vor Frustration, vor Kummer. »Mach, dass du endlich wegkommst«, brummte er. »Du bist ein elender Feigling, und ich kann deinen Anblick keine Minute länger ertragen.«

Wieder berührte Luke seine Hutkrempe, lächelte schwach, nahm die Zügel auf und ritt davon, wobei er das Pferd, das Vances Leichnam trug, hinter sich herführte.

An einem Dienstagmorgen, eine volle Woche nachdem Luke verschwunden war, ritt Raoul auf das Wohnhaus der Double B zu. Charity wusste, dass die beiden Männer zusammen unterwegs gewesen waren, ohne dass ihr das jemand hätte erzählen müssen. Sie eilte zum Gatter, wobei ihr das Herz im Hals schlug.

»Wo ist er?«

Raoul saß ab, schlang die Zügel um den Pfosten, der dafür vorgesehen war, und ging auf sie zu. Seine Augen waren eingefallen und dunkel umrandet, und er hatte auch ziemlich an Gewicht verloren. Er öffnete das Tor und trat hindurch, bevor er antwortete. »Er ist fort, Charity.«

»Nicht … nicht tot?«

Raoul legte seine Hände leicht auf ihre Schultern. »Nein«, antwortete er rau. »Luke lebt. Er hat Vance erledigt. Das letzte Mal, als ich ihn sah, war er auf dem Weg nach Seattle, um die Prämie zu kassieren.«

Charity hatte gewusst, dass es so kommen würde, aber die Realität traf sie mit einer solchen Wucht, dass sie einen Moment wankte. Sie ließ sich von Raoul halten und klammerte sich mit beiden Händen an seiner Lederweste fest. »Nein«, wisperte sie. »Das kann nicht sein. Wir waren doch so glücklich miteinander.«

Raoul gab ihr einen Kuss auf die Stirn. »Ich weiß«, murmelte er.

Tränen traten Charity in die Augen. »Aber warum? Warum macht er das?«

»Weil er ein Idiot ist. Deshalb. Und weil er ein Sturkopf ist.« Er machte eine Pause, und dann überschlugen sich seine nächsten Worte: »Ich möchte dir helfen, ihn zu vergessen, wenn du mir das gestattest.« Er legte seine Finger auf ihre Lippen, als sie protestieren wollte. »Ich weiß, dass du jetzt dazu noch nicht in der Lage bist, aber ich werde so lange warten, wie es nötig ist. Und jetzt lass mich dich ins Haus bringen, denn du musst dich hinsetzen.«

Ein kurzes hysterisches Lachen entrang sich ihrer Kehle. Sie hatte das Gefühl, in Stücke gerissen zu werden. Was sollte es da schon helfen, sich hinzusetzen? Sie war benommen, blind vor Schmerz, und sie ließ sich von Raoul ins Haus führen, weil sie es allein gar nicht geschafft hätte.

»Hast du das von Marshal Higgins gehört?«, fragte sie geistesabwesend, nachdem Raoul sie im großen Wohnzimmer in einen Sessel gesetzt hatte. »Man hat seine Leiche hinter dem Gefängnis gefunden. Jemand hat ihn erstochen.«

»Vance«, murmelte Raoul. Als Genesis besorgt den Kopf ins Zimmer steckte, wandte er sich höflich an Jonahs Krankenschwester. »Könnten Sie bitte etwas heißen Tee bringen? Miss Barnham fühlt sich nicht wohl.«

»Mrs Shardlow«, verbesserte Charity ihn. »Mein Name ist Mrs Luke Shardlow.«

Raoul seufzte tief, blieb aber ruhig.

Wahrscheinlich würde er auf sie warten und gar nicht realisieren, dass er nicht Charity liebte, sondern Molly, die Doktorin aus White Horse Junction. Er würde genau so idiotisch handeln wie Luke und seine Chance auf wahres Glück wegwerfen – nur wegen eines falsch verstandenen Ehrenkodexes.

»Ich liebe Luke«, sagte sie und hoffte, Raoul damit abzuschrecken. »Und das wird sich auch nie ändern.«

»Möglich«, stimmte Raoul grimmig zu. »Das wird sich ja noch zeigen. Wie geht es Jonah?«

Sie schniefte. »Besser. Er macht Blaise das Leben ziemlich zur Hölle, aber er kann wieder sprechen, wenn er sich Zeit lässt, und er ist von Tag zu Tag weniger von dem Rollstuhl abhängig.« Ein neuer Schmerz durchzuckte sie scharf. Vor ihrem inneren Auge sah sie Lukes goldene Haare und sein Lächeln, das so einzigartig war; sie sah, wie er an jenem Tag mit dem Rollstuhl auf der Double B erschienen war, den er mit eigenen Händen für Jonah gebaut hatte. »Erzähl mir, was geschehen ist«, bat sie Raoul leise und verzweifelt. Ihre Augen folgten ihm, während er ruhelos vor dem Kamin auf und ab ging. »Erzähl mir alles, und ich verspreche dir, dass ich dich nie wieder damit belästigen werde.«

Raoul wollte ihr diese Bitte zuerst abschlagen, aber dann überlegte er es sich anders, strich sich mit der Hand durch die Haare und murmelte etwas Unverständliches. »Na schön«, meinte er schließlich. »Du kannst es ebenso gut jetzt wie irgendwann später erfahren.« Er begann seine Geschichte an dem Morgen, an dem Luke dieses Haus verlassen hatte und er, Raoul, Luke zum Lager der Banditen bei der alten Mine gefolgt war. Die Geschichte war lang und ging zu Herzen, aber Raoul ließ nichts aus, nicht einmal die Einzelheiten des Showdowns zwischen Luke und Vance oder die Tatsache, dass Luke bei dem Überfall schwer verletzt worden war und es gar nicht bemerkt hatte, dass ihn eine Kugel erwischt hatte. »Am nächsten Tag ist er bei Sonnenaufgang aufgestanden«, schloss Raoul. »Er war so geschwächt, dass er kaum stehen, geschweige denn reiten konnte. Aber trotzdem hat er Vances Leiche auf ein Pferd gebunden und seinen Schecken gesattelt. Wir beide haben uns noch kurz gestritten, und dann ist er weggeritten.«

Charity nickte und schluckte heftig. Wieder war sie den Tränen nahe. »Und ich hatte immer gedacht, er würde mich lieben«, bekannte sie.

»Das tut er«, erwiderte Raoul und war selbst überrascht, dass er das gesagt hatte. »Aber manchmal spielt das eben keine Rolle, Charity. Luke hat sich vorgenommen zu überwinden, was er für dich empfindet, und er ist dumm genug zu glauben, dass ihm das gelingt.«

Danach machte sich zwischen ihnen ein peinliches Schweigen breit. Raoul wollte und wollte nicht gehen, und schließlich brachte Genesis den Tee, um den er sie gebeten hatten Unter anderen Umständen hätte Charity es ja vielleicht komisch gefunden, wie er sich abmühte, aus einer kleinen Tasse aus durchscheinendem Porzellan zu trinken, aber sie achtete nicht darauf, denn ihr Herz war gebrochen.

In den folgenden Wochen und Monaten würde Charity sich immer wieder an dieses Gespräch erinnern, da

Raoul dabei angefangen hatte, ihr wieder den Hof zu machen. Es schien ihn weder zu stören, dass sie verheiratet war, noch dass sie einen anderen Mann liebte. Er kam jeden Tag, um sie zu besuchen, wobei er ihr manchmal ein Geschenk mitbrachte oder sie überredete, mit ihm auszureiten. Dann wieder spazierte er einfach nur mit ihr durch den Garten. Er erzählte ihr wüste, unglaubliche Geschichten, um sie zum Lachen zu bringen. Man sah sie zusammen auf einem Dutzend Partys und Tanzveranstaltungen, zu denen er sie überredete, und er ließ sich auch nicht entmutigen, wenn sie wütend ablehnte. Er drohte, er würde sie notfalls aus dem Haus tragen, wenn sie ihm nicht freiwillig Gesellschaft leisten würde, und da sie wusste, dass er dazu imstande war, gab sie gewöhnlich nach.

Im November wurde aus Washington Territory der Staat Washington, was überall groß gefeiert wurde. Das Land hatte damit eine neue Identität, denn die Grenzen waren jetzt klar definiert, und im Osten wurden neue Landkarten gedruckt.

An Weihnachten, als die Double B-Ranch unter einer jungfräulichen reinen Schneeschicht versunken war, kam ein Brief von Luke, und Charitys Hoffnungen stiegen ins Grenzenlose, als sie sein schöne, markante Handschrift auf dem Umschlag erkannte. Sie gab sich selbst eine Weile dem Traum hin, dass er zu ihr zurückkehren würde, dass er sie liebte, dass er wusste, er hatte einen Teil von sich selbst zurückgelassen. Der Poststempel war verschmiert, sodass sie nicht erkennen konnte, wo der Brief aufgegeben worden war.

Luke schrieb, er hoffe, dass es ihr gut gehe und dass Jonah Fortschritte bei der Gesundung mache. Auf Vances Kopf war ein außergewöhnlich hoher Preis ausgesetzt gewesen, den er kassiert hatte, beigefügt hatte er einen Scheck, – für den Fall, dass sie Geld benötigte. Er schrieb weiter, dass er das Leben eines Kopfgeldjägers aufgegeben hatte – als sie das las, hielt sie den Atem an – und dass er plante, sesshaft zu werden.

Wahrscheinlich in Montana.

Bis zu diesem Moment hatte Charity gestanden, aber die Enttäuschung war so groß, dass ihre Knie weich wurden und sie sich hart in den nächsten Sessel fallen ließ. Nachdem der neue Vormann der Ranch die Post gebracht hatte, war sie in den großen Salon gegangen, um ungestört zu sein, während sie den Brief las.

Sie sollte sich keine Sorgen machen, schloss er, denn auf seinen ausgedehnten Reisen war er auch durch Mexiko gekommen, wo er die Scheidung eingereicht hatte; das amtliche Dokument hatte er beigefügt. Dann empfahl er ihr noch, Raoul zu heiraten und mit ihm ein neues Leben zu beginnen.

Einen Absender hatte er nicht angegeben.

19

September 1890

Es schien, als wären alle Bewohner der Stadt Jubilee ausgeflogen, um an der Hochzeit teilzunehmen. Von der Brüstung über dem Balkon des Saloons hingen weiße Fahnen, das Gefängnis war beflaggt, und fast alle Häuser waren geschmückt. In der milden Mittagsbrise flatterten gelbe und grüne Papierwimpel, die an den Laternenpfosten und an den Stangen vor den Häusern, an denen man die Pferde anband, befestigt waren. Der Schecke, irritiert von den Farben und Bewegungen, begann zu wiehern und zu tänzeln, aber ein leises Wort beruhigte ihn sofort wieder.

Kein Mensch war zu sehen; nicht einmal die Huren zeigten sich, die sich gewöhnlich auf dem Balkon über dem Saloon aufreihten, wenn ein Fremder in die Stadt ritt. Der Gemischtwarenladen war ebenso geschlossen wie der Mietstall, und vor der Glasscheibe des Telegrafenamtes war das Rollo heruntergezogen. Wenn die festliche Dekoration nicht gewesen wäre, hätte er gedacht, dass an diesem Tag eher ein Begräbnis in Jubilee stattfinden würde als eine Hochzeit.

Er zog seine Uhr aus der Innentasche und ließ sie aufspringen, weil er dachte, er hätte sich vielleicht in der Zeit vertan, aber es war gerade ein Uhr mittags. Wie er der kurzen Notiz entnommen hatte, die er ganz zufällig in einer Zeitung in Seattle entdeckt hatte, die schon mehr als eine Woche alt gewesen war, sollte die Zeremonie um Punkt zwei Uhr mittags auf dem Vorplatz der evangelischen Kirche beginnen.

Es überraschte ihn ein wenig, dass sie sich dort trauen lassen würde anstatt von Pater Elias in der Mission – obwohl sie ja nicht katholisch war. Aber der Priester war ein alter Mann, der sich vielleicht aus dem aktiven Dienst zurückgezogen hatte oder der vielleicht sogar inzwischen gestorben war.

Die fröhliche Musik, das Lachen und die vergnügten Stimmen der Menschen hörte er schon lange, bevor er zur Kirche kam. Er machte einen großen Bogen um die Hochzeitsgesellschaft, um den Städtern, den Farmern und den Ranchern, die heute alle hier zusammengekommen waren, um die Hochzeit zu feiern, möglichst nicht aufzufallen. Im Leben dieser Menschen gab es relativ wenige Gelegenheiten, sich zu freudigen Anlässen zu versammeln, aber wenn sich schon mal diese Gelegenheit bot, stürzten sich alle in das Vergnügen. Heute konnten sie wohl reichlich Kuchen und Champagner erwarten und – nach dem nimmermüden, ausgelassenen Spiel der Fiedler zu urteilen – auch ein Tänzchen oder zwei.

Er lächelte und nahm den weiten Weg um den Friedhof herum, band sein Pferd am rückwärtigen Zaun an, sprang darüber und ging langsam durch das hohe Gras.

An der Stelle, wo das verwitterte, schlichte Holzkreuz gestanden hatte, stand nun ein rosafarbener Marmorstein, und das Grab war sorgsam gepflegt. Vor dem Gedenkstein lagen Blumen; gelbe Rosen, die letzten Rosen des Sommers.

Er nahm seinen Hut ab. Nachdem er Jubilee verlassen hatte, hatte er sich aus der Ferne um den Stein gekümmert, aber die Blumen waren ja kaum von allein auf das Grab gekommen. Es war allerdings auch nicht schwer zu erraten, wer die Blumen hier hingelegt hatte. Er erinnerte sich noch gut daran, wie er – ganz zu Anfang – hier mit ihr gestanden hatte. Damals hatte sie ebenfalls gelbe Rosen gebracht.

Er seufzte. Wenn er noch einen Funken Verstand besaß, sagte er sich, würde er sich jetzt auf seinen Schecken schwingen und davonreiten – immer weiter, bis die Erinnerung verblasste wie die Gefühle und die Träume. Das Problem war allerdings, er hatte es schon versucht – und es war ihm nicht gelungen.

Aber er hatte einfach kein Recht, hier zu sein – nicht, nachdem er sich damals einfach aus dem Staub gemacht hatte und monatelang verschwunden gewesen war. Nein, dieses Recht hatte er wirklich nicht.

Er dachte an diesem friedvollen Ort noch eine Weile darüber nach, drehte sich um und ging zu seinem Pferd zurück. In den vergangenen dreizehn Monaten war er fast wahnsinnig geworden, und als er die Annonce in der Zeitung gelesen hatte, hatte er die Strecke in einem Rekordtempo bewältigt. Als er von seinen Reisen nach Seattle zurückgekommen war, hatte er den Gedanken an eine eigene Ranch, an Heirat und Babys längst aufgegeben. Er hatte geplant, in den Norden zu gehen und sein Glück auf den Goldfeldern zu suchen. Wenn er nicht zufällig eines Morgens diese alte Zeitung aufgeschlagen hätte, während er in einem Restaurant auf Eier mit Speck gewartet hatte, würde er wahrscheinlich jetzt schon in einem Minencamp sitzen und frieren.

Er ritt so nahe an die Kirche heran, wie er es wagen konnte, ohne Aufmerksamkeit zu erregen, und ließ seinen Blick über die Menge schweifen. Er sah sie sofort.

Sie trug ein elfenbeinfarbenes Kleid und hatte kleine Blüten in ihr Haar geflochten. In seinen Augen sah sie wie die Königin eines untergegangenen, mystischen Königreiches aus, wie eine Magierin, eine Hüterin der geheimsten Geheimnisse. Er betrachtete sie, bis sie zu spüren schien, dass sie beobachtet wurde, und richtete seine Aufmerksamkeit auf Jonah.

Er wirkte ausgesprochen rüstig und gesund. Der Rollstuhl war nirgends zu sehen, er schüttelte Hände und unterhielt sich fließend mit den anderen Gästen. Neben ihm stand Blaise, die übers ganze Gesicht strahlte, und da dachte er sich, dass der alte Barnham letztlich klein beigegeben und sie geheiratet hatte. Das war allerdings auch höchste Zeit gewesen.

Er blickte sich nach Montego um, aber der war nirgends zu sehen. Erneut überprüfte er die Zeit auf seiner Taschenuhr, und als er den Blick hob, sah er, dass sie ihn anstarrte. Er konnte ihren Gesichtsausdruck nicht deutlich erkennen, aber an ihrer Haltung und der Art, wie sie dastand – das Kreuz stocksteif und das Kinn energisch nach vorn gereckt –, war deutlich genug zu erkennen, dass sie *ihn* hier nicht erwartet hatte.

Natürlich nicht.

Sie machten eine Schritt auf ihn zu – und in diesem Augenblick verlor er vollkommen den Kopf. Er gab dem Schecken die Sporen und galoppierte los. Der Hengst sprang über den Zaun, der den Platz vor der Kirche umgab, und landete ein paar Schritte von einer Gruppe erschrockener Gäste entfernt, die wie eine aufgeschreckte Schar Hühner mit gespreizten Federn auseinander stoben.

Das Nächste, woran er sich erinnerte, war, dass er an ihrer Seite war. Er beugte sich vor, schlang seinen Arm um ihre Taille und setzte sie vor sich aufs Pferd. Zweifellos hätte er sie jetzt in die Berge entführt, wenn sie ihn nicht so süß angelächelt hätte.

Dieser Blick brachte ihn zur Vernunft zurück; er kam sich plötzlich idiotisch vor, mitten in eine Hochzeitsgesellschaft zu platzen, auf einem Pferd, das nur unwesentlich mehr eingestaubt war als er selbst und das von dem scharfen Ritt ebenso erschöpft war wie sein Herr. Er hatte eine Rasur bitter nötig, seine Haare waren zu lang, seine Stiefel waren schmutzig, und sein langer, schwarzer Mantel war völlig zerknittert. Wahrscheinlich sah er wie ein Outlaw aus.

Sie starrte ihn an, und er sah Hunderte von Gefühlen, die sich in ihrem Gesicht widerspiegelten – Wut, Freude, Ablehnung, Liebe.

»Luke«, wisperte sie. Das war alles. Nur seinen Namen. Ihre Augen hatten einen fragenden Ausdruck, aber sie lächelten schwach.

Natürlich würde sie ihn jetzt gleich zum Teufel jagen, dachte er, und er musste zugeben, dass er nichts anderes verdient hatte.

»Ich liebe dich«, sagte er. Und das meinte er ernst. Gott im Himmel, er hatte noch nie etwas so ernst gemeint wie diese Worte, und zur Hölle damit, dass dies ihr Hochzeitstag war. Ob sie nun froh war, ihn wiederzusehen, oder ob es ihr leid tat – er wusste immer noch nicht, was die Wahrheit war –, er musste es ihr endlich sagen. »Ich habe dich von dem Tag an geliebt, als du versucht hast, uns beide im Creek zu ertränken.«

Sie lächelte, strich mit ihren Fingern vorsichtig über sein Revers, als könnte sie nicht glauben, dass er wieder zurück war. Ihre Lippen bewegten sich, aber aus ihrem Mund kam kein Laut.

Luke litt Höllenqualen, wie er sie seit Monaten litt, aber er zwang sich zu lächeln. Wenn sie sich wirklich in Montego verliebt hatte, dann würde er ihr nicht im Wege stehen. Trotzdem konnte er sich die nächste

Frage nicht verkneifen. »Was zum Teufel denkst du dir eigentlich dabei, einen anderen zu heiraten?«

Sie lachte laut. Die Sache würde noch schlimmer enden, als er es jemals für möglich gehalten hatte.

»Heiraten?«, fragte sie, als wären sie ganz allein hier, als beobachtete sie nicht die Bevölkerung der ganzen Stadt und die Hälfte der Umgebung.

»In der Zeitung stand, dass die Barnham-Hochzeit heute stattfinden würde«, meinte er. »Und das hier sieht mir ganz nach einer Hochzeit aus, und du schaust aus wie eine Braut.«

»*Ich* bin die Braut«, hörte er eine Frauenstimme über das Stimmengemurmel hinweg, das ihn, die Frau und das Pferd umgab.

Luke drehte den Kopf und sah Blaise vor sich, die mit leuchtenden Augen zu ihm aufblickte. Er spürte, wie ihm das Blut in den Nacken und in den Kopf stieg, aber er schätzte, dass der Staub und der Stoppelbart einen Großteil verdeckten. Er war zu spät in Jubilee angekommen, um noch ein Bad zu nehmen und sich rasieren zu lasen, obwohl er so schnell geritten war, wie es eben nur möglich gewesen war.

Jonah trat neben Blaise und legte seinen Arm um deren Taille. Aus der Nähe sah er noch munterer aus, aber sein Lächeln war nicht gerade freundlich. Dafür zeigte er ein paar Zähne zu viel.

»Wenn das nicht der glücklichste Tag meines Lebens wäre«, meinte er, »würde ich dich persönlich auspeitschen.«

Blaise gab ihm einen sanften Rippenstoß. »Das reicht jetzt, Jonah. Er ist wieder hier, und das ist das Wichtigste.«

Die beiden verschwanden wieder in der Menge, und Charity legte ihre flache Hand auf Lukes Wange. »Dann wirst du also bleiben?«

Seine Kehle war trocken und zugeschnürt; er schluckte und räusperte sich. »Wenn du mich immer noch haben willst.«

Das Funkeln in ihren Augen war ausgesprochen frech. »Klar will ich dich haben«, antwortete sie. »Aber da gibt es ein kleines Problem. Wir sind nämlich nicht verheiratet, falls du dich erinnerst. Du hast dich nämlich von mir scheiden lassen.«

Aus dem Inneren der Kirche erklangen einige laute Harmonium-Akkorde. »Ich dachte, das wäre das Beste«, murmelte er.

»Da hast du dich eben geirrt«, erwiderte sie und gab ihm einen leichten Kuss auf den Mund. »Aber das klären wir später. Jetzt beginnt nämlich die Hochzeit, und ich habe Blaise versprochen, ihre Trauzeugin zu sein. Das kann ich aber nicht, wenn ich auf dem Rücken eines Pferdes sitze.«

Er ließ sie zögernd herunter und saß danach selbst ab. Ein Junge, Aaron, kam mit großen Augen näher und führte den Schecken davon. Erst jetzt registrierte Luke die anderen Hochzeitsgäste wirklich, und es war ihm unangenehm, wie sie flüsterten und mit den Fingern auf ihn und Charity deuteten.

Er beschloss, die Leute einfach zu ignorieren. Charity heiratete an diesem Tag nicht, und sie hatte ihm auch nicht befohlen, auf Nimmerwiedersehen zu verschwinden. Das war mehr, als er jemals zu hoffen gewagt hatte, und wenn jetzt sein Nacken rot war und seine Ohren glühten, so hatte er das wohl verdient.

Charity verließ ihn, da die Zeremonie begann, um ihren Platz neben Blaise einzunehmen. Ein großer schlanker Mann, dessen Glatze mit Sommersprossen übersät war, schlug eine Bibel auf und stellte sich vor das Brautpaar unter einen Laubengang, in dem Herbstblumen blühten.

»Liebe Gemeinde …«, begann der Priester, und bei diesen Worten drehte Jonah seinen Kopf gerade lange genug um, um Luke einen finsteren Blick zuzuwerfen, »… wir haben uns heute hier versammelt …«

Luke spürte, wie ihm der Kragen zu eng wurde, und er lockerte ihn mit einem Finger.

Aaron hatte sich links neben Luke aufgebaut. Der Junge musste im vergangenen Jahr mindestens um einen Kopf größer geworden sein. »Mein Pa behauptet, dass du ein Stinktier bist«, vertraute er Luke aufgeregt flüsternd an.

»Das stimmt«, erwiderte Luke ruhig.

Die Zeremonie kam schließlich zu ihrem Ende. Die Leute jubelten, und viele Tränen wurden vergossen, als Jonah und Blaise sich als Mann und Frau zu den Freunden und Nachbarn umdrehten. Charity umarmte beide, und es wurden wohl ein paar ernste Worte gewechselt, bevor sie sich abwandte und auf Luke zueilte.

Sie schien förmlich über den Boden zu schweben, und sie strahlte nicht weniger als Blaise. Er konnte sich gar nicht vorstellen, dass er auch nur einen Tag gelebt hatte, nachdem er sie verlassen hatte – ganz zu schweigen von dreizehn Monaten. Er brauchte sie, wie er die Luft zum Atmen brauchte, sie war für ihn das Herz, ohne das er nicht leben konnte.

»Komm mit«, bat sie, schob ihre Finger zwischen seine Finger und zog ihn zu einem Ahornbaum, dessen Blätter eben begonnen hatten, sich rot zu verfärben und die in der sanften Brise leise raschelten.

Luke zog die Augenbrauen zusammen und spähte in den Baumschatten. Auf einer Bank saß Genesis, die ruhig mit einem Jungen redete, der etwa in Aarons Alter war. Neben ihr stand ein seltsames Gefährt, ein geflochtener Korb auf vier kleinen Rädern, mit einem

Griff an dem einen Ende und einem kleinen Dach am anderen.

Er blieb abrupt stehen. »Mein Gott«, murmelte er.

Charity schob ihn am Arm sanft vorwärts, Genesis lächelte, gab dem Jungen ein Handzeichen und verschwand mit ihm bei den anderen Hochzeitsgästen.

Ein blauäugiger Säugling, ein Mädchen, mit goldblonden Haaren, lag in dem Wagen, strampelte mit dicken Ärmchen und Beinchen und lachte seinen verblüfften Vater fröhlich an. Er streckte seine zitternde Hand nach dem Baby aus, zog sie aber hastig wieder zurück, als ihm einfiel, wie schmutzig sie war.

»Du hast nie erwähnt, dass du …«, sagte er zu Charity, während er unentwegt das wunderbare, kleine Wesen betrachtete. War jemals zuvor schon so ein hübsches Kind geboren worden?

»Ich habe es erst bemerkt, nachdem du schon zwei oder drei Monate weg warst«, antwortete Charity. Sie schob ihren Arm unter Lukes Arm, und ihr schien es nichts auszumachen, dass er von der Reise verschmutzt war. »Und vielleicht hätte ich es dir auch nicht erzählt, wenn ich es gewusst hätte. Es ist nicht fair, ein Baby vorzuschieben, wenn ein Mann seiner Wege gehen will.«

»Sie ist wunderschön.« Seine Augen brannten, und er blinzelte, um die Tränen zurückzudrängen, hatte aber wenig Erfolg.

»Ihr Name ist Marietta. Möchtest du sie mal im Arm halten?«

»Ob ich sie mal halten will?« Er hätte am liebsten Jubelschreie ausgestoßen, die Kirchenglocken geläutet und Kanonen abgefeuert. »Mein Gott, ja. Natürlich will ich sie halten. Aber sieh mich doch mal an.«

»Ich glaube nicht, dass ein bisschen Schmutz ihr schaden wird, Luke.« Charity hob das Baby aus dem

Kinderwagen und drückte es ihm in den Arm. Einfach so. Es blieb ihm gar nichts anderes übrig, als das kleine, strampelnde Bündel, das leise gluckste, festzuhalten. »Siehst du? Sie hat dich schon in ihr Herz geschlossen und liebt dich.«

Luke wagte es eine Weile nicht, überhaupt etwas zu sagen. Und als er schließlich zu sprechen versuchte, musste er sich zuvor ein paarmal räuspern. »Wie … wie alt sie sie denn?«

»Fast fünf Monate. Sie wurde Mitte Mai geboren.«

Luke berührte mit seiner Stirn den Kopf seiner kleinen Tochter. »Kein Wunder, dass Jonah mich am liebsten umgebracht hätte«, meinte er. »Ehrlich, Charity, ich hatte keine Ahnung … ich habe mir nicht einmal vorgestellt, dass du …«

Sie unterbrach ihn. »Schluss jetzt«, sagte sie. »Lass es gut sein.«

Mit unendlicher Vorsicht legte Luke das Baby in den Wagen zurück und hüllte es in die leichte Decke, die das Mädchen jedoch sofort wieder wegstrampelte. Dabei strahlte es ihn an.

Er drehte sich zu Charity um. »Willst du mich heiraten?«, fragte er. »Jetzt gleich? Oder wenigstens heute noch?«

»Heute Abend«, stimmte sie zu. »Auf der Ranch. Nachdem wir miteinander geredet haben und du …«, sie betrachtete ihn naserümpfend, »… heiß gebadet und dich rasiert hast. Wir werden Pater Elias kommen lassen, der jetzt in deiner Hütte lebt. Ab morgen haben wir das Ranchhaus ohnehin für uns allein, denn Papa und Blaise werden eine ausgedehnte Hochzeitsreise nach Europa machen. Peony wird sie begleiten, und Genesis und ihr Sohn wohnen ohnehin in der kleinen Kate hinter dem Haus. Und Aaron, nun, der verbringt sowieso die meiste Zeit mit Frankie.«

»Hört sich an, als hättest du das alles längst geplant«, meinte Luke lachend.

Ihre wunderschönen Augen funkelten, und eine Strähne ihres blonden Haares, die sich gelöst hatte, wippte gegen ihre Wange. »In allen Einzelheiten.« Sie beugte sich näher zu ihm und flüsterte: »Jetzt, da die Leute hier doch voll und ganz damit beschäftigt sind, zu essen, zu trinken und zu tanzen, könnten wir drei doch eigentlich nach Hause fahren.«

Innerhalb von fünf Minuten war es Luke gelungen, sich einen Buggy auszuleihen, er hatte der Braut und dem Bräutigam Glück gewünscht – wobei er Jonahs große Hand besonders kräftig geschüttelt hatte – und Charity mit dem Baby im Arm in den Wagen gesetzt. Das riesige Wohnhaus der Double B sah noch genauso aus, wie er es in Erinnerung hatte, obwohl es dort jetzt ungewöhnlich still war, da ja alle bei der Hochzeitsfeier waren.

Das war Luke nur recht. Er sprang vom Wagen, nahm seine Tochter Charity ab und trug Klein-Marietta die Treppe vor der vorderen Veranda hoch.

»Erwarte aber nicht von mir, dass ich auf Dauer in diesem Haus wohnen werde«, warnte er sie, während er ihr die Tür öffnete. »Ich gehe davon aus, dass ich uns bis zum nächsten Frühjahr ein eigenes Haus gebaut habe.«

Zum ersten Mal in ihrem Leben diskutierte Charity nicht mit ihm. »Schön«, erwiderte sie nur.

»Ich vermute, dass man hier in der Gegend ein paar Acres Land kaufen kann.«

»Das denke ich auch«, meinte sie zustimmend. Himmel, seit wann war sie denn so friedfertig?

Sie stiegen die Treppen zum oberen Stockwerk hinauf. »Ich habe Pater Elias bei der Hochzeit gar nicht gesehen.«

»Es geht ihm gesundheitlich nicht so gut«, erklärte sie. »Abgesehen davon, war es ja eine protestantische Feier.«

»Und was ist mit Montego? Den habe ich auch nicht unter den Gästen gesehen.«

Charity warf ihm ein spitzbübisches Lächeln zu, nahm ihm das Baby ab und ging durch den Flur zu ihrem Zimmer. »Raoul hat vor sechs Monaten geheiratet. Letzte Woche ist es ihm endlich gelungen, Molly zu überreden, ihre Praxis für eine Weile zu schließen und eine Reise mit ihm zu machen. Vermutlich sind sie jetzt gerade in San Francisco.« Sie betraten Charitys Zimmer, das etwas umgeräumt war, um Platz für eine Wiege und die anderen Dinge zu schaffen, die man brauchte, wenn man ein Baby hatte. Luke hütete sich, einen Blick auf das Bett zu werfen, zumal er dort aus den Augenwinkeln Rüschen und Schleifchen zu entdecken glaubte. »Geh und nimm ein Bad, Luke. Ich habe nämlich ein paar mütterliche Pflichten zu erfüllen.«

»Was soll ich denn anziehen, wenn ich aus dem Wasser steige?«, fragte er. Vermutlich würde er sich wieder ein paar von Jonahs abgelegten Kleidungsstücken borgen müssen, bevor er in die Stadt kam, um sich eine eigene neue Garderobe zu kaufen.

Charitys Wangen hatten sich rosig verfärbt, und sie schaute Luke nicht an, sondern begann eifrig, die Windeln des Babys zu wechseln. »Ein Handtuch«, erwiderte sie.

Luke machte sich auf den Weg zu dem neumodischen Badezimmer.

Eine halbe Stunde war etwa vergangen, als er sauber und rasiert zum Zimmer zurückging, wobei er leicht nach Jonahs Pimentöl roch. Charity saß in einem Schaukelstuhl, nahe dem Fenster, hatte das Oberteil ihres Kleides geöffnet und stillte ihr Baby. Der Anblick war so wunderschön, dass Luke so gerührt war, dass er weder sprechen noch sich bewegen konnte.

Sie – seine Frau – hatte ihn jedoch kommen hören und wandte ihm den Kopf zu. »Die Kleine ist schon fast eingeschlafen«, bemerkte sie mit verträumter Stimme. Sie seufzte leise und legte den Kopf zurück, und Luke ließ seinen Blick von ihrem Kinn den schlanken Hals entlangwandern bis zur Rundung ihrer Brust und dem kleinen Kopf mit den feinen Härchen, der dort ruhte.

»Ich liebe dich«, sagte er. Seine Worte klangen rau und ungewohnt.

»Das weiß ich«, erwiderte Charity ernst. »Aber dich selbst hast du nicht geliebt. Das war es, was dich von mir fern gehalten hat. Erzähle mir, was dich dazu gebracht hat, deine Meinung zu ändern. Was war der Auslöser dafür, dass du zu dem Schluss gekommen bist, doch zu mir zu gehören?«

Er schloss die Tür hinter sich, wobei ihm bewusst war, dass er – abgesehen von dem Handtuch um seine Hüften – nackt war. »Ich habe diesen Artikel in der Zeitung gelesen, in dem es nur hieß, dass die Barnham-Hochzeit am siebzehnten September um zwei Uhr mittags stattfinden würde. Falls darin noch andere Namen erwähnt wurden, ist mir das, ehrlich gesagt, vollkommen entgangen. Ich dachte nur, du würdest letztlich doch Montego heiraten, und da wurde mir klar, dass ich das verhindern musste – falls das noch irgendwie möglich war.« Er lächelte, als er sich an die Situation erinnerte, und er war froh, hier zu sein statt in Seattle. »Ich saß in einem Lokal in Seattle und hatte gerade mein Frühstück bestellt. Aber bevor das Essen auf dem Tisch stand, war ich schon unterwegs nach Jubilee.«

Sie fuhr zärtlich mit der Hand über das Köpfchen des Kindes und knöpfte dann züchtig ihr Kleid zu. Ihre Stimme war leise, als sie die kleine Marietta zu ihrem Bettchen trug und hinlegte. »Aber du musst doch gedacht haben, dass ich längst mit Raoul verheiratet sein würde. Das war es doch, was du wolltest.«

Er stand neben Charity und bewunderte ihrer beider Tochter. »Ich war aber nicht sicher, ob du es getan hast – und solange das der Fall war, konnte ich mir immer noch einreden, du würdest auf mich warten.« Er drehte sich zu ihr um, um ihr ins Gesicht zu sehen, und berührte den feuchten Fleck auf ihrem eleganten Kleid. »Aber nachdem ich die Notiz gelesen hatte, konnte ich mich nicht länger belügen.«

Sie nahm seine Hand. »Komm, Luke, leg dich neben mich und halte mich ganz fest.«

Seine Antwort überraschte sie nicht weniger als ihn selbst. »Nein«, sagte er und schüttelte den Kopf. »Nicht bevor wir offiziell verheiratet sind. Ich habe mich dir gegenüber sehr schlecht verhalten, aber das möchte ich jetzt wiedergutmachen.«

Sie verzog den Mund zu einem hübschen Schnütchen. »Kommt es denn nicht darauf an, was ich will?«

Er lachte. »In diesem Fall ausnahmsweise nicht«, antwortete er. »Aber jetzt, Mrs Shardlow, sei so gut und besorg mir etwas zum Anziehen. Wenn Jonah mich nämlich so erwischt, wird kaum noch genug von mir übrig sein, um vor den Priester zu treten.«

Sie zögerte einen Moment, verschwand dann und kam ein paar Minuten später mit einem eleganten Anzug, einem Kamm und einer Schere zurück.

»Setz dich«, befahl sie und deutete auf den Schaukelstuhl, in dem sie zuvor gesessen hatte, um das Baby zu stillen. »Ich mag es ja, wenn du deine Haare lang trägst, aber dann müssen sie ordentlich geschnitten sein. Und wenn du schon nicht mit mir schläfst, kann ich dich ja wieder salonfähig machen.«

Er setzte sich. »Ich habe ein bisschen Geld gespart«, erzählte er. »Wir kaufen uns hier in der Gegend ein schönes Stück Land, bauen unser eigenes Haus und züchten Rinder und Pferde.« Er machte eine kurze Pause und lächelte. »Und wir werden viele Kinder haben.«

Sie kämmte die Knötchen aus seinem Haar, und ihm drängte sich der Verdacht auf, dass das nicht unbedingt hätte so ziepen müssen. »Ich habe den Eindruck, dass du unsere Zukunft schon genauestens geplant hast, Mr Shardlow. Ist dir eigentlich mal in den Sinn gekommen, dass ich dazu auch ein Wörtchen oder zwei sagen möchte?«

»Hundert, meinetwegen«, lachte er und zuckte zusammen, als sie ihm ein kleines Büschel Haare ausriss. »Schön, was möchtest du denn?«

»Das, was ich in den letzten dreizehn Monaten auch getan habe: Ich möchte mich um die Double B-Ranch kümmern. Wir könnten das Land kaufen, das im Norden an die Ranch angrenzt, und unser Haus oberhalb des Jubilee Creek bauen. Mit dir als Hilfe könnte Papa mit Blaise öfter verreisen – und ich könnte das nächste Baby bekommen …«

Er hielt ihre Hand fest und küsste sie. »Ich mag Frauen, die wissen, was sie wollen.«

Sie strich mit der Fingerspitze unter seinem Kinn entlang und um den Rand seines Mundes. »Was für ein glücklicher Zufall, dass ich genau so eine Frau bin!«, meinte sie neckend.

Er räusperte sich. »Ich zieh mich jetzt besser an und mache mich auf den Weg zu Pater Elias«, entschied er, »bevor ich vergesse, dass ich ein Gentleman bin.«

»Ich bin mit deinem Haarschnitt noch nicht fertig«,

erwiderte Charity und begann wieder zu schneiden. »Und seit wann bist du ein Gentleman?«

»Seit ich dich nicht auf dieses Bett dort geworfen habe und angefangen habe, deinen Körper von Neuem zu entdecken.«

Sie schwieg – und er dachte, dass man das im Kalender rot vermerken müsste.

Als Pater Elias auf der Ranch eintraf, trug er seine beste Soutane, und er lächelte glücklich. Auch Priester waren eben manchmal ein bisschen eitel, dachte Charity vergnügt, als sie ihn in den großen Salon führte.

Blaise war da, die an Aarons Kragen zupfte, während Jonah und Luke sich ins Arbeitszimmer zurückgezogen hatten, um ihre Differenzen auszuräumen. Gelegentlich erhob Jonah bellend seine Stimme, während Luke ruhig und gelassen blieb.

»Was für ein wundervoller Tag«, meinte Pater Elias, nachdem er Blaise herzlich gratuliert hatte. »Nicht nur eine Hochzeit, sondern gleich zwei!«

»Ja«, erwiderte Blaise seufzend, »allerdings immer vorausgesetzt, dass der Mittagsbräutigam den Abendbräutigam nicht umbringt.«

Der Priester lachte leise. »Eine anständige Gardinenpredigt wird dem jungen Spund nicht schaden. Er kann nämlich unglaublich verbohrt sein.«

»Da hörst du es«, sagte Blaise und verdrehte die Augen, während sie Charity ansah. »Ganz wie der meine.« Danach lachten sie alle herzhaft.

Schließlich kamen Jonah und Luke aus dem Arbeitszimmer. Sie waren beide rot im Gesicht und wirkten ein bisschen erhitzt.

»Was hat er gesagt?«, wisperte Charity, die Luke zur Seite gezogen hatte. Sie hatte Klein-Marietta mit nach unten gebracht, damit das Mädchen, das in Genesis' Armen friedlich schlief, bei der Zeremonie dabei war.

Luke murmelte: »Er hat mir gründlich die Leviten gelesen und mir dann erklärt, dass er für den Rest seines Lebens meinen Skalp an seinem Gürtel tragen würde, falls ich dir oder seiner Enkelin jemals wehtun sollte. Darauf haben wir dann angestoßen, und hier sind wir.« Er beugte sich vor und küsste ihre Stirn. »Doch jetzt lass uns endlich heiraten, denn ich glaube nicht, dass ich es noch viel länger aushalten kann, von dir geschieden zu sein.«

Sie lachte, aber in ihren Augen standen Tränen, als sie ihren Arm unter den seinen schob.

»Da gibt es allerdings noch eine Sache«, meinte Luke und schnippte mit den Fingern.

Sie blickte ihn schniefend an. »Was denn?«

»Erinnerst du dich noch daran, dass du mir vor vielen Jahren einen Wunsch versprochen hast?«

Sie nickte, wirkte aber etwas verwirrt.

»Nun, Charity, ich habe einen Wunsch«, sagte er leise. Seine Worte klangen ein wenig unbeholfen und so rau, als steckte ihm etwas in der Kehle. »Ich will mit dir leben, ich will dich lieben, und ich will für den Rest meines Lebens nur noch für dich da sein.«

Das Lächeln, das sich auf ihrem Gesicht ausbreitete, war so strahlend wie der Sonnenschein nach einem Regenschauer. Sie machte einen formvollendeten Hofknicks. »Dein Wunsch sei dir gewährt.«

Innerhalb von zwanzig Minuten waren sie erneut verheiratet, und diesmal für immer.

Ihr Liebesspiel in dieser Nacht war langsam und zärtlich, eine körperliche Vereinigung, die beinahe an eine heilige Handlung erinnerte, und als sie anschließend still dalagen, befriedigt in den Armen des anderen, wagte Charity es, die Frage zu stellen, die sie gequält hatte, seit Luke an diesem Mittag auf dem Rücken seines Schecken in den Hof der Kirche geritten war und sie zu sich aufs Pferd gehoben hatte, wie ein Kreuzritter, der seine Beute beanspruchte.

»Warum hast du mich überhaupt verlassen?«

Er seufzte und streichelte über ihr Haar, das er in dem Moment, als sich die Schlafzimmertür hinter ihnen geschlossen hatte, von den Spangen und Nadeln befreit hatte. »Wegen meines Namens«, bekannte er schließlich. »Ich dachte, es wäre nicht richtig, dich damit zu belasten und mit all dem, was damit verbunden ist.«

»Und jetzt?«

»Jetzt ist mir klar geworden, dass der *Name* eines Mannes allein nicht wichtig ist. Ich bin schließlich nicht Trigg! Und deshalb werde ich den Namen Shardlow wieder ehrbar machen, damit ihn meine Söhne und Töchter mit Stolz tragen können.«

Mit der Fingerspitze umkreiste sie seinen Bauchnabel. »Ich liebe dich, Luke Shardlow«, sagte sie und legte all ihr Gefühl in ihre Stimme. In den langen Monaten ihrer Trennung hatte sie nämlich gelernt, was es bedeutete, einen Mann wirklich zu lieben.

Er rollte sich zur Seite und gab ihr einen zärtlichen Kuss, der für die bevorstehende Nacht noch viel mehr versprach. »Ich muss zugeben«, erwiderte er, »dass ich mich mit diesem Arrangement wesentlich wohler fühlen werde, wenn Jonah und Blaise ihre Hochzeitsreise angetreten haben.«

Sie schlang ihre Arme um seinen Nacken, schmiegte sich an ihn, und ihr Körper reagierte augenblicklich. »Ich will nicht, dass du jetzt an etwas anderes denkst als an mich«, murmelte sie.

»Oh, Frau«, stöhnte er, »das dürfte mir auch verdammt schwer fallen.« Er packte ihre beiden Handgelenke mit einer Hand und bog sie über ihren Kopf zurück. Ihre überempfindlichen Brüste wölbten sich ihm aufreizend entgegen, Zeichen dafür, dass sie eine Frau war, das schönste und begehrenswerteste Lebewesen von allen. Mit einem rauen Seufzer ließ er sich über sie sinken und knabberte zärtlich an einer Brustwarze.

Die ganze Leidenschaft, die er eben erst in ihr befriedigt hatte, erwachte aufs Neue in Charity, und sie kam ihm mit ihrem Körper entgegen. »Ach, Luke«, wisperte sie nur.

Er küsste sie von oben bis unten, vom Gesicht bis zu den Fußspitzen, bis sie sich wild auf dem Bett hin und her warf. In diesem Moment hätten sie so allein auf der Welt sein können, wie sie es im Schlafzimmer waren. Als er sie schließlich nahm, wölbte sie sich ihm entgegen, wobei ihre Hände durch seine Haare fuhren, über seine Schultern zu seinen Hüften glitten, um ihn tiefer und noch tiefer in sich aufzunehmen.

Er küsste sie weiter, während sie sich verzückt bewegten und sie sich immer mehr dem erlösenden Gipfel der Lust näherten.

»Komm zusammen mit mir, Charity«, keuchte er, Sekunden bevor sie beide ihren Höhepunkt erreichten. Die Erfüllung ihrer Lust riss sie davon, raubte ihnen die Luft, ließ sie in höchste Höhen schweben, aus denen sie nur langsam wieder zur Erde zurückkamen. Sie hielten einander umklammert und sagten kein Wort.

Diese Lustreise machten sie im Laufe der Nacht noch ein paarmal – und dann noch einmal am Morgen, bevor sie sich hastig wuschen und in ihre Kleidung schlüpften, um Jonah und Blaise beim Frühstück Gesellschaft zu leisten. In der Eingangshalle stand ein

Berg von Koffern und Truhen, und vor dem Haus wartete eine neue Kutsche, mit der die frisch Vermählten nach Spokane fahren würden, wo sie in den Zug nach Osten steigen würden. Eine zweite Kutsche stand bereit, um das Gepäck zu transportieren.

Jonah wirkte ein wenig besorgt, was nicht verwunderlich war, da er sich ja fast ein Leben lang immer allein um die Double B-Ranch gekümmert hatte, die er nun in den Händen seiner Tochter und deren Ehemann zurücklassen würde. Blaise und er würden nicht vor dem kommenden Frühjahr aus Europa zurückkehren.

Während Genesis das Frühstücksgeschirr abräumte, ging Blaise in den Hof, um das Laden der Gepäckstücke – die meisten gehörten ihr – zu überwachen.

»Wenn wir schon so viel mitnehmen«, meinte Jonah, »mag ich überhaupt nicht daran denken, wie viel wir alles zurückbringen werden.«

Charity lachte und stellte sich auf die Zehenspitzen, um ihren Vater auf die Wange zu küssen. Baby Marietta quiekte fidel in ihren Armen. »Hör auf zu meckern, Papa, und genieße deine Hochzeitsreise. Wenn du wieder hier bist, wird es genug Arbeit für dich geben.«

Er lächelte, seufzte leicht und küsste sie auf die Stirn. »Kümmere dich bloß gut um meine Enkelin«, erwiderte er mit rauer Stimme. »Ich schätze, dass sie schon laufen kann, wenn wir endlich wieder hier sein werden.«

»Ich werde ihr beibringen ›Opa‹ zu sagen«, versprach Charity.

Danach schüttelte Jonah überschwänglich Lukes Hand. »Behalt mir diesen neuen Vormann im Auge«, meinte er. »Ich weiß noch nicht, wie ich ihn einschätzen soll.« Er senkte die Stimme. »Den hat Charity nämlich ausgewählt.«

Luke nickte ernst, aber Charity wusste genau, dass er sein berühmtes Lachen unterdrückte, dieses Lachen, das die Knie der Frauen weich werden ließ und das die Männer so irritierte. »Ja, Sir«, antwortete er, »das werde ich.«

Noch mehr Händeschütteln und Adieu-Rufe – Blaise weinte ein bisschen, weil sie ihren Sohn verließ –, und dann fuhren Mr und Mrs Jonah Barnham schließlich mit der neuen Kutsche los, wobei Jonah, die Zügel in der Hand, stur geradeaus schaute und Blaise mit einem Taschentuch winkte.

Aaron stand neben Luke, der mit der Hand die Haare des Jungen verwuschelte. Der Anblick schnürte Charity die Kehle zu, denn diese liebevolle Geste verriet so viel darüber, was für ein Vater Luke sein würde.

Sie schlang einen Arm um Lukes Taille, während Aaron davonlief, um Frankie, Genesis' Sohn, zu suchen, denn die beiden wollten zum Fischen gehen.

»Wünscht du dir, dass wir auch so eine Reise machen?«, fragte Luke, wobei er ihr tief in die Augen schaute.

Sie schüttelte den Kopf. »Nein«, antwortete sie. »Ich habe hier ja alles, was ich immer haben wollte – unser Kind, dich und meine Arbeit, die Leitung der Double B-Ranch.«

Er beugte sich vor und küsste erst Charity und dann die goldenen Härchen auf dem Kopf des kleinen Mädchens, das sie miteinander gezeugt hatten. »Dann lass uns nicht länger tatenlos in der Sonne rumstehen«, meinte er glücklich. »Wir haben schließlich eine Menge Arbeit vor uns.«

Um Amica von Lancaster vor Lord Duncan Selwyrn zu retten, der sie jahrelang gefangen gehalten und misshandelt hat, beauftragt König Henry seinen Ritter Sir Thomas Reed, die Lady in Sicherheit zu bringen und zu beschützen.

Thomas ist alles andere als glücklich über diese Aufgabe, ist er doch fest davon überzeugt, dass Frauen nur Ärger bereiten. Und auch Amica findet den Ritter unhöflich und despotisch. Aber ihre Körper sprechen eine andere Sprache ...

ISBN 3-404-18282-0

BASTEI LÜBBE